奇術探偵　曾我佳城全集　下

若くして引退した美貌の奇術師であり、名探偵でもある曾我佳城。彼女が鮮やかに解決する、不可思議な事件の数々。花火大会の夜に射殺事件が起き、容疑者の鉄壁のアリバイを崩していく「花火と銃声」。凶悪事件の度に警察に送りつけられる、謎の手紙の差出人を追う「だるまさんがころした」。雪に囲まれた温泉宿で起きた、“足跡のない殺人”の謎を解く「ミダス王の奇跡」。佳城の夢を形にした奇術博物館〈佳城苑〉で悲劇が起こる、最終話「魔術城落成」など11編を収録。奇術師という顔を持っていた著者だからこそ描けた、傑作シリーズをご覧あれ。

奇術探偵 曾我佳城全集 下

泡 坂 妻 夫

創元推理文庫

THE MAGICIAN DETECTIVE
: THE COMPLETE STORIES OF KAJO SOGA

by

Tsumao Awasaka

2000, 2003

目次

奇術探偵　曾我佳城全集　下

虚像実像

銀灰色のスクリーンが、幅の広い刃物のように天井から降りて来た。

劇場内の照明が暗くなると、舞台の黒幕はすぐ闇に溶け、縦二メートル横三メートルばかりの四角いスクリーンの窓が残った。刺戟《しげき》の強くない軽いワルツで、スクリーンに赤い文字が映し出される。

ＪＯＨＮ　ＩＬＬＵ　＆　ＮＡＯＭＩ——ＴＨＥ　ＤＯＬＬ　ＩＮ　ＧＲＩＥＦ

サニーシティ十階の小劇場、サニーⅢはほぼ満員だった。無意識にプログラムを顔の前で動かしている観客が多い。場内の換気はいいのだが、夕方、熱帯性低気圧が通過し、ぬるい雨とともに気温が急に上昇した。外はどしゃ降りのはずで、湿気は場内にも入り込んでいる。四月の末、まだクーラーの季節ではない。

六時開演の「艮三郎《うしとらさぶろう》リサイタル」は番組の半ばに掛かっている。

プロローグで若い姉妹コンビのキティとステラがスピーディな演技で観客を惹き付けた。奇術の間に小鳥の曲芸や、足利隆《あしかがたかし》氏の足芸が入って、艮三郎の奇術で休憩となる。前半の艮のレパートリイは演じ慣れたものだけに、円熟した安定感があった。リサイタルの最後に、艮が新作の大魔術《イリュージョン》を発表するとプログラムに予告されている。

休憩の後は、二部が七時からで、艮三郎の弟子でジャグ小沼田《こぬまた》のコミック奇術、若桃《わかもも》ルルのギターの曲弾《きょくび》き、その次がジョン井竜《いりゅう》の舞台だった。

舞台にスクリーンが降ろされ、タイトルが映し出されたが、それだけではどんな奇術が用意されているのか判らない。タイトルが消えると、画面の中央に小さな人物が現れた。その人物は静かに前方へ歩み寄って来る。人物が大きくなるにつれ、それがジョン井竜だということが判る。

奇術師は黄色いだぶだぶの服で、襟《えり》と袖《そで》口に大きなフリルを付け、先端が三つに分れた三角帽を冠《かむ》っている。手に銀色のワンドを持った姿は、トランプのジョーカーを模したようだ。

スクリーンの中の井竜は歩みを続け、その像が等身大になったその瞬間、奇妙なことが起こった。井竜がスクリーンから抜け出して立体化し、舞台の前方に飛び出したのだ。

それは、今迄見ていた映像が錯覚だったのか、ないしは現実に歩いている姿が幻像なのかと思わせるような、不思議な効果を観客に与えた。あちこちで、ほうっという嘆声が起こり、それが拍手に変わった。

井竜は舞台の前方に出て歩みを止め、マイクが伸びるのを待った。

「レディスエンドジェントルメン……」

スピーカーはスクリーンの後ろにセットされているようだった。精度の低いざわついた音で、それがまだスクリーンに投げられている映写機のちかちかした光とともに、半分はまだ実像ではないのかという疑いを与える。

井竜は気取った調子で続ける。

「わたくしは今、世界で一番有名な人形師、ジョン井竜でございます。わたくしの腕から生れます人形は、どれも最高に美しくチャーミング。しかし、残念なことにわたくしの手元には一体も残っていない。人形が出来上がると、待ち兼ねたお客様が奪うようにして持って行ってしまうからです。そこで、これから、一生自分の傍に置いて楽しむ人形を作ろうと思っているところでございます」

井竜は口紅を厚く塗った口を歪《ゆが》めた。笑っているのだが、何となく悪趣味な感じが付きまとう。

「わたくしの仕事振りをお目に掛けましょうか。よろしかったら、一緒に仕事場へご案内しましょう」

井竜は後ろ向きになり、スクリーンに向かって歩き出した。そのまま、スクリーンに触れたと思うと、井竜の身体が影のようにスクリーンに吸い込まれた。映像となった井竜は後ろ向きに歩き続け、段段と小さくなり、最後に消えてしまった。

画面が変わった。

薄暗い室内がスクリーン一杯に映し出される。正面、左右の壁は木造で、中央に暖炉があり、小さな赤い火が動いている。暖炉の前が作業台で、木工道具や大小の木片が見える。左側の壁には三着の衣装が吊されている。中世の女性が着るような、裾《すそ》が大きく拡がったドレスだった。

部屋の右側にドアがあって、それが、少しずつ開き、井竜が入って来た。すぐに拍手は起こらない。

「これが、わたくしの仕事部屋でございます。お待ちください、ただ今、部屋を明るくいたしましょう」

井竜は手を伸ばして、天井から下っているランプに火をつけた。画面が色彩を増した。吊された衣装の、青、黄、赤の柄が賑やかになった。

「わたくしまだ独身でございます。いえ、女性が嫌いなのではありません。ただ、人間の女性はあまりにも不完全作品が多うございますよ。目が美しいと思うと鼻が意外と低い。鼻が素晴らしいと思えば、口に愛敬《あいきょう》がないなど、どんな美人でも捜せば欠点はいくらでも目に付きます。神様は意外と無器用。わたくしは違います。どの部分を見ても、完全な女性を作る自信がございます。それをご覧になりたい？　そうでしょうな。わたくしもそんな女性を妻にしたいと思っているのです」

井竜は作業台の上を見廻して、手頃な木材を前に置き、鑿《のみ》と槌《つち》とを持った。たちまちのうちに人形の頭部が彫り出される。続いて、腕、胴、足。

人形の五体を組み立てると、彩色に掛かる。木の地肌は消えて、人形は桜色に輝く。眉を引き、口紅を差し、最後に双眸《そうぼう》を加える。

「いかがでございます。これが、完全な女性なのです。お気に召しましたでしょうか。いや、よく見えない？　では、もっと近くでご覧ください」

井竜は人形を抱えて、スクリーンから出て来た。仕事場には二つの姿が消え、暖炉の火だけが動いている。

井竜は人形を舞台の中央に立たせた。人形の肌は限りなく若い女性の肌に近く、細部は驚くほどリアルだった。智性的に作られた眸《ひとみ》は今、動くと思うばかりで、微かな笑いを湛《たた》えた口元は甘い声が洩れると思うほど艶《なま》めかしい。

「これを作っているうち、いい名前が思い付きました。ナオミ……美しい響きでしょう。ナオミ、いや、いけません。すっかり忘れていました。裸のまま、お客様の前に立っていては失礼です。お前だって恥かしいでしょう。ナオミ」

井竜はスクリーンに手を伸ばし、黄色の衣装に手を掛けた。スクリーンから衣装が消え、現物の衣装が井竜の手に持たれた。

井竜はしばらく、人形と衣装とを見較《みくら》べていたが、首を振って黄色の衣装をスクリーンに戻し、赤い衣装と取り換えた。今度はちょっと人形に当てて見て、満足そうな表情になった。

「赤は火の色。情熱的なナオミに一番ふさわしい――」

井竜は人形を後ろ向きにして、裾から衣装をたぐり、大きな輪の形にした。そのまま、人形の後ろに立ち、衣装をすっぽりと被せる。衣装の形を整えながら、両袖から腕を通し、前に廻って襟元を正す。

手際良い動作だった。井竜は最後に、スクリーンの壁に掛かっている赤い帯とリボンを取って人形に着け、観客の方を向いた。

「これからが、最後の仕上げ、特別難しいところでございます。人形に心を入れなければなりません」

井竜は言い終って、あたりを見廻した。銀のワンドを捜しているようだった。魔法のワンドは暖炉の横に立て掛けられていた。井竜は小走りにスクリーンの中のワンドを取り出し、人形の前で大きく振った。

音楽が急調子になる。

シンバルが鳴った。

その響きに合せ、井竜は人形を抱き上げ、半回転させた。井竜が手を離すと、人形は自分の足で床を踏んだ。人形の目が笑い、上体を折って一礼した。

観客は完全に度胆《どぎも》を抜かれたようだった。場内は水を打ったようになった。

井竜が人形の手を取った。手を高く持ち上げると、人形はくるりと廻転する。衣装の裾が拡がり、生命を得た白い足が見えた。

観客の拍手が起こったのは、舞台の二人がワルツに乗ってステップを踏み始めたときだった。井竜のステップは確かで、リードされるナオミは羽根のようだった。最初のうち、固かったナオミの表情が活き活きし、頬が血の色に染まった。

二人は舞台狭しと踊り、最後に並んで一礼する。

音楽の調子が変わる。軽快さがなくなり、淋しさが加わる。

井竜が空《から》の掌《て》を空中に差し伸べた。と、そこには一輪の赤い花がつままれている。井竜は花をナオミに渡す。ナオミはにっこりとして花を受け取り、胸に着けようとする。その隙を見て、井竜はナオミを抱き締める。

ナオミが何かを叫び、井竜を突き放す。井竜は舞台に片膝を突く。ナオミが花を井竜に投げ付ける。井竜が体勢を直して構えると、ナオミは後ずさりし、スクリーンの中に入ってしまう。続けて、井竜もスクリーンの人となる。

二人はスクリーンの中で睨《にら》み合う。

いつの間にか、ナオミの手が、作業台の上に載っていた鑿を握っている。井竜がじりじりとナオミに近付く。ナオミが鑿を振りかざす。その腕に井竜が飛び掛かる。

作業台の上に押し倒されたナオミは、髪に結んだリボンが飛び、胸がはだけていた。井竜が執拗《しつよう》に頬を擦り寄せてくるのに、もう、堪《た》えられなくなったようだ。ナオミは腕を伸ばし力一杯に鑿を井竜の背に突き立てる。

井竜はのけぞってナオミから離れた。ナオミはその隙にドアから出て行く。井竜は後を追おうとするが、足元がもつれ、何かにつまずくと、スクリーンから舞台へ飛び出した。

「神の罰を受けるときがきました」

と、井竜は言った。

「生命は神がお作りになるもの。わたくしは自分の腕に慢心したあまり、神の聖域を侵して生命を作ろうとする罪を作ってしまいました。しかし、ナオミよ。もう一度、愛するナオミを見たい。わたしの傑作よ。わたしはナオミの胸の中で死にたい……」

そのとき、一人の女性が舞台に駈け登った。観客は舞台の井竜に気を奪われていて、誰もその女性がどこから現れたか気付かなかった。ただ、ナオミと似た衣装だったので、誰もがナオミが観客席から現れたと思った。

その女性の行動は敏捷《びんしょう》すぎた。後になって、それが反って不自然に見えたと言う証言もあった。

女性は舞台に駈け登るや、身体を丸めるようにして、井竜にぶつかっていった。その衝撃は相当に激しかったようだ。井竜は跳ね飛ばされるように、尻餅をついた。今迄の演技の続きとは思えない動作だった。井竜は半身を起こした。胸に手を当てていたが、その手は胸に突き立てられた刃物の柄《え》を握っているのを見たという証人もいる。

井竜はそのままの姿勢で目を見開いていたが、やがてばたんと舞台に横倒しになった。

その背に太い鑿の柄が見えた。井竜に突き当たった女性はそれ以前に舞台から姿を消していた。

すべて、一瞬のうちの出来事だったが、観客にはそれが何を意味するのか、よく判らなかった。舞台に人の動きはなくなり、ただ、スクリーンがちかちかと仕事場の中を映し出しているだけだ。

舞台の空白は長く感じられるものだ。実際にはわずかな時間だったのだろう。観客がこの空白はちょっと長すぎるのではないかと思い始めたとき、ふいに、スクリーンの中にナオミが現れた。

ナオミは舞台に倒れている井竜を見詰めている。恐怖と悲しみが入り混った表情だった。ナオミは天を仰ぎ胸に十字を切る。そして、正面を向き意を決したように、帯を解き、赤い衣装を脱ぎ捨てる。白い腕の先が赤く濡れているのが見える。ナオミはその掌をじっと見ていたが、いきなり左手で右腕を抜き取り、暖炉の火の中に落とした。

たちまち、火は腕を包み込み、焰《ほのお》がにわかに勢いを増す。ナオミは人形に戻ったように微動だにしない。焰はその足元から這い上がり、たちまち全身に駈け登る。

ナオミは火焰《かえん》となって、四方の壁に拡がっていく。すでに音楽はなく、聞えるのは焰の音だけだ。焰は呼吸でもするように、一度ナオミの幻像を見せると、次にはスクリーンが焰だけとなった。

しばらくすると、赤と黄の乱舞の中にENDという白い文字が浮き上がり、焰は薄れていき、スクリーンは暗くなった。

それを待っていたように、舞台の上から、急に緞帳《どんちょう》が降りて来た。

屍体は舞台の中央にうずくまるように倒れていて、肩胛骨《けんこうこつ》の下に一本、心臓のあたりに一本、合計二本の刃物の柄が突き出ている。

西新宿《にししんじゅく》署捜査課の喜多村《きたむら》刑事は、こんな丁寧《ていねい》な殺され方をした被害者を初めて見た。しかも、三百人もの観客が見ている舞台でだ。その上、殺人に気付いた者はわずかだったらしい。

舞台の緞帳が降りているので、観客席は見えないが、絶えず人のざわめきが聞えて来る。シヨウが突然打ち切られて、戸惑っている観客の声だ。だが、大した混乱は起こっていない。主催者側がうまく事情を説明したので、観客は少しずつ退場し始めている。

サニーシティは警察署と目と鼻の先にある。従って、喜多村達、捜査員第一陣の到着は早かった。事件が発生して、十分と経っていない。現在、七時半だった。

喜多村達が案内されて楽屋から舞台に出ると、屍体は緞帳と白いスクリーンの間に倒れていた。スクリーンのすぐ後ろには黒い中幕が引かれていて、屍体のある場所は捜査を続けるには、狭く暗い。藤山《ふじやま》一課長がスクリーンを上げ、中幕を開くように言った。中幕が左右に開かれると、奥は広い舞台で、ホリゾントの前に色色な奇術道具がセットされている。何本もの剣を立てた台がある。棺のようなガラスの箱がある。マジックテーブルの上には筒や色とりどりのシルクが置いてある。

スクリーンが上がると、緞帳の前が明るくなった。被害者は胸よりも背中の出血の方がひどい。喜多村が被害者の背中を見ていると、傍にいた艮三郎が、

「背中の鑿は柄だけで刃はありません。血は絵の具です」

と、言った。

「絵の具だって?」

喜多村はびっくりして訊き返した。

「ええ、背中には傷などないはずです。奇術の劇で刺された鑿ですから」

艮は胸にフリルの付いた礼装用のワイシャツに黒のズボンだった。

喜多村は嫌な気分になった。最初、奇術ショウで奇術師が殺されたと聞いたときから、変な予感がしたのだ。被害者は碌《ろく》でもない殺され方をして、犯行はひねくれているに違いないと思ったのだ。

「井竜君は劇中でナオミさんに背中を刺され、ナオミさんの胸の中で死ぬことになっていたのです」

と、良が説明した。被害者のだぶだぶした装束を見ると、どうやらバタ臭いメロドラマのようだ。喜多村は背中の血を指で触れてみた。本物の血のぬめりはなかった。

「じゃ、胸の方の刃物は？」

「本物です。劇の最後の方で、台本にない人物が突然、客席から舞台に飛び出して来たんです。その人物が井竜君に突き当たり、手に持っていた短刀のようなものを胸に刺し通したのです」

「見ていたのですね」

「ええ。僕は下手《しもて》の袖にいて、井竜君の舞台を最初から見ていました」

良は舞台に向かって左の方を指差した。その袖は楽屋に通じている。喜多村達もそこを通って舞台に出たのだ。今、何人かが不安そうな表情で舞台の様子を窺《うかが》っている。

「それで、すぐ、大騒ぎになったのですね」

「いや、最初、それが殺人だとは思いませんでした」

「なぜです？」

「それも、演技の一部かと思ったからです。袖から舞台を見ていたのは僕の他にもいましたが、誰も本当に井竜君が刺されたとは思いませんでした。でも、演技が終っても、井竜君は立とうとしなかったので、変だという人がいて、急いで緞帳を下ろさせたのです」

「その、変だと言った人は？」

艮は袖の方を見て、小沼田という名を呼んだ。

ジャグ小沼田は艮三郎の弟子だという。四月から一本立になった。このショウが初舞台で、演技を終えてほっとして井竜の舞台を見ていたらしい。ラメ入りの派手な紺のタキシードを脱げば、どこにもいそうな青年だった。

「どうして、変だと思ったのですか」

と、喜多村は小沼田に訊いた。

「井竜さんはいつも、演技が終るとナオミさんと舞台の中央に立って、しつっこいほど何度も頭を下げるんですが、今日ばかりは立とうともしませんでした。それに――」

小沼田の喉が動いた。唾《つば》を呑んだようだった。

「客席から舞台に飛び出した人が、ナオミさんじゃありませんでした」

「……すると、予定ではそのナオミという人が客席から舞台に出ることになっていた？」

「そうです。ナオミさんは井竜さんが作り出した人形の役でした。いつもですと、ナオミさんが客席から出て来て舞台に登り、井竜さんを抱き起こし、そこで井竜さんの息が絶えるのです」

ちょっと、混乱する。その息が絶えるというのは、演技でのことなのだ。

「すると、今日は違う者が舞台に飛び出して、被害者を刺した？」

「そうです」

「それは、誰でしたか」

「判りません。その人はスポットライトを背に受けていましたから。でも、身体付きはナオミさんよりずっと小柄でした」

「女性ですか」

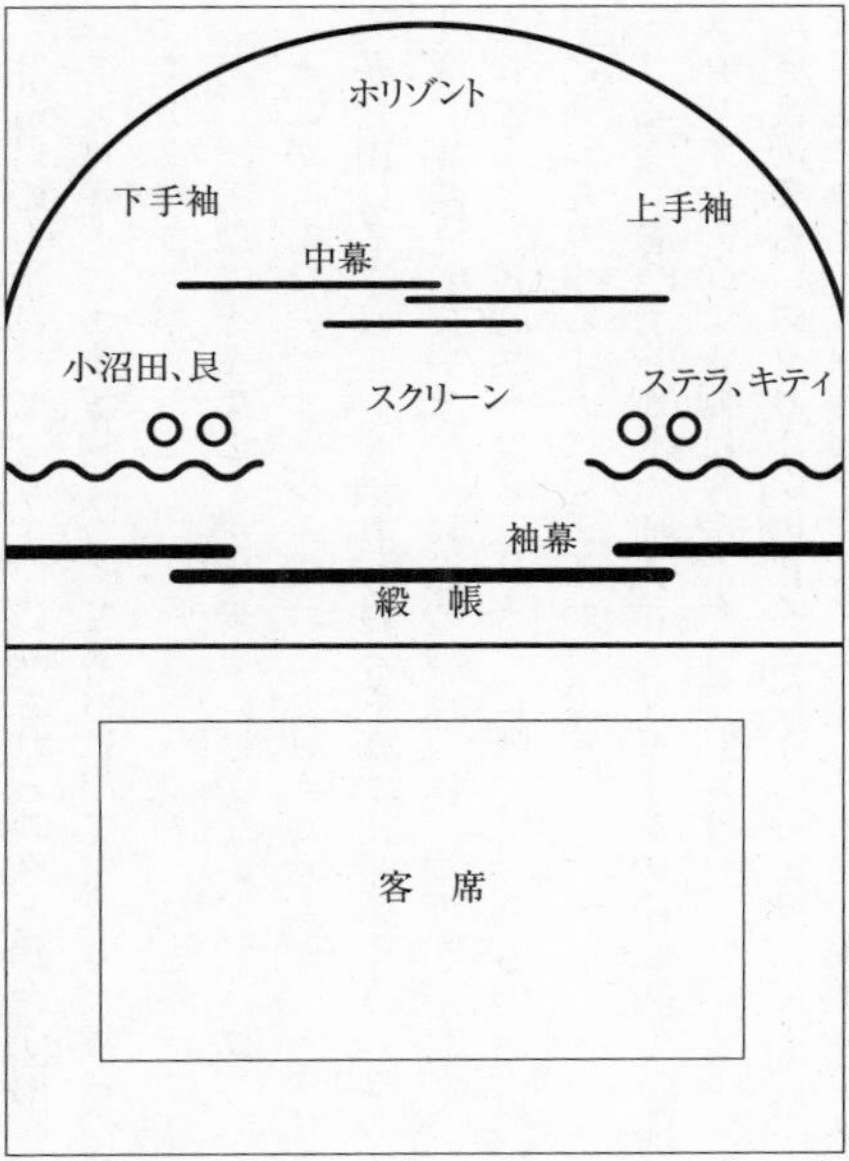

「……ナオミさんの衣装と似たような服を着ていました。でも、確かに女かと言われると、それは困ります」

「それで、その人物は被害者を刺した後、どうしました」

「……スクリーンの中へ入ってしまいました」

「スクリーンの中ですって?」

喜多村は顔をしかめた。奇術師の話はどうもカンに障る。良が代わって説明する。

「井竜君の奇術は、スクリーンに映される映画と舞台が同時進行する趣向なのです。スクリーンの人物がそのまま実物になって舞台に出て来たり、舞台の演者がすっとスクリーンの中に入ったりします」

「だが、実際にそんなことが出来るわけがないでしょう」

「そこが奇術なのです。少し離れると見えませんが、スクリーンには切れ目が作られていて、人が自由にスクリーンを通り抜けることが出来るようになっているんです。映画のフィルムは上手《じょうず》に編集されています。舞台の演技者は、画面を見ながら、タイミングよくスクリーンを出入りすると、客席からはスクリーンに映っているものが実物になったり、実物がスクリーンの中に入ったりするように見えるわけです」

「すると、被害者を刺した犯人はスクリーンの中に入ってしまったといいますが、実際には、スクリーンの向こう側に入ったわけでしょう」

「ええ。でも、スクリーンの後ろには誰もいませんでした」

「じゃ、中幕を通ったんですね。今、見ると、中幕は左右から引かれて、中央で合わさる。その合わせ目から、犯人が幕の裏側に出たのだ」

「でも……それが変なのです。中幕の後ろには次に僕達が演じるための道具がセットされていました」

艮はホリゾントの前に並んでいる道具類を指差した。

「セットされた道具は大切なのですよ。奇術師は他人に種を見られるのを嫌います。たまたま、部外者が近くにいて、奇術道具に好奇心を持つことがあるんです。見るだけならいいんですが、必ず手で触ろうとする人がいる。奇術の道具というのは見た目には変哲ない品でも、思わぬところに思わぬ仕掛けがあったりするものです」

「……でしょうね」

「その人に悪気はなくとも、他人に触られて道具のセットが狂い、演技に差し障りが生じては大変でしょう。特に、今日の僕のように、新作を発表するような場合は神経を遣います。ですから、道具をセットした後、下手の袖には僕と小沼田、上手《かみて》はキティとステラにいてもらい、舞台に他人が立ち入らないように、見張っていたのですよ」

「……それは、いつからです」

「井竜君の舞台が始まる前からです。それで、僕達は井竜君の演技が終るのを待っていたのですが、その間、中幕の後ろの舞台に出入りした者は、演技の途中で客席に行ったナオミさんの他、一人もありませんでした」

ふと、花のような香りが近寄る気配を感じた。喜多村が振り返ると、憂色《ゆうしょく》を湛えた女性が、

「曾我《そが》佳城《かじょう》です。わたしにご用と聞いて来ました」

と、言った。

照明が当てられているわけではないが、佳城のいる辺りが眩《まぶ》しく感じられる。濃い化粧ではないが、顔立ちがくっきりと華やかだ。麻色の男っぽいダブルのジャケットを素肌に着て、大

きめのネックレスが見える胸元がはっとするほど妖艶《ようえん》だった。喜多村は佳城と話すのに思わず心を整えた。

「ちょっと、お尋ねしたいことがあります。ええと……」

屍体の傍で立話もない。喜多村は佳城を舞台の下手にうながした。そのとき、強い視線を感じた。見ると、十六、七のきりっとした顔立ちの少年が舞台の袖からじっと佳城の方を見守っている。捜査員に舞台の方には行ってはならないと言われたようだ。佳城も気付いて、

「わたしの連れで、串目《くしめ》君といいます。わたしのところで奇術を勉強している子ですわ」

と、喜多村に言った。

「屍体があるのに、怖くないんでしょうか」

「それより、わたしのことが心配なんでしょう」

「なるほど。僕の顔はそう優しくは見えません。じゃ、呼んでください。一緒に話を訊きましょう。その方がいい。僕があなたを困らせるなどと思われるのは心外ですから」

佳城は串目を呼んだ。串目は素直に佳城の横に来た。喜多村は佳城に訊いた。

「警視庁の竹梨《たけなし》警部とお知り合いだそうですね?」

「はい、よく存じております」

「事件が通報されたので、すぐ本庁へ連絡しますと、竹梨警部が電話に出て、そういう会場なら、もしかすると曾我佳城という方が見えているかも知れない。もし、おいででしたら、お留めしておくようにと言われたのです」

「はい。わたし達は見物人で来ていました。ずっと舞台を拝見していましたわ」

「それならよかった。佳城さんは特別の才能で以前にも難事件を解決したと伺いました」

「嫌ですわ。わたしはいつもちょっとした助言をしてきただけです」

「いや、竹梨警部は心から佳城さんを尊敬していますよ。ところで、今の事件ですが、ご覧になっていたとすると幸いです。ちょっと、わけのわからぬことになりましてね」

警察医と鑑識の職員達が到着した。舞台の上の警察官が増加した。

「道具を片付けてもいいでしょうか」

と、艮が遠慮勝ちに言った。

見ると、艮の奇術道具を物珍しそうに覗き込んでいる職員がいる。喜多村は一渡り道具を見たが、被害者は奇術用の刃物で殺されているわけでもない。

「いいでしょう、ご自由に」

喜多村がそう言うと、艮はほっとしたように小沼田を見た。小沼田は急いで道具を舞台から運び出す。

「もし、キティとステラという人がいたら、ここに来るように言ってください」

と、喜多村は小沼田に付け加えた。

「佳城さん、観客席で見ていた感じはどうでしたか。被害者は客席から舞台に飛び出した人物によって刺され、その犯人はスクリーンの中に消えてしまったということですが」

「……矢張り、あの人に刺されたのですか。少し変だなとは思いました。スクリーンの演技と、その人の動きとが、何かちぐはぐして見えましたから」

「犯人はスクリーンに入ったきり、二度と出て来なかったのですね」

「ええ。奇術が終って、緞帳が降りるまで」

「スクリーンの切れ目に入って行った犯人は、中幕をくぐって、中幕裏の舞台から、左右の袖へ逃げるしかありませんね」

「そうでしょう。この劇場には、舞台の床に切り穴などないはずです」

舞台に切り穴のないことは、喜多村も見れば判る。

「ところが、舞台の両袖にはそれぞれ艮さんの関係者がいて、被害者が殺された後、そこを通った者は出演者のナオミという人の他、誰もいないというのです」

そこへ、キティとステラが来た。二人共、花柄の半袖ブラウスで、思い切って短いスカート。どちらも活発そうな少女だった。

二人は喜多村の問いに答えて、井竜が刺された後、舞台から袖を通って出て行った者はナオミしかいなかったと断言した。二人共、最初から井竜の舞台を見ていて、普通ではない予感がしたので、注意深くなっていた。変な人物が自分の傍を通って、気付かぬはずはないと言う。

「それじゃ、犯人はスクリーンの中に入って、映画のように消えた、としか考えられなくなるじゃありませんか」

俺は奇術など見に来たんじゃない、と言いたくなる。

「今日の公演はいつ頃から決まっていたのですか」

と、喜多村は艮に訊いた。

「僕は定期的にリサイタルを開いています。年に四回ですが、ですから、三月前にはこの劇場と予約がしてありました」

「では、ゲストの出演は？」

「……一月《ひとつき》前ぐらいかな」

「その頃には、ジョン井竜の出演も決まっていたのですね」

「そうです」

「今日、被害者が演じたレパートリイについては？」

「井竜君が〈人形の嘆き〉を演《や》ってくれるのは、昨日判りました」

「昨日？」

「ええ。僕はゲストのレパートリイには、あまり注文しないんです。お客さんや劇場によって、それぞれ適当なレパートリイを選ぶのが一番いいと思っていますから。それで、ゲストのレパートリイは、当日になるまで判らないことが多いんです。でも、井竜君は昨日、僕がここでリハーサルをやるのを知って、自分も稽古《けいこ》がしたいと言って来ました」

「それで、昨日その〈人形の嘆き〉を稽古したのですね」

「そうです」

「前にもその奇術を見たことがありますか」

「ありません。昨日が初めてでした。見ていてちょっとびっくりしました。凝っていましたからね。これじゃ、井竜君のリサイタルみたいだと言ったのを覚えています」

「佳城さんはどうですか。前に〈人形の嘆き〉を見たことがありますか」

佳城は首を振った。

「ありません。初めてで、大変、感心しました」

「被害者はいつからその芸を演るようになったのでしょう」

奇術師達は顔を見合せたが、答えられる者はなかった。

犯人が共演者のナオミと紛わしいような衣装を着ていたとすると、井竜が艮三郎のリサイタルで〈人形の嘆き〉を演じることを予《あらかじ》め知っていた人間でなければならない。ところが、どうやらそのレパートリイは奇術関係者もあまり知らない、珍しいもののようだ。犯人はその線で絞れそうだ。

「今日のお客さんというのは、艮さんのファンなのですか」

「……これだけ多勢ファンがいてくれると有難いのですがね」

と、艮は頭を掻いた。

「僕のファンなんか知れたものです。大方、義理で来てくれた人がほとんどでしょう」

「そんなこと言ってはいけませんわ」

と、佳城が言った。

「来て頂いた方全部、自分のファンだと思わなければ」

「すると、後はいわゆる、奇術マニアという人達なのですね」

と、喜多村が訊いた。

「ええ。有難いことに奇術マニアは割に小まめに劇場へ来てくれます。奇術だけはテレビではだめ、という人が多くて」

「その中には〈人形の嘆き〉を知っている人もいるでしょうね」

「井竜君がどこかで演じていればいると思います。もしかすると、マニアの間では話題になっている問題の奇術かも知れませんね」

「……ほほう、そんなに素晴らしかった?」

「といって、僕が井竜君を妬《ねた》んで殺すほどでもなかったな」

「完全な芸とは言えないのですか」

「ええ。僕が見たところ、ときどき不必要な点が目に付きました」

「たとえば?」

「これはスクリーンの中ですが、ナオミさんが肌を露《あら》わにするところがありました。あれは行き過ぎだと思いました。奇術は不思議だけをお客さんに見てもらえばいいのですから」

「……僕は見ていないので判りませんが、それは?」

「ええ、衣装を全部取り去って。まあ、人間になった人形が、再び木材に戻るという演出なのでしょうが……」

「佳城さんのご意見は?」

佳城は真顔で答えた。

「わたしはあれでいいと思います。ナオミさんの身体は大変綺麗でしたから」

「……なるほど、ナオミさんは美しかったわけですね」

「もしかすると、井竜君は話題性を狙っていたかも知れない」

と、艮が言った。

井竜の他にも、ゲスト出演者がいる。足芸の足利隆氏というどこか惚《とぼ》けた男、そして、ギターの曲弾きの若桃ルルという気の強そうな女性だったが、皆、出演を終えて楽屋で休んでいて、舞台での出来事は見ていなかった。

そのうち、警視庁の一行が到着する。竹梨警部も加わっていて、喜多村の説明だけでは気が済まない様子で、佳城や艮を放さない。それでも足らず、舞台をそのときの状態に再現させたいなどと言っている。

観客の全員が劇場を出た後、緞帳が上げられた。空席の椅子は気のせいか寒寒としている。リサイタルを改めて公演する、観客にはそのときの切符を郵送するという名目で、署員が全員の住所と名を控えさせたが、拒む者は一人もなかったという。

喜多村が藤山一課長と話していると、ハナモリ企画の綿鍋《わたなべ》が来て、ナオミがやっと落着きを取り戻したと言った。ハナモリ企画はショウを企画した芸能社だ。

藤山はそれを待っていたようにベレー帽を冠り直した。喜多村は人によって捜査の方法がそれぞれに違うと感心した。竹梨はどうやら実証派らしいが、藤山の持論はただ一つ「女を探せ」だ。藤山はいつもそれを実践し、成功する場合が多い。

竹梨と藤山が違うといえば、ナオミは特別に美しい女性だったが、佳城とは矢張り違う。佳城が東洋的な伎芸天《ぎげいてん》を思わせれば、ナオミは西欧的なヴィーナスだろう。

年齢は佳城より若く、二十六、七。全体に智性的だが、舞台化粧が崩れ、感情がまだ鎮まらないのか、眸が複雑な心情を映している。プリント地のTシャツに地味なカーディガンを引っ掛けているが、均整のとれた姿態だということは判る。

ナオミは演技がうまく進行していると思った。演技は後半にかかり、スクリーンに入ったナオミは予定通り、中幕から後ろの舞台に出て、上手の袖に行く。そこには、キティとステラが立って、井竜の舞台を横から見ていた。最後はナオミが観客席の後ろから、ゆっくりと舞台に上がり、人形師の井竜を抱き、井竜はその胸の中で息を引き取ることになっている。演技者が観客席に降りたり、観客席から舞台に登ったりするのは、井竜が好んでいる演出で、歌舞伎の花道の効果を狙っているのだと言う。

ナオミがその段取りに従い、楽屋から観客席の通路に出、観客席の後ろのドアを押すと、すでに一人の人物が舞台に飛び上がったところだった。ナオミにはその意味が全く判らなかった。そして、次の瞬間にはその人物は井竜に体当たりして、スクリーンの切れ目に入ってしまった。切っ掛けが早すぎたので、スクリーンにはまだ誰も映されていない。だから、その人物はただ無造作にカーテンを分けて向こうに入って行ったのと同じで、観客からはスクリーンの種が丸見えではないか、と気になったと言う。

「そのとき、犯人の刃物が見えましたか」

と、藤山が訊いた。

「はっきりと見えました。刃にライトが当たっていました」

「当然、被害者が刺されたと思ったでしょうね」

「ええ、ですから、どうしていいか判らなくなりました。このまま、演技を続けて舞台に登るのが怖くなって、すぐ、楽屋に引き返したのです」

「そのとき、怪しい人物には出会いませんでしたか」

「誰にも。上手にはキティとステラがいて、不思議そうに舞台を見ていました」

ナオミは鏡台を背にしている。ときどき、鏡に映った髪が細かく震えた。

「〈人形の嘆き〉はいつ頃から舞台に掛けているのですか」

と、喜多村が訊いた。

「一月ほど前です」

「上演した回数は?」

「今日で、三度目。映写機の使える劇場でないと出来ないので、どこの劇場でもというわけにはいきません」

「そう、映画と実演が連鎖する奇術だそうですね。その映画も井竜さんが撮影したのですか」

「ええ。スタジオを借り、知り合いの映画監督を頼みました。勿論、シナリオは全部ジョンが書きました」

「かなり、資金が掛かったんじゃないですか」

「一部、ジョンが借金もしたようです。でも、わたし達が道具にお金を掛けるのは常識でしょう。舞台に掛けてみると、意外に好評で、ジョンは気をよくしていました」

「佳城さんも誉めていましたよ」

「……そうですか。ジョンがそれを聞いたらどんなに喜んだでしょう」

コンクリートの壁には、人形の衣装とよれよれの革ジャンパーが掛かっている。ジャンパーは死んだ井竜のものだろうが、必ずしも上等でなさそうなジャンパーを見て、喜多村は二人の生活を見る思いだった。

「ご主人が、特に人に怨《うら》まれているような点はありませんでしたか」

と、藤山が訊いた。

「……思い当たりません」

「じゃ、お友達などはどうでしょう。ご主人は売出し中のタレントだ。ファンの女の子などは……」

親身になって心配しているような調子だった。藤山はこの手の訊き出し方に定評がある。

「……さあ」

「現在とは言いません。昔のことでもいいのですが」

「ジョンはわたしの前に、結婚していた人がいました」

「それは……矢張り、奇術師で？」

「ええ。ジョンはデビュー当時から、三年間、その人と一緒に舞台に立っていました」

藤山の目がきらりと光った。

「すると、あなたは？」

「ええ。昨年の秋、ジョンと一緒になりました。結婚して半年目です」

井竜の先妻は一門悠子《いちもんゆうこ》と言った。三年間、二人は生活と舞台を共にしていたが、昨年の春、離婚し悠子は舞台を退いた。理由は性格の不一致ということで、精《くわ》しいことはナオミも知らない。

離婚後、井竜は奇術の助手をしてくれる女性がいなくなって困っていた。そんなとき、たまたま高校時代の友達がバレエの教師になっていることを知り、誰か適当な女性はいないかと頼み込んだ。それで選ばれたのが織原奈緒美《おりはらなおみ》——現在のナオミである。

ナオミは小さい時からバレエを習っていて、数年前から教師に代わって、代稽古をするまでになっていた。生徒は高校生止まり、夜になると身体が空《あ》くので、働く気はないかとバレエの教師から相談された。ナオミも奇術という舞台に好奇心が起こって、最初はアルバイトのような軽い気持で井竜の仕事を手伝うようになった。ところが、すぐ井竜の方がナオミに夢中になり、結婚を強く迫られた。ナオミは井竜の熱意に絆《ほだ》された形になった。

「でも、まだ、籍は入れてないんです」

と、ナオミは言った。

「この世界がよく判らないから。ときどき、わたしは馴染《なじ》めないような気がすることがあるからです」

「じゃ、こうしてご主人が亡くなった後、もう、舞台へは？」

と、喜多村が訊いた。

「ええ。はっきり決めたわけじゃありませんが、多分、そうなるだろうと思います。わたし独りでは奇術は出来ませんし、どうしても奇術を、という気持にもなれないんです」

そのとき、楽屋のドアの辺りで言い争うような声が聞えた。ハナモリ企画の綿鍋が、誰かが部屋へ入ろうとするのを制しているようだ。そのうち、

「もう待てません。すぐ、先生に会いたいんです」

悲鳴のような声と一緒にドアが開き、少女が転がり込んで来た。髪を三つ編みにして、白いタイツを穿《は》いている。少女はナオミにすがり付いたと思うと、膝《ひざ》の中でわっと泣き出した。

「……先生、とても怖かった」

ナオミは優しく少女の背を撫《な》でた。

「もう、大丈夫。怖いことなんかありません」

「でも、先生は？」

「わたしなら、この通り元気ですよ」

「先生が……わたし、先生がどうなるかと思って」

「心配してくれて有難う」

「悲しくない？」

「ええ。もう大丈夫よ」

「よかった……」

少女は顔を上げて、にこっと笑った。

「この子は？」

と、藤山が訊いた。

「神石里沙《かみいしりさ》ちゃん。わたしのバレエの生徒です。艮三郎さんが女の子の助手が欲しいというので、手伝いに来てもらいました」

「じゃ、まだバレエの仕事も続けているんですね」

「ええ……ジョン一人の働きでは、まだ、ちょっと無理で」

ナオミは里沙の背を叩いた。

「さあ、もう自分の楽屋へ戻りなさい。おかしいですよ、来年は大学生だというのに。さあ、涙を拭いて」

里沙はぴったりとナオミに寄り添い、離れる様子はない。

「いや、私達もそろそろ失礼します」

と、藤山がベレー帽を冠り直した。

「済みません。里沙ちゃんは小さいときから一緒で、それに母親を亡くしたので、まるでわたしが母親みたいに甘えるんです」

楽屋を出るとき、喜多村はふと更衣室のカーテンが半開きになっているのに気付いた。何気なく覗くと、ナオミと怖いまで同じ顔をした人形がじっと横を向いていた。

藤山は綿鍋に井竜の前妻の住いを訊いた。一門悠子は離婚した後、下北沢《しもきたざわ》のアパートに独り暮し、昼は新宿《しんじゅく》のデパートに勤めているという。

自宅の電話は応答がない。勤め先に連絡すると、幸い、悠子はまだ残業をしていて今、帰宅するところだった。藤山は八時十五分に悠子が指定した喫茶店へ行くと言った。舞台では実証家の竹梨が佳城や艮を相手に、スクリーンを上げたり下ろしたりしているが、無論、藤山はそんなことには関心を示さなかった。


「……そうですか。あの人が死にましたか」

一門悠子は少し寂《さび》のある声で言った。

どちらかと言えば、ナオミに似ている。舞台化粧をすれば、ナオミに劣らぬほど精彩を放つだろう。ナオミより五歳年上だと言うが、すらりとした姿態に崩れはない。

「あの人は自分の途《みち》を誤まりましたね。あの人は、元元、歌手だったんです」

と、悠子が言った。

「歌手……奇術師じゃなかったんですか」

藤山が意外な顔をした。

「ええ。小さいときから歌手に憧れて、ずいぶん苦労したそうです。ですから、歌は上手でした。筋金が入っていました」

「奇術は？」

「あの人は奇術の師がいません。見様見真似です。ですから、素人《しろうと》の域を抜けていませんね」

「……厳しいですね」

「実際、舞台で他の多勢の名人の芸を見て来ました。それ位のことは自然に判ります」

悠子は喫茶店の窓から、降りしきる雨の街を見た。

「……つまり、歌には自信はあるが、最後迄、運がつかめなかった。それで、奇術に転向したというのですか」

「……それも、手伝ったでしょうね」

「あなたとしては、歌に進んでもらいたかった？」

「勿論《もちろん》です」

「今、あなたは井竜さんが途を誤まったと言いましたね。井竜さんの将来に希望がないので、離婚なさったのですか」

悠子は黙った。表情は否定も肯定もしない。何やら複雑そうだ。

「本当の離婚の原因は何でしたか？」

「……それはもう、調べて来られたのとは違いますか」

「性格の不一致だと聞きました」

「それなら、それでいいでしょう」

「もっと、精しく聞かせてくれませんか。これは凶悪な殺人事件で、まだ犯人も判らないのです」

「……でも、亡くなった人の名誉にならないことですから」

「とすると、性格の不一致と言うより、性の不一致だったんじゃありませんか」

悠子はまた黙った。藤山の勘が当たった、と喜多村は思った。藤山は魚を釣る骨《こつ》のようなものを身に着けている。悠子は餌を見て、危険かどうかためらい始めたのが判った。

「秘密は厳守します」

藤山がそう言うと、悠子は苦しそうな表情を和《やわ》らげた。

「あの人の今のお相手、何と言いましたか？」

「織原ナオミさんです」

「離婚してから、あの人の舞台を一度も見たことがありませんが、ナオミさんはきっと、大胆な衣装で舞台に立っていたんでしょうね」

藤山はちょっと喜多村を見て、満足そうな顔をした。

「いえ、大胆な衣装ではありません。ナオミさんは衣装を取り去っていたそうです」

「……そうですか」

悠子は静かに溜め息を洩らしたようだ。

「すると、あの人の趣味は昔より強くなっているようですね」

「……趣味、ですか」

「ええ、昔のことですが、あの人は自分はストリッパーのヒモになりたかったなどと洩らしたことがありました。冗談かと聞き流したのですけれど、段段、それが本心だと判ってきました」

「つまり、楽をして暮したい？」

「では、趣味になりませんわ。あの人は、自分の妻が、舞台で肌を露わにしているのを見るのが好きだったんです」

「ほう……」

「でも、あの人にもプライドがありました。わたしにそんな真似をしろとは言えません。その代わり、奇術師の助手として、大胆な衣装を着て、人前に立つことを要求したのです。奇術師の助手なら、普通の人より多く肌を露わにしても、世間では何も言いません」

「……すると、井竜さんはその欲望を満足させるために、歌手を捨てて、奇術師になった、というのですか」

「ええ。あの人は昔から奇術など好きじゃありませんでした」

悠子は目を伏せて話していた。それを思い出すだけで、顔が赤くなるような思いなのだろうか。

「最初あの人が作らせたのは、胸元の開きすぎるイブニングドレスで、わたしがためらうのを、舞台を美しく見せるにはぜひ必要だと言われ、そのときはそんなものかと思っていましたが、あの人は段段エスカレートして、終《しま》いにはちょっと横を向くと、胸がすっかり見えてしまうような衣装を着ろと命じました」

「……なるほど」

「はっきり、その趣味に気付いたのは、一昨年《おととし》の秋、新しいレパートリイを作るのだと、あの人が絵コンテを作っていて、あの人の留守に何気なく見ると、そこにはわたしの裸像が描かれていました。あの人に問い詰めると、これは映画だから何も恥かしいことはないと言います。でも、わたしは嫌でした。そして、それがきっかけで色色なことが思い当たりました。夜、暑いという理由でわたしが嫌がるのに何度か寝室の窓を開けたこと。奇術の助手を演じているわたしを、あの人が熱っぽい目で見ていた舞台のこと。あれこれ思ううち、本当にあの人が嫌らしく見えてきました。そうなると、朝晩、顔を合せるのもたまらなくなって……」

「判りますよ、その気持。あなたは清純な心の方なのですね」

雨の中を西新宿に戻る途中で、喜多村は藤山に訊いた。

「僕にはちょっと判りませんね。一門悠子は清純じゃなくて、潔癖なだけじゃないですか」

「どうして」

「今の若い女の子は、人前で裸になることなど平気ですよ」

「そうかな」

「そうですよ。それが理由で離婚だなどとは今の時代、大袈裟《おおげさ》でしょう」

「それは違う」

藤山ははっきりと断言した。

「人の本性はどの時代でも、そんなに変わるもんじゃない。昔だって人前で裸になるのを何とも思わない女性もいた。ただし、時代が宥《ゆる》さなかっただけだ。無論、死んでも嫌だという女性もいた。女は男ほど単純じゃない。びっくりするほど一人一人に本性の違いがある。その比率は、現在でも大昔でも、大した違いはないはずだよ」

サニーⅢに戻ったのは九時を少し廻っていたが、劇場内は事件の再現をしているところだった。

屍体は運び去られ、中幕とスクリーンが元通りに準備されている。舞台の上には艮三郎とナオミの姿が見える。艮が井竜の役を引き受けたようだ。

観客席の前の方には、竹梨達の捜査員、ジャグ小沼田、足利隆氏、若桃ルル、キティとステラ、神石里沙、綿鍋などのショウ関係者が思い思いに席を取って、じっと舞台を見上げている。佳城は串目と並んで坐《すわ》り、プログラムに目を落としていた。よく見ると、佳城の視線は文字を見ていない。何か、別のことを考えているようだ。

「準備、いいですか?」

艮が舞台の後ろに向かって手を伸ばした。映写技師に合図しているのだ。

「ちょっと、待って」

悲鳴のような声だった。喜多村が声の方を見ると、里沙が立ち上がって、舞台の方へ駈け寄り、ナオミの顔を見上げた。

「先生、本当に、またなさるんですか?」

舞台衣装のナオミは黙ってうなずいた。

里沙はしばらくナオミを見ていたが、くるりと舞台に背を向けた。唇を噛んでいるようだった。里沙は観客席を見渡すと、何を思ったのか、佳城の傍に駈けて行き、隣の席に丸く坐った。親の懐に飛び込む仔猫のようだった。

「僕達も見物しよう」

藤山はそう言って、近くの席に着き、喜多村をうながした。

「じゃ、いいですね」

と、良が言った。

照明が暗くなり、映写機の音がかすかに聞えてくる。音楽とともに、スクリーンの上へタイトルが現れた。タイトルが消えると、中央に小さな人物が遠くから歩いて来る。人物が大きくなると、ジョーカーの衣装を着けた井竜だということが判る。喜多村は動いている井竜を初めて見たが、なかなか恰幅《かっぷく》の良い男だ。

と、思ったとき、スクリーンの映像は、そのまま舞台に出て来た。

「ほう……」

竹梨の声がした。

喜多村も一瞬、目を疑ったが、よく見ると、それは良だった。

「井竜君の衣装がないので、このままで演らせてもらいます」

と、ワイシャツ姿の良が言った。

「いや、それでも、一瞬どきりとしましたよ」

と、竹梨が言った。

「つまり、スクリーンの中央に切れ目があり、そこから出入りするわけですね」

「そうです。大変にうまく出来ています。スクリーンの素材はゴムでしょうが、出入りが終ると、きちんと元通りになります」

艮はスクリーンに近寄って、手で合せ目を少し開いて見せた。艮が言う通り、手を離すとスクリーンはすぐに元通りになる。

「井竜君はここで、自分は人形師、これから世界一美しい人形を作るのだと説明しました」

艮は画面を見ながら説明し、ころを見計らって、スクリーンの中に戻った。画面は井竜の後ろ姿となった。井竜は画面の奥に歩いて行って見えなくなった。

画面が変わって、人形師の仕事場。ドアを開けて井竜が入って来る。

スクリーンの井竜は仕事場の説明をしてから、作業台の前に立ち、木材と木工道具を手にして人形を作り始めた。フィルムは手際良い編集がされているようで、たちまちのうちに人形師は一体の人形を完成する。

艮は作ったばかりの人形を抱えてスクリーンから出て来た。人形は妖しいほどナオミに似ていた。

「この人形も、ずいぶん凝っています」

艮は人形を舞台の上に立てた。

「こういう場合ですから種を明かしますが、この人形は特殊な合成樹脂製でいくらでも小さくなります。それは後でご覧に入れましょう」

艮は再びタイミングを計るようにスクリーンに手を伸ばして壁に掛かっていた黄色い衣装を取り出した。それをちょっと拡げ、首を振って、壁に掛かっている赤い衣装と取り換える。

「これは、面白い」

と、竹梨が言った。よく、感心する男だ。

「今度がちょっと大仕事なんです。うまく行くかどうか判りませんが、続けましょう」

艮は人形を後ろ向きにして、赤い衣装をたぐって輪にした。しきりにスクリーンを気にしているのが判る。艮の唇が動いている。スクリーンの向こうにいるナオミと何か合図を交わしているようだ。

艮は衣装の輪を頭から人形に被せた。ごく、普通の動作に見えた。艮は衣装の形を整えながら、袖に人形の腕を通し、スクリーンから赤い帯とリボンを取り出して、それぞれを人形に着け、正面を向いた。

「うまく行ったわ」

キティかステラのどちらかが言った。喜多村は何がうまく行ったのか判らなかった。

艮がシンバルの音に合せて人形の向きを変えたとき、その意味が判った。人形の衣装を着ているのは実物のナオミだった。

「ううむ……」

竹梨が唸《うな》っていた。

今度は喜多村も唸りたい気持だった。いずれ何等かの方法があるのだろうが、種のことは別として、人形が一瞬のうちに人間に変わるという現象は、かなり強烈だった。

「これも、ご説明しましょう。人形師が衣装を拡げたとき、スクリーンの後ろからナオミさんが素早く出て来て、人形と掏《す》り替わるだけです。その瞬間は、拡げられた衣装の陰になっていて、観客席からは見えません」

と、艮が言った。

「合成樹脂の人形は小さく畳まれ、ナオミさんのスカートの中に隠されているのです」

ナオミはふくらんだ腰に手を当てたが、さすがスカートの中までは見せようとしなかった。

「ここで、人形師と人形は舞台で踊ることになるのですが、それは省略します。これから、人形師が変身した娘を抱こうとするのですが、娘は拒否します。娘はスクリーンの中に逃げ込み、人形師は後を追う……」

ナオミはしばらくスクリーンを見ていた。画面は中央にある暖炉の火が小さく動いているだけだが、どこかに秘密のサインがあるようだった。喜多村は気付かなかったが、ある瞬間を捉えて、ナオミはすっとスクリーンに入った。実演者だけあって、そのタイミングは絶妙だった。

続いて艮がスクリーンに入り、画面はナオミと井竜の闘争になった。二人が組み合ううち、ナオミは作業台にあった鑿をつかみ、井竜の背に突き立てる。

艮がスクリーンから飛び出した。艮は言った。

「これまでの間、井竜君は背中に突き出た鑿の仕掛けを作り、傷口に見せるため、絵の具を塗っていました。背中のことですから、ナオミさんがそれを手伝います。時間はうまく計算されていて、今、ナオミさんは観客席の後ろに到着しています」

喜多村は後ろを見た。そこには絵の具で手を染めたナオミが立っていた。艮は続けた。

「この、瞬間です。何者かが、観客席から飛び出して、井竜君を刺したのです」

喜多村の耳には、音楽が聞えなくなっていた。

「ステラ、演ってご覧」

と、艮が言った。

打ち合わせがしてあったようだ。ステラが客席から立って舞台に飛び乗り、艮に体当たりして、スクリーンの中に飛び込んだ。

そのとき、低いがよく通る声がした。

「いいですか。謎が解けないと、このフィルムは何度も何度も映さなければなりませんよ」

佳城の声だった。

一呼吸の間があった。

「嫌っ！」

真剣勝負の気合のような叫びが劇場に響き渡った。

それは佳城の隣だったので、突然立って舞台に躍り出たのが、神石里沙ということが判った。

里沙はスクリーンの前に立ちはだかった。スクリーンにはナオミが現れ、赤い衣装を脱ぎ捨てる瞬間だったが、里沙のためにその裸像は見えなくなった。ちかちかする肌色の光の中で、里沙は両手で顔を覆いながら叫んだ。

「もう止めて。何もかも言いますから、こんな映画は止めて頂戴《ちょうだい》……」

舞台にはスクリーンが引き上げられ、中幕が開けられて、白いホリゾントが無愛相《ぶあいそう》な表情をしている。

舞台の上では捜査員達が新しい現場検証に入り、艮と一緒に奇術道具を舞台へ運び出し、大きなガラスケースの裏側から、里沙が着ていた衣装を取り出した。

「じゃ、佳城さんは、最初から犯人があのガラスケースの中に隠れたのを見抜いていらっしゃったんですか」

と、竹梨が訊いた。

観客席にいる佳城を、喜多村、藤山、竹梨が囲んでいる。佳城の隣の串目は上気した顔だった。

「でも、それが誰かは見当も付きませんでしたわ」

と、佳城が言葉少なく答えた。

「だってガラスケースの中から少女が飛び出す奇術はいつも見慣れていますもの」

「僕は逆なんだよ」

と、艮が言った。

「ガラスケースの中にはすでに里沙ちゃんが入ってセットされていたわけでしょう。ケースは一人で満員。ですからその中にもう一人の別の犯人が入り込む余地はないと思い込んでいたのです。真逆《まさか》、里沙が犯人とは思いませんものね」

「じゃ、里沙は井竜の奇術が始まる前には、すでにケースから抜け出して、客席の方に紛れていて、ケースの中は空だったんですか」

と喜多村が言った。

「客席からは空に見えるケースの中に、里沙が隠れていた。しかし、本当は井竜が殺されるとき、ケースは本当の空だったと言うのですね」

喜多村は呆れていた。一体、今夜、何度欺されたことだろう。

「……しかし、準備された艮さんの道具の中に、人が隠れているとは言わなかったじゃないですか」

喜多村は不満そうに言った。艮は舞台から降りて喜多村の傍に来た。

「まだ、未発表の作品ですから、ちょっと種を明かしたくはなかったんです」

喜多村が言った。

「つまり、中幕の後ろで道具がセットされると、里沙はガラスケースの隠れ場所から抜け出した。その後でキティとステラが見張りに立ち、里沙は用意した衣装を着けて観客席で待ち、昨日のリハーサルで覚えていたきっかけで井竜を殺した後、スクリーンと中幕を抜けて再びケースの中に戻った、というのですね」

「そうです」

艮は佳城の方を見た。

「でも先生、どうしてケースの中に人がいる、ということが判ったのですか。まだ、発表していない新作で、どんな奇術か、現象も見ないうちに」

佳城は舞台のケースを見て言った。

「艮さんは警察の人達が来ると、早く道具を片付けたがっていたじゃありませんか。それで、あの中には多分、長い時間放って置くと困るようなもの……生き物か何かが隠してあるんじゃないかと思ったんですよ。生き物とすると、大きさから言って、まず人間でしょう。空の箱から飛び出すとすると、そう、少女が普通ですわ」

「僕は舞台に立って、近くからそのガラスケースを見ましたよ。ケースの中は完全に空で、その中に、里沙が隠れていたなんて、信じられませんね」

喜多村は言った。

「艮さんの自信作でしょうね」

佳城の言葉を聞いて、艮が舞台の上から言った。

「原理は古い鏡のトリックなんですが、多少の改良を加えてあります。ですから、従来のものより、傍で見ても秘密の隠れ場所は判りません」

しかし——と喜多村はまだ判らないことがある。

来年、やっと大学生になるという少女が、なぜ、そんな大それたことをしたのだろう。里沙は自分のバレエの教師であるナオミを、ひたすら尊敬している態度だった。だと言って、それが井竜への殺意に結び付くとは思えないし、三角関係のもつれとも考え難い。

たまたま、串目が傍にいた。喜多村は串目と里沙の年齢が似ていることに気付いた。竹梨は佳城をつかまえて、込み入った話に夢中だった。喜多村はそっと串目に質問した。

串目ははっきりと自分の意見を言った。意見と言うより信念だろう。

「……もし、舞台で佳城先生の裸を強制するような男がいたら、僕もきっとその人を殺すでしょう」

串目の目が狂的な光を帯びていた。

花火と銃声

「銃殺されたのは紙綱隆士《かみつなたかし》という男で、年齢は三十四歳。紙綱は自分の職業を週刊誌の記者とかカメラマンとか言っていたようですが、専属の出版社があったわけじゃありません。自分の原稿や写真を売ることもほとんどなくて、じゃあなんで暮していたかというと、これが恐喝の常習者なんです。有名人無名人の差別なく、秘密を嗅ぎ出してはその現場を隠し撮りした写真を種に、金を脅し取るといった男で、まあ、誰に殺されてもおかしくないような人間でした」

「その、紙綱という人には前科があるんですか」

「それが、ありませんでした。かなりうまく立ち廻っていたというか、実に抜け目がなかったようです。その証拠には、紙綱の部屋から、きちんと整理された三十冊近くのアルバムが見付かりました。その全部が恐喝用の写真とネガフィルムだったんです。テレビ法話で有名なある坊さんが、どこかの墓地で法衣《ほうえ》をまくり上げて立小便をしている、ような写真があると思うと、きちんとした身形《みなり》の老紳士が、涎《よだれ》を垂らさんばかりにして怪しげなショウに見入っているスナップがある。あるいは、佳城《かじょう》さんの前でなんですが、ラブホテルに入ろうとしている二人連れ、部屋の中での絡み合い、そしてお帰りという一連の組写真。別の何冊かは若い女性のヌードで、これはちゃんとしたスタジオで撮影したものですが、すばしっこい紙綱のことですから、露骨なポーズを見逃していない。恐らく、撮られた当人も気付いていないんでしょうね。その全てに、モデルの氏名、電話番号、撮影した日付などが明記されてきちんと整頓されているところを見ると、なにかのきっかけで、その内の誰かが急に売れ出して有名になるとか、または玉《たま》の輿《こし》に乗るのを待って、恐喝の種にしようとしているのが判ります」

「何だか、趣味みたいな感じもしますわね」

「おっしゃる通りです。紙綱は楽しみが半分、実益が半分でそんなことを始めたんでしょう。それでいながら、今迄、表沙汰にならなかったのは、恐喝はするが、汚ない真似はしなかった。変な言い方になりましたけれども、別のノートがありましてね。これは収益の明細書で、それには相手の名は記載されていません。つまり、取引きの終えた時点で、紙綱は被害者の名前を全て抹消しています。勿論《もちろん》、二重の恐喝は絶対にないばかりか、その金額は意外と安値なんですな。もっとも、恐喝に相場などあるわけはないんですが、それにしても、いつも相手の懐《ふところ》工合《ぐあい》を探り、出し易い金額を請求していたようです。で、今迄、警察に届けた被害者は一人もなかった。全員が泣き寝入りをしていたと思われますが、今度ばかりは違った。紙綱は浅草今戸《あさくさいまど》の自宅で、顔の正面を拳銃で撃たれて即死しているのが発見されました。七月二十九日の昼過ぎでした」

「……七月二十九日というと、日曜日でしたね」

「ええ。屍体の発見者は、その日、紙綱と青山《あおやま》の盛栄《せいえい》教会へ行く約束がしてありました。と言って、礼拝のためじゃありません。第一発見者、立音竜《たつねりゅう》という男は、ある出版社の編集部に勤めているんですが、どこからか、盛栄教会の修道女、谷尾《たにお》粧子《しょうこ》という女性の身体に聖痕が現れたという噂を聞き込んだのです」

「セイコン?」

「聖なる傷痕だそうです。これは外部から力学的に受けた傷じゃありません。高潔な信仰の結果、自然に傷が生じ、それはキリストが受難したときに受けた傷とよく似ていることがある。それを聖痕と言うらしいんですがね」

「……不思議ですわね」

「ですから、その聖痕を撮影するため、二人で教会へ行くことになっていたのです。一週間前にも取材したそうですが、そのときは谷尾粧子が協力的でなくて、満足する写真が撮られなかった。それで、今回が二度目の取材になる予定でした」

「すると、紙綱さんは今度の場合、ちゃんとした仕事だったのですね」

「ところが、紙綱のことですから、別な思惑もあったんです。立音竜の話をよく聞くと、谷尾粧子の化けの皮を剝がすつもりだったと言います」

「化けの皮?」

「ええ。紙綱は聖痕などとは真っ赤な嘘で、粧子の傷はSMプレイで出来たのではないかと疑っていたんです」

「……それは、事実でしたか」

「判りません。私も粧子に会いましたが、そのときには痕はすっかり消えていました。何でも、聖痕が現れるのは金曜日ということです」

「竹梨《たけなし》さん、質問してもいいですか」

「どうぞ。何でも訊いてください」

「谷尾粧子さんの住いは？」

「盛栄教会に住み込みです」

「では、谷尾さんの腕時計はデジタルじゃなかったかしら」

「さあ……気にしませんでしたが、それが何か？」

「いいえ、それならいいんです。続けてください」

「そんなわけで、立音は約束の午後二時に、出張していた仙台《せんだい》から直接、紙綱の家に行きました。紙綱の住いは、さっきも言いましたが今戸で、すぐ傍は隅田川《すみだがわ》の堤防がある。その、六階建てのマンションの四階にいるんですが、立音がいくらチャイムを鳴らしても応答がない。紙綱の几帳面《きちようめん》な性格を知っていますので、ふと、ノブに手を掛けてみるとドアが開きました。部屋を見ると、狭い玄関があって、次がダイニングキッチン、その床の上に紙綱が顔を血まみれにして倒れていたのです」

「…………」

「立音はすぐ管理人に連絡する。管理人は一目見てただの死に方でないことが判りましたから、今戸署に通報。今戸署の職員がすぐ現場に駈け付けるとともに、警視庁へ連絡。それで私も今戸へ飛んで行き、検証に立ち会ったわけなのですが、立音もまだマンションに残っていたので発見当時の様子を訊くと、ダイニングキッチンの電灯は点けられたまま、部屋には人の気配が全くなかったということです」

「立音さんは紙綱さんが恐喝の常習者だということを知っていたんですか」

「薄薄は気付いていたようです。けれども、自分が片棒を担いだことは一度もなかったと言っています」

「立音さんに、前科は？」

「……どうでしたかな。電話で調べさせましょうか」

「いえ、後で結構です。先を続けてください」

「被害者はダイニングキッチンの中央で、足をドアの方に向けてあおのけに倒れ、傍に拳銃が転がっていました。拳銃はスペインのアンセタ社製のミクロモデルA。二二口径の護身用で、掌《てのひら》の中にすっぽり収まるほどですが、近くで発砲すれば充分に人が倒せます。自殺ではない証拠に、拳銃はすっかり拭き清められていて、指紋が残されていませんでした。もっとも、銃創は被害者の鼻の右側にあって、それを見たときにすぐ殺人だと判りましたが。普通、自殺者なら顔の正面に銃口を向けないものです。銃弾は被害者の頭部に留まっていたのを病院で取り出し、鑑識課で検査をした結果、現場に残されていたミクロモデルAから発砲されたものだということが判りました」

「ミクロモデルAというのは、何連発なのですか」

「五連発のリボルバーです。弾倉には一発が残っていました」

「すると、拳銃は四発、撃たれた勘定になりますわ」

「弾倉全部に装塡《そうてん》されていたとすると、そうなります。実際、少なくとも、もう一発は紙綱の部屋で、紙綱に向けられて発砲されていました」

「もう一つ、銃創があったんですか」

「いえ、被害者のシャツの胸に射入口と射出口ができていたんですが、身体には傷がなかった。と言うのは、紙綱は半袖のシャツを着ていて、その胸のポケットに煙草《たばこ》の袋と銀製のライターを入れていた。弾はそのライターに当たって、横に逸れたんです。ですから、犯人は最初に紙綱の心臓を狙って発砲し、続けて二発目を顔に向けたと思われます」

「逸れた弾は？」

「部屋の隅の壁の中に食い込んでいました。最初はなかなか見付けることができませんでしたよ。それで、鑑識は金属探知機を取り寄せて、やっと壁の中の弾を見付けました。壁紙の下は板張りで、その中に撃ち込まれていたんですが、壁紙が紛わしい模様であるのと、可塑性《かそせい》のある材質のせいか、射入口が意外と小さかったせいで見付けにくかったんです」

「残りの二発は？」

「部屋からは見付かりませんでしたよ。もし、部屋で発砲されたとすると窓から飛び出したものか、犯人が別の場所で試射したものか今のところ不明です。被害者が死亡したのは、屍体が発見された前日、七月二十八日の夕方。被害者を解剖した医者は午後三時から夜の十時迄という死亡推定時刻を発表しています」

「犯人が二発も拳銃を撃ったとすると、それを聞いた人がいなかったんですか」

「今のところ、一人もいません」

「とすると、その部屋は防音装置が完備していて？」

「いいえ、反対なんです。屋島《やしま》マンションは一応鉄筋コンクリートの六階建てですが、内装は案外やわなようです。上の住人の足音は聞えるし、エレベーターの音も響くという工合で。普段の日なら銃声を聞いた人がいたに違いないのですが、その日はちょうど、隅田川で花火大会が開かれていました」

「そうでしたわ。わたしも花火を見ていました。花川戸《はなかわど》にお友達がいまして、十人ばかり集まって、花火の後は奇術大会になりましたけれど」

「それじゃ、佳城さんもその近くにいたわけですね。紙綱が殺された屋島マンションのすぐ前が花火の第一会場になっていて、七時からどんどんぱちぱちが始まった。それから二時間足らずで一万七千発の花火が上がったといいますから、小型拳銃の二発の銃声ぐらい、全く掻き消されてしまいます。いや、最近の花火は実に忙しい。それが喜ばれるのは、矢張り時勢でしょうかね」

「すると、犯人は予《あらかじ》め花火になる時刻を見計らって紙綱さんを殺す計画を立てていたんでしょうか」

「私はそう思います。偶然だとすると、あまりにも都合が良すぎます。それに、その日は屋島マンションの屋上に急《きゅう》拵《ごしら》えのビアガーデンが作られて、午前中から見慣れない人達が多勢出入りしていたんです。ですから、犯人は誰にも顔を覚えられることなく、紙綱の部屋に出入りができました」

「すると、犯行はその花火が打ち上げられていた間だと考えていいのですね」

「その通りです。紙綱の両隣は、窓際の部屋から花火見物ができるというので、親類や友達が明るいうちから集まって、ベランダを開けてわいわいやっていたようです。その人達の誰も、花火の始まる前、終った後では銃声を聞いていませんでした」

「竹梨さんのことですから、実験されたんでしょうね」

「恐れ入ります。両隣に捜査員を入れてもらって、実際に同じ拳銃を使い、紙綱の部屋で空砲を撃ってみました。その結果はかなり鋭い音が響き、相当テレビの音を大きくしていても、両隣でははっきりと聞き取ることができたのです」

「すると、犯人は花火の音で銃声が隠されるのを計算に入れていたのですね」

「まず、間違いないでしょう。屍体が運び出された後、私達は被害者の部屋を捜査しました。住いは2DKなんですが、一つの部屋は暗室で黒いカーテンが張り巡らされ、写真の器材が揃っていました。私達はその部屋で問題のアルバムを見付けたんです。それが出て来たときには、容疑者の名簿を見ているような気持になりましたよ。しかし、よく調べていくと、自分の秘密が紙綱に握られていることを知っているのは、その内の誰か。取引きが済んだ者の名はアルバムから抹消されていますが、だからと言って容疑も消えたわけではない。そんなことを考えると、その内から一人を搾り出すのはかなり難しいという気がしてきました。それに、アルバムに収められた人達は驚くほど広範囲です。例えばごく新しいものでは、紙綱の隣に住んでいる女の子のスナップまでありました」

「隣の？」

「ええ。児島《こじま》トシ子《こ》という娘です。紙綱は実にそつがないというか、隣近所でもカモと見れば飛び付いていく。場所は湘南《しょうなん》の海岸でしょうか。トシ子は大胆な水着で、何かやくざっぽい男と肩を寄せ合っている。相手の男の名もアルバムに書き込んでいます。藤上千次《ふじかみせんじ》という組の者です。これなども投資の口でしょう。将来、トシ子が藤上と一緒にならず、別の男とでも結婚したようなとき、その写真が物を言うはずです。トシ子というのはなかなかの美人ですから、紙綱はそういう可能性を読んだんですね」

「藤上千次という男は左の小指がない男と違いますか」

「さあ……どうでしたかな」

「児島トシ子は組とも関係があるんですか」

「ええ、トシ子が出入りしている芸能社の関係でしょう。トシ子は一応歌手ということになっています。一昨年《おととし》、山口から独りで東京に出て来ました。今、昼はモデル、夜はクラブのホステスという、年齢は十八歳ですが、とてもそうは見えない。鬼が出ようが蛇《じゃ》が出ようが驚くような女じゃありません」

「花火大会の夜は？」

「ええ、友達を多勢集めて花火を見物していた口です。皆、酒を飲んでいましたから、ちょいと隣へ行って紙綱を殺し、何食わぬ顔で部屋に戻るという芸当ができないことはないでしょう」

「だとすると、ずいぶん大胆ですわ」

「というわけで、私達が紙綱のアルバムに目を通している一方、別の捜査員が屋島マンションの管理人から、大変に興味のある話を聞いて来ました。それによると、紙綱が屋島マンションを借りて引越して来たのは、わずか二週間ほど前、管理人の印象はそう悪くはない。紙綱は人当たりの良い青年実業家という感じ。引越しも写真の器材が目に付いた程度で簡単に済んでしまった。ところが、一、二日してから、紙綱が管理人の部屋にやって来て、前に住んでいた人のことをしつっこく訊かれたというんです。前に住んでいたのは槌谷《つちや》民雄《たみお》という二十八歳の独身会社員でしたが、どういうわけか出て行くとき、管理人に移転先を教えませんでした。何でも、紙綱は前に住んでいた人が大切な品を忘れて行ったと言ったそうです」

「忘れ物？」

「ええ。それが何かは訊いても答えなかったそうです。管理人も一応は引越した後、部屋を見ていますが、それらしいものは気付いていません。管理人が移転先を知らないと言うと、紙綱は引越しのとき、どんな運送屋が来たかと訊くので、管理人は運送屋のトラックに付いていたラクダのマークを教えてやったそうです。管理人からその話を訊いた捜査員は、その運送屋を手掛かりにして、紙綱が槌谷民雄と接触した可能性があると判断しました。早速、ラクダマークの運送屋のところへ行き、紙綱らしい男が事実、槌谷を捜してその店に訪ねて来たことを確かめました」

「その、槌谷という人も紙綱さんのアルバムに?」

「いえ、載ってはいませんでしたが、屋島マンションに住んでいた二年間、槌谷のところには女出入りが目立ったようです。管理人へは、ある女から逃れるために、引越すのだということを匂わせたようです。だから、移転先は言わない。管理人はそれを鵜呑《うの》みにしたようですが、私達としてはどうも怪しい。早速、捜査課の宇津木《うつき》さんが、運送屋から訊き出した住所を手掛かりに槌谷民雄のところへ行く。槌谷は千葉県の幕張《まくはり》に古い農家を借りて住んでいました。槌谷の勤め先は都心で、勿論、今戸に較《くら》べると、ずっと不便です。宇津木さんが、その点を追及すると、女関係がうんぬんというのは口実で、実は金融会社から借金の返済に追われて、今戸にはいられなくなったと答えました。実際、それに嘘はなかったようですが、紙綱との関係については、一面識もない、訪ねて来たことも電話が掛かったこともないと繰返すだけです」

「その、槌谷という人のアリバイは?」

「二十八日の夜は、すぐ、今戸の近くにいたと言うんですが、しかも、ちゃんとアリバイが成立しているので気に入らないのです」

「というと?」

「槌谷はその夜、花火大会の接待係を命じられて、花火の始まる前から終るまで、会社のお得意と一緒に屋形船に乗っていました」

「屋形船に?」

「ええ、屋島マンションの目と鼻の先にいたんですが、片方は陸で、片方は川の中。六時半には得意客を船に乗せ、槌谷もその船で皆と九時まで飲んでいました。何しろ、当日は三百五十隻以上の船で川の中が埋まっていて、一歩も船の中から出ることはできませんでした。泳いで岸に上がろうとすれば、たちまち見付けられてしまいます。実際、何人もの同席者に当たったのですが、槌谷の姿が船から見えなくなったことは一度もなかったと全員が口を揃えているんです」

「槌谷さんの家族は?」

「独身です。両親が福岡にいてしきりに縁談を持ち掛けて来るが、当人はまるでその気がないようです。槌谷という男は小指に陶製の指輪をはめたりしていて、少少、きざな男ですから、故郷の娘などでは気が進まないのかも知れませんね。ブランド志向派ですかな。腕時計はスイスのランダムを使っていましたよ」

「借金をしても、なんですね」

「全く……今の若い者は面白すぎますよ。というように、次次と容疑者が泛《うか》び上がるんですが、容疑者が多ければいいというものでなくて、今一つ決め手になる証拠がない。この時点で、事件の難航が予想されたのですが、今朝になって、警視庁の捜査課長宛に一通の速達が届き、事件は突然、解決したか、に思えました」

「その速達の差出人が、被害者紙綱隆士自身だったのです。紙綱という男、どこまで用意周到か判らない。万が一のときを思い、自分の愛人に手紙を託していたのです。二十七日の夜、紙綱はその手紙を渡しました。そして、二十九日の夕方までに——犯行日の翌日ですな。必ず愛人のところへ立寄る、あるいは電話で連絡する。そうでないときにはこの手紙を速達で投函するように言い置いて別れたというのです」

「紙綱さんは前にもそういうことをして来たのですか」

「ええ、これで三、四度目だそうです。紙綱はそれをお呪《まじな》いだと軽く説明し、本当の意味は愛人に教えていなかったようです。これまでは、翌日、必ず愛人のところへ寄って、その手紙を取り戻していましたが、その日に限って、夜になっても紙綱が現れないし、電話も掛かって来なかった。それで、愛人はその手紙を言われた通り速達でポストへ入れたのです。速達は翌日、金田《かねだ》捜査課長の手元に届き、中が改められました。その内容は、これからある人物と会うことになっている、もし、この手紙が捜査課に届いたときは、私がその男に殺されているに間違いないから、その男を逮捕するように、と書かれていました」

「どうしてそんなことになる、とかは？」

「紙綱は急いでいたとみえて、精《くわ》しい事情は書いていません。紙綱自身、誉められるようなことをしていなかったので、自分でそれを書くのが後ろめたかったのか、犯人が逮捕されればその自白で全てが解決する。犯人の名さえ明記しておけば充分だと考えたのでしょう」

「すると、犯人は自白をしていないんですか」

「ええ。この犯人は意外と手強い人間で、紙綱を殺害したとき、何の証拠や手掛かりも残さなかったという自信を持っているんです。訊問されるとすぐ警察が握っているのは走り書きした紙綱の手紙だけということを見抜いてしまったようで、黙秘を続けたままです。なにしろ、紙綱という男自体がかなりいかがわしい男でしょう。その手紙だけで犯人だと証拠立てることは難しいわけなのです」

「それで、わたしに何を言えというのでしょう」

「佳城さんお得意の洞察力で、犯行を見抜いてもらいたいのです。何度か不思議な事件で助けていただいた、奇術師独得の思考をまた働かせてください」

「……困りましたわ。竹梨さんはいつもわたしを買い被っていらっしゃる。犯人の名ぐらいでしたら言えますけれど、犯行を見抜くなどとは」

「何ですって？　すると、佳城さんは私の話だけで、犯人が誰か判ってしまったんですか？」

「はい。今迄、竹梨さんが話してくださった人の中に犯人がいるわけなのでしょう」

「……それはそうですが、私は一度も誰が犯人か、口にしませんでしたよ。それでも犯人が判ってしまったのですか」

「その前に、一つだけ質問させてください」

「どうぞ」

「紙綱さんの隣に住んでいる児島トシ子という女の子のことなんですけれど、彼女、マニキュアをしていましたか。していたとすると、その色は何でしょう」

「……トシ子のマニキュアの色が、事件と関わりを持つんですか？」

「ええ……ちょっと、気になったものですから」

「しかし……私はマニキュアをしていたかどうか覚えていません。なに、すぐ判ることですから、捜査本部へ電話をして訊いてみましょう」

「いいえ……それならいいんです」

「でも、大事なことではないんですか」

「……それだけで、大体の見当が付きます。犯人は、槌谷民雄という人なのでしょう」

「こりゃ、驚きました。その通りです。佳城さん、あなたはテレパシーも持っているんですか」

竹梨が胆《きも》を潰したのも無理はない。

事件に関して、竹梨はなるべく佳城に先入観を与えないように話してきた。意見を訊こうとする相手が、竹梨の主観に左右されるようなことがないためにだ。

そのため、これまで犯人の名を故意に伏せたまま事件の要点を述べたつもりだ。犯人を隠しておき、それを佳城に当てさせようなどという下心があったからではない。にもかかわらず、佳城はいとも簡単に犯人の名を指摘してしまった。佳城が何か不思議な術でも使ったとしか思えない。

竹梨が話したことは警察が持っているデータの百分の一、いや、千分の一にも満たないかも知れない。警察は屍体の解剖報告、容疑者に関係のある者の証言、現場での科学的検証結果報告など、膨大な資料を集めていて、とても短い時間ではその全てを話すことができないのだ。

「佳城さん、あなたは恐ろしい人だ」

と、竹梨は改めて佳城を見た。

「それが、誤解の元なんですわ」

佳城は袖《そで》なしの皺《しわ》っぽい麻のワンピースで太い黒のベルトを締めている。薄く陽焼けした肌が健康的で、いつもよりは若若しく見えた。

曾我《そが》佳城の邸《やしき》の一階。風通しの良いサンルームで、濃い緑が一杯に夏の陽を浴びている。竹梨は血腥《ちなまぐさ》い犯罪の話をしている自分を情なく思った。

佳城のところへ奇術を習いに来ている串目匡一《くしめきょういち》少年が、香りの良い紅茶を運んで来てくれる。

佳城は奇跡を生み出す指で白磁のカップを取り上げ、少女のようないたずらっぽい表情で涼しく笑っている。

「わたしの考えなんて、いつも単純なんです。中身がないもんですから、こすい方法で盗むしかありません。葉緑素を持っていない植物みたいなもんです」

「……葉緑素を持っているから植物だと習ったことがありますが」

「数多い植物の中には太陽の光と水とで光合成のできない植物もあるんです。それでは生きていけませんから、他の植物に寄生して、養分を吸い取っているわけ。ネナシカズラやナンバンギセルの類《たぐ》い。信州《しんしゅう》の御岳《おんたけ》で売っているオニクという薬草もその仲間でしょう」

「……ちょっと、意味が良く判りませんが」

「きっと、竹梨さんは事件に気を取られすぎていて、わたしの無意味な質問を全く疑わなかったようですね」

「無意味な質問……児島トシ子のマニキュアの色、とかですか」

「ええ」

「でも、そんなものが事件に関係があるとは思えませんが」

「そう、直接に関係はないでしょう。けれど、わたしは竹梨さんが質問に答えられないことで、犯人の名を盗むことができました」

「………」

「つまり、竹梨さんは児島さんの爪に関心がない、ということが判ったから。銃を撃った人の手や袖口には弾丸の火薬や煤《すす》が付着していることがあるでしょう。児島さんが重要容疑者なら、当然その鑑別を受けているはずです。しかし、竹梨さんは児島さんの爪——犯人なら当然爪の間に火薬が食い込んでいるかも知れない。児島さんの爪に無関心でした。それで、児島さんは早い時点で容疑者から外されたのだということが判りました」

「……参りましたな」

「同じようにして、竹梨さんは盛栄教会の谷尾粧子さんの腕時計、容疑者であれば第一に調べなければならない立音竜さんの前科、指紋を採っていればすぐに判る藤上千次さんの小指にも無頓着でした。けれども、槌谷民雄については、陶製の指輪や、ランダムの腕時計を使っていることまではっきりご存知でしたわ。つまり、槌谷に対しては、指輪や腕時計まで調べる必要があった、ということじゃありませんか」

「いや、おっしゃる通りです。考えてみれば私が佳城さんに犯人の名を言ったのと同じことでしたね」

佳城は白い歯を見せた。

「紙綱の手紙に明記してあった名は、正《まさ》しく槌谷民雄でした。捜査本部は直ちに槌谷を連行して取調べる。勿論、指紋や射者鑑別をしたのですが、指紋の方は拳銃やドアなどが拭き取られている点、槌谷が紙綱の住いの前の住人だったことを合せると、強力な証拠になるとは思えません。また、射者鑑別の方は槌谷が万が一を予測していて、それに対処していたらしく、これも鑑別ができない状態でした」

「槌谷のアリバイは、さっき竹梨さんが話した通りなのですね」

「そうなんです。それに関しては多過ぎるほどの証人がいます。槌谷はきっと、何か不思議なトリックを使っていたに違いありません。残念ながら、それが私には見抜けないのです」

「それでは、槌谷について、もっと精しくお話を聞かせてください」

金田捜査課長は紙綱の手紙を受け取ると、すぐ、筆蹟鑑定に廻した。その手蹟が紙綱自身のものだと断定され、捜査本部は槌谷を重要参考人とし、その夜、竹梨達は幕張に急行、自宅に帰っていた槌谷を連行した。

最初、玄関に出た槌谷は、相手が警察だと知ると、顔を蒼白にし、動悸を鎮めるため、しばらくは立つことができなかった。竹梨は長年の勘で、槌谷が真犯人に違いないと思った。

しかし、槌谷は思ったよりしぶとく、容易に犯行を認めようとしなかった。反対に、訊問を続けていくうち、警察が証拠としているのは、紙綱の手紙だけだということを知ったようで、それからは人が変わったように落着きを取り戻し、全ての質問に口を閉ざしてしまった。

一方、捜査員は槌谷の家の中を家宅捜査、家中を隈なく捜したが、槌谷が犯人と目されるようなものも、紙綱とのつながりを証拠立てるような品も発見することができなかった。

何の証拠も出て来ない、ということは逆に、一層、槌谷の疑惑を深めた。それは、引越しのとき、全てを整理してしまった、と言われればそれまでなのだが、槌谷の過去のものがあまりにも少なすぎた。手紙、書類のごときは全くない。日記を付けていないのは宥《ゆる》せるとしても、業務用のノート、メモ、カレンダーの類いさえ皆無。服や下着、靴までが、最低必要なものしかない。預金通帳も、最近、近くの口座で開いたものだけ。今戸時代のものはどこにもなかった。

つまり、槌谷は紙綱を殺害した後、警察が少しでも目をつけそうなものは、必要以上に警戒して、全てを処分してしまったと想像するよりない。恐らく、犯行のとき身に着けていた一切のものも捨ててしまったに違いない。

そう考えると、槌谷が幕張に引越したことも意味があるのではないかと疑いたくなる。屋島マンションを出たということは、その住いを捨てたことと同じだ。紙綱の鋭い嗅覚は、その廃棄物から何かを拾い出して脅迫の材料とした。その筋道が一番通りがいいようだった。

槌谷が注意深く証拠品の全てを処分していたとすると、槌谷のアリバイを崩し、その方面から詰めを進めなければならないのだが、これが、かなりしっかりしていた。

最初の訊問で、槌谷は二十八日の夜、隅田川花火大会に得意客を接待し、花火の始まる前から終るまで、屋形船に乗っていたと言った、それが嘘ではなかった。

五時前後、槌谷は同僚と落ち合って接待の準備を始める。六時半には得意客が集まり、船は川の中へ出ていた。槌谷は酒席の取り持ちの上手《じょうず》な男で、槌谷のいるのといないのとでは宴会の盛り上がりが天地ほど違うと誰もが言う。その夜も、花火の始まる前から、槌谷は歌手の物真似、手品から珍芸を披露し、顧客を飽きさせなかった。槌谷はほとんど中心人物だったから、少しでも姿が見えなくなれば、すぐ判るはずだと誰もが証言した。実際、あの騒ぎの中では急病人が出ても陸へ上がるのは難しかった。

花火は八時過ぎに終ったが、川が混雑していて槌谷達が陸へ上がったのが九時。得意客を帰した後、槌谷は同僚と飲み直し、終車近くの電車で幕張の家に戻った。途中、槌谷は駅前のスーパーマーケットで買物をしている。そのレシートが紙入れの中に残っていた。肝心なものはちゃんと保管しているのである。

槌谷は福岡県の遠賀川《おんががわ》の上流で生れ、小さいころから目立ちたがり屋だった。学校の成績は良く、東京の一流大学に一度で合格したが、元元、ジャーナリズムや芸能界に憧れていたので、大学時代から中途半端に方方《ほうぼう》へ足を突っ込み、自分が労しない生き方があるのを知ってしまったため、結局は全てに半人前のまま、現在のビデオ販売会社に勤めるようになった。

会社での勤めぶりは、熱心というほどではないが世の中を上手に泳いでいるという感じで、ときどき大きな仕事をつかんで来ることがある。人に取り入ることに関しては天才的、少し話しているだけで、相手は幼な馴染《なじ》みのような気分になってしまうという。

槌谷は女性に対しても受けが良かった。だが、女性に手を出すのも早いが、飽きるのも早い。槌谷の同僚の一人は槌谷から、甘い殺し文句をささやくとき、同時に別れの言葉も考えていなければならないと教えられたことがある。

このような槌谷の生い立ちや性格は、被害者の紙綱と驚くほど似ていた。紙綱の生れも九州、佐賀の農家で、小さいときには神童と騒がれた。上京して大学に入るが、しばらくすると週刊誌を転転と渡り歩くようになる。万事に抜け目がなく、人のあしらいが上手で、お洒落《しゃれ》で几帳面。若い女性に手が早い。

「引越した翌日、紙綱は隣に住んでいる児島トシ子に声を掛け、余っているカレンダーをもらっています。そして、一週間も経たないうち、トシ子を裸にして写真を撮っているほどですからね」

と、竹梨は言った。

「紙綱が手紙を託したという女性はトシ子さんじゃないんでしょう」

と、佳城。

「ええ。別の女性です。しかし、紙綱はその女性とも結婚する気はありませんでした。なぜなら、その女性も紙綱のアルバムの中にちゃんと蒐《しゅうしゅう》集されていましたからね。結婚する相手だったら、そんな真似をするはずがないでしょう」

「……本人が死んでしまえば、一番判りやすい別れの言葉になりますわ」

「しかし、焦れったいじゃありませんか。犯人は被害者と目と鼻の先にいた。にもかかわらず、犯人は被害者の傍に近寄った形跡がない。佳城さん、アメリカで、手錠を掛けられた上に箱詰めにされ、氷の張った川の中に投げ込まれたにもかかわらず、ちゃんと出て来た奇術師がいたそうですね」

「ええ。フーディニという有名な奇術師でした」

「槌谷はそれに似たようなことをしたんじゃないでしょうか」

「……今度の場合、フーディニでも難しそうですわ」

「でも、今はあの時代にはなかった、アクアラングというような便利な器具も使えます。そこを、何とか」

「そうですねえ。アクアラングの他に、人体分離機のようなものも発明されないと――」

佳城に言われて、竹梨は八方が塞がったような気がした。とすると、最初から考え直さなければならないのだろうか。

佳城は白い指を耳の下に当てていたが、ふと、顔を起こした。

「紙鋼さんはマンションの管理人に、槌谷の行方を尋ねたとき、前の居住人が忘れ物をしていった、と言ったそうですね」

「そうです。それを返したいような口振りだったと言います」

「それは何だか判りましたか?」

「私達もそれには大きな興味を持っていました。でも、それらしきものは、とうとう見付かりませんでした」

「そのマンションの家具は？　最近、西欧のように家具付きの貸家が多くなっているそうですけれど」

「いや、あそこはごく普通のマンションでした。家具類は全部借家人が備えます。ユニットのバスとトイレを別にして」

「畳や襖《ふすま》などは？」

「それも普通ですね。畳や襖、それにドアや窓などは家主のものです」

「こういう考えはどうでしょう。前の住人がうっかりして忘れたのではなく、持ち出したくとも、持ち出せない品が、それだったんじゃないか、というのは」

「なるほど。襖などに、ついメモなどを書いてしまう。それが、重要な意味を持っていても持ち出せない」

「でも、それなら消すことができるでしょう。消すこともできないものというと——たとえば、血痕など」

竹梨はびっくりした。佳城は平気な顔でときどきとんでもないことを考える。竹梨は手を振った。

「いや、血痕などが散っていれば、たとえ古くとも綺麗に拭いてあっても、鑑識で見付けてしまいますよ」

「そうでしたわ。じゃ、考えを変えましょう。被害者の住いから、なくなっているものがありますか」

「なくなっているもの？」

「ええ。犯人の槌谷は紙綱さんの部屋に入った。当然、紙綱さんを殺した後、問題の忘れ物を取り戻したはずです」

これは難かしい。竹梨は犯行以前の紙綱の部屋の中を見たことがないからだ。

竹梨が考えていると、佳城が言った。

「たとえば、当然どの家にもなければならないようなものがなくなっている。台所に庖丁がないとか、照明機器の中に電灯がない、とか」

「……そうした意味で、なくなっているものがあれば、当然、誰かが変だと思うでしょう。しかし、ちょっと――」

「さっき、紙綱さんは隣に住んでいる児島トシ子さんに、カレンダーが欲しいと言って口をくようになった、と聞きましたけれど」

「そうです」

「その、カレンダーは紙綱さんの部屋にありましたか」

「……さあ。電話で確かめましょうか」

「そうしてください。何か、気になります」

佳城が電話機を持って来て、竹梨の前に置いた。竹梨はすぐ捜査課を呼び出した。だが、誰もカレンダーのことなどは覚えていなかった。

「直接、トシ子に訊いてみましょう」

竹梨は手帳を取り出し、トシ子の電話番号を押した。

すぐ、トシ子の明るすぎる声が電話機のスピーカーから響いた。

「うわっ、隣に来ていた刑事さんね。背の高い人？　それとも、ニヒルっぽい感じの人だった？」

「いや……半分白髪《しらが》の男です」

「覚えているわ。渋い素敵な刑事さんでしょ。でも、今晩はだめ。お仕事なの。よかったら渋谷のお店へ来てくださらない？　場所は道玄坂《どうげんざか》の――」

「いや、そうじゃないんだ。ちょっと訊きたいことがある」

「詰んないの。あたし、刑事さんみたいな人、凄く興味があるんだ」

「それは後。とにかく、質問にだけ答えなさい」

「はい」

「君が紙綱と知り合うようになったのは、紙綱がカレンダーが欲しいと言ったのがきっかけだったね」

「あら、嫌だわ。まだ、紙綱さんにこだわってんの」

「いいから、質問に答えて」

「そうだけれど、あの紙綱って男、少し変わってんのよね。頼まれたから写真のモデルになってやったけどさ。写真、撮っただけで――」

「どんなカレンダーだった?」

「普通の。去年、銀行でもらったの」

「大きさは?」

「……新聞紙の、半分ぐらい」

「どんな絵だった?」

「ヒラチテ　コロプスキーの風景画だったよ」

「紙綱はそれをどこに貼ったか知らないか」

「トイレ――」

「トイレ?」

「じゃないな。若耄碌《もうろく》しちゃいけねえ。そうだ。ダイニングキッチンの端の方だったよ。あたしがピンク色のハート形の鋲《びょう》でしっかり留めてやったのよ。間違いないね」

「判った。有難う」

「刑事さん」

「何だ?」

「今度、閑《ひま》なとき電話をしてよ」

「判った」

「刑事さんと友達だと、色色、便利でしょう」

竹梨は電話を切って顔を拭いた。

「全く、今の若い者は――」

「本当に面白すぎますわ」

「刑事を道具扱いにしようとしている」

「でも、穏やかでないところにカレンダーを貼ったものですね」

「私も、その場所は銃弾が食い込んでいた壁ではないかと思うんです」

竹梨は再び捜査本部に電話を掛けた。

雨宮《あまみや》捜査主任が電話に出て、すぐ弾痕が発見された場所の写真を取り寄せ、ルウペで調べると言う。

折返しの電話で、雨宮は弾痕のある周囲の壁に、鋲の痕のような小さい穴を四つ発見したが、カレンダーと鋲はどこにもなかったと答えた。

「一体、そのカレンダーはどうしたのでしょう」

竹梨は首をひねった。

「犯人が持ち去った、と考えるのが筋のようですね」

と、佳城が言った。

「何のために?」

「カレンダーの裏に銃弾が撃ち込まれていたからでしょう」

「とすると、当然、カレンダーにも穴ができていた。犯人はその穴の開いたカレンダーを警察に見せたくなかったんですか」

「いいえ、反対でしょう。カレンダーに穴がなかったので、犯人が持ち去ったのだと思います」

「あの部屋には、銃声もなかったに違いありません」

「……ということは？」

「…………」

「犯人の槌谷が部屋に残していた品は、竹梨さん達がとうに発見していたのですよ。それが、壁に入っていた銃弾でした」

佳城の言葉は、突然、電源に触れたように火花が散った。だが、あまり強い光のため、何が映し出されたのか、急には見定めることができなかった。

「紙綱の部屋に銃声もなかったとすると、犯行の場所は紙綱の部屋でなく、別の場所で殺された、と言うのですね」

「そう考えないと、いつまで経ってもこの事件は解決しませんわ」

佳城はゆっくりとした調子で続けた。

「この事件は、何もなかったことを、あったように見せかける。犯人の企らみは、全てそれに関わっています。二十八日の夜、紙綱さんの部屋には何も起こりませんでした。それでは不都合なので、槌谷はその部屋に被害者を運び込んだのです」

竹梨にも何かが見えてきた。竹梨はあわてて言った。

「佳城さん、それを最初から話してください」

「……多分、こうだろうと思うのですけれど、紙綱さんが屋島マンションに引越して来たのは、ただの偶然でしょう。以前から槌谷を知っていたわけではなくて、そこに来てから前の居住人の忘れ物を発見した。そのきっかけになったのは、隣のトシ子さんからもらったコロプスキーのカレンダーで、警察の鑑識が金属探知機を使ってやっと捜し当てたそうですからすぐには気付かなかったでしょう。トシ子さんはピンク色のハート形の鋲で貼ってやったと言いましたね。お洒落の紙綱さんとしてはその鋲に我慢できなくて鋲を取り替えた、そのときにでも壁の中の異物を見付けたのでしょう」

「その弾はどうしてそこに？」

「それまでは判りません。多分、紙綱さんもそうだったでしょう。ただ、それが尋常の品物でないことは判ります。紙綱さんの鋭い嗅覚が働き出し、それが充分脅迫の材料になると思い、先住人槌谷の後を追うことになったのです。そして、紙綱さんは槌谷と接触することができましたが、一つだけ誤算があった。というのは、その忘れ物が自分の生命と引換えになるほど重大な品だった、とまで考えが及ばなかったこと」

「とすると――殺人？」

竹梨は思わず腰を浮かせた。

「勿論、考えられます。紙綱さんは多分銃の暴発、槌谷の銃砲類不法所持ぐらいの考えだった。相手の槌谷は周到な男ですから、ポーカーフェイスを作って対応したでしょうね。それで紙綱さんは事の重要さに気付きませんでした。一方、槌谷は元住んでいた部屋に、そんな忘れ物を残して来たとは夢にも思っていなかった。それに気付けば、勿論、持ち去って処分していたでしょう。紙綱さんからそれを知らされてひどく驚き、相手の手に乗るとみせて、紙綱さんを殺す計画を立て始めたのです」

「……その、計画とは？」

「槌谷は二年間、今戸の屋島マンションに住んでいたので、毎年、夏になると隅田川花火大会が開かれるのをよく知っていました。その花火の最中に拳銃を発砲していても、銃声は花火の音の中で消えてしまう。従って、紙綱さんを撃ち殺すなら、花火大会の夜、紙綱さんの部屋の中が良い。そのとき、槌谷が以前にも使ったミクロモデルAを使えば、紙綱さんが発見した壁の中の弾は取り戻す必要がなくなる。警察はその弾も紙綱さんに向けられて発砲されたものと見るでしょうからね」

「……一石二鳥というわけですね」

「恐らく、これが最初の企画。しかし、もっとうまい方法があることに気付きました。それは、壁の中の弾で、自分のアリバイを作ることです。自分が危ない場に立たされることになった忘れ物は、今度は逆に危険から救ってくれそうなのです」

「……なるほど」

「計画を完成した槌谷は、二十八日の夕方、場所を選んで紙綱さんを誘い出し、恐らく金を渡して相手を安心させ、油断したところで射殺しました。胸のポケットの弾痕も、このときに作られたのです。槌谷はその死体を何かに入れて屋島マンションに運び込む。マンションの屋上は花火目当てのビアガーデンでごたごたしていますから、槌谷は誰にも怪しまれませんでした」

「それも、計画のうちだったんですね」

「そうです。槌谷は紙綱さんの持っていた鍵を使い、忘れ物が残っているダイニングキッチンに運んだのですが、予想しなかったものがありました。銃弾が食い込んでいる壁の上に、コロプスキーのカレンダーが貼ってあった。その銃弾は流れ弾と偽装するつもりでしたから、その上にカレンダーがあっては不都合でしょう。といって、改めてカレンダーに弾の痕を作る気にもなれません」

「それで、カレンダーを持ち去ったのですね。カレンダーに弾痕がなかったから、犯人はそれを取り外さなければならなかった……」

「そして、紙綱さんの部屋に銃声がなかったことを隠すために、花火大会の夜は打って付けだったわけです」

竹梨警部はすぐに捜査本部へ戻り、槌谷を追及すると、さすがの槌谷も堪《こら》え切れず、全てを自白した。

槌谷は紙綱が指定した貸しスタジオの中で紙綱を射殺した。

槌谷は模造紙で偽の札束を作り、中をくり貫《ぬ》いてその中にミクロモデルAを隠しておき、札束を相手に渡そうという振りをして、引金を引いた。

ミクロモデルはスペインへ旅行したとき、アビラの銃砲店で手に入れ、分解して国内に持ち込んだので税関の目を逃れることができた。

紙綱の屍体はトランクに入れて屋島マンションへ運んだ。佳城の言った通り、コロプスキーのカレンダーを持ち去ったのは、カレンダーの裏に問題の銃弾が残っていたからだった。槌谷はその足で、得意客の接待で屋形船に乗り込んだのである。

壁の中の銃弾は、三週間ほど前、愛人を撃ったときの逸れ弾だった。槌谷は別れ話がこじれてしまい、最後の手段を選んだのだと告白した。ほどなく、捜査本部は仙波山《せんばやま》の山中から、二発の銃弾を受けている腐爛《ふらん》した愛人の射殺屍体を発見した。

ジグザグ

ジャジャマネクは、最初からその女性に狙いを付けていた。

といって、特に目立つ化粧や身形《みなり》をしていたわけではない。むしろ逆で、彼女が舞台に近い、通路際の座席に坐《すわ》っていなかったら、きっとジャジャマネクの目に留まらなかったに違いない。

色が白く小柄。髪を飾り気なく、ただ後ろで束ねている。年齢は二十三、四だが、華やいだ感じはない。いつも行儀よく膝《ひざ》を揃え、熱心に舞台に見入っている。その女性の席は、舞台から目の届き易い場所だったのが幸いだった。

気を散らさない態度と、女性の悧口《りこう》そうな形の良い目も、ジャジャマネクの気に入っていた。あの子なら、自分の言う通りにやってくれるに違いない。

その日のジャジャマネクは特に慎重だった。アマチュア奇術家の作間《さくま》が、ジャジャマネクの舞台を見るため、札幌《さっぽろ》マジックサークルのクラブ員を引き連れて見に来ているのだ。その人達の目の前で、失態は大変に、まずい。

実際、何の気なく舞台に上がってもらった観客が、ジャジャマネクの言うことを何一つきかず、途方に暮れてしまった苦い経験がある。特に若い子は何を考えているのか判らない。悪いテレビ番組の影響に違いないのだが、舞台に立たされると、ひたすら自分だけが受けようと思い、奇術師が困惑することだけしかしようとしない、実に恐ろしい奴がいるのだ。

ジャジャマネクの一連の奇術が終って、舞台の中幕が引かれる。その後ろで、次の大魔術《イリュージョン》に必要な道具の準備が始まっている。その間のつなぎに、ジャジャマネクが、軽い奇術を演じて見せるというプログラムなのだ。黒い幕の前での軽いレパートリイは、次の大道具を引き立てる役目もする。

ジャジャマネクは中幕の前に立ち、観客に向かって、ポケットから長いロープを取り出して見せた。太い丸打ちの木綿のロープだった。ジャジャマネクはそのロープをしごいた。

「大体、奇術師が持ち出すものは、油断がならない、とおっしゃる方がいらっしゃいます」

ジャジャマネクは、にこやかに観客席を見廻した。

「最初から疑いの目で見ますと、どうも奇術というのは面白くありません。私としても心外ですから、このロープをどなたかに調べてもらいたいのです」

そして、ジャジャジャマネクは初めて通路際に坐っている女性に気付いた振りをした。

「そこの、お嬢様。ロープをお取りください。よろしいですね」

ジャジャマネクはロープをまとめ、その女性の膝元に軽くロープを投げた。大方の観客がそうするように、女性は最初ちょっと戸惑った様子だったが、ロープを手にしてあちこちを触り、隣を見て何か言葉を掛けた。

連れがいたのだ、とジャジャマネクは初めて気付いた。隣の席にいるのは女性と同じくらいの年齢の若い男だった。目鼻立ちが引き緊《しま》った感じで、よく見ると、隣の女性と同じ濃緑のセーターを着ている。

女性はロープに目を通すと席を立ち、舞台に近付いて、ロープを差し出した。ジャジャマネクは、女性の手首の方をつかんだ。

「折角《せっかく》、ここまでいらっしゃったのですから、その階段から舞台にお登りくださいませんか。そうすると、お客さんの皆さんにもロープがよく見えます」

ジャジャマネクは女性の手を取って、舞台下手《しもて》にある階段に導いた。手を取られているから仕方がない。女性は笑いながら、舞台の上に立った。

行儀がいいというジャジャマネクの予感は当たった。女性は観客の方に向かって姿勢を正して一礼した。観客の中から好意的な拍手が起こった。

「お名前を教えてください」

「浅子《あさこ》、と言います」

と、ジャジャマネクは言った。

「浅子さん――これから、少しの間、お付き合いください」

「はい」

「札幌の方ですか」

「いいえ。東京から来ました」

「すると、お隣にいた男性はボーイフレンドではなく?」

「わたしの、夫です」

意外な返事が戻って来た。観客も静かになった。浅子に興味を示したのだ。こうなるとやり易い。

「これは失礼しました。結婚されて、どれ位ですか」

「……もうすぐ、二年になります」

「ううん……二年ですか」

ジャジャマネクは大袈裟《おおげさ》に溜め息を吐《つ》いた。浅子の頰が少し赤くなった。

「ご主人は優しい方ですか」

「とても」

「二年間、ずっと？」

「はい」

「それは……大変お疲れさまです」

ジャジャマネクは浅子の主人の方を見て言った。

「ちょっとだけ、奥様をお借りいたします。別に、おかしなことはしません」

濃緑のセーターの男はただ笑っていた。ジャジャマネクはそれには関係なく、マイクに向かって言った。

「大切に扱え、こう、ご主人は言っています。では浅子さん、早速、読心術をいたします。あなた方は恋愛結婚でしょう」

「……はい」

「これはすぐ判りますね。二人はお揃いのセーターを着ている」

観客席から笑いが来た。

「浅子さんの手編みですか」

「ええ、結婚したときに」

「それは――」

物持ちがいい、と言おうとして、ジャジャマネクは言葉を呑んだ。よく見ると、浅子のスカートや靴もかなり年代物のようだ。本当のことを言ってしまっては、冗談にならない。ジャジャマネクは急いで使い古しのギャグを言った。

「じゃ、どうも有難うございました。……あ、いや。まだ終っていなかった。奇術のお手伝いをしてもらうのを忘れるところでした」

ジャジャマネクは浅子が持っているロープを指差した。

「その木綿《もめん》のロープ、今、お調べになりましたね？」

「はい」

「どこかに怪しいところがありましたか」

「ええ」

「ある？ どこが、ですか」

「……これ、木綿とおっしゃいましたが、本当は化学繊維のロープですわ」

「えっ……化学繊維」

「ええ。重さが違います。木綿なら、もっと重いはずですわ」

「……ちっとも知らなかった」

ジャジャマネクはポケットからライターを取り出してロープの端を燃してみた。火に当たった糸が溶けて丸い玉になった。

「本当に合成繊維だ」

「木綿と言って、お買いになったんですか」

浅子が気の毒そうに言った。観客が笑い出した。

「そうです。奇術師を欺す商人がいるとは、大変な世の中になったものです」

「これから、気を付けてください」

「はい、判りました。しかし、今日はこのロープしか持ち合せがありませんので、これを使ってよろしいでしょうか」

「あなたがよければ構いません」

「ああ、よかった。駄目だと言われたらどうしようと思いました」

ジャジャマネクはロープを二つ折りにして、ポケットから鋏《はさみ》を出して浅子に渡し、折れ目の部分を切断してもらった。ロープは二本になった。そのうちの一本を、浅子に手渡す。

奇術は、ジャジャマネクと浅子とが、全く同じ形にロープをからみ合わせる。ところが、最後にロープの両端を持って左右に引くと、ジャジャマネクのロープには中央に結び目が出来てしまい、浅子の方のロープは綺麗に解《ほど》けて長い一本になる、というもの。

ジャジャマネクは、どうやら自分の方が手順を間違えたようだと言い、もう一度繰り返すが結果は同じ。三度目はすっかり焦ってロープと取り組むが、矢張りジャジャマネクは失敗し、浅子だけが成功する。

「わたしが持っているロープの方がやり易いんじゃないかしら」

浅子は気の毒がって、ロープを取り替えてくれた。

そのうち、舞台袖《そで》から、準備完了の合図があった。

ジャジャマネクは、それを見て最後の演技に取り掛かる。

どうしたことか、ジャジャマネクのロープは二重三重に縺《もつ》れだして、収拾のつかない状態になってしまった。ジャジャマネクは呆れ果てて、こんぐらかったロープの束を浅子に示した。

「今日はどうやら、浅子さんの方が不思議な術を知っているみたいですよ。最後の頼みです。この結び目の真ん中に、息を掛けてくれませんか」

浅子は言われた通り、ロープに軽く息を掛けた。その瞬間、縺れていたロープが、ぱらりと解けてしまった。

それで、幕間の奇術は終り。

ジャジャマネクは小箱を開け、お礼に好きなものを持ってお帰りなさいと言った。小箱にはカードやチョコレート、玩具《おもちゃ》などが入っている。浅子はためらわずに、縫いぐるみのパンダを手に取った。

浅子がロープの奇術を不思議に思ったことが、素直に観客席へ伝わっていたようだ。浅子の気取らない態度にも好感を持たれたに違いない。浅子が自分の席に戻るまで、拍手が鳴り止《や》まなかった。

ジャジャマネクも気分が良かった。浅子が席に着くのを見届け、

「おや、ご主人。お帰りなさいのキスはしなくてもいいんですか」

と、言った。

すぐ、音楽が変わり、中幕が左右に開いた。中幕の後ろには、磨きあげられたガラスの箱や、極彩色《ごくさいしき》の筒、ジグザグ　イリュージョンなどが並んでいる。

ジャジャマネクは妻の初音《はつね》と、助手の多喜《たき》を相手にして、ほぼ十分ほど、次次と大魔術を演じ、フィナーレへと畳みこんだ。

最後の挨拶《あいさつ》で、浅子の方に目を向けると、浅子はにこにこして手を叩いている。そのとき、通路の後ろから、八十に手が届きそうな老人が小走りに舞台の前の方にやって来た。ショウの終るのを待ち兼ねていた様子だった。その老人は浅子の横で足を止めると、身を屈めて何かを言った。浅子の顔から笑いが消え、びっくりした表情になった。

ジャジャマネクは、上手《かみて》の舞台袖に引きあげると、すぐ初音と多喜と手分けをして、大道具を舞台袖の片隅にまとめ、大きなカンバスをすっぽりと被せた。

割に広い舞台袖だった。グランドピアノや所作舞台も積み重ねられているが、ジャジャマネ

クの大道具ぐらい置いても、まだゆとりがある。次の歌謡ショウのメンバーも、ぽつぽつと舞台袖に集まり始めていた。

大道具の始末をしてから、ジャジャマネクはすぐ横の楽屋に入り、小道具をトランクに収め、舞台衣装を着換え、化粧を落とす。衣装をスーツケースに入れていると、札幌マジックサークルの世話役をしている作間忠雄《ただお》が楽屋に入って来た。

「ジャジャマネクさん、ちょっと見ないうちに、芸が大きくなったね」

言葉も動作も、せかせかしている男だった。

「作間さんが来ているというから、大張り切りでした」

と、ジャジャマネクは言った。

「私が来ているから……。じゃ、あのことはまだ知らないんだ」

「……あのこと？」

札幌マジックサークルは、会員が三、四十人。年寄りから若手まで層が厚い。世話役の作間は、勿論《もちろん》奇術も好きだが、プロ奇術師の面倒見がいいので有名だった。ジャジャマネクも古い付き合いで、札幌の近くまで仕事に来たりして、忙しいからといって作間に声を掛けず帰り、後になってそれが作間に知れると、ひどく機嫌を悪くする。

その日も、札幌にある家電メーカーの工場の慰安演芸会の仕事で札幌イヴ劇場に出演することになり、前日、東京から作間に電話をすると、早速乗り気になって、札幌マジックサークルで総見するという。ショウが終ったら、皆で食事をし、翌日は好きなところを案内するので、ぜひ次の日は空《あ》けておくように、と申し渡されたのだった。

作間は札幌市にある大きな和菓子屋の主人。頭が禿《は》げている代わりに、美事な白髯《はくぜん》が自慢だった。

「ジャジャマネクさん、内の会に今日はもう一人、思い掛けないお客さんが来ているんだ」

作間は髯《ひげ》をしごき、胸を張った。

「当ててご覧なさい」

「……それだけじゃ、無理ですよ。ヒントを教えてください」

「ヒントは、なし」

「さあ、困った」

「少しでもヒントをやると、すぐ判ってしまうような人」

ジャジャマネクは手早く身の廻りを片付け、スーツケースを閉じた。作間はそのケースを持とうとする。ジャジャマネクは慌ててその手を押し戻した。作間は自分の年齢のことを少しも考えない男だった。

作間は初音のケースなどを見廻した。

「持物はこれで全部？」

「ええ」

「大道具は？」

「ここに、一晩置かせてもらうことにしました。明日の朝、運送屋が取りに来ることになっています」

「そりゃ、身軽でいい。明日は支笏湖《しこつこ》から有珠岳《うすだけ》方面をご案内しますよ。すぐ、裏の駐車場に車を廻しますから、それまで、喫茶室で一服していてください」

喫茶室はロビーの二階だった。

舞台では歌謡ショウが始まっていて、ロビーには人影が少なかったが、喫茶室に入ると、一つのテーブルを囲んでいる三人が目に付いた。

一人はさっき舞台に立ってジャジャマネクの奇術の手伝いをしてくれた浅子。もう一人は浅子の隣に坐っていた浅子の夫。最後は、奇術ショウが終ったとき、浅子の傍に駈け寄って来た老人だった。三人共、話に夢中で、ジャジャマネク達が喫茶室に入って来たのを全然気に留めない。

ウエイトレスに案内されて、ジャジャマネク達は窓際のテーブルに着いた。ちょうど、ジャジャマネクは浅子と背中合せになった。

喫茶室の音楽で、ほとんど消されているのだが、老人が喋《しゃべ》る声が、途切れ途切れに聞えてくる。

「実際……あの奇術師のお陰で……お嬢様と……もし……」

ジャジャマネクは自分のことを言われているらしいのに気付き、ふと、聞き耳を立てる気になった。

ウエイトレスが注文を訊いた。ジャジャマネクは簡単に珈琲《コーヒー》とだけ言った。初音がオレンジジュース、多喜がコーラを注文した。

「お嬢様……お変わりなく……大旦那様もさぞお喜び……子宮癌《しきゅうがん》で逝く……」

老人は興奮している面持《おももち》だった。ぶしつけに振り返って見ることはできなかったが、喫茶室に入るとき見た老人は、上品なグレイの背広にきちんとネクタイを締めていた。もの腰は穏やかで、血色の良い顔色だった。

「結婚式を前にされ……一向に、納得がいきませんでしたが……綿織物業界……」

老人は浅子のことを、お嬢様と呼んでいる。大旦那というのは、多分、浅子の父親のことだろう。浅子の身形だけ見ると、この年寄りからお嬢様と呼ばれるのが釣り合わない感じがした。

今度は浅子が話し始めた。だが、浅子の声は低く、ほとんど聞き取れなかった。

——浅子はいつまでも喋っている。ときどき、夫に同意を求めるようで、夫のうんうんという声が聞える。

ジャジャマネクは、この三人の関係に好奇心を起こした。老人の言葉は、強くジャジャマネクの想像を刺戟《しげき》した。

あの奇術師、大旦那様、子宮癌で逝く、結婚式の前、納得ができない、綿織物業界……

しばらくすると、その数語を結ぶストーリイがまとまり始めた。

初音と多喜は札幌の競馬を話題にしていた。ジャジャマネクは競馬に無関心ではなかったが、一仕事を終えて珈琲をふくみながら、勝手に想像を駈け巡らせる方が楽しいような気がした。

ジャジャマネクが空想するドラマは次のようなものだった。

浅子の家は代代、綿織物を扱う大手の業者で、浅子は一人娘として生れた。多くの人達に見守られ、父母の愛情の下で何不自由なく成長し、やがて、結婚を考える年齢になった。

そうしたとき、敬愛する母親が子宮癌で病死し、浅子の父は後妻を娶《めと》った。後妻は若く美しい女性だった。後妻に男の子ができたら、当然、その子が浅子の家を襲《つ》ぐことになったはずだ。後妻もそれを願っていたのに違いないが、そう筋書通りにいかないのが人間だ。

後妻は焦ったが、これだけは授《さず》かりものでどうすることもできない。後妻は父がいないとき、浅子に辛く当たることが多くなった。浅子は人知れず泣くことがあった。

一人娘の浅子は自分の家を襲がなければならない。浅子の婿《むこ》となる男は、将来、父の会社を背負い、現在ある以上に発展させなければならない。——こうして、浅子の意志とは関係なく、親達の間で、一人の男が慎重に選び出され、浅子の前に立たされた。

そのとき、初めて浅子は自分の人生を凝視することになったのだ。

人間とは何か、自分はこのままでいいのだろうか。誰でも一度は本気でそう考え、しかし——正解は見付からぬまま、何となく歳月が過ぎていくと、人生観にも妥協が生じて、だんだんとずる賢い一人前の大人になっていくのだ。

多くの人の場合、早くから困難や逆境に直面して、さまざまな疑いがなし崩しに生じるものだが、浅子はそれまでが順調すぎ、人生の岐路で立ち止まったりしたことがなかった。ある日、一度に数多い問題が、浅子の上に襲い掛かったのだ。

浅子の結婚式の当日なら、通俗すぎるかも知れないが、劇的だ、とジャジャマネクは思った。

都心のホテル、数多い来賓《らいひん》、大シャンデリア、豪華な花嫁衣装、重すぎるブーケ――そうしたものに囲まれて、浅子は何の解決もできないまま、精神が持ちこたえられなくなってしまった。式を目前にして、浅子は独りでホテルから逃げ出し、目的のないまま、ただ、その土地が遠いという理由だけで、北海道に向かったのだ。

浅子は札幌に落ち着き、スーパーマーケットなどに勤めながら、その日その日を送ることになった。そこで、現在の夫と識《し》り合う。その男は家電メーカーの工場に勤めていて、決して豊かではないが、浅子に対して、一生懸命に生きる方法を教えることができた青年だった。

一方、浅子の家では、逃げた娘を探し出そうと、やっきになっていた。八方に手を尽し、事あるごとに人にも頼んだ。

舞台で浅子を見付けた老人は、長いこと浅子の父の下で働いていた人間だ。昔でいうと家令、三太夫《さんだゆう》。忠義一徹、謹厳実直。その三太夫が、たまたま仕事で家電工場を訪れ、誘われて社員慰安会のショウを覗いて見る気になったのだ。

そして――何という僥倖《ぎょうこう》。奇術ショウで、奇術師の相手になって、舞台に上げられたのが、浅子だった。三太夫が奇術の終るのを待ち兼ねるようにして、浅子のところへ駆け付けた気持がよく判る。

今、浅子が三太夫に、長い話を続けているのは、それまでの事情を説明しているのだ。

浅子は実家へ呼び戻されるだろうか。そう、簡単にはいくまい、とジャジャマネクは思った。真面目《まじめ》そうではあるが、あまり風采《ふうさい》の上がらない浅子の夫は、どうやら、社長や青年実業家といった人《にん》とは思えなかった。と言って、三太夫は浅子を見逃しにはできまい。手切金を積んで、夫に別れ話をつけることにでもなるのだろうか。いずれにしろ、一波乱ありそうな雲行きだった。

ジャジャマネクの空想がそこまできたとき、札幌マジックサークルの作間が喫茶室に入って来て、車を駐車場に廻しました、と言った。

ジャジャマネクは三人の成行きが気掛かりだったが、相手がせっかちな作間だから、すぐ席を立つことにした。

それとなく、三人の方を見ると、浅子がまだ縷縷《るる》として話を続けている。浅子の夫は難しい表情で押し黙り、三太夫の方は目をしばたたかせながら、白いハンカチーフでしきりに目頭をぬぐっている。三太夫は浅子の話に感動しているのだ、とジャジャマネクは思った。

「会場はエンゼル飯店《はんてん》。いつか、ご案内したことがありましたか」

と、作間が訊いた。

「ええ、覚えていますとも。鱶《ふか》ヒレスープが最高の店でしたね」

「そこで、連中は首を長くして待っていますよ」

しばらく想像を逞《たくま》しくしていたためか、ジャジャマネクの頭は冴え渡っていた。

「作間さん、さっき話していた、もう一人のお客さんというの、当ててみましょうか」

「……ほう、判りましたか」

「ヒントが言えないということがヒントになりました。そのお客さんは、曾我佳城《そがかじょう》さんでしょう」

「……お見事。その通りです」

作間は目を丸くした。

その夜の会合は賑やかで充実し、あっという間に時刻が駈け抜けていった感じだった。

曾我佳城が札幌に来たのは、作間の誘いだった。

札幌に嵐《あらし》というアマチュア奇術家がいた。嵐というのは仲間での綽名《あだな》で、その由来を聞けばその人の性格がすぐ判る。つまり、嵐が奇術材料店を通り過ぎると、その跡には目星い商品がすっかりなくなってしまう、と噂されていた時期があった。

それほど、嵐の買い方が物凄いのだ。奇術と名が付く材料なら、何でも欲しくなり、手元に置かなければ承知できない質《たち》だった。

奇術材料店が新製品を発表すると、一番最初に嵐が駈け付けて来る。新製品の噂だけでも飛んで来る。そのうち、日本のものだけでは物足らなくなる。

まず、アメリカ。アメリカは奇術の盛んな国で、その全てを買い尽すことはできないが、それでもわずかな間に、傑作と評される奇術材料のほとんどが、嵐の家に集まるようになった。

アメリカの次は、イギリス、フランス、ドイツ、中国……

毎年、世界のどこかで必ず大きな奇術大会が開催される。勿論、世界中の奇術材料店も集結するので、嵐はその大会には決まって顔を出し、ショウやレクチュアはそっちのけで、ただひたすら、奇術材料のフロアに入り浸って、大会の間中、奇術道具を買いまくる。だから、嵐の名は、ミスター・タイフーとして、世界中の奇術販売人《ディラー》にまで知れ渡っていた。

その嵐が半年ほど前、奇術道具に囲まれて、ぽっくりと亡くなった。死因は冠動脈狭窄《きょうさく》で、少しも前駆症状がなかった。年齢は七十五歳、死に方としてはまず幸せな方だが、嵐家の遺族は膨大な嵐コレクションの処置に困った。

奇術の道具ほど、残されて厄介《やっかい》なものはざらにはないだろう。蔵書なら古本屋が引き取ってくれる。その点、コイン、切手、カードの類でもそれに携わる業者がいるからちゃんと始末をしてくれる。その点、奇術道具というのは、愛好者以外の者が見れば、全部が不完全品だ。瓶やコップは底がないから使いものにならない。箱類は何が飛び出すか判らないので、触ることもできない。カードは枚数が足らないはんぱ品がほとんど。作り物の髑髏《どくろ》やウサギに至ってはどうすることもできない。

嵐家の遺族は困り果てて、札幌マジックサークルに相談を持ち掛けた。見てお好きな品があったら、いいだけ取っていってください。残った品は廃棄処分します。嵐の生前、家族達はこの道具の山に、相当悩まされていたのだ。

しかし――と作間は考えた。作間も奇術愛好家だから、仲間内では有名な嵐コレクションを、このような姿で分散させてしまうのは勿体《もったい》ない、と思ったのだ。しかし、このコレクションをそっくり引き取るような人がいるだろうか。札幌マジックサークルの仲間だって、嵐ほどの蒐《しゅう》集家《しゅうか》はいないが、それでも、ときには家族達から、日頃、秘蔵品を白い目で見られているに違

らだ。

いないのだ。
といって、作間が頭を抱え込んだわけではなかった。すぐ、曾我佳城のことを思い付いたか

世間広しといえど、嵐コレクションの引き取り手は佳城しか考えられない。佳城が自費で建築中だという、奇術博物館も、完成が間近だという噂も耳にしている。

作間は早速、佳城に連絡した。その作間の案内で、昨日、佳城は弟子の串目《くしめ》を連れて札幌に着き、嵐コレクションの下見をして来たところだった。

エンゼル飯店での会合も、佳城を中心にして、嵐コレクションが話題に上《のぼ》った。

「嵐さんの道具を、全部、引き取ることになりました」

と、佳城は言った。

佳城は柿色の絹のマフラーを巻いた上に、白茶のブラウスを着て、下は茶のプリーツスカート。簡素な装いが上品な顔立ちを引き立たせていた。連れの少年は串目匡一《きょういち》といい、奇術の修業中なのだと紹介された。

佳城の話を聞いて、作間が言った。

「それで、佳城さんを紹介した甲斐があります。で、どうでした。嵐コレクションの内容は?」

「よく、あれだけ集めたものだと感心しました。保存状態もなかなかよく、特に、古い物に珍しいものが多く残っていました」

「嵐君は奇術歴が古いからなあ。その癖、自分ではあまり舞台に立ちたがらない男だった」

「舞台で道具を使えば、傷《いた》みますからね」

「そうなんです。嵐君はカード一つ持つにも、必ず手を洗っていたからね」

「たとえば、コレクションの中にジグザグがありましたけれど、あれなんかは、一番古いタイプみたいでしたよ」

「ええ。僕がジグザグを知ったのは、そもそも、嵐君が発表会で演じたのを見たのが最初でしたね」

「ほう、それは、いつごろのことですか」

と、ジャジャマネクは訊いた。現に、今日の舞台でも、ジグザグを演じている。ジャジャマネクのレパートリイの一つなので、当然興味が湧く。

「三十年……いや、もっと前だったかな」

と、作間は言った。

「そんなに古くに、ジグザグがあったんですか」

「いや、古くはないよ。松旭斎天勝《しょうきょくさいてんかつ》も演《や》らなかったから、相当新しい」

どうも、年寄りと話すと、古い新しいの判断がかなり食い違う。

「確か、ジグザグはアメリカのロバート　ハービンの発明でしたね」

と、ジャジャマネクが言った。

「はて……外人のことは、どうも」

作間は佳城の方を見た。佳城は隣にいる串目に顔を向けた。串目が遠慮がちに口を開いた。

佳城のテストを受けている感じだ。

「ハービンはアメリカの奇術師で、ペーパーマジック——折紙の研究家としても有名です。代表作は今話題になっているジグザグ、それから、人体浮揚《ふよう》術……」

「そうだ、前に、ハービンが浜辺で、水着の美女を空中に横たわらせている写真が雑誌に載っていた。劇場の中ではないので、写真だけでもびっくりした記憶があります」

と、ジャジャマネクは言った。串目はうなずいて、

「ええ、従来あるような、舞台上の仕掛けとは、全く違う方法なんです。その道具が売り出されていますが、そのキャッチフレーズは、一人で完全に操作することができて、助手は不要、劇場では勿論、路上や学校の運動場など、見物人にぐるりと取り囲まれていても、秘密が見えてしまうようなことはない、というものです」

その、人体浮揚術に劣らず、ジグザグが観客に与える印象は強烈である。

正確には「ジグザグ　イリュージョン」という。

この奇術は、人体切断の一種なのだが、実に奇妙な現象を伴う。奇術の道具は、人の体がきっちり入るほどの、縦長の箱で、上段、中段、下段と三つの扉が作られている。上段の扉には人の顔の大きさの穴が開けられ、中段の扉の左側には、手首が出るほどの穴、下段の扉の右下には、足首が出るほどの穴がそれぞれ作られている。

術者は型通り、この箱を廻して、全体をよく示してから、三つの扉を開けて、助手の女性をこの箱の中に導く。女性は箱の中で、観客の方を向いて立つ。

術者は下段の扉を閉め、小穴から女性の片方の足首を出す。次に、中段の扉を閉め、同じように小穴から女性の片方の手首を出し、ハンカチーフなどを持たせる。最後に上段の扉を閉める。上段の穴は大きく、ちょうど女性の顔全体が見えるようになっている。

術者は全部の扉を閉めてから、幅の広い大きな刃物を取り出す。刃物の幅は、ちょうど箱の横幅と同じだ。術者は二枚の刃物を、気合諸共、上段と中段の扉の隙間、中段と下段の扉の隙間に差し込む。つまり、箱のなかの女性が、二枚の刃物で、首と胴、胴と脚とで切断された形だ。

にもかかわらず、当の女性は少しも騒がない。上段の穴からはにこにこした顔が見える。中段の手首はハンカチを振っている。下段の足首も生きている証拠に、ひょこひょこと動く。

それだけでも、充分不可解な出来事だが、この奇術の売物はこれからで、術者は箱に近寄ると、やにわに中段の部分を、左方向に引き出すのだ。

今、細長かった箱は、「品」の字を横にしたの形に変形されたのだ。この奇術がジグザグと名付けられた所以《ゆえん》で、箱の中の女性の胴体が、完全に首と脚とに分離され、横の方にスライドされたとしか見えない。これは、相当、衝撃的な現象で、最初見た者なら、思わずあっと叫びたくなるほど、びっくりするものだ。

胴がなくなった部分は、鏡などではない証拠に、術者の手が自由に通り抜ける。

さて、術者は横にずらした中央の部分を元の通りに戻す。二枚の刃が引き抜かれる。そして、三つの扉を開くと、中の女性はかすり傷一つない姿で箱の中から歩み出る。

それが、ジグザグ　イリュージョンのあらましだ。

この、舞台奇術は、現象の奇抜さ、胴切りではありながら暗さがなく、反対にどこかユーモラスな点、何度見ても不思議、といった奇術の価値を全て備えている。近来、稀《まれ》な傑作だったから、この奇術が売り出されると、多くの奇術家が買い求めて、自分のレパートリイに組み込み、そのブームは現在でもなお続いている。以来、何人もの奇術師の手で改良が重ねられてきたから、現在のジグザグはほとんど完璧な形として、世界各国で演じられているのだ。

その、ジグザグの原型ともいえる道具まで、嵐コレクションの中に収められているという。それだけでも、佳城の奇術博物館に置かれる価値は充分にあるはずだった。

札幌マジックサークルの仲間達が、佳城やジャジャマネクを囲んで、ジグザグを話題にしているとき、不思議な暗合だが、ある人間が、一人の女性を、実際にジグザグにしていたのである。イリュージョンではなく、実際のジグザグだったから、その女性は胴体を失って、ジグザグにされたときには、すでに息が絶えていたのである。


翌日、十時に作間の車が、ジャジャマネク達を迎えに来るというので、それまでに奇術道具を東京に送ろうと、ジャジャマネクは初音と多喜を連れて、昨日の札幌イヴ劇場に向かった。

劇場の事務所に行き、舞台袖のシャッターを開けてもらう。外はすぐ、駐車場だった。薄暗かったフロアに初秋の陽が差し込んだ。

そのとき、奇術道具を置いた隅で、多喜が変な顔をして床を見詰めた。

「先生……もしかして、これは血じゃないですか？」

多喜は木の床に指を当てた。多喜の指に、ねっとりした黒いものが付いた。

「血？」

ジャジャマネクは床を見た。ところどころに黒ずんだしみが散っている。

「気味の悪いこと、言わないで」

と、初音が言った。

「でも……ここにも同じような痕が付いているんですよ」

多喜はジグザグの上に被せたカンバスを指差した。

ジャジャマネクは悪い予感がした。カンバスを捲《まく》ると、ジグザグに彩色された塗料の上もかなり汚れている。ジャジャマネクはカンバスをすっかり取り去った。

初音が、悲鳴をあげた。

上段の丸い穴に、人の顔が見えた。目を閉じ、土色の顔だった。ジャジャマネクは三つの扉を開いた。中段は空《から》で、下段に二本の脚が押し込まれていた。股の付け根に、生ま生ましい切口が見えた。

「これは、昨日の、浅子という女じゃないか」

と、ジャジャマネクが唸《うな》った。

「判ったから、もうよろしい。箱から出してやってください」

と、広橋《ひろはし》という刑事が言った。

ジグザグにされている若い刑事は、至極無愛想な顔で丸い穴から顔を出していたが、ジャジャマネクが箱を元通りにし、三つの扉を開いてやると、のそりと箱から外に出て来た。

「ジャジャ……」

と、広橋刑事がジャジャマネクの方を見た。

「ジャジャマネクです」

「……変わった芸名ですね」

広橋刑事もジグザグの中にいた若い刑事と変わらない渋い表情をしている。

「ウェストカー　パピルス文書に書かれている、魔術師の名です。湖の水を真二つに割り、貴婦人が水底に落とした髪飾りを拾ってやった、と述べられています」

「……なるほど、パピルスですか。その話もイリュージョンなのでしょうね」

「多分、そうでしょう」

「つまり、この箱に差し込まれている二枚の刃物も、奇術師の仕来たりで、実際には刃が付いているわけじゃない」

「ご覧の通りです」

その二枚の刃から、指紋係が指紋を採取しているところだった。

「すると、屍体は別のところで切断され、この箱の中に運び込まれた、こう考えなければならない」

広橋刑事は傍にいる劇場の支配人の方を見た。支配人は四十前後、背広にネクタイ、変にしゃっちょこばった感じの男だった。

「昨日のショウが終ったのは何時でしたか」

と、広橋が訊いた。

「六時、前後でした」

「奇術が終ったのは？」

支配人は答えられなかった。ジャジャマネクが言った。

「歌謡ショウが一時間ぐらいですから、五時には終ったはずです」

「この道具は、奇術が終ってから、ずっとここに置かれていたんですね」

「そうです」

と、支配人が答えた。

「社員慰安ショウの後は？」

「十人ばかりの若いバンドマンが舞台を使いました」

「……それは、お客さんなしで？」

「ええ。稽古《けいこ》だそうです。若い者に流行のニューミュージックとかで、機械のボリュームを一杯にして、がちゃがちゃがちゃがちゃ、大変な騒ぎでした」

「その連中は、この場所に出入りしていましたか」

「多分、使わなかったでしょう。連中の道具は自分で持って来た楽器だけで、このピアノも使いませんでした。ミキサー室は下手で、そっちにはよく出入りしていました」

「連中が帰ったのは？」

「……九時、過ぎていました」

「あなた達が帰ったのは？」

「九時半ごろです」

「ここの戸締まりをして、ですね」

「勿論です」

「すると、九時までは、入ろうと思えば、誰でもこの道具の傍に近付くことができたわけだ」

「……はあ」

「バンドマンが舞台を使っていた間、怪しい人物を見ませんでしたか」

「見ませんでした」

「物音は？」

「……何しろ、あのがちゃがちゃです。あったとしても、気付かなかったでしょう」

広橋刑事はそのバンドの名を手帖に控え、ジャジャマネクの方を見た。

「ショウが終ってから、どうしていましたか」

「夕食を招待されていました。札幌マジックサークルというクラブの皆さんと一緒でした」

「その、会長さんは？」

「会長、と言うのか世話役と言うのかよく判りませんが、作間忠雄さんという方です」

「……ああ、髯の作間さんですか。よく知っています。ここでは有名人ですからね。そう言えば、作間さんも手品が趣味でした。その作間さん達と、ずっと？」

「ええ、たまたま、東京から曾我佳城さんという女流奇術家も招待されていまして、食事が済んでからは、その方達と一緒に、作間さんの行きつけのバーで飲み、ホテルに帰ったのは一時過ぎていました」

支配人が苛苛《いらいら》したように口を挟んだ。

「刑事さん、重ねて言うようですが、六時からこの劇場で大切なコンサートが予定されています……」

「判っていますよ。前売が皆売り切れ、キャンセルは出来ないと言うのでしょう」

「もし、万一のことがあれば、私の責任でして……」

「大丈夫。それまでには、捜査を終らせます」

「もっと恐いのはマスコミです。連中が押し寄せますと、これも、コンサートに支障を来たします」

「それも、呑み込んでいます。事件発表は慎重に運ぶつもりです」

「全く……悪いことは重なるもので、今晩、お通夜も控えているんですよ」

「ご親戚の方でも？」

「いえ、同じ町内の家なんですがね。私は町会長だもので、知らん顔も出来ないんです。死んだのは札付きの暴走族でしてね。いつかこんなことにならなきゃいいが、と思っていた矢先、雀《すずめ》の森《もり》公園附近で、どうやら、バイクのスピードの出し過ぎで、ハンドルをとられたそうで……」

そのとき、観客席の廊下に出るドアが開いて、作間がせかせかと駆け込んできた。

「ジャジャマネクさん、一体、どうしたんです。ホテルに行ったら、劇場からまだ帰って来ないと言う。ここに来たら、お巡りさんが通してくれない。すったもんだやっていたら、ちょうどいい塩梅《あんばい》に、お宅の署長の顔が見えた」

「……署長がここに入れたんですか。困ったなあ」

と、広橋が言った。

「署長は私を追い返すことはできないんだ。子丘館《しきゅうかん》ホテルの一件、ということがあってね。今も奴が怖い顔をするから、子丘館ホテルは楽しかったね、と言ってやった。そうしたら、奴は顔色を変えて、作間さん、ご自由にとドアを開けてくれたよ」

作間の後ろに、佳城と串目の姿も見えた。全員が不安そうに、警察官の動きを見廻した。

ジグザグの箱の中の屍体は、もう運び出されてここにはない。だが、注意すれば、血の臭いが残っているはずだった。

屍体が運び出されたとき、ジャジャマネクは靴が転がったのを見た。履き古された靴だったが、その内側に、イタリアのフェラガモのトレードマークが見えた。

結局、被害者の胴体は、劇場の中からは発見されなかった。

ジャジャマネクが、被害者は昨日のショウで、ロープ奇術の手伝いをした、浅子という女性らしいと言うと、広橋刑事が険しい表情になった。

「それは、確かですか」

「多分……死顔だけでは自信がありませんが、僕は舞台に立ったとき、浅子さんの靴を覚えていました」

楽屋の控室。ジャジャマネクが昨日も使った小部屋だったが、今日、こんな場面で通されるとは思わなかった。

「あの人なら、わたしも見ていました」

と、佳城が言った。

「とても感じがよく、企《たく》まずにお客さんを笑わせていましたね」

「そうなんです。あんなやり易いお客さんは滅多にいません」

と、ジャジャマネクは言った。

「その浅子という人は、あなたのジグザグも見ていましたか」

広橋刑事が問い掛けた。

「ええ、奇術が全部終るまで、客席にいました。最後、客席に挨拶したときにも、浅子さんの顔が見えました」

「……しかし、奇術の手伝いをした人が、何だってジグザグに押し込まれなければならなかったんだ?」

広橋は頭を抱え込まんばかりだった。広橋は佳城に言った。

「あなたのお噂はよく耳にします。今迄、奇術が絡んだいくつかの怪事件を解決したことがありましたね」

「……いえ、解決だなんて、大袈裟です。ただ、警視庁に識り合いの方がいて、奇術の専門的なことを答えたことはあります。それを、週刊誌などは面白く書きますから」

「じゃ、私も奇術のことでお伺いします。今迄、奇術師が本当に人の胴体を切ってしまったことがありますか」

「……真逆《まさか》」

「でも、以前、外国人で胴体切断に電動鋸《のこぎり》を使い、血飛沫《ちしぶき》があがったのを見たことがありましたよ」

「それは、偽物の血でしょう」

「……事故というようなことはありませんでしたか。機械の調子が悪かった、とか」

「そう、昔ですけれど、ある舞台で鋸の歯が女の子の衣装に絡みついてしまい、あわやという場面があったと聞いたことがあります。でも、そのまま胴体が二つになってしまったようなことは、絶対にないでしょう」

「絶対、ですか。では、切るものが人でなく、小さな動物などでしたら？　ほら、ロープを切るのも、蛇を切るのも、理屈としては同じでしょう」

佳城は顔を曇らせた。

「広い世界ですから、そんなことをする人もいるかも知れませんね。でも、舞台で本当に生き物を殺し、それとそっくりの生き物を取り出して、はい元通りと言っても、わたしは奇術として認めたくありませんね。奇術は人を楽しませる芸ですから」

「なるほど、奇術師というのは、一見、舞台で凄いことをしているように見えても、本当は常識人なんですね」

しかし、佳城の言う通り、世の中は広い。ジャジャマネクは、舞台で本当に鶏の首を切ってしまった奇術を見たことがあった。

「何だか、私の頭も幻覚を起こしそうですよ」

と、広橋は言った。

「角度を変えて考えましょう。その、浅子という女性を舞台に上げて奇術の相手をしてもらった、と言いましたが、それは、偶然目に付いたからですか」

「そうです」

と、ジャジャマネクは答えた。

「じゃ、浅子でなくとも、誰でもよかった?」

「誰でも、ということはありません。なるべく、常識のありそうな若い女性が望ましいんです」

「すると、予め前から浅子に目を付けていたんですね」

「そうです」

「浅子が舞台に立ってからを、なるべく精《くわ》しく話してください」

幸い、佳城と作間もその舞台を見ていた。三人の記憶で、浅子の言動は正確に説明することができた。

「浅子には、夫がいたのですか」

と、広橋が念を押した。

「それと、奇術が終ったとき、上品なお爺さんが浅子さん夫婦のところにやって来て、何やら話し掛けていました」

ジャジャマネクはその三人を、劇場の喫茶室でも見た、と言い足した。ジャジャマネクの目からは、その三人の姿は決して尋常ではなかったのだが、自分の主観を一切交えずに、ありのままを話すことにした。

「三人の声は聞きませんでしたか」

「……その、お爺さんの声が、ときどき耳に入りました」

「どんなことを言っていたようですか」

「言葉の切れ端ですから。お爺さんは浅子さんのことを、お嬢様と呼んでいたことは確かです」

「お嬢さんね。他には？」

「大旦那様とか、子宮癌で逝く、結婚式の前、綿織物業界、とかです」

そのとき、気のせいか、佳城の目尻が吊り上がったように見えた。

札幌イヴ劇場の楽屋を出たのは、十二時近くになっていた。

「すっかり、予定が狂ってしまった」

作間は劇場の駐車場に置いてある自分の車の前に立って、残念そうに言った。

「ジャジャマネクさん、とんだ災難でしたねえ。道具は当分、戻らないんでしょう」

「……戻されても、あの道具を二度と使う気にはなりませんよ」

「そうでしょう。佳城さんも巻き添えでお気の毒です」

「もう、ちょっとドライブという気にもならなくなりましたね」

と、佳城が言った。

「まあ、とりあえず、どこかでお昼でも食べながら、これからのことを相談しましょう」

作間はジャジャマネク達三人と、佳城達二人を車に乗せた。

車が走り出すと、佳城が作間に声を掛けた。

「今朝、新聞の広告で見たんですけれど、札幌に子丘館というホテルがあるんですね」

「ええ、割に大きなホテルです。これから、結婚式のシーズンですから、よくホテルの広告が目に留まります」

「ちょっと、そのホテルに寄れませんかしら」

「いいですとも。何か、珍しい料理でもありますか」

「いえ、そうじゃないんです。さっき、ジャジャマネクさんが、昨日、劇場の喫茶室で浅子さん達三人を見たという話。そのとき、ジャジャマネクさんが耳にしたお爺さんの言葉で、子宮癌で逝く、というのは、もしかして〈子丘館に行く〉ではないかと思ったものですから」

「……子丘館に行く？」

ジャジャマネクはびっくりして、その言葉を繰返した。

「いや……そうかも知れません。すると、どういうことに？」

「そのお爺さんが、浅子さんに自分の宿を教えていた言葉なのでしょうね」

「浅子さんは子丘館へ行ったわけですか」

「……そこまでは判りません。そのお爺さんに会ってみなければ」

ジャジャマネクは、佳城にならい、昨日、劇場の喫茶室で三人の関係を考えて作り出した物語を話してもいいだろうと思った。

「舞台から見た浅子さんの第一印象は、上品で大人しく、いいところのお嬢さんという感じでした。ところが、舞台にあがってもらい、近くで見ると、身に着けているものが、かなり質素な感じ。靴なんかも相当に履き込んでいる。その靴はさっき、イタリアの一流ブランド、フェラガモだと判ったんですが、そうしたことから、浅子さんは東京にある大きな綿織物業者の家に生れた、一人娘だろうと考えました」

「浅子さんはジャジャマネクさんのロープが綿ではなく、化学繊維だとすぐ当てましたね」

「でも、これからの話は、相当、当てずっぽうですから、そのつもりで聞いてください」

ジャジャマネクは、珈琲を飲みながら、空想した物語を続けていった。そのときの空想だから、浅子の母親の死も、子宮癌ということにし、あえて訂正はしなかった。

「当てずっぽうと言うのは謙遜《けんそん》でしょう」

と、佳城が評した。

「それはかなり、真実に近いと思います」

「でも、それからのことが、まるで雲をつかむようなんです。なぜ、浅子さんは殺されて、僕のジグザグの中へ入れられなければならなかったんですか」

「……たまたま、ジグザグを見ていたから、かも知れませんね」

「……よく、判りませんけど」

「つまり……警察の捜査を難しくするため。実際、刑事さん達は犯人がなぜそんな異常なことをしたのか、わけがわからなくなっていたでしょう」

「じゃ、犯人の、本当の目的は？」

「被害者の胴体だった、と思います。犯人はそれを誰にも見られたくはなかったんですよ」

「……被害者の身柄を判らなくするため？」

「それでしたら、首も持って行かなければならないでしょう」

「そうですね……」

作間が口を挟んだ。

「その胴体にピストルの弾が入っていたんじゃありませんか。犯人は急場でそのピストルを使い、よく考えると、そのピストルは前にも使って、警察で調べられているので、その弾が警察の手に渡ると、前歴のあるピストルだということが判ってしまう」

佳城が言った。

「それなら、弾を取り出す方が簡単じゃないかしら。首と両脚を切り取るより」

「ははあ……そう考えると、佳城さんの言う通りだ」

少し間を置いて、佳城が言った。

「わたし、これには、どうも子供が絡んでいるような気がしてならないんです」

「……子供？」

「ええ。ジャジャマネクさんは、ロープの奇術を終えて、お土産《みやげ》を渡そうとしたとき、浅子さんは少しも迷わずに、縫いぐるみのパンダを手にしたでしょう」

「……浅子さんには、子供がいた？」

浅子は結婚して二年。子供がいても不思議はない。

「そう言えば……子供のために、とパンダに手を出すのが、普通の親心ですね。その子なら、カードで遊ぶには、まだ早い気がします」

「きっと、そのときのお産が重かったんでしょう。浅子さんの身体には、帝王切開の傷痕が残っていた、としたら……」

「犯人はその傷を、見せたくなかった、のですか」

「浅子さんの実家では、きっと捜索願いを出しているでしょう。これは、変死ですから、身体の細部が調べられ、実家に報告されます」

「……浅子さんが子を産んだことが、実家に判るとどうなります？」

「ジャジャマネクさんの物語の通り、浅子さんが一人娘で、お父さんの後妻に子供ができないとすると、実家では浅子さんの子供を取りに来ますよ。力ずくでも」

その実家は、浅子が家出するほど嫌った家なのだ。


それから間もなく、車は子丘館へ到着した。

作間がフロントで問い合せ、問題の老人は、東京からの旅行者で、白須《しらす》長茂《ながしげ》と名乗る人物だということが判ったが、すぐ、白須に会えたわけではなかった。

初音と多喜と串目をホテルに帰し、ジャジャマネクと佳城と作間が子丘館のロビーで待っていると、夕方近くなって、やっと白須が戻って来た。

白須はかなり疲れているようで、ジャジャマネクが最初に話を切り出すと、ひどく驚いて、ぐったりとロビーの椅子へ崩れるように坐り込んだ。しかし、警察でないことが判ると、やや気を取り戻し、三人を自分の部屋に招いて、全てを話してくれた。

その物語はジャジャマネクが想像していた大筋と大体一致していたが、無論、細部では違う点もあった。

浅子の生家は、代々、日本橋《にほんばし》の太物《ふともの》問屋で、大坂屋《おおさかや》という屋号だった。戦後、店が手広くなり、株式会社シルビアという綿織物問屋となった。

浅子には弟がいたが、中学三年生の夏、海水浴をしている最中、心臓発作を起こして急死してしまった。父親はお前の注意が足らなかったからだと、母親を詰《なじ》った。それ以来、夫婦の間が思わしくなくなり、しばらくして、父親に愛人が出来ていることが判り、夫婦は離婚と決まった。父親は愛人を後妻に直したが、浅子と年齢がいくらも違わないような、若い女性だった。弟の死と、母親との別離、若い後妻の出現など、今迄、幸せに育てられてきた浅子には、信じられない境遇の変化だった。

父親は後妻に子供を作らせなかった、と白須は言った。これ以上、家をごたつかせまいとする配慮からだった。それだけ、父親は浅子に目を掛け、自分の目で見て、これは、という青年を婿に入れようとした。

浅子が家を出たのは、ジャジャマネクが想像した結婚式の当日ではなく、結婚式の案内状が刷り上がった日だった。

父親は浅子がいなくなったのを知って、すっかり青褪《あおざ》め、八方に手を尽したが、とうとう浅子の行方は判らなかった。

白須はシルビアが大坂屋時代に奉公入りした小僧で、後に番頭となり、戦後は部長、重役となり、現在は相談役として、ときどき社に顔を出すぐらいだったが、浅子は赤ん坊のときから面倒を見ているだけに、浅子の家出には人一倍胸を痛めていた。

最近になって、浅子はときどき離婚した母親のところへ顔を出しているらしい、という噂が入り、白須がその仲介を依頼された。母親は近くに実兄のいる、盛岡《もりおか》で暮していた。

白須が盛岡に行くと、最初、母親は固く口を閉ざしていたが、そのうち、白須の情にほだされ、浅子が札幌で結婚していることを打ち明けた。白須はそのまま盛岡から札幌へと向かった。

「その日は、ちょうどご主人の会社の慰安会で、お二人は札幌のアパートにいらっしゃいませんでした。わたくしは帰るのを待つことができず、札幌イヴ劇場に出向いたわけです」

白須が観客席に入ったとき、舞台では奇術ショウの最中だった。しばらくすると、突然、浅子が舞台の上に登った。白須は思い掛けない再会に驚き、浅子の元気な姿を確かめると涙を堪《こら》えることができなくなった。

白須は奇術ショウの終るのを待ち兼ねて、浅子の席に行き、とりあえず劇場の喫茶室で浅子の夫、月形《つきがた》を交えて話し合うことにした。

浅子の暮しは楽ではなさそうだったが、月形との生活は幸せそうだった。白須はそこで、初めて浅子と月形の間に男の子がいることを聞かされた。

「わたくしは長いこと、大旦那様と仕事をしていましたから、よく判ります。このことを大旦那様が聞いたら、すぐ、浅子と子供を連れ戻せ、と言うに決まっています。そして、どんなことがあっても、大旦那様はそれをやりとげる人です」

浅子は絶対に実家へは帰らないと言った。幸せそうな浅子の様子を見るにつれて、白須も決意した。二人はこのまま、そっとして置いてやろう。浅子の父親には、残念ながら浅子を見付けることはできなかった、と報告しよう。そして、浅子に言った。

「もし、これから困ることができたら、いつでもわたくしのところへ相談に来てください」

そして、その日の夜、子丘館で一緒に食事をしてから別れる約束をした。

白須が子丘館で待っていると、思い掛けなく月形から電話があった。想像することもできない悲報だった。暴走して来たオートバイが、一瞬のうち、浅子の命を奪ったと言うのだ。

「月形さんはすっかり逆上していて、言っていることがよく判りません。とりあえず、今いる場所を聞き、駆け付けてみると、月形さんの車が人気《ひとけ》のない倉庫の角にあり、その中に、お嬢様の遺体がありました。月形さんはその傍で、パンダの縫いぐるみを抱いて寝ている男の子と一緒にいました」

わけを聞くと、劇場を出た後、浅子と月形は車で保育所に行き、浅子が子供を連れて、公園の傍で待っている月形の車に戻って来た。浅子と月形が何か話をしているわずかな隙だった。子供がよちよちと車道に歩き出した。浅子がはっと気付いて駆け寄り、子供を抱こうとした瞬間、凄いスピードのオートバイが突っ込んで来て、浅子を撥《は》ね飛ばし、自分もその反動で車道に乗り上げた。

「その後のことは、月形さんもよく覚えていないようです。奇蹟的にかすり傷一つ負わなかった子供と、お嬢様を車に押し入れて、その場を立ち去ったことは確かで、気付いてみるとお嬢様はもう、息が絶えていました。それからのことは、わたくしも幻覚を見ているようなものです。月形さんは、ただ子供を取られたくないと言い続け……わたくしと話した直後のことですから、そう思うのは無理もないと思いますが、とにかく、お嬢様の実家に子供がいることを知られたくない一心で……」

「すると、浅子さんには、お産のときの傷が？」

「おっしゃる通りです。それがあるばっかりに、混乱する頭の中で、ああするしか方法はなかったのです。わたくしも知らないうちに、月形さんに手を貸していました。もしかすると……

奇術の箱の中に入れたらどうかと、提案したのはわたくしだったかも知れません。人はいざというとき、信じられないこともやってのけます。わたくしは戦争に行ったことがあるので、そうした経験は初めてではありませんでした」

「すると、浅子さんの遺体は、一部、実家へ戻ることになりますね。では、残った遺体は?」

「月形さんと相談して、さるところに手厚く埋葬して来たところです。その場所は、口が裂けても言うことはできません」

白須は古武士のように、口をへの字に結んだ。作間も負けずに、白髯をしごいて白須に言った。

「そのことも含め、今度のことで心配することはありません。わしはまだ沢山《たくさん》警察署長の弱みを握っとります。いざとなったら、それを用い、あなた方を守ります」

しかし、作間がその奥の手を使うこともなかった。どう、捜査が進んだのか、多分、運も重なったのだろうが、事件はそのまま膠着《こうちゃく》してしまった。

ジャジャマネクが東京へ帰ってから、週刊誌がこの事件を一斉に取り上げ、中には「女名探偵、失格す」という見出しを掲げた記事もあった。ジャジャマネクが読んでみると、最後に佳城と識り合いだという警視庁の竹梨《たけなし》警部の談話が載っていて、彼女も人間だからたまにそういうことがあっても仕方がない、というような弁明が活字になっていた。

だるまさんがころした

「ねえ、もっと揺れないかしら」

と、窓際の座席にいる敬子《けいこ》が言った。

「そうだな。宙返りとか錐揉み飛行なんかのサービスをしてくれたら面白いだろう」

北村《きたむら》がそう相槌《あいづち》を打つと、敬子が真面目《まじめ》な顔をして振り返った。

「声がかすれているわ。あら、額から汗も出ている」

「……そうかな」

「あなた、怖がってるんですか」

「怖くなどない。だが、あまりいい気分じゃない」

「ほら……この、すうっと横に滑っていく感じ。自分自身で飛んでいるみたいじゃないの」

北村は返事もせず、ただ身体をこちこちにしていた。

大体、女というのはイマジネーションに乏しい。だから、飛行機が揺れても子供みたいにはしゃぐだけでちっとも恐怖心が起こらないのだ。その癖、墜落でもすれば、大声で叫ぶのは女の方だ。と、足が地に着いていれば、いくらでも言うことができるが、今はそれどころではない。ただ、じっと時の過ぎていくのを待つばかりだった。

到着の時刻が近付き、やれやれと思ったとき、空港が強い濃霧で着陸ができない、というアナウンスがあった。

日本列島南岸沿いに停滞している前線に伴い、上層に暖い空気が入り込んだため濃霧が発生、滑走路のいずれもが基準以下の視界となり、計器を使っても飛行機の着陸ができず、霧の晴れるまで上空で待機するのだという。

それから飛行機は旋回を始めたようで、右に左に大きく揺れるようになった。その動きがなんともたまらない。揺れは船酔いと同時に、神経もずたずたにするようだった。

これまで、何度も飛んでいるが、運がよかったというのか、バス以上に揺れたことは一度もなかった。こんなことがちょいちょいあるようでは空の旅も考えものだ。

それにしても、女の神経は針金でもできているのだろうか。

北村がローマの支店に配属されて、異国の水や、食物や、言葉や、習慣や、あれやこれやに馴染《なじ》もうとして四苦八苦しているのを横目で見て、敬子は外国語を碌《ろく》に喋《しゃべ》ることもできないのに、このときとばかり毎日のように名所見物に出掛けていく。

加えて、敬子はイタリア料理や、住宅の広さや、美術品に囲まれた町や、あれやこれや全てが気に入ってしまい、五年間の外勤が終っても、そう嬉しそうな顔はしなかった。

全て判っているのだ。北村が帰国して、イタリアの生活を懐しむころには、敬子はとっくにローマのことなど忘れてしまい、団地での井戸端会議に明け暮れるようになっているはずだ。

「あなた、地上が見えてきたわ」

と、敬子が言った。

あれから一時間以上経っている。北村はうう、とだけしか声が出なかった。

「ご覧なさいよ、地図のままだわ」

「……いい」

「飛行機が怖いんですか」

「飛行機なんか怖いもんか」

「じゃ、空が怖いんでしょう」

「……本当は、素敵な美人が怖い」

すぐ、着陸するというアナウンスがあった。

機は安定した体勢になり、着実に下降していくのが判る。北村がじっと目を閉じているうち、軽い衝撃が伝わり、機は水平になった。見事な着地だった。

「あなた、着いたわ」

「判っている」

「もう大丈夫よ」

「まだだめだ。一月《ひとつき》前の事故の例もあるからな」

「……一月前？」

「もう忘れたのか。日本の週刊誌を買って来て、大騒ぎしていたじゃないか」

「ああ、あの事件ね。着陸直後、乗客の手荷物が爆発して、ジャンボ機が全焼してしまった、というあの大事件のことを言っているのね」

「そうだ。しかも、犯人もまだ捕っていない」

「呆れた。あんな古い事件を考えていたんですか」

「古くはない。わずか一月前に起きたばかりだ」

「あなたは苦労性なのよ。その犯人がここにも爆弾を仕掛けはしないかと思っているんでしょう」

「真逆《まさか》、とは思うがね」

「それじゃ、なおさらおちおちしていられなかったでしょう」

「君は楽天家で幸せだ」

「そうよ。もし、飛行機が爆発するのなら、怖がっていても同じじゃない。それだけ損よ」

敬子は手荷物をまとめた。北村は時計を見た。

「一時間以上遅れている。社家《しやけ》君は帰ってしまっただろうな」

「どうして？」

「どうしてって、いつになったら霧が晴れるか判らない状態だったじゃないか。場合によっては着陸する空港が変更になっていたかも知れない」

「大丈夫、社家さんなら、一日でも二日でも待っていますよ」

「そうかな」

「そうですとも。社家さんが出迎えに来るのは、あなたなら別ですけど、あなたの鞄なんでしょう」

「……それは、そうだ」

「もし、飛行機が爆発でもして、あの鞄がなくなってしまったら、社家さんはきっと気絶をするわ」

その鞄も無事、税関を通って北村の手に渡った。

だが、税関のゲイトを出ると、いつもと様子が違っている。職員や警官の姿が多く、人の動きも慌ただしい感じだ。遠くからパトロールカーのサイレンまで聞えてきた。

「歌手かスターでも帰って来たんだろう」

と、北村は言った。敬子がおかしそうに北村を見た。

「本当のことをおっしゃいよ」

「何が?」

「また、飛行機事故か、と思っているんでしょう」

どうも、夫婦は古くなると始末が悪い。

約束したロビーの待合室には社家の姿は見当たらなかった。

「矢張り、いないな」

「あの人が来ないわけはないわ。きっと、歌手の顔でも見に行ったんでしょう。すぐ戻って来ると思うわ」

ロビーの向こうが明るくなった。光の中をビデオカメラが取り巻き、その一団は北村の方に近付いて来た。

「あなた、素敵な美人よ。スターのテレサよ」

と、敬子が伸び上がって、一団の方を見た。

何人かの外国人で、その中央の若い女性にマイクを向けているのは芸能レポーターの赤染明《あかぞめあき》子《こ》だった。テレサは明子の質問に、にこやかに応じている。

「一緒の便だったのね。こんな近くでテレサを見られるなんて、信じられないわ」

と、敬子が興奮した。

一団はわやわやと待合室の前を通り過ぎていく。

ふと、気が付くと、足元に置いてあった鞄が動いていた。いつの間にか傍に寄って来たヒッピー風の男が北村の鞄に手を掛けているのだ。

「な、何をするんだ」

北村が慌てて鞄を引き戻そうとすると、男は髭《ひげ》もじゃな顔を上げて人なつこく笑った。

「北村さん、お帰りなさい。社家ですよ」

北村は二度びっくりした。昔からちょっとした奇人だったが、それにしても大した変わりようだ。

「済みません、すっかり遅くなっちゃいまして」

「いや、僕の方は今ここに来たばかりだよ。霧ですっかり到着が遅れてね」

「そうでしたか。じゃ、テレサたちと一緒の便だったんですね」

敬子が不服そうに言った。

「顔は合せなかったわ。あの人達、ファーストクラスにいたんでしょう」

「それにしても、高《たか》が歌手のために警備態勢を固めるなんて、世の中、狂っていますよ」

「君はどこにいたのかね」

と、北村は社家に訊いた。

「刑事に捕まって、取調べを受けていました」

「何かしたのかね」

「何もしやしませんよ」

北村は改めて社家を見た。

白髪《しらが》の目立ちはじめた髪は伸び放題で、赤いヘアバンドで留めている。ペルシャ絨毯《じゅうたん》から首を出したようなコートで、ジーンズにカーキ色の軍靴だった。これが知り合いでなければ、北村だって怪しいと思うだろう。

だが、当人は悔しそうに、

「全く、身形《みなり》を見てものを言ってもらいたいや。そうでしょう。ヘアバンドはサンローラン、コートは東京マドリッド、この靴だって、リーガルのオーダーです」

北村はそれを聞いて、昔の軍靴かと思った、とは言えなくなった。社家の年代でも、もう軍靴など見たことがないはずだった。

社家は車を空港ビルの玄関に廻し、鞄を車の中に運び込んだ。軽四輪のワゴン車だったが、凝り性の社家のことだから、何かいわれのある車なのかも知れない。

車はすぐ高速道路に入る。

「今、多勢のマニアが、北村さんの帰りを待っていますよ」

と、社家が言った。

「そりゃ、違うな。皆が待っているのは僕の鞄だろう」

「本当はそうですが。いや、気を悪くしないでください。素敵な人も来ていますから」

「……素敵な人?」

「ええ。佳城《かじよう》さんが待っているんです」

「佳城──曾我《そが》佳城さんか」

「ええ」

「本当かね」

「本当ですとも。真幸《しんこう》さんが呼んだんです。北村さんのお土産《みやげ》を、佳城さんにもぜひ見てもらいたいと言って」

敬子が口を挟んだ。

「あなた、美人が怖いと言いましたね」

「……うん」

「でも、お間違えのないように言っておきますけど、佳城さんだって、あなたを待っているわけじゃないんですよ」

北村はこのときだけ、ローマから持って来た鞄を叩き毀《こわ》したくなった。

北村がイタリアの支店に転勤が決まったとき、社家が紹介状を書いてくれた。そのお陰で、すぐローマの奇術クラブに入会することができ、日本の奇術を紹介すると同時に、ローマの奇術家から多くのものを学ぶことになった。

それとは別に、ちょっとしたきっかけで、ミステリーニという奇術師とも友達になった。

このミステリーニという奇術師は、とうに現役を退いていたが、相当癖の強い性格で、奇術仲間との付き合いは一切なかった。自分では、昔、苦心して作り出したオリジナルを盗まれたことがあり、それ以来奇術師を信用しないのだと言っている。もっとも、ミステリーニをよく知っているクラブ員の話では、元元が人嫌いの質《たち》だということだ。

ただし、ミステリーニは妙なことに日本が好きだと北村に言った。よく訊くと、M・C・エッシャーの作品を日本の彫刻家が根付けに作ったのを見て、ひどく感心したのだという。

ミステリーニ自身、舞台を去ってからは奇術家とも接しないで、独り自宅に籠って気の向くまま、こつこつと奇術道具を作り続けている。その生活態度がオランダの画家エッシャーの創作態度と一致していて、特にエッシャーを敬愛しているのだった。

ミステリーニも寄る年波に多少は気の弱りが生じたのかも知れない。ただ創作を続けることでは満足できなくなり、鑑賞する者が欲しくなったのだ。たまたま、そこに北村が現れた。

ミステリーニは最初のうち、少しずつ北村に自分の作品を見せた。実際、そのどれもが精巧を極めたトリックで、北村は素直にそれを評した。そうしているうち、ミステリーニは自分の仕事場に北村を案内した。おそらく、ミステリーニの仕事場を見た奇術師は、他には一人もいないはずだった。

ミステリーニの作品を見ていると、いろいろなことが判ってくる。

トリックと道具の細工にかけては、疑いもなく天才だったが、ミステリーニはエンターティナーではなかった。多分、彼の舞台は自作の道具を駆使した不思議の連続だったに違いない。ただ、芸風は地味であまり面白味がなく、人気を博すとまではいかなかったようだ。道具への自信があるだけに、その一般的な評価の不満が、ミステリーニを内へと追い込んだのだ。技術を持っていても、自己表現が下手《へた》だといわれる日本人に、ミステリーニは親しみを覚え、北村を信用するようになったとも言える。

それはともかく、ミステリーニは北村だけには惜し気もなく自分の作品を見せるようになった。そんなある日、ミステリーニは一つの提案を出した。

「今、作ったばかりの作品がある。それを一度だけ演じて見せ、君が見ただけでそのトリックを見破ったら、この作品は只でさしあげる。もし、見抜けなかったら、君は私の言い値でそれを買わなければならない。どうかね？」

その言い値とは、かなり高価だった。だが、ミステリーニの技術料を払う気なら安いものだった。北村はこれを作り出すのに、たっぷり一月は掛かっているのを知っていた。

「よろしい、見せてください」

と、北村は即座に言った。

それは、錠の奇術だった。

一見、ありふれた南京錠《なんきんじよう》がある。ミステリーニは一本の鍵でその錠を開けた。錠を元通りに閉め、鍵を北村に渡す。ところが、北村の手では、どうしても鍵は空廻《からまわ》りするばかりで、錠を開けることができない。

ミステリーニが鍵を掏《す》り替えたわけではない。観客の目の前でものを掏り替えたりするような技術はあまり得意としない。

それで、北村には秘密の操作が見えたのだった。数多くの奇術を見て来たお陰だ。北村はそれを口には出さず、錠に彫られている花模様の部分に鍵を押し当てた。穴がないはずの部分に鍵は吸い込まれていき、反対側から別の鍵が出て来た。北村は新しい鍵を使って錠を開けた。

ミステリーニはこの結果をひどく口惜しがった。何日かすると、また新しい作品ができたと言い、再度挑戦してきた。

今度の奇術は北村の敗北だった。それは、悪魔が考え出したようなトリックだった。北村はその作品と使い方を高価な値で買い取った。

北村もミステリーニも、このゲームがひどく気に入ってしまった。

北村としてはゲームに勝っても負けてもミステリーニの名品が手に入る。ミステリーニは自分の唯一の理解者に高い値で作品を渡すことができる。その作品は北村の手で大切に保存され、永久にこの世に残るはずだ。

勿論《もちろん》、この素晴らしいゲームには障害もある。

「あなた、いい加減にしなさいよ」

敬子の鶴の一声。

といって、まだいくらでも残っているミステリーニの名品をただ見逃しにすることは残念この上ない。

早速、北村は社家のところへ事情を書き送った。

すぐ、返事が届いて、

「北村さんが太鼓判を押すような作品なら、欲しがる人がいくらでもいます。まず、真幸均《ひとし》さん。ご存知でしょうが、真幸さんは有名な奇術マニアで、世界的なコレクターです。ちょっとこのことを話しましたら、そんな人なら、ミステリーニごと買いたいと言っています。でも、もしかすると、ミステリーニはコレクターが嫌いかも知れない。相手が臍《へそ》でも曲げると困りますから、このことは伏せて、北村さんがその作品を買い続けてください。くれぐれも、他の奇術師の手に渡さないように」

前後して、大金が送られてきた。

そして、北村がゲームを続けることができて、片端から手に入れたミステリーニの作品を詰め込んだ鞄が、今、社家の車の荷台で揺れている。

「僕が高所恐怖症じゃなかったら、とっくにローマへ行っていただろうな」

と、運転席の社家が言った。

敬子は何か言いたそうだったが、北村の顔を見て笑っただけだった。

「でも、社家さんの奥さんは相変わらず旅行が好きなんでしょう」

と、北村が訊いた。

「ええ、今も商品の仕入れだと言って、エジプトに行っています」

「ほう……エジプトには珍しい奇術があるんですか」

「ありゃしませんよ。エジプトのマジックはピラミッドぐらいでしょう。口実なんです。仕入れだ仕入れだと言って、内の奴は店の金では足らず、借金までして遊び廻っているんです」

「でも、一応は珍しい品を手に入れて来るんでしょう」

「ところが駄目。品物の選択眼がない、というより観光の方にだけ気を取られているんでしょうねえ。あれが仕入れて来るのは箸にも棒にも掛からないものばかり。だから、北村さんのトランクの中が一刻も早く見たいわけです」

「僕としては思い掛けず佳城さんと会えるわけだ」

「ところで、ミステリーニ氏はまだ作品を作っているんですか」

「そう。もうかなり年だから、前のようなわけにもいかないけれど、畢生《ひっせい》の大作に取り組んでいますよ」

「ほう……それはどんな奇術ですか」

「例の〈夢のエキスプレス〉です」

「夢のエキスプレス……そう、思い出しましたよ。北村さんの手紙で、それは奇跡としか言いようのない奇術だったと。でも、確か夢のエキスプレスは他の奇術家に買い取られてしまったんじゃなかったんですか」

「そう。ミステリーニの言い値の倍の金を積んだ男がいましてね。あんな口惜しい思いをしたことはありません。ですから、僕はローマを発つとき、もう一度夢のエキスプレスを作ってみないか、と勧めたんです」

「なるほど、それで、その気になったんですね」

「ええ。僕の方からも、新しいアイデアを出したんです。完成すれば第一作をはるかに淩《しの》ぐに違いありません」

「それは凄い。北村さんの手紙では、最初の作を見たときから興奮状態でしたものね」

北村は今でもその感動を忘れることはできない。

夢のエキスプレスは、一メートル四方ほどの台の上に作られたミニチュアの鉄道だった。実に精巧な細工で、その鉄道には駅、トンネル、鉄橋、立体交差、信号、車庫、鉄道に関する全てが凝縮されている。別に鉄道マニアでなくとも見ているだけで充分に楽しい。とりわけて、目の位置を低くして水平の点で見ると、自分もその世界の一員になったような気がして、気軽に列車の中に乗ることができるような錯覚が生じる。

車庫から数台の客車を引いた蒸気機関車がゆっくりと現れ、駅のホームに着く。

出発のベル。

列車が動きだすと、進行に従い、次次と超常現象が生じる。

山腹のトンネルに入った蒸気機関車は、トンネルを出ると電気機関車に変化している。鉄橋にかかると、列車はレールの下を逆さまになって渡りはじめる。レールかどこかがメビウスの輪を作っているようだが、思考はそれより進まない。

坂道にかかると、どうしたことか最後の一輛《いちりょう》が列車から外れ、反対方向に坂を下っていく。一輛はそのままトンネルへ。列車も反対側から同じトンネルに入る。あわや、中で衝突か、と思うと、列車は何事もなかったようにトンネルを出、一輛はちゃんと元通りの場所に連結されている……

十分足らずのショウだったが、次から次へと起こる変化に、北村は完全に圧倒されてしまった。

最後、近代的な姿に変身したエキスプレスは、駅に到着する直前で、するするとレールの上から浮きあがり、そのまま空中を走り続けて照明の外に出て見えなくなったのだ。

北村は全てが終ってもしばらくは呆然としたままで、気が付くと涙を流していた。

「本当に夢を見ているような気がします。それも、売ってもらえるのですね」

しかし、ミステリーニは首を振った。

「いや、これだけは残念ですが売ることはできません」

「……それはないでしょう。あなたの理解者は私一人しかいないじゃないですか」

「それはよく判っている。しかし、私ももう年だ。悲しいことだが、これから私の頼れるものは、金しかないんですよ」

よく訊くと、ミステリーニを訪ねて来た奇術師が、これを見てぜひ譲って欲しいと言って動かなくなった。ミステリーニが法外ともいえる金額を口にしたところ、男はすぐ小切手帳を取り出したという。

北村はその額を聞いてびっくりした。北村が心積もりしていた額よりも一桁は多かった。

「仕方がありません。とても、そんな値ではね」

と、北村は言った。ミステリーニは慰《なぐさ》めるような調子で、

「いつかはまた、夢のエキスプレスと出会うことがあると思いますよ。それを買ったのも日本のマジシャンでしたから」

と、言った。

その奇術師の名はダーマと言った。あまり聞かない名だったから、ミステリーニの聞き違えかも知れない。

それはともかく、それ以来、北村は夢のエキスプレスが気になって仕方がなかった。ミステリーニは同じ品は二つと作らない。画家も音楽家もそうだから、という持論を持っていた。北村はミステリーニの制作意欲を起こすため、夢のエキスプレスにまだ別の現象を考えることが必要だと思った。

「それで、どんなアイデアを提示したんですか」

と、社家が訊いた。

「それは、見てからのお楽しみにしましょう」

「……そうなると、よけい北村さんのトランクの中が気になりますよ」

奇術マニアなら誰でもそうだろうが、その中でも選《え》り抜きの五、六人が、社家の店で首を長くしていた。

人形町《にんぎょうちょう》の雑居ビルの二階「機巧堂《きこうどう》」というのが社家の店で、奇術マニアがよく集まる奇術材料店だ。

北村がまだ東京にいたころは、壁には世界各国の奇術師のパネルが数多く並び、ガラスケースには大小の奇術材料、棚には奇術書やレクチュアビデオ、世界中のカードが揃えられていて、窓際には椅子とテーブルが置かれ、セルフサービスの珈琲《コーヒー》など飲みながら、いつも誰かがカードやコイン奇術を見せているといった、狭いながらも小ざっぱりした、クラブ風な店だったのが、五年間見ないうちに、だいぶ様子が変わっていた。

最初にドアの立て付けが悪い。奇術師のパネルは数は多くなったが、埃《ほこり》と煙草《たばこ》とで曇っている。ガラスケースや棚の中は乱雑だし、到るところに積みあげられた段ボウル箱は、今にも崩れ落ちそう。包装したままの荷物や、機巧堂が発行している専門誌『秘術戯術《ひじゅつぎじゅつ》』のバックナンバーの山が窓際にまで押し寄せ、フロアを狭くしていた。

店には五、六人の客が思い思いに話し合ったり、商品を掻き廻したりしている。客のほとんどは勝手を知っていて、気に入った品を自分で探して、値段まで自分で決めているようだ。

レジの前にいる店員の柿本京子《かきもときようこ》がいち早く社家と北村を見て、

「お帰りなさい」

と、大きな声を出した。店の中の全員が一斉に振り返る。

その顔ぶれを見ていると、日本に帰って来たという実感が湧いた。

曾我佳城は地味なツイードのシャネルスーツだったが、容姿はいよいよ艶美だった。いつも佳城の供をしていた串目匡一《くしめきょういち》は、童顔を残したまま、すっかり成長している。でっぷりした中年の真幸均、人の世話の好きな時田道定《ときたみちさだ》、一番年嵩《としかさ》の暗号研究家、返見重次《へんみしげじ》郎《ろう》、皆、顔馴染みだった。

「さあ、とうとうミステリーニ氏の作品が、初めて海を渡ってやって来ました」

と、社家が言い終らないうち、柿本京子が言った。

「社長、趣味は後にして、商売をしてください」

社家は笑いを引っ込めて、レジの方を見る。

「判らない値段でもあるのかね」

「社長にお金のことを訊いても無駄でしょう」

もっともだ、と言って、皆が笑った。

「さっきからレジが動かないんです。見てください」

「……またか。仕方がないな」

どうやら、社家夫婦の趣味のために乱雑になっているのは商品だけではなさそうだった。社家はレジの方に寄って、やっと店の主人らしくなる。

そのあとの光景を何も知らない人が見たら、異常者の集まりかと思うかも知れない。

北村が店に運び込んだ鞄の蓋《ふた》を開いたとき、もう拍手が起こった。慎重な手で取り出される一つ一つに、全員が息を殺し、ときとして嘆声があがる。

勿論、北村はその一つ一つを実演して見せるわけでも説明するわけでもない。ただ、ミステリーニの作品を実際に見ることでいいのだ。これが、どういう奇現象を引き起こすことになるのか、それを考えるだけで充分なのだ。

むしろ、一つ一つはありふれた品が半数。一見しただけではただのコイン、カード、ダイスといった品品の中に、ミステリーニがどんな秘密を埋め込んでいるのか。それだけでスリリングな気持になるのだ。

あとは見るからに複雑そうな金属製のパズルのようなもの。大作を思わせる人形や自動車、城などのミニチュア。それらは見る人の想像を強く刺戟《しげき》するようで、その一つ一つに嘆声があがるのだった。

真幸は見るからに垂涎《すいぜん》の表情で、

「この、いくつかが僕のものなんですね」

と、夢心地だ。

「近いうち、ミステリーニの鑑賞会をやりましょう」

と、時田が言った。

最後に十本ばかりのビデオテープが出て来た。絶対に撮影を宥《ゆる》さなかったから、ミステリーのものではない。北村がローマのテレビ局が放映した奇術番組を小まめに録画したものだった。

返見がそれを少しだけ見たい、と言い出した。矢張り道具だけ見せられて、多少欲求不満になっているらしい。

社家がテレビのスイッチを入れた。

絵が出たが、社家はそのままテープをセットしようとはしなかった。

見ると、ニュース番組らしく、成田《なりた》空港の内部が映し出されている。

「事件があったみたいですね」

と、社家はテレビの音量をあげた。ハンドマイクを持った、若いテレビ記者が喋っている。

「今日、午前九時三十分ごろ、成田空港一階正面待合室横の女性用トイレの中から、血が流れているのを、旅行者を見送りに来た主婦が発見、すぐ係員に報《し》らせました。警察官が中を調べてみると、若い女性が胸部を刺されて死んでいるのが発見されました。警察は空港内を緊急配備するとともに、被害者の身元の割り出しを急いでいます――」

「空港が騒がしいと思ったら、殺人事件が起きていたんだわ」

と、敬子が言った。

「奥さんが到着したのは何時でしたか」

返見が訊いたが、時間にルーズな敬子は答えられなかった。北村が言った。

「八時二十分の到着予定で、それが一時間余り遅れたんですから、ちょうどその時間ですね」

「奥さんはトイレへは行かれなかったんですか」

「そうなの。残念だわ。わたしだったら、きっとドアを開けていたわ」

「そして、ショックで、しようと思っていたことも、してしまっただろうな」

と、北村が言った。

「失礼ね。あなたの方こそどうなの。東京へ帰って来れば、ちゃんと普通に出ると言っていたでしょう」

「佳城さんが聞いている。その話題は適当じゃない」

「言い出したのはあなたの方よ」

返見が社家に訊いた。

「君も現場の近くにいたんじゃないかね」

「ええ……近かったでしょうね。取調べ室にいましたから」

「じゃ、社家君はその殺人事件の容疑者だったんじゃないか」

「一応は」

返見は改めて社家の姿を見直した。社家は言った。

「殺人事件だったんですねえ。僕はまた、泥棒と疑われたのかと思っていましたよ」

「万引きでもしたの？」

「しやしませんよ。ただ、秘密のポケットに煙草の箱を投げ込んだものですから」

「……なるほど。そりゃあ人事《ひとごと》とは思えないね」

返見は皆を見廻した。

店の中にいる何人かは、上衣の変なところにポケットを付けた服を着ているはずだった。

「それで、自分は泥棒じゃない、奇術師だとどう証明したのだね」

「最初にカード奇術を見せてやりました。そうしたら、面白がっていましたが、ギャンブラーだろう、って」

「敵もしぶといね」

「では、と言うんで、今度はコイン奇術です。ただし、これには相当神経を遣ってしまいました」

「コインなら、得意じゃないか」

「得意なんですがね。うまく出来すぎてかえっていけなかった」

「変じゃないか」

「相手はそんな不思議なことが起こるはずがない。貨幣を変造して使っているに違いないと疑って掛かってきました」

「貨幣の変造は、大罪だからな」

「運がよかったんですねえ。たまたま、トリックコインは一枚も持っていませんでした」

「なるほど。これも、人事とは思えないねえ」

返見は再び皆を見廻した。

「もし、そんなものを持っていたら、その場で別件逮捕だよ」

「返見さん、驚かさないでくださいよ」

と、時田が言った。時田も怪し気なコインをいつもポケットに入れている一人に違いない。

「それにしても、相当大胆な犯人のようですね」

と、社家が言った。

返見もうなずいて、

「そうだなあ、被害者は刺し殺されたというから、男臭い手口だ。だが、男は女性用のトイレに入ったりするのは危険だな。すぐ、目に付く」

「この事件の犯人も、だるまさんでしょうかね」

と、真幸が口を挟んだ。

「だるまさん？」

北村はその意味が判らなかった。真幸が言った。

「そう。北村さんはしばらく留守にしていたから知らないだろうが、この一、二年、だるまさんは色色な犯罪を犯しているんですよ」

話を聞くとこうだ。

最初は一昨年《おととし》の夏に起きた事件で、江戸川《えどがわ》の北岸、A運動場の近くから発見されたばらばら屍体だった。発見者は早朝野球に来た中学生。岸辺に打ちあげられた妙な形のビニール包みの端が破れて、中に人の手のようなものが見えるというので大騒ぎになった。警察が調べると麻縄でしっかり結ばれたビニール袋から若い男の両手両足が出てきた。

その日のうち、今度はもう少し下流で、同じように包装された首と胴体が発見された。屍被者の指に残されていた指輪が手掛かりとなって、その身元はすぐ判ったのだが、犯人の捜査は難航していた。そのとき、警察に怪文書が届いた。

それが、ばらばら事件は「だるまさんがころした」というもので、手紙には差し出し人が知られないような入念な細工がされていた。ただ、それだけのことで、当初警察は質の悪いいたずら程度に考えていたようだ。

その次に起こったのが、夜の奥多摩《おくたま》街道での悪質な轢《ひ》き逃げ事件で、警察の捜査が行き詰ったところ、同じ怪文書が届けられた。内容はその事件の被害者は「だるまさんがころした」とあり、前のばらばら事件のときと一致していた。

「それ以来、凶悪な犯罪事件が起こり、犯人が捕まらないでいると、必ず同じ手紙が警察に届くようになったんです」

と、真幸が言った。

なるほど、奇妙な出来事だ。北村は訊いた。

「だるまさんがころしたというのは、だるまさんがころんだ、のもじりなんでしょうかね」

「多分、そうでしょう。だるまさんがころんだ、きっちり十の音からできている。子供のころ、その言葉でものの数を算《かぞ》えたことがありましたね」

「……真逆、全部の事件が同一の犯人の仕業だということはないんでしょう」

「あり得ませんね」

「とすると、いたずらですか」

「いたずらにしては手が込みすぎています。なにしろ、最近ではニューヨークやロサンゼルスの警察からも警視庁に問い合せがあったようです」

「……海外の警察にも？」

「ええ。ですから、ただのいたずらとは思えないでしょう」

「それにしても……だるまさんがころしただけでは雲をつかむようですね」

「そう。何かの事件の捜査妨害だと言う人もいました。全国にだるまさんと呼ばれている人が何人いるか判らない。その一人一人を調べるとなると大変なことですからね。現に、警察にどこそこのだるまさんが怪しいという投書が山ほど来ているようです。ところがね——」

返見は気を持たせるように言った。返見の癖で、ときどき変に持って廻った言い方をすることがある。

「京子ちゃん、ありゃ何の事件だったかね」

返見は京子の方を向いた。

「足立《あだち》区のスーパーの皆殺し事件だったわ」

と、京子が答えた。

北村の留守の間に、どうやら凶悪な事件が続けて起こっているようだ。

「そう。あの事件。そのときの怪文書には、はっきりと、特定のだるまさんが指定してあったんだよ」

「……それは？」

「マジシャンのだるまさんがころした、とね」

「マジシャン……」

「君も知っているだろう。奇術家のだるまさんといえば、あの男しかいない」

「テレビの、だるまさんですね」

「そう」

「……一体、あのだるまさんは、何者なんですか」

「判らない。奇術家の中でも、あの男の素姓を知っている者は、誰もいない」

「本名も？」

「うん。佳城さんの知り合いに警察の人がいてね。その人がここへも来て、全国の奇術クラブのリストを調べたんだが、だるまさんはどのクラブにも入っていないことが判った。それだけだ」

「……あの人なら、そうかも知れない」

だるまさんは奇術マニアには違いないのだが、とにかく奇人だ。

北村もあるパーティで、割に親しくだるまさんと話したことがあった。北村が名刺を出すと、だるまさんはだるまの絵だけを印刷したカードを出して、

「僕、だるまです」

とだけ言った。

ずんぐり肥《ふと》った身体とぎょろりとした目、大きな鼻と濃い髭は、確かに縁起物のだるまに似ている。どのクラブにも所属してはいないが、しょっちゅう機巧堂へ出入りして、奇術の会があると必ず顔を出す。

小型の携帯テレビを手放したことがない。人と話すときでもテレビのイアホンを耳に入れたままだ。考えればずいぶん失礼だが、付き合うと気のいい性格で、誰もだるまさんを悪く言う者はいない。パーティなどでたまたまだるまさんの姿がないと、皆、だるまさんはどうしたのだろう、と心配するほどだ。

定職があるようには見えないが、奇術に関しては金を惜しまないから、三十五、六に見える年の割には奇術の知識が豊富だ。そして、稀重《きちよう》なトリックの秘密でも自分だけのものにしておかないで、訊かれればあっさりと教えてしまう。従って、若い人達には人気がある。ただし、奇術の腕は意外と大したことはない。

「ああいう怪人物だから、他で何をしているか判らない」

と、返見は言った。

「人殺しに関係したんでしょうか」

「真逆とは思うがね」

「関係もないのに名を出されたとすると、だるまさんも被害者じゃないんですか。本人は何と言っているんです？」

「それが……ここしばらく、行方が判らないんだ」

「…………」

「ここ二年ほど、だるまさんはどの会にも顔を見せなかったし、会った者もいないんだよ」

「だるまさんみたいなマニアがそれじゃ、禁断症状が出やしませんか」

「皆、そう言ってるよ。誰かさんなんかは、一日カードを持たないでいると、いらいらしてくるそうだ」

「……じゃ、外国の奇術のクラブを渡り歩いているのかな」

そのとき、ふと、社家が言った。

「北村さん、さっき、ミステリーニの大作を買い逃してしまったと言っていましたね。その、夢のエキスプレスを横取りした日本人というのは、もしかして、だるまさんじゃないんですか」

「……ミステリーニはその奇術師の名を、ダーマ――」

北村は言い掛けて、はっとした。

「ダーマ……だるま。違いない、あれはだるまさんだったんだ」

それから一週間ばかり経った日、北村のところへ、突然、だるまさんから電話が掛かって来た。

機巧堂で奇妙な話を聞いてから、だるまさんのことが気になって、ずっとニュースを気にしていたのだが、最近起こった二つの大事件——成田空港で着陸直後ジャンボ機が爆発した事件と、北村が帰国した日の空港内トイレ刺殺事件のいずれにも「だるまさんがころした」という怪文書は警察に届かなかった。

届かなければ届かないでも週刊誌などの話題になる。

怪文書を製作した犯人が死亡したという説、単純ないたずらで犯人が飽きてしまったんだという説、いろいろな意見が世間を賑わせているので、だるまさんのことを忘れてはいなかったが、直接、その相手から連絡して来るとは思わなかった。

「ローマでは大変失礼しました」

と、だるまさんは浮世離れしたような調子で言った。

「北村さんがミステリーニ氏と親しくしているのを知らないわけじゃなかったんですが、僕も夢のエキスプレスの魅力をどうすることもできなかったんです」

「じゃ、あなたがダーマさんだったんですね」

「そうなんです。外国じゃいつもダーマです」

話の様子では、警察がだるまさんを捜していることを少しも知らないようだ。

「僕が夢のエキスプレスを横取りしたことに腹を立てているんじゃないかと思って、お詫びをしたいんです」

と、だるまさんは話を戻した。

「そりゃね、残念でしたが、あなたが支払った金額を聞いて諦めましたよ。今じゃ、ミステリーニのためにも、その方がよかったんじゃないかと思っています」

「そう言ってもらえるとほっとします。実は今、僕は夢のエキスプレスを実演しているんですよ」

「……ほう。どこで、ですか」

「横浜《よこはま》にいるんです。もっとも、地面の上じゃなくて、船の中。ロイヤルチェリー号にいるんです」

「……あの、豪華船?」

「ええ。今日入港したばかり。ミステリーニから、北村さんがお帰りになっていることを聞いたものですから、電話をしたんです」

「すると、ロイヤルチェリー号の中で奇術をしているんですね」

「ミステリーニのお陰ですよ。あの道具で、僕はプロとして通用することができるようになったんです」

それで、段段と様子が判ってくる。

だるまさんは夢のエキスプレスを手に入れて、ロイヤルチェリー号付きの奇術師になって世界中を渡り歩いていたのだ。その船が今日、横浜に着いたばかりでは、まだ、だるまさん事件を知らなくても不思議はない。

「もう一度、夢のエキスプレスをご覧になりませんか」

と、だるまさんは言った。

「それは、ぜひとも見たいですね」

「じゃ、船は一週間ほど横浜にいますから、お好きなとき遊びに来てください。奥さんとご一緒にね。ご馳走しますよ。モントレーバーのマジシャンだと言ってもらえば、すぐ判ります」

北村の頭は忙しく動きだした。

ここでだるまさん事件を教えるべきだろうか。それとも、だるまさんには黙って警察に？

いや、佳城がいい。曾我佳城に一緒に行ってもらおう。

「こちらに帰って来て、夢のエキスプレスのことを話したら、ぜひ見たいという奇術師がいるんですがね」

と、北村は言った。

「ああ、社家さんでしょう。マニアの人達には、いずれ機会を作りますよ」

「いや、社家さんもそうなんですが、特に熱心な人は佳城さんなんです」

「佳城……曾我佳城さんですか」

「ええ」

「そりゃ、嬉しい。あの方に見ていただくほど光栄なことはありません」

ロイヤルチェリー号は、小春日和《びより》の青空の港に、真白な船体を聳《そび》えさせていた。

二万五千トン、定員は七百名。やや鋭い船首から、ふっくらとした船体への曲線が艶美だ。

弓なりに反ったマスト、円錐形の煙突にはオレンジ色の桜のマークが印されている。近付けば近付くほど、その巨大さが実感となる。

その全景を見ていた佳城が、

「昔のままだわ」

と、つぶやいたのを北村は聞き逃さなかった。

「佳城さんはこの船に乗ったことがあるんですか」

佳城はええと答えた。北村の傍にいた敬子が大きな溜め息をついたのが判った。

「勿論、お仕事じゃないんでしょう」

「ええ、新婚旅行を、この船で」

今度は北村が吐息をつく番だった。

「普通、どのくらいの期間乗船されているんですか」

「人によって違うでしょうけれど、わたし達は一月でしたわ」

「一月も……」

佳城はそのときのことを思い出したのか、少し頬が赤らむのが判った。

北村と敬子、佳城と串目はガラス張りの桟橋を渡って、受付のカウンターでダーマの名を言った。ダーマの名を聞くと、係員は言伝《ことづて》があると言って、メモを見た。

「ダーマ様は急用ができました。少しの間、シャンゼリゼのカフェドパリでお待ちになるようにとのことです」

ボーイに案内させますと付け加えると、佳城は、

「その前に、少し船内を見せてもらいたいのですが」

と、言った。

係員はご自由に、と言い、四人は簡単なカードにサインをしてロビーに出た。

落着いた雰囲気は一流のホテルと変わらない。正面にゆったりとした感じのエレベーターが並んでいる。

佳城はもの慣れた態度でエレベーターに乗り、最上階のボタンを押す。途中から乗り込んで来る乗客と、佳城は軽い会話を交す。北村はそれを見て、つくづく佳城は豪華船が似合うと思う。

串目のまたたきが多くなっている。突然、別世界に送り込まれ、雲の上にでも乗ったような気持なのだろう。北村も若いとき、初めてホテルのドアを入ったときがそうだった。

若い串目はいいとして、敬子までがしきりに目をぱちぱちさせているのが気味が悪い。この後のことを考えると、なるべく当たらず障らずにしている方がいい。因《ちなみ》に、北村の新婚旅行は熱海《あたみ》の一泊で、船は芦ノ湖《あしのこ》の遊覧船で三十分だった。

最上階のサンデッキには緑の人工芝が敷き詰められ、日光浴のチェアが並んでいる。パドルボールのコートやバーがあるが、人影はない。乗客達は下船して観光をしているようだ。

サンデッキからの港の眺めが素晴らしい。目を細めて遠くを見る佳城の表情は静かだが、色色な想い出が甦《よみがえ》っているに違いない。その夫が夭逝《ようせい》しているのだから思いは一際《ひときわ》深いはずだ。

風を少し冷たく感じて、四人はサンデッキを降りた。

その下の二層は特別客室《キャビン》で、船尾のガーデンに立つと、その下のデッキの屋外レストランと、もう一層下のデッキのプールを眺め渡すことができる。

屋外レストランのあるデッキには、図書館や玩具店、ブティックなどがある。船の中央あたりがキャバレーで、テーブルや椅子、壁際に並ぶスクリーンが深紅色で統一されている。

「皆、あのときのままですか」

と、北村が佳城に訊いた。

佳城は目で笑っただけだった。気のせいか、佳城の足取りがリズムを踏んでいるように見える。

キャバレーを出て、佳城は船首側の革張りのドアをそっと押した。

そこは、劇場の二階だった。ざっと、三百ばかりの観客席。焦げ茶の椅子が舞台に向いて並んでいる。舞台は奥行きが深く、ゆったりとした感じだった。

佳城は劇場を見渡してから、横手に廻り、踏みしめるようにして階段を降りて一階の客席に立った。すでに、独りだけの世界にいるようで、北村は無駄なことを話し掛けることができなくなった。

佳城はゆっくりと舞台に近寄り、その前を通って客席を一巡した。

航海中はこの船のいたるところで、ゲーム大会や、競技会、ファッションショウ、コンサート、映画、ステージショウなどが開かれ、夜になれば、フォーマルドレスの紳士が夫人と連れ立ってカクテルパーティや晩餐《ばんさん》会に集まってくるのだ。
劇場を出たとき、一人の老女が杖にすがるようにして歩いて来た。おぼつかない足元のフロアが段になっている。

佳城がさり気なく近付いて手を貸してやった。

「ご親切に……」

老女は英語で礼を言ってから、日本の方ですか、と訊いた。佳城がそうだと答えると、顔を人なつこくして、日本語で喋りはじめる。

「そうですか。わたしは日本橋の生れでしてね。久し振りに日本へ来たのに、風邪を引いてしまい、ドクターがあと二、三日は外出してはいけないと言いますのよ」

「それは、お気の毒に」

「お酉《とり》さまが近いでしょう。それまでには治さなければね。このごろ思い出すのは子供のときのことばかり。本当にお酉さまは久し振りなの。多分、お酉さまもこれで見納めだと思います」

「……お元気でいらっしゃるのに」

「いいえ、もうだめ。自分でも判っていますよ。ふしぎなものですねえ。心配事の多いときはまだ元気でしたけれど……あなた方、お忙しい？」

「人と待ち合せることになっているんですけれど、その方、少し遅れるようなんです」

「それじゃ、お茶を付き合ってくださる？」

北村は豪華船の別の一面を見る思いがした。船の中は贅沢《ぜいたく》なものばかりが目に映るが、何年もここで生活している孤独な年寄りも多いに違いない。

老婆は同じデッキのウインドカフェに四人を案内した。一面のガラス張りで、港を一望することができる。

「さっきから考えているんですけれど、あなたとは前にお目に掛かったような気がするんですよ」

と、老婆が佳城に言った。佳城もうなずいて、「わたしもですよ、桜子《さくらこ》アイザックさん」と、名を言った。

「わたしの名を知っていらっしゃる。すると？」

「ええ。十五年も昔になりますけれど、わたしは亡くなった主人と、このロイヤルチェリー号で旅をしたことがあります」

「……お名前は？」

「大岡佳子《おおおかよしこ》」

「おお……段段に思い出します。あなたは、キャプテンが主催したパーティで、シルクのマジックを。そうでしたね」

「よく覚えていらっしゃいます」

「忘れるものですか。あのとき、あなたは船のスターでした」

「……スターだなんて」

「いえ、本当。大した人気でしたもの。でも、失礼ですが、今の方がもっと美しい」

飲物が運ばれると、桜子は一段と元気になった。

「こうしていると、まるで家族でお茶を飲んでいるようだわ。さっきもちょっと話したけれど、わたしの心配はいつも家族のことでした。主人や子供達に次次と先立たれましてね。そうすると、わたしが聞いたこともないような者が親戚だなどと言って来て。それも一人や二人じゃないので、誰を信用するわけにもいかず、そりゃ孤独で辛い思いをしてきましたのよ」

「でも、今はお幸せなんでしょう」

「ええ。やっとね。すると、今度は身体の方が言うことをきかず……ご免なさい、すぐ、愚痴になって。アイザック家には一人だけ直系のわたしの孫がいましてね。とてもいい子で、わたしはその子の成長だけを頼りにしていたんです。でも難しいのね。その子は一人前になると、アイザック家を嫌って家を出てしまいました。根が正直な子だったのよ。アイザック家の名声とか資産とか、何の労もなくそれを継ぐことに疑問を感じ、悩み抜いた末でした」

「……世の中には、そんな巡り合せに、何の疑いを持たない人も多いのに」

「そうなんですよ。ですから、わたしはよけいその子が大切なのです。わたしも悪かったわ。あの子の意向も聞かず、家柄だけでお嫁さんを決めようとしたから」

「……じゃ、お孫さんには別に好きな方が？」

「ええ。ミス　ウインスロップ——孫のお嫁さん候補の名ですけれど、その子も孫が好きだったし、孫もミス　ウインスロップが気に入っていました」

「それなのに、どうして？」

「ばかなわたしがウインスロップ家のことを色色調べたのが孫に知れてしまったから。元元、そういうことに迷いを感じていたときだったから悪かったわ」

「そのミス　ウインスロップも捨てて家を出てしまったのね」

「ええ。でも、あの子はずっと孫の帰って来るのを信じて待っていました。でも、その辛抱がやっと報われましたよ。孫は世間に出て苦労してきたようで、立派に成長して戻って来たんです」

「それはよろしゅうございました」

「今度の航海《ナビゲーション》は孫と一緒でしてね。ミス　ウインスロップは飛行機で成田に着いて横浜で孫と会うことになっています」

桜子はくすりと笑った。

「でも、孫は相変わらずでしてね。ただの乗客なんかは嫌だと言いました」

「……じゃ、船で働いているんですか」

「そうなの。何をしていると思って？　マジシャンなのよ。昔の佳子さんと同じ。ここのモントレーバーで、夜になるとお客さんたちにクロースアップマジックを見せているの」

四人は顔を見合せた。

「お孫さんはどんな奇術を演じているんですか」

と、北村が訊いた。

「カードとかコイン。これはわたしが見てもそう上手《じょうず》だと思わないけれど、一つだけ特別のマジックがあるのよ。これは身贔屓《みびいき》じゃなく素晴らしい。キャプテンも感動して、バーで働くのを頼んだの。それは、エキスプレスのミニチュアで……」

夢のエキスプレスを演じる奇術師なら、この世でだるまさんしかいない。


それにしてもだるまさんの帰りが遅い。

四人はプールデッキのモントレーバーで辛抱強くだるまさんを待ったが、港街に灯がつき、すっかり日が落ちてもだるまさんは戻ってこなかった。

バーのマスターの話だと、北村たちが乗船した三十分ほど前、ダーマは奇術の準備をしていた。船が港に停泊している間は乗客が少なくなるので、バーは休業していたが、ダーマは特別なお客さんに奇術を見せるのだと言った。

しばらくすると、ダーマは自分の腕時計をひねりはじめ、マスターに時計を見せろと言った。そして、急にそわそわして、ちょっと下船するので、北村という四人連れの客が来たら、丁重に待たせてもらってほしいと言っていなくなった。

マスターは四人を奥のテーブルに案内し、飲みものを訊いた。

テーブルの向こうに、丸いテーブルがあり、二十ほどの椅子が二重に囲んでいる。テーブルには黒い布が掛けられていたが、布の凹凸《おうとつ》で、北村はその下を想像することができた。

「これですよ。これが、夢のエキスプレスの舞台です」

飲みものを運んで来たマスターが言った。

「そう。これは何度見ても素晴らしいマジックです。お陰で店はいつも満員で、整理券を出していますよ」

そして、旧式の懐中時計をチョッキのポケットから取り出し、

「もう、戻りそうなものですがね」

と、言った。北村が見ると、ねじ巻き式の時計だが、時刻は正確だった。

ダーマが遅くとも、退屈はしなかった。

佳城に言われて、串目が次次と奇術を見せてくれたからだ。バーのマスターもすっかり感心して、コインとカード奇術に限っては、ダーマより串目の方が上手だとはっきり言った。

気が付くと、港は夜景だった。

「だるまさんは桜子お婆さんにも、すぐ帰るようなことを言っていたそうね」

と、敬子が言った。

その桜子は北村が実はだるまさんを訪ねて来たのだと言うとすっかり喜び、ダイニングルームの予約をしておくから、ぜひ夕食を一緒にと言って、病院へ降りて行った。

「一体、あの桜子さんはどういう方なんですか」

と、北村が佳城に訊いた。

「あら、ご存知なかったんですか」

佳城はふしぎそうな顔をした。

「この船に住んでいる方」

「……つまり、この船に何年も乗っていて？」

「ええ、ミセス　アイザックは、この船の持主ですわ。アイザック氏が昔、桜子さんのためにこの船を建造したの。桜子さんの名を取って、船の名もロイヤルチェリー号なんですよ」

「…………」

「アイザック家はこの船の他にも、ハワイや香港やノルウェーにいくつもホテルを持っているんです」

「……じゃ、だるまさんは、そのうちその全部が自分のものになる？」

「今の話だと、多分そうなるでしょうね」

敬子が目だけを丸くしている。もはや、溜め息などでは追い付きそうにもない。

北村は頭の中が白っぽく感じていた。日常とはあまりにもかけ離れたところに放り出されたために、頭の神経がショートしてしまったようだ。そして、白いものの底から、何やら怪しい考えがむくむくと湧きあがってきた。

「もしかすると……だるまさんはもう帰って来ないかもしれない」

佳城が北村の顔を見た。

「どういう意味？」

「今まで、だるまさんがそんな人だったとは知らなかったから全く気が付かなかったんですけど、だるまさん事件にはアイザック家の遺産が絡んでいるんじゃないでしょうか」

「……ユニークな考えね、それは。聞かせてちょうだい」

「さっき、桜子さんが話していましたね。アイザック家は桜子さんのご主人や子供さんが次次と亡くなって、直系はだるまさんだけ。そのだるまさんも、しばらくは家を出て行方知れずになっている。すると、桜子さんが聞いたこともないような人たちが親戚だと言ってやって来る。勿論、アイザック家の財産を狙って、でしょう」

佳城は無言でうなずいた。

「とすると、その人たちはアイザック家の直系、だるまさんの存在がひどく気になるわけでしょう。本当なら、このままだるまさんが永久にアイザック家に戻って来ないのが一番いいんですが、今のところ、だるまさんの生死も判らない」

「それに、桜子さんももういつ亡くなるかも判らないわ」

と、敬子が言った。敬子は北村の考えを見抜いているようだった。北村は続けた。

「それで、相手方は焦りだしたわけですね。もう、尋常な手段ではだるまさんを捜し出すことはできないと思い、ふしぎなことを考え出したわけです」

「……つまり、凶悪な事件が起こるたびに、警察へだるまさんがころしたという怪文書を送り、警察にだるまさんを捜し出させようとしたのですね」

と、佳城は眉をひそめる。

「ですから、だるまさんが桜子さんのところへ帰ってからは、もう、その必要はなくなったんです。一月前のジャンボ機爆破事件や、最近の空港トイレ殺人事件に、慣例になった怪文書が届かなかったのはそのためでしょう」

「なるほど、それでだるまさん事件がはっきりしました。でも、そのだるまさんが、どうして帰って来ないのですか」

「大変悪い予感がするんです。アイザック家の遺産を狙う者は、そんなことまでしてだるまさんを見付け出さなければならなかったんです。でも、見付かったときは船の中で仕事をしているので、ちょっと手を出すことができません。船が横浜港に着くのを待ちかねてだるまさんを呼び出す」

「……そして？」

「相手はだるまさんを再びアイザック家に戻れないようにする」

聞いていた敬子が腰を浮かせた。

「つまり、だるまさんを亡き者にしようというのね」

「そう」

「じゃ、こうしちゃいられないわ。すぐ、だるまさんを捜し出さなければ」

だが、警察に報《し》らせるにしても、だるまさんはどこにいるか、その手掛かりは全くない。北村は佳城に言った。

「佳城さんは警察に知り合いがあると聞きましたが……」

しかし、その佳城は落着きはらっている。

「必要があれば、すぐその方に報らせますわ」

「……今、必要じゃない？」

「多分、だるまさんは秋葉原《あきはばら》あたりへ行っていると思うんですよ」

「……秋葉原ですって？」

佳城は腕時計を見た。

「とすると、三時間も掛からないわね。もう、そろそろ帰って来ると思いますよ」

「ちょっと待ってください。秋葉原へ何をしに行ったんです」

「特殊な電池でしょうね。複雑な夢のエキスプレスを動かすのに必要な、ごく小さな部品だと思います。だるまさんは奇術のセットをしているうち、電池の一つが切れていることに気付いたんです」

「……すると、自分の時計やマスターの時計を見て考えていた、というのは」

「そう。時間を確かめたのじゃなくて、時計を動かす電池で代用できないかと考えたんでしょう。これから町に買いに出るのでは、わたしたちとの時間に間に合わなくなります。でも、腕時計の電池では形が違っていて代用にはなりませんでした。マスターの時計は手巻きですから、電池など入っていません。だるまさんは同じ電池を手に入れるため、下船しなければならなくなったのでしょう」

佳城の言う通りだった。

しばらくすると、だるまさんは転がるようにモントレーバーに駈け込んで来て、すっかり遅くなったことを詫びた。

だるまさんはすぐ夢のエキスプレスの準備をはじめたが、そっとポケットから取り出した小さな紙袋には、秋葉原の有名な電器店の名が印刷してあった。どうやら、横浜では特殊な電池が見当たらず、秋葉原まで行かなければならなかったらしい。

だるまさんの奇術が終って、桜子の約束通り、だるまさんは四人を一等船客のダイニングルームに案内した。

このダイニングルームは一階と二階が吹き抜けで、天井は巨大なドームになっている。二階の入口から中に入ると、幅の広い緩やかな階段で、うぐいす色の絨毯を踏みながら、豪華に整えられた室内の全景を見渡すことができる。

テーブルには桜子と、オリーブ色のイブニングドレスを着た若い女性が待っていた。

だるまさんはちょっと気恥かしそうに、輝くばかりの若い女性を、

「僕のフィアンセ、テレサ　ウインスロップです」

と、紹介した。

テレサはほとんどだるまさんの顔ばかり見ていた。その熱い眼差しを知って、北村はだるまさん怪文書事件の真犯人はテレサに違いない、と思った。

ミダス王の奇跡

「見て、雪よ」

よし子《こ》はそう言って、勇之《いさゆき》の手をそっと放した。

勇之の指が軽い痺《しび》れを残している。頭の中はよし子のことで一杯だったが、その言葉で思わず歩みを止めた。

ちょうど、木立が途切れ、前方に展望が開けたところだった。なだらかな山は、頂上の木の枝まで判る距離だが、青鈍色《あおにびいろ》の空を背景にして、雪を積もらせた真っ白な姿を際立たせている。

雪は山の尾根を一刷けしただけだった。尾根のすぐ下は暈《ぼか》されて鼠色《ねずみいろ》に移り変わり、山腹は深い緑、麓《ふもと》には紅葉が真っ盛りに耀《かがや》いている。

「故郷は矢張り感激だな。こんな素晴らしい景色の中に、美しい君がいる」

よし子は振り返り、笑った。

「わたしは年を取ってしまって、もう美しくはないわ」

「いや、若さなどいらない。僕は今の君が一番好きだ」

よし子は長い髪を後ろで素っ気なく束ねただけだった。笑うと勇之の好きな眉と目が朗らか銀だった。

になる。狐色のシルクウールのセーターに、焦げ茶のテーパードパンツ、ベルトのバックルは

「人生にはいろいろなことが起こるわね。もう、恋なんてないと思っていた」

「僕は……君の静かな生活に石を投げ込むようなことをしたけど、それが正直な生き方だと思った。わずらわしいかも知れない」

「いえ……嬉しいのよ」

道は緩い下りになった。なだらかな擂《す》り鉢《ばち》状の底のあたりに小さな家が見えた。古い木造二階家で、丸《まる》の湯《ゆ》温泉に一軒だけあるサオト荘《そう》だった。旅館のすぐ傍に東屋のような建物が建っていて、屋根の下から白い煙が昇っている。それが丸の湯なのだろう。

「思ったより、小さいな。それに、ひどく古びている」

と、勇之が言った。

「わたし、こういうところがいいの」

「……気に入ったかい」

「ええ。ここなら、何もかも忘れられそう」

「それなら、よかった」

列車の中では、ほとんど何も言葉を交わさなかった。よし子が傍にいるだけで気持が充実し言葉など不必要だった。よし子の方はほとんど窓外の景色に目を向けていたが、矢張り勇之のことを思い続けているらしく、ときどき勇之がいることを確認するように振向いてほほえむの

だった。今、危険な道を歩いている。その同行者の心のつながりだけがよりどころなのだ。

若いころから慎み深い質《たち》で、勇之の求めにすぐ乗るような女性ではなかった。昔からほとんど難攻不落という感じでいつも優しく撥《は》ねつけられていた。それでも、思い切ることができず、やっと小さな旅の同意にまで漕ぎ付けたものの、まだ良心の負い目がくすぶっていて、よし子を寡黙にさせているのだ。

思い切って鄙《ひな》びた場所という勇之の注文で、旅好きの友達が選んでくれたのが丸の湯温泉だった。実際に来て見ると、鄙びたというよりむしろ異境の感じだった。だが、異境に足を踏み入れることで現実感が遠くなり、よし子の後ろめたさも希薄になるのがよく判った。

「あら、グミね」

よし子が足を止めた。背丈より少し高い灌木《かんぼく》についている赤い実だった。濃い緑の葉が、小指の先ほどの艶やかな赤い色を引き立てていた。よし子は指先でその一つを取り、口に運んだ。

「食べられる?」

「ええ。子供のころ、こうしてよく食べたわ」

勇之は童心に返ったよし子に胸を打たれた。

「僕も食べてみたいな」

「おいしいわよ」

勇之は伸ばそうとするよし子の手を取った。

「それじゃない。君のが」

「あら……嫌」

「どうしても」

それ以上は逆らわなかった。よし子は唇をすぼめた。その唇がすっぽりと勇之の口に入った。甘酸っぱく、少しだけ渋い。グミは二人の口の中を往ったり来たりした。そのうちグミはどこかになくなり、よし子の舌の甘さだけになった。


外装の羽目板は黒ずんで木目を浮き立たせている。玄関には旅館の看板も見当たらなかった。勇之がここに違いないのだがと思っていると、玄関の格子戸が勢いよく開いて、若い女性が二人飛び出して来た。同じ浴衣《ゆかた》に紺の羽織を羽織っている。女性の後に続いて二人の男も外に出て来た。男は黒っぽいセーターで、撮影の機材を運び出した。四人は外の仕事にかかるらしく、勇之たちに目礼しただけで特別に注意を払おうとはしなかった。

「おい、滑るぜ。危ないよ、カオル」

小柄でショートボブの髪形をした女性が風呂の方へ駈け出すのを見て、髭《ひげ》を生やしたカメラマンが声を掛けた。カオルと呼ばれた女性は言われた瞬間に姿勢を崩しかけた。

「本当。岩がぬるぬるだわ」

すぐ、ゴムのサンダルを脱ぎ捨て、及び腰になる。

もう一人の女性は中背で、小ぶりな顔に肩までの髪のウエーブが形良い。カオルより大人びた色気がある。

「ミネ子、温《ぬる》いわよ」

カオルは湯壺の縁にしゃがんで湯に手を入れた。ミネ子もゆっくりとカオルと並んで手を伸ばす。

「本当……日向水《ひなたみず》みたい」

「温い方が、後になってほかほかするもんだ」

と、カメラマンが手早く三脚を組み立てながら言った。

「わたし、火照《ほて》る質なんだ」

と、カオルが言った。

「判っているよ。火照ったら水を浴びるんだね」

「それに、汚ないわ。カビが生えてるみたいよ」

「温泉にカビが生えるかよ。それは湯の花。硫黄《いおう》なんだ。リューマチ、神経痛に効くってよ」

「そんなの、ないわよ」

「痔にもいい」

「ないったら」

「子宝が授かる」

岩に囲まれた湯壺は六畳敷ほどの広さで、四方に丸太の柱が建ち、申し訳程度に屋根が張られている。撮影の邪魔になるらしく、色の黒い男が湯壺に立て掛けられている葦簾《よしず》を片寄せて岩風呂がよく見えるように模様替えをする。

カメラマンは三脚を立て終えると、ジュラルミンのトランクの中から、銀紙や黒のラシャ紙などを取り出した。

「横田《よこた》さん、シジュウ汁っての、知ってる？」

と、色の黒い男がカメラマンに訊いた。

「知らない。何、それ」

「ここの名物だって。さっき、宿の親父さんが言ってた」

「四十雀《しじゅうから》でも入れるのかい」

「そうじゃない。ここでは始終作るからシジュウ汁だって。横田さんの奥さん、岩手じゃなかったっけ」

「……忘れた」

「確か、岩手だ。岩手の豪農でしょう」

「まあ、いいさ」

「そう、いいんだ。岩手からは分米《ぶんまい》が来るんでしょう」

「ちょっと、そこにあるサンダル、退かしてくれないか」

そのとき、玄関が開いて、額の薄くなった中年の男が出て来た。勇之たちを見て客用の笑顔になった。

「ええと……小林《こばやし》様のお友達で——」

「荒岩《あらいわ》です」

と、勇之は言った。

「お待ちしておりました。私が主人の安井《やすい》です。どうぞ中へ。ご案内します」

そのくせ、自分は家に入ろうとはしない。奥に向かって早乙女《さおとめ》さんと声を掛けると、紺の着物を着た女性が階段の横の暖簾《のれん》を分けて顔を見せた。

「いらっしゃいませ」

玄関の上り口に両手を突く。身ごなしが上品なら、目鼻立ちもよく整い、野花のような愛敬《あいきょう》がある。

玄関を上るとすぐ横が狭いカウンターだった。

「だいぶ賑やかですね」

と、勇之が言った。

「申し訳ございません。何か、旅の雑誌のグラビア写真を撮る、とおっしゃって。でも、外のお仕事でお仕舞いだそうです」

「ここの家が繁昌するなら、結構じゃないか」

「いえ、今までもいろいろな方が取材に見えましたけど、そのためにお客様が多くなったということはございません」

「でも、ご主人、張り切っているじゃないですか」

「ああ、安井さんね。あの人は若い子が好きなの」

姓を呼び合っているところをみると夫婦ではないようだ。早乙女は玄関のガラス戸越しに外を見てくすっと笑った。

安井は銀盆のようなパネルを持たされている。撮影の手伝いをして、女性を観賞させてもおうという腹なのだ。

「男の方って、いつまでも子供みたいですわね」

「……僕だって、男だ」

「あら、失礼。安井が特別、朝からそわそわしていたんですよ」

早乙女はカウンターの上に大学ノートを拡げた。名簿の最後に四人の名が並んでいる。四人の住所は同じ東京だった。外で仕事をしている出版社の一行に違いない。横田理夫《としお》、弓形恵治《ゆみなりけいじ》、そして、乃木香《のぎかおる》、中川峰子《なかがわみねこ》。最後の二人がモデルなのだ。

勇之が記帳すると、早乙女は先に立って二階へ案内した。

廊下を挟んで、左右が客室だった。お上《かみ》は岩風呂側の戸を開けた。三畳と八畳の二間続き。床の間には水彩の風景画。建物は古いが清潔で落着いた感じだった。

「山に雪が降ったね」

と、勇之は早乙女に言った。

「はい。そろそろ、雪支度をいたします」

「雪は、深いの」

「いえ、山を一つ越しただけで、こちらはそう積もりません。でも、途中の道が大変ですから、雪の間はお客様が見えません」

「それで、今年は?」

「今度の日曜で、お仕舞いです」

さっき感動したばかりの風景が、角度を少し変えただけで窓の絵になっている。

「今が一番いい景色なんでしょう」

早乙女は笑って首を横に振った。勇之は意外だった。

「もっといい季節があるの」

「はい。本当は、真冬が一番だと思います。うんと寒くて、雪が多ければ、もう、最高なんです」

「……そうなんだろうな」

「そうお客様にお教えしても、矢張り敬遠されてしまいます」

早乙女は卓袱台《ちゃぶだい》の上に二人分の茶をいれて部屋を出て行った。帰るとき、二階はお客様たちだけですから、別のお部屋からも自由に外をご覧なさい、と言った。

勇之は何気なく窓に近付いた。

岩風呂では撮影がはじまっていた。二人のモデルは浴衣を脱いで、湯の中に出たり入ったりしている。サオト荘の安井が銀のパネルをモデルにかざしているのが見える。小柄な香は均整のとれた身体だった。峰子はふくよかな胸に髪を流して魅惑的だ。

勇之は突然目隠しをされた。

「見とれたりして」

と、よし子が言った。

「ちょっと、珍しかっただけだ」

「わたしは？」

「絶世──世にまたとない」

勇之は身体の向きを変えて見合い、両掌を相手の頰に当てた。二度目のキスだった。

「あ……」

「これ以上、待てない」

「……カーテンを」

「だめ。外にいる人たちが変に思う」

「でも……明るすぎて」

「目を閉じれば？」

「……意地悪」

よし子の膝《ひざ》の力が抜けていった。

「ね。びっくりしなかった？」

「なんのこと？」

「……嫌な人。とぼけたりして」

「いや……素晴らしかった」

湯に立つ小さな波頭が宿の光を反射させている。よし子の身体はほんのりと白い塊にしか見えない。身を竦めるようにしているからだった。

「あのね。わたし、あんなにされたことはじめてだったの」

「……それは、僕だって同じだ」

「恐かったわ。あなたがあきれないかと思って」

「あきれるものか。感激だよ。二十年来の思いが叶ったんだから」

「長かったわね」

「うん、長かった」

「わたし、あなたがもう帰って来ないものだと覚悟していたわ」

「僕も帰らないつもりだった」

「あなたの活躍、よく知っています。だから、帰って来ても会えないと思っていたの」

「そう……長い年月だったからね。その間に、自由にならないものを沢山《たくさん》身に付けてしまった」

「わたしはもう全てを捨てられそうだけれど、あなたは無理ね」

「いや、仕事でしか会っていないんだ。今、ジョセフィーヌとは」

よし子が湯の音をさせた。だが、その音だけでは低い嗚咽《おえつ》も消し切れなかった。冷いものが顔に当たった。

「上るよ」

「…………」

「泣いているの?」

「……嬉しいの」

よし子は立ち上がって、はじめて勇之に正面を見せた。

露天風呂から宿に戻ると、撮影を終えた四人はもう飲みはじめていた。

一階の座敷で、囲炉裏《いろり》を囲んで車座に膳が並べられている。自在鉤に掛けられている鍋が煮え立ちはじめていた。サオト荘の安井が料理を運び、早乙女が串に刺した岩魚《いわな》を囲炉裏の灰に立て並べる。

安井は仕事を手伝って、すっかり雑誌社の四人と打ち解けていた。

「今しがた、雨が落ちはじめましたよ。雪に変わるかも知れない」

「雪……積もるんですか」

と、髭のカメラマン、横田が安井に訊いた。

「いや、まだですよ。初雪ですから、積もっても一センチほどです」

「雪の岩風呂、いいなあ」

「いいなあって、横田さんたち一度も温泉に入らなかったじゃない」

と、浴衣の峰子が言った。横田と弓形はまだセーターのままだった。

「仕事が終って、ビールが先だったからさ。温泉なら夜中にも入れる」

「酔って入っちゃだめよ。外は冷いし」

「明日、雪を撮ろうか」

「雪だけ撮りなさい。わたしはだめ」

「どうして」

「雪の日は紫外線が強いから。前にひどい目に遭ってるの」

「じゃ、香は？」

香は顔を真っ赤にして、盛んにビールを飲んでいた。

「嫌よ。これ以上のぼせるのは」

「明日になれば治るさ」

「痔はないと言ったでしょう」

サオト荘の安井は、ここの雪景色は本当に素晴らしいと、撮影を仕向けるような言い方をした。

シジュウ汁は味噌仕立てで、地面のミミズなどで育った地鶏を使っているのが主人の自慢だった。そのうち、岩魚も焼けてくる。酒が廻ると、雑誌社の人たちも、勇之に話し掛けて来る。

「どちらからお越しですか」

と、色の黒い弓形が勇之に訊いた。

「東京から、です」

勇之は当たり障りのない返事をした。

「この宿のお客さんは、ほとんど常連だそうですね」

「私ははじめて。友達に紹介されたのですが素晴らしいところです」

「ええ。何より、朝は何時まで寝ていても起こされない。それだけでも泣けてきます。安心して酒が飲める」

「お酒がお好きなようですね」

「ええ。この連中、皆うわばみです。一杯いかがです」

「ありがとう。あまりいける方ではないんですが」

「奥様は、お酌しましょう」

「あら、嬉しいわ」

よし子は安らかな笑顔で杯を受けた。

「今、芸がはじまります」

「なんでしょう」

「手品——世にも不思議な大魔術です」

「あなたが?」

「いいえ。僕じゃなくて、この髭の男。このごろ、どうしたわけか手品に凝っているんです」

弓形は峰子と話をしている横田を呼んで、指をくにゃくにゃ曲げて見せた。

「そろそろ、指がむずむずしはじめたんじゃないか」

横田はすぐには乗って来なかった。

「それがね、今日は気後《きおく》れがしている」

「へえ……珍しいじゃない。そんな日があるんですか」

「実は、ここに奇術の大先輩がいらっしゃってね」

「誰？」

弓形は怪訝《けげん》な顔であたりを見廻した。

「曾我佳城《そがかじよう》という大奇術師」

「……曾我？」

「わたし、知っている」

と、香が口を挟んだ。

「佳城先生の舞台、見たことあるの？」

と、横田が訊く。

「ない。わたしの父さんが佳城ファンだったの」

「そうだろうなあ。佳城先生が舞台に出ていたころ、香はまだ生れていなかっただろう」

弓形が訊いた。

「で、誰がその佳城先生なの？」

「この宿の早乙女さん」

「姓が違うじゃないか」

「お嫁に行く前の姓なのよ。きっと」

「じゃ、実家に戻って来たんだ」

そのとき、サオト荘の安井と早乙女は座敷にはいなかった。弓形は声を低くした。

「横田さん、佳城さんの舞台を見たことがあるの？」

「残念だが、ない。まだ奇術歴が浅いから。でも、奇術の仲間からは一番尊敬されている先生なんだ」

「そう言えば、とても美しい人だね。でも、その大先生が、どうして舞台を捨ててこんな小さな旅館に閉じこもっているんだね」

「だからさ。それを、今聞こうと思っている」

横田は調理場の方に向かって大声で佳城先生、と呼んだ。

返事が聞え、すぐ安井と早乙女が徳利《とっくり》を載せた盆を運んで来た。

「どなたですか、先生などとお呼びになったのは」

と、早乙女が言った。横田は手を挙げた。

「さっき、部屋の絵は全部先生が描いた、と言ったでしょう」

「ええ。下手《へた》ですわ。素人《しろうと》ですから」

「その絵に、佳城というサインが入っています」

「あれは、絵のときの号」

「そして、元は人気タレント曾我佳城先生ですね」

「曾我佳城……覚えがないわ」

「そこが、奥床《おくゆか》しい」

「この人は昔から忙しくなると手伝いに来てくれています。早乙女という姓なんだがね」

と、安井が言った。

「それで、この旅館がサオト荘」

「見破られましたな」

「つまり、それだけ早乙女さんを愛していらっしゃる」

「まあね……いまだに片思いですがね」

「本名なんて、どうでもいいんです。曾我佳城は芸名なんですから」

早乙女はおかしそうに笑った。横田は宙を見るような目をした。

「いいなあ……俺、こういうの大好きなんだ。精神的な信頼だけで結ばれている美しい純愛。結局、先生は名声も舞台も捨て、安井さんは家も地位も妻子も投げ出し、二人は手に手を取り合って人里離れた土地に来て、ひっそりと暮している」

「困ったわね。この人」

と、早乙女が言った。

「いいじゃないですか。佳城先生は佳城先生なんですから」

と、弓形が言う。

「酔っ払いには逆らわない方がいいですよ」

「そうね。わたしも悪い気はしないから」

「よし、決まった」

弓形は横田に言った。

「佳城先生に、奇術をご覧に入れるんだね。気後れするなどとは勿体《もったい》ない。こういう機会は滅多にないでしょう」

「そうなんだ。先生に見ていただけるなんて夢みたいな光栄だ」

横田は坐《すわ》り直して姿勢を正した。

「拝見するわ」

と、早乙女の佳城が言った。

横田はポケットから四枚の銀貨を取り出した。

「ご覧に入れますコインはアメリカの五十セント、ハーフダラーが四枚。表は故ケネディ大統領の横顔、裏は国の表徴、鷲《イーグル》がデザインされている、一名ケネディコイン。一九六四年に作られたものです。なぜ、六四年かと言いますと、この年のケネディコインは従来のコインと同じように銀九〇パーセント、銅一〇パーセントの品位が保たれているからで、このように美しい。ところが、翌年にはアメリカはベトナム戦争に突入しましたので、貨幣に銀が使えなくなりました。アメリカでの銀貨の歴史は六四年で終り、現在のケネディコインは中央に銅がサンドイッチされている品位の低いものになっています。有名なコイン奇術はネルソン　ダウンズが演じた〈ミダスの夢〉という……」

翌朝、雪は一センチほど積もっただけで止《や》んでいた。

その、雪の岩風呂の中で、一人の女性が死亡していた。モデルの中川峰子だった。

弓形が教えたとおり、サオト荘の朝は誰も起こしに来る者はいなかった。

勇之が目を覚ますと、充実した睡眠の満足感があった。よし子がきちんとした浴衣姿で、急須に湯を入れていた。起きたのは茶の香りのせいだったかもしれない。勇之の気配を感じたようでよし子が振り向いた。

「起こしてしまったかしら」

「いや、よく寝た」

「お茶を入れます」

「……勿体ないな」

「なにが？」

「今、移り香を楽しんでいる」

「……いいお目覚めですこと」

「本当——静かだね」

「雪ですよ。薄化粧ほど」

勇之は立って、窓の傍に立ってカーテンを引いた。斑《まだ》らな山の雪が朝日を投げ返していた。

「うわあ、眩《まぶ》しい」

「眩しいものでも見えるんですか」

勇之はそう言われてから露天風呂の方を見た。玄関のあたりから露天風呂に向かう一本の足跡が雪の上に黒く残っていて、岩風呂に立て掛けられている葦簾の横から、白い腕が見えた。

「残念だが、君の言うものは見えない」

勇之はよし子の横に坐って湯呑を手にした。

「だいぶ日が高くなっているね」

「もう、十時近いわ」

「下の連中は？」

「まだ寝ているみたい。昨夜、遅くまで飲んでいたでしょう」

「僕たちも遅かった」

よし子は視線を逸らせ、手を嗅ぐしぐさをした。

「さっきの話、本当なの」

「ああ。君が登りつめたとき」

「困るわ……お湯へ行っていらっしゃい」

「誰か一人、いるんだがな」

勇之は窓の外を見て、おや、と思った。岩風呂の中に白い腕が見えた。少し前に見た光景と全く同じだった。

「変だな。湯に入っている人、ちっとも動いていない」

玄関あたりから岩風呂に続いている足跡は相変わらず一本だけだった。よし子も立って来て勇之と並んだ。

「あら……さっきわたしが見たときも」

「あのままか」

「行って見る。君はここにいた方がいい」

「ええ」

勇之は階段を降り、調理場を覗いた。安井と早乙女が手分けをして朝食の準備をしていた。

安井が勇之を見て愛想よくお早うございます、と言った。

「もうすぐ食事が出来ます。何しろ昨夜は私たちもつい飲《や》り過ぎましてね」

「それはいいんだが、岩風呂で誰かが倒れているらしいんだ」

「……それは」

「誰だか判らない。二階からは腕しか見えないんだが、さっきから動かない」

安井は笑顔を引っ込め、調理場から出て来て食堂の中を見廻した。食器類は取り片付けられているものの、一目で雑魚寝《ざこね》状態だったことが判る。弓形が今起きたばかりという姿で、あぐらの上に掛け布団を載せて脹《は》れぼったい目をしていた。その横には横田がまだ蒲団《ふとん》を被っている。

「モデルさんたちは？」

と、主人が弓形に訊いた。

「部屋かな。判らない」

弓形はしゃがれた声で答えた。

横田がむくむくと起きて上体を起こした。

「どうしたの？」

「岩風呂で倒れている人がいるんです」

と、勇之が言った。

四人が前後して、玄関に出た。玄関からは湯の中は見えない。

「峰子だ」

と、横田が言った。弓形が横田の顔を見た。

「どうして判るんです」

「足跡でね。ほら、足跡が真っすぐに並んでいるでしょう。これは、ファッションモデルだった峰子の歩き方なんです」

言われて見ると、普通の人の足跡とは違う。岩風呂に向かっている足跡は、直線の上を踏み外さないような並び方だった。

安井が駈け出そうとすると、いつ調理場から来たのか、佳城が強い調子で言った。

「安井さん、足跡を踏まないようにね」

安井はすぐその意味が判ったようで、

「皆さんも注意して、なるべく事件の現場を荒さないように」

と、言った。

万一のことを考えたのだ。それでなくとも、淡雪の表面は、かなり高くなった太陽で溶けはじめている。

安井は敷地を大きく迂回して岩風呂に近付き、湯壺の中を見て、あっ、と言った。

続いて勇之も主人の肩越しに湯の中を見た。

最初に、二階からも見えた白い腕が湯の中から出ていた。その手は湯壺の縁の岩を抱くような形で、不自然に曲がり、俯《うつぶ》せになった背と足は完全に湯の中に沈んでいた。放射状に散った髪の毛が湯の花と一緒にゆらめいている。

安井が着衣のまま湯に入った。勇之は安井に手を貸し、峰子を湯から引き上げたが、すでに魂が去った後の身体だということが判った。


緊急の電話を掛け終えた弓形は、ぐったりしたような顔で食堂へ帰って来た。

「東京じゃ、都庁の上空にUFOが現れたって。呑気でいいや」

弓形の話に相槌《あいづち》を打つ者はいなかった。

横田は半膳ほどの飯に味噌汁を掛けて喉に流し込んでいる。弓形もその食べ方に倣《なら》ったが、香は茶ばかり飲んでいた。勇之も食欲が起こらない。見るとよし子もほとんど朝食に手が付かなかった。

「これ以上、面倒なことにならなきゃいいが」

サオト荘の安井は、皆の気持を代弁するように言った。

岩風呂では変死の電話を受けた駐在所の巡査がバイクで駈け付けて来て、屍体を調べているところだった。寺内《てらうち》という名で顔の丸い三十代後半、人の良さそうな巡査だが、サオト荘に到着したときから、変に張り切っていた。これが単なる事故なら問題はないが、もし、不審な点が見付かったら、それが明らかになるまで宿に留まってもらうことになるだろう、と寺内巡査は言った。不審な点が見付かるのを期待しているような言い方だった。

「昨夜のことは、ほとんど覚えていないんだ」

と、横田が言った。

「僕もそうだ。はじめたのが早かったから、かなり飲んでしまった」

と、弓形が言った。その点では安井も同じだった。

「このところ、酒がおいしい季節だからなあ」

佳城もいつもより過ごしたというが記憶はしっかりしていた。

「食事を終えたのは荒岩さんたちが一番早く、八時ごろでしたわ」

「そうでしたね。そのころは皆さん盛り上がっている最中でした」

と、勇之が言った。

「その次は中川さんで、九時前にはお部屋に戻りました」

中川峰子と乃木香は相部屋だったらしい。峰子が部屋に引き上げ、しばらくすると香が湯疲れのためかふらふらになり、佳城が部屋に連れて行ってやると、香は峰子の隣に倒れるように眠ってしまった。香はそのまま朝になるまで目を覚まさなかった。起きたとき、部屋に峰子がいなかったが、岩風呂で倒れているとは夢にも思わなかったという。

安井と横田と弓形の三人の男たちは十時ごろまで飲み続け、いつの間にか囲炉裏を囲んで雑魚寝となり、佳城が蒲団を運んで来てそれぞれに掛けてやった。

「酔い潰れたのは意外に早かったんだ」

と、主人が言った。

「雨はいつから雪になったんだろう」

「そうねえ……正確には言えないけど」

佳城はちょっと考えて、

「わたしが食器を片付けて調理場に入ったとき、窓に雪が見えましたから、十時にはもう降っていたようね」

佳城も酔っていたから、食器洗いを怠けて、そのまま自分の部屋に戻った。十時少し過ぎだった。雪はいつ降り止んだのかは誰も知らなかった。

「皆さんを引き留めて申し訳ありません」

と、安井が言った。

「峰子さんにはお気の毒ですが、これは事故に違いないのに。あの寺内巡査という男、変に糞《くそ》真面目《まじめ》でいつも仕事が遅いんです」

その寺内巡査があたふたと玄関に入って来て、カウンターの電話に取り付いた。何かを報告し、何かの指示を受けていたが、すぐ電話を置いて食堂に入って来た。丸い顔がこわばっている。

「今、県警に連絡しました。皆さんはなるべくこの部屋を動かねえように」

安井が難しい顔をして言った。

「県警というと、事件なんですか」

「そんだす」

「おかしいな。あの人は朝、湯に入ろうと思って一人で岩風呂に行き、運悪く足を滑らせて転び、打ち所が悪くて亡くなったんじゃないんですか」

「そう、駐在所の電話でも、安井さん、あんたはそう言っただ」

「……違うんですか」

「素人にはそう見えるべえが、わしの目は胡魔化《ごまか》せねえだ」

「すると？」

「これは、れっきとした殺しだ」

「……殺人？」

「被害者の頭部に打撲傷があっただ。被害者は何者かに頭を撲《なぐ》られ、湯の中に放り込まれただ」

「ひどいわ」

と、香が泣声で言った。

「あんなに綺麗でいい人をそんな目に遭わすなんて」

「まあ、落着きなよ」

と、弓形が言った。何か納得できないような表情だった。

「巡査さんは転んで出来た傷と、撲られて出来た傷との区別が付くんですか」

寺内は嫌な顔付きをして弓形の方に首を廻す。

「そりゃ、見ただけでは何とも言えねえ。だども、岩風呂にゃ、凶器が落ちていただ」

「……凶器？」

「手頃な石だな。血がへばり着いていて、その面が下になって転がっていただ。被害者が転んだだけなら、血は上の面に着くわけだ。この石は誰かが一度持ち上げたに違いねえだ」

「ものの弾みで、その石が転がったんじゃないんですか」

と、安井が言った。寺内はこめかみをひくひくさせた。

「安井さん、わしに気に入らねえことでもあるだか」

「そうじゃないんですけど、雪の上に残っている足跡を見たでしょう」

「見ただ。岩風呂に脱いであったサンダルと同じ形だ。それがどうした」

「ここから岩風呂に出て行った足跡は一本だけでしたよ」

「…………」

「中川峰子さんが殺されたのなら、傍に犯人がいたはずです。その犯人の足跡がないじゃないですか。犯人は峰子さんを殺した後、湯の中で溶けてしまったんでしょうかね」

「ははあ……安井さん、あんたあれをまだ根に持っているだね」

「……何を、ですか」

「この前、信用金庫の強盗犯人の足取り捜査に来たときのこと。あのときも言った通り、絶対に佳城さんを口説いていたのではねえだ」

「そんなのを根に持っちゃいませんよ。中川さんが殺されたのだとすると、犯人の足跡がないのがおかしい。それが納得できないのです」

「つまり、犯人の足跡がないのは、犯人など最初からいなかった。安井さん、そう言いたいのだべ」

「そうです」

「そりゃ、サオト荘から縄付きの出ねえ方がよかんべ。また、他のお客さんにも迷惑が掛かる」

「勿論《もちろん》です」

「だと言って、犯人を匿《かくま》うと重罪になるだぞ」

「私が犯人を匿う？」

「そうだ。ここにいる人達は、皆、仲間だ。あんた達が犯人の残した足跡を消してやったんだべ。犯人は岩風呂に入っている中川峰子に気付かれねえように近付くわけだから、その足跡も弓形《ゆみなり》に曲るわな。犯人は峰子を殺した後、自分が残した足跡の上を踏んで戻って来る」

「帰りは直線じゃいけないんですか」

「そこが、犯人の実直なところだ」

「……意味がよく判りませんが、まあいいでしょう。それで？」

「あんたたちは岩風呂で峰子が死んでいるのや、犯人の足跡を見付けたが、殺人事件だといろいろ不都合だというので、犯人の足跡の上を歩いて岩風呂に行き、問題の足跡を消してしまった」

「そんな……」

「万事に作為が見えるだ。こんな場合、事件の現場を荒すまいとするような、落着き払った者はいねえだ。一体、誰が峰子の足跡を踏むな、と言っただね」

「わたしよ」

と、佳城が静かに言った。

「佳城さん……あんただったかね」

「ええ。わたしが現場を荒さないように注意したんです。寺内さん、わたしを疑っているの」

「いや……決してあんたを疑っちゃいねえだ」

佳城の落着きとは逆に、寺内巡査はしどろもどろになった。

「わたしもちゃんと見ていました。あのとき、雪の上に残っていたのは一本の足跡だけでしたわ」

「佳城さんが言うなら、信用するべ。……とすると、雪の降らねえうちだ」

「何が雪の降らないうちなんですか」

と、安井が訊く。

「勿論、峰子と加害者が岩風呂に行ったのが、だ。雪の降らねえうちだから、当然、足跡もねえわけだな。ところが、加害者が峰子を殺して気付くと、雪が降っていた。犯人は雪を見て峰子の死を過失に仕立て上げる方法を思い付いただ。つまり、旅館と岩風呂の間に被害者の足跡が一本しか残っていなければ、普通の人なら、被害者が一人だけで岩風呂に行ったと思うべ。

それで、加害者は雪の降り止むのをじっと待っていただ」

「雪が降りはじめてから、止むまで待っていたんですか。岩風呂は吹き曝《ふさ》らしですよ。寒いですよ」

「寒くなったら、湯に入りゃいいべ」

「そんなことをしていたら、身体がふやけて湯当たりしてしまう」

「人殺しの罪を被って刑務所に入るよりは増《ま》しだべ」

「……雪が止んだら、どうするんです」

「加害者はサンダルを履き、後ろ向きになって宿まで歩いて帰る。すると、雪の上には宿から岩風呂へ歩いて行ったような足跡ができるべ」

「なるほど……言われればその通りだ」

安井は感心したようだったが、佳城は別だった。

「寺内さん、あの足跡をよくご覧になりましたか」

「……見ただ」

「じゃ、加害者が後ろ向きで歩いたなんて、おかしいんじゃないの」

「どうして?」

「あの足跡はね、右足左足、交互に歩いているんですけど、よく見ると真ん中あたりに一ヵ所だけ違うところがあるんです。そこは右足だけが三つ続いている。つまり、その人はそこで一度スキップしたのね」

「なんだって?」

「人は前に進むからスキップができる。後ろ向きに歩いているとき、そんな芸当ができるかしら」

寺内は佳城の話を全部聞かずに外へ飛び出した。

すぐ、戻って来て、

「佳城さんの言う通りだ。途中で同じ右足が三つ並んでいただ」

と、言った。

「じゃ、峰子さんは一人だけで岩風呂に行ったのね。加害者の足跡がないわけですから、この事件はやはり不幸な過失なんですわね」

と、佳城が言った。寺内は混乱したように目をぱちぱちさせて、

「いや……足跡がどうあろうとも、わしの目には殺人だ。県警が到着するまで、待っていてもらいます」

と、言った。

「警察が到着するのに、どのくらい掛かるんですか」

と、横田が訊いた。

「いや、手間は取らせません。あと、一時間ぐらい」

横田はうんざりしたように、ポケットから金色のコインを取り出して手の中で転がしながら、

「屍体が傍にいる湯に入るわけにもいかないしね。まだ僕は一度も風呂に入っていない」

と、ぼやいた。

「大変な宿を選んでしまった。済まないことをした」

と、勇之が言った。

「わたしならいいの。あなたの傍にいられるだけで幸せよ」

「……それも、長くはない」

「ラスベガスのお仕事は？」

「うん。一年間、契約を更新してきたばかりだ」

「……あなたのお仕事が好調でなによりだわ」

「良すぎて、恐いことがある。気軽に帰れないし」

辛い別れがそこまで来ている。一刻一刻が貴重に思われるのに、県警はまだ到着していない。

二人はいつでも宿を出られるよう、浴衣を着替えた。

「万一、殺人事件だと断定されて、犯人がすぐに捕らないとすると、厄介《やっかい》だな」

「……わたしたちも、当然、調べられるでしょうね」

「うん。閉口だな」

「あなたの名に関わらなきゃいいけど」

「……僕の場合、仕事場は遠くだから、まず届かないと思うが。君は困る」

「いいの。何も彼も捨てて惜しくない。今、そんな気持」

部屋の中が少しずつ暖かくなってくるのが判る。窓から外を見下ろすと、問題の足跡も溶けて大きく拡がっていた。湯から引き上げられた峰子の身体には白いシーツが掛けられている。

勇之は事件を頭から振り払おうと思い、よし子の方を見た。

「そのセーターが好きみたいだね」

「あら、判るの」

「よく着慣れているし、似合う」

「古いのよ。わたし、物持ちいいから」

「ベルトは昨日のと替えたのかい」

「いいえ」

「……勘違いかな。昨日はそのバックル、銀に見えた」

よし子は金色のバックルに手を触れた。

「目が鋭いのね」

「君を見るしかすることがない」

「……そうね。ここで焦ってもなるようにしかならないわね。お茶を貰《もら》って来るわ」

よし子が戻って来るまで、勇之は床の間の絵を見た。

近所の風景を写し取った、さり気ない水彩画だったが、佳城というサインを確かめて再び全体を見渡すと、気品に満ちたなかなか味わいの深い描写だった。もの静かな自然を敬愛している心境が伝わるようだった。

よし子が戻って来て、並んで絵の前に立った。

「いい絵ね」

「僕もそう思う」

「今、階下でごたついているわ」

「……峰子さんを殺した犯人でも見付かったのかな」

「ええ。佳城さんが事件の糸口を見付けたらしい」

「あの人が？」

「ええ。寺内巡査と掛け合っているわ。県警の来ないうちに事件を解決し、寺内巡査の手柄にしてあげる、って」

「……信じられないな」

「もし、そうだったら、助かるわね」

しばらくすると安井が二階に上がって来て、佳城の話に立ち会ってもらいたい、と言った。

それでなくとも、寺内巡査は足跡の問題で一本取られている。その上、佳城に犯人まで指摘されたら警官の面目がなくなる。いつまでも人の良い顔もできない道理だから、寺内は虫歯の痛みを押し殺したような顔をして、囲炉裏の前に幅広にあぐらをかいていた。

寺内巡査の横には安井と佳城、反対側にはカメラマンの横田と記者の弓形、モデルの香が居心地悪そうな顔をしていた。勇之とよし子が座に加わると、寺内はぎごちなく、

「これで、全員が揃いましたな」

と、重たく言った。

「この中に、中川峰子を殺害した犯人がいると言うんですね、佳城さん」

佳城の声は静かだが、答えは明確だった。

「その通りです。峰子さんの足跡が付けられてから、この旅館を出て行った足跡は一つもありませんから」

「それは、わしも確かめただ。旅館から出て行ったのは岩風呂に行った峰子の足跡一本だけだった」

「そこが、もう、違うんですよ」

「……違う？」

寺内は口をへの字にした。それ以上反論すれば、怒り狂いそうだ。佳城もその気配を察したものか、より穏やかな口調で言った。

「ねえ、寺内さん。あなたは正しかったんですよ。あの足跡が偽装されたものだという着想、素晴らしかったわ」

「だが、佳城さんよ。峰子を殺害した後で、犯人は雪の降り止むのを待ち、後ろ向きに歩いて宿に帰った、と言ったら、あんたは反対したでねえか」

「ええ。後ろ向きで足跡がスキップしているのはおかしな話ですから」

「じゃ、前向きならいいのか」

「それがねえ。あのあたり地面が滑り易いんですよ。ことさら、雪が積もっていればね」

弓形が口を挟んだ。

「そうだ。昨日も撮影のとき、横田が香さんに注意していましたね」

「当然、峰子さんだって知っていたと思うな」

と、横田が言った。佳城がうなずいて、

「ね、そうでしょう。それなのに、スキップした足跡が残っているのは、変だと考えたんです」

「じゃ、あの足跡は何かね」

と、寺内が訊く。

「ですから、偽装なんです。寺内さん、犯人と被害者はまだ雪が積もらないうち、岩風呂へ行った、と言いましたね。わたしも、その考えに賛成なんです。犯人はそのとき降りはじめた雪を見て、これを峰子さんの過失死に作り上げる方法を思い付いた、というのも同じ。ただし、犯人は雪が降り止むまで寒空の下で待っていたわけじゃないんです」

「じゃ、どうしていただ」

「一度はすぐ宿に帰って来たと思います。そのときには、香さんは部屋に戻って寝ていますし、皆は酔い潰れ、荒岩さんご夫妻は二階。誰にも見られずに小道具を作ることができたはずです。そんなに手の込んだ物じゃありません。十分足らずで出来る簡単な品物でした」

「……それは?」

「ラシャ紙のような黒い紙に、糸。最初に、黒い紙を切って、宿のサンダルとちょうど同じ形の紙を足跡の数だけ作ります。次に、糸を延ばし、歩幅に似合う位置に足形をつないでいく。これは接着テープなど使えば仕事は早いでしょう。小道具はそれだけの品物。それをまとめて、岩風呂に運んで置き、糸の端を延ばして、宿の玄関まで届くように引いていきます」

「なるほど、そうか。雪が降り止んでから、犯人はその糸の端を自分の方へたぐり寄せる。すると、積もった雪の上に黒い紙の足形が並ぶ。そうだべ」

「ええ。そのとき、その内の一枚が引き寄せられる途中で、何かのはずみで裏返ってしまったんです。それで、足形のスキップが生じたわけね」

「モデルにしても、妙に足跡が真っ直ぐだったわ。それ、糸に結ばれた足形だったからなのね」

と、香が言った。佳城が続ける。

「ええ。そのとき、まだ空は暗くて、犯人は裏返った紙に気付かなかったんでしょう」

「判っても、どうにもならねえべ」

と、寺内が言った。寺内の言う通り、雪の上を歩いて行って直すわけにはいかないのだ。

「夜が明け、日が昇れば、黒い紙は白い雪より熱伝導がいいわけですから、黒い紙の下の部分の雪が最初に溶けていくはずです。犯人はそうしたことを見計らって、今度は全ての足形をたぐり寄せて処分してしまいます。すると、雪の上には足跡とそっくりな形が残りますね。あれは、人が踏んで雪の上に残した足跡ではなく、黒い紙が雪を溶かした跡でした。万一、雪が降り渋り、地面に積もらない場合でも、犯人は糸を引いて足形の証拠をいながらにして処分してしまうことができますから大丈夫です」

寺内は改めて全員を見渡した。

「さて、一体、誰がこのような細工をしたのですかな」

「それは、ミダスの王様」

と、佳城が言った。

「ミダスの王様？　そりゃ何者だべ」

「ギリシャの神話に出て来る欲張りな王様。この人、神様に頼んで、自分が触る品物を、ことごとく黄金に変えてしまう指にしてもらったんです。ところが、食べようとする物までが金に変わってしまうので、大変に困った、という。それが、ミダス王」

「そのミダス王がこの中にいるのか」

「ええ。たとえば、荒岩さんの奥さん。今、締めていらっしゃるベルトのバックルは何色に見えますか」

「……誰が見ても、金色だべ」

「それが、昨日までは、銀だったのです。奥さん、昨日のベルトと替えて締めていますか」

「いいえ。昨日のままです」

と、よし子が答える。

「そりゃ、変だべ。一晩で銀が金に変わるかね」

「それが、変わるんです」

カメラマンの横田がポケットに手を入れた。佳城はそれを見逃さなかった。

「横田さん、昨夜、奇術で使っていた銀貨、確か、銀製でしたわね」

「ええ。銀が九〇、銅が一〇の品位です」

「それ、ちょっと見せてください」

横田はポケットに入れた手で四枚のハーフダラーを取り出した。

「おや？　金色になっているだ」

と、寺内が言った。佳城が厳しい調子で言った。

「横田さん、それがどういう意味か判りますか」

横田は黙ってハーフダラーをポケットに戻した。不可解と不安が入り混った表情だった。

「荒岩さんの奥さんの場合は説明できるんです。そのバックル、金色に見えますけど、本当は黄色なんですよね。つまり、銀が錆《さ》びた色なんです。ここの温泉は湯の花が浮くほど硫黄分が多いんです。ですから、お湯に入った後の指で銀に触れますと、銀が硫黄と化合して硫化銀《りゅうかぎん》になるんです。これが、銀の錆で、最初は金色に見えますが、段段と黒ずんで来ます」

「さすが、温泉で仕事をしているだけのことはある」

と、寺内が言った。

「でね、荒岩さんの奥さんは昨日温泉に入りましたから、硫黄の付いた手で触った銀のバックルが錆びて変色しているのもふしぎじゃないんです。でも、一度も温泉に入らなかったという横田さんの銀貨が同じ色に変色しているのが頷《うなず》けません」

寺内がはっとしたように横田を見た。横田の喉仏が上下したが、声にはならなかった。

「横田さん、あんた、本当に岩風呂に入らなかったのか」

「…………」

「入ったんだべ。そのとき、峰子さんも同じ湯にいたんだな」

横田はうっという唸《うな》り声をして両掌で顔を覆った。しばらくすると、指の間から涙が溢れだした。

「仕方がなかったんだ……峰子とは、最初は深い考えもなかった……だが、峰子は本気で僕と妻の離婚を迫り、そのままでは……破滅だと思った」

「なにを考えているの」

と、よし子が訊いた。

「亡くなった峰子さんのこと」

と、勇之が言った。

「わたしたちと重ね合せて?」

「……まあね」

「わたしは、あなたたちの離婚を望みはしないわ」

「いや……僕は遊びじゃない」

「……あの二人とも、気の毒」

「ミダス王にだけはなりたくないな」

「…………」

「触った人を金にはさせたくない。君は元元ダイヤモンドなんだから」

佳城が宿泊費の領収書を持って部屋に入って来た。

「これにお懲《こ》りにならず、またお越しください」

勇之が言った。

「あなたのお陰で、ほんとうに助かりました」

「いいえ。わたしなんかただそそのかされただけ。今、寺内巡査と横田さんと話をしています。横田さんが自首したことにした方がいい、と」

「寺内さんはものの判る人なんですね」

「ええ。ちょっと頑固ですけど」

「きっと、またお邪魔します」

「いい旅を祈ります」

佳城は玄関まで送ってくれた。

勇之は「いい旅」という言葉を何度も口の中で繰り返していた。

雪はほとんど消えかかっていた。二人がバス停に着いたとき、県警の車が通り過ぎて行った。

浮気な鍵

「やい、この野郎。ぶっ殺されてバーベキューにされてえのか」

それまで、盛んに吠え立てていたプードルが、とたんに背を丸めて逃げ腰になった。誰でも犬に吠えられればいい気はしないが、それにしても相手が悪い。朝からこれ以下はないと思うほど最低の気分、落葉が顔に当たっても怒鳴っていただろう。

「おお、恐《こわ》……」

プードルを散歩させていたのは、手足が短かく狐色のセーターを着た中年の女性で、ダックスフントによく似ていた。凄《すさ》まじい見幕を見てプードルが逃げかかると、今度はダックスフントが綱に引かれる形になった。

「何というひどい言葉。全く……今の子はどういう教育を――」

それが耳に入る。敏感だからいつもより不快に気持を逆撫でする。勿論《もちろん》、黙ってはいられない。

「ここは田舎道《いなかみち》じゃねえんだぞ、婆あ。連れて歩くんなら、吠えねえ犬で糞袋を下げて歩け。バクジャラジーめが」

通り掛かりの何人もが振り返る。中年の女性はもう後ろを見ようとはしない。

ことのはじまりは、明け方、非常ベルで起こされた口惜しさだ。いつもより二時間も早く叩き起こされたのだ。非常ベルは同じアパートに住む大学生の寝煙草《ねたばこ》が原因だった。火は蒲団《ふとん》を一枚焦がした程度の小火《ぼや》だったが、石油タンクの火災を消すほど消防車が押し寄せて来て、けたたましいサイレンを鳴らし、いつまでも帰らなかった。

眠気が吹き飛ぶ代わりに、ひどい頭痛が襲って来た。それでなくとも朝は大の苦手だ。月曜日。外は今にも降りそうで、どこもじとじとしている。

消防車が帰って行った後でテレビをつけてみる。なぜか、一人の男が海辺に立って沖の方を見ている。その画面がゆっくりロングショットになり、ローマ字のローリングタイトルが流れはじめた。映画が終るとフクロウのアニメーションで「本日の放映は終了しました　お休みなさい」という字が重なってアニメが消えた。

なにがお休みなさいだ。この時間に寝るのはどういう人種なのだ。そういう人種がいること自体、宥《ゆる》せないと思う。

シャワーを浴びると朝刊が来ている。

「選挙法改正」が一面のトップ記事だ。だが、よく読むと車でのマイク連呼は今までと同じだった。

「連呼を許して何が改正だ」

新聞を床に叩き付ける。

外はすっかり明るくなったが、身体はまだ寝たままだ。鉛色に重たい頭の中で、つくづく男が羨《うらや》ましい、と思う。

男は男が嫌になったら、衣装を替えてホルモン剤でも服用すれば、女らしい気持になれる。前の物が気に食わなかったら、切り取って捨ててしまえばいい。だが、女にはそれが不可能だ。神様が不公正な上に、医学の進歩は思ったほどではない。

毎月のことで、尚子《なおこ》はこういう日、寝ているといつまでたっても身体がしゃっきりしないことはよく知っている。それで、無理に身体を動かし、トーストを牛乳で胃の中に流し込む。食欲なんか、ちっともないのだ。

会社に出掛けて行くと、社長の中屋《なかや》が尚子の顔を一目見て、「おや、お客さんですね。ほんとうにご苦労さま」

と、小声で言った。

中屋という男、女性にかけては凄く敏感なのだ。

中屋の会社「ナカヤ　プロダクション」は元「中屋製作所」といって、家庭用電気授乳機の部品を作っていた小さな工場だった。社長の中屋修三《しゅうぞう》は四十五歳、太い半円形の、水平ではなく垂直に毛が並んでいる眉だけが異相で、後はごく普通の恐妻家だが、尚子は一つだけ弱みを握っていた。中屋は尚子に昔の恋人の面影《おもかげ》を見て、キスしようとして張り倒されたことがあった。たまたま、その日も中屋の言う「お客さん」だったのだ。尚子は何かあるとその社員旅行の日の酔態を持ち出し、中屋の妻に告げるぞ、と脅すのだが、これがいつでもかなりの効き目を発揮するのだった。

その中屋の会社も至って地味な業績だったのが、この年のはじめ、どうしたことか中屋に神が乗り移り、有難い啓示を受けた。中屋は神のお告げに従って家庭用電気授乳機の部品の製造を中止してしまい、その代わりに金《きん》の指輪を作り「バクジャラジー リング」という名で、訪問販売をしはじめた。

バクジャラジーとはインドの神であり、指輪に彫り込まれた奇怪な模様は、リングを持つ人に奇跡の幸福を呼び寄せる秘密の呪文であるという。

半数の社員は、中屋に乗り移ったのは神ではなく悪魔だと思い、さっさと会社を辞めていった。残りの半数は新規の職探しを嫌う怠け者と、尚子のように好奇心の強い社員だった。

その日も中屋は頭にターバンを巻き、黒い着物に袈裟《けさ》のようなものを掛ける、といった得体の判らない恰好で、しきりに算木《さんぎ》を机の上に並べていたが、

「今日は南の方角がよろしい。品川《しながわ》でしょうか。市塚《しづか》君には品川の方面を廻って来てもらいましょう」

と、尚子に言った。

外商をするようになって気付いたのだが、若い人達は超現実的なものにある種の憧れを持っていて、星占、手相、お守、血液型性格判断などの効用を信じている人がかなり多い。昔と違って、少しだけ科学的な合理性をちらつかせ、異国的な味付けを加えてやると、結構、オカル

トグッズに財布の紐を緩めることも判って来た。ただし、そういう若者は尚子と同じで朝がだめだから、午前中歩いてもあまり成績は上がらない。

尚子は午後になってから、バクジャラジー　リングのパンフレットと契約書をバッグに入れて社を出た。

親が土地成金で、子供は通学に便利な場所へマンションを買って貰《もら》っている、といった学生などが標的だ。

品川駅近くの十階建ての真新しいワンルームマンション〈シャトウ　セルニース〉は場所の良さといい、変に気取った造りといい、親が利殖も考慮に入れて子供に買ってやるのに持って来いの建物に見えた。この中は、身体だけは見てくれが良いが、頭の中はどうかな、というような若者の巣に思えて、尚子はまずエレベーターで十階へ登り、端から訪問することにした。

十階のフロアには、同じスチール製の灰色のドアが十ばかり並んでいた。

まず、右端の部屋の前に立つ。表札のプレートは素っ気なくフェルトペンで「中村《なかむら》」と撲《なぐ》り書きされている。

チャイムを押すと、ドアの内側で錠を外す音がして、背の高い若い男がドアを開けた。甘い顔立ちで黒のTシャツにジーンズ。胸板が厚く足が長い。見てくれはまずまずだった。

「今日は、お元気そうですね」

尚子は努めて明るく言った。

「あなたはお幸せですか」

相手が怪訝《けげん》そうな顔をするのを、畳み掛けるように言葉を続ける。

「いえ、勿論《もちろん》、お幸せですわね。でもまだ奇跡の幸福があるのをお伝えしたくて来ましたここに純金製のリングがありますバクジャラジー　リングと言いまして古代インドの神バクジャラジーは地球の愛の表徴このリングを身に着けた方には地球の愛が溢れるほど注ぎ込まれ久遠《くおん》の幸福が約束されますリングの一つ一つに多くの謎を秘めた聖文字であなたのイニシアルを彫り――」

「つまり、幸福を呼ぶリングというわけだ」

と、青年が言った。

「その通りですリングは限定販売で品物には限りがあります金九九・九九九パーセントの品位で営利を目的とした販売ではございません多少の加工料が加算されまして今ご契約されますと三つの大きな特典が付いておりますその一つは――」

「まあいいや。それよりも君、ルードウィッヒA石というのを知っているかね」

「……さあ」

「この前、テレビの〈竹島新二《たけしましんじ》と三時の奥さま〉の番組でも取り上げられていた」

「見ていません」

「気の毒だね。訪問販売で忙しかったわけだ」

「ええ……まあ」

「幸福のリングを持っているのにあくせく働いているのかね。まあ、それはいいとして、このルードウィッヒA石というの、今、フランスを中心にしてヨーロッパで爆発的なブームを起こしている」

「知りません」

「そうかい。ちょうどいいところへ来た。今、そのルードウィッヒA石がここにある。見せてやろう」

青年は部屋に入った。尚子が見ると、窓際に作業台のようなテーブルが向けられていて、その上には細細《こまごま》とした道具類が散っている。青年はそのテーブルの上から何か取り上げて来た。

「ご覧、美しいでしょう」

それは、五角形をした艶のいい黒い石だった。

「この石は鉱物の分類で言うと、特殊な硼酸塩《ほうさんえん》鉱物で、自然には稀《まれ》にしか発見されない。その内、すぐ日本でもブームが起こるに違いないんだが、そのときは手遅れで、原石が高騰しているから誰の手にも入るもんじゃない。手に入れるなら今の内だ」

「……これを、買えと言うの」

「別に押し付ける気はないさ。買手は他にも沢山《たくさん》いるんだ。いいじゃないか。中に入って話をしよう。お茶ぐらいいれるよ」

「いえ……結構です」

「君は案外、臆病なんだな」

「会社の規則なんです。男性一人の部屋には入ってはいけない」

「判った。君の会社の社長は助平なんでしょう」

「……多少は」

「自分と照らし合せて男は皆そうだと思っているんだ。僕は違うよ」

「でも……パンフレットを置いていきます。閑《ひま》なとき読んでください」

「ルードウィッヒA石のパンフレットを持って行くかい。この石を中心に置いてペンダントを作った製品がある」

「いえ、結構です」

ミイラ取りがミイラにされそうだった。尚子はパンフレットを青年に押し付け、エレベーター横の階段から九階に降りた。臆病呼ばわりをされたのは心外だが、いつものように相手をやり込めるだけ頭がよく働かないから仕方がない。

尚子は気を取り直して、今の経験をすぐ実地に応用することにした。

九階では最初の四、五軒はチャイムを押しても応答がなく、はじめてドアを開けたのは「磯《いそ》川《かわ》」とプレートのある部屋で、二十歳《はたち》前後の濃い化粧をした若い女性だった。女性は用心深く、チェーンを外さなかった。

「今、フランスを中心にヨーロッパではルード、いえ、バクジャラジー リングが爆発的なブームを起こしているのをご存知でしょうか」

「……いいえ」

「わたし自身のことをお話しするようで恐縮なんですけれど、わたしバクジャラジー リングを手に入れたその日、奇跡的に一命を取り止めましたの。ほら、この間の犬田浜《いぬたはま》ＩＣ近くでの高速道路の二十二台の玉突き事故。わたし、そのとき、二十三台目の車に乗っていて、もう目の前で事故に巻き込まれるのを逃れたんです」

「まあ……」

「それから四時間後、これも信じられないいんですけど、わたしが家に戻ると、前前から憧れていた男性から電話が掛かって来て、お食事に誘われました。食事が終って彼の車でドライブ。彼、隣で運転しながらわたしの手をそっと握って、ね、今夜はじめての思い出を作らないかい、って」

「それで？」

「バクジャラジー　リングを身に着けていると奇跡的な幸運が向こうから舞い込んで来るんです」

「そんなこと訊いていないわ。その日、彼とホテルへ行った？」

「ええ……まあ」

「部屋に入って、彼、最初にどんなことをした？」

「……キス」

「それから？」

尚子はどきりとした。相手の女性が生《な》ま唾《つば》を飲み込んだとき、大きな喉仏が上下に大きく動くのを見たからだった。尚子はこういうレディの扱い方を知らなかった。

「ねえ、わたしのお部屋に入ってさ、その話、もっと精《くわ》しく聞かせてくださらない？」

「いえ……わたし、今、忙しいんです。また来ますから、このパンフレットを読んでください」

尚子はパンフレットを相手に押し付けて、そのまま階段を駈け降り、八階のフロアに出た。

八階のドアのチャイムを片端から押したが、どの部屋からも反応がなかった。尚子はもう一階下に降りようとして、何気なくエレベーターの真ん前の部屋のドアのノブを廻してみた。すると、意外にもドアは手に従って開いた。

「ご免ください」

玄関のすぐ向こうに黒いカーテンが下がっている。尚子が声を掛けても、人の動く気配はない。

尚子はそっと黒いカーテンを開けてみて思わず声をあげた。

「何じゃ、こりゃ？」

部屋中に黒いカーテンが引き廻されていて、昼間でも部屋の様子はよく判らないが、なにか極めて淫靡《いんび》な匂いがする。

黒いダブルベッドに大きな鏡。

尚子は人のいる気配のないのを確かめ、思い切って部屋に入り、電灯のスイッチを入れてみた。

ベッドの真上の天井には木の滑車が取り付けられ、太いロープが渡されている。黒い椅子の肱《ひじ》には革のベルト、先が房状になっている鞭、ロープの束に、銀色の手鎖……

「うへっ……こりゃ、たまらんわ」

尚子はこういう趣味にも理解が及ばない方だったが、ふしぎにも頭の中を占めていた靄《もや》が、少しずつ消えていくのが判った。

他人の秘密を覗く——今、してはならないことをしているのだという意識が、逆に心を少しずつ開放させていくのだ。

「よし、もっとよく見てやれ」

いつ部屋の主が帰って来るかも知れない。そのぞくぞくする怖しさもたまらない。

部屋には日常の生活を思わせるようなものはどこにも見当たらなかった。全てが非現実の、ある快楽を満足させるために作られたものばかりだ。

「どんな人間がこんな部屋を使っているんだろう」

ベッドの造りも、鏡の額も、椅子や小簞笥《こだんす》も、美術品のように美しく手の込んだ細工で仕上げられたものばかりだった。

若くはない、中年の好事家《こうずか》で、家族に隠れて遊ぶ場所だ。普段は謹厳実直、女とは縁もないという顔をしている男に違いない。裁判官、教育者、医者……社会的にもそれなりの地位を持っているから、こうした隠れ家を作らなければならないのだ。

尚子はドアを開けるとき、表札のプレートが白だったことを確認している。部屋の番号は八〇八号だった。多分、一階の郵便受けにも名などは書かれていないはずだ。

そして、八〇八号さんのお相手をする女性は……

世の中には趣味を同じくする女性もいるらしい。または慣らされて目覚めるとも聞いたことがあるが、尚子にはそれ以上の想像は無理だった。

見廻しただけでは、この部屋を使っている者の姿は判らない。

尚子は小簞笥の一番上の引出しを開けて見た。

驚くことばかりだ。

金色に光る機具は、最初、何に使うものか見当も付かなかったが、手に取って拡げてみて、これもボンデージ用の小道具だということが判った。

平らな瓢簞《ひょうたん》形の金属がU字形に曲げられ、金の鎖には同じ金の美しい錠がつながれている。その他、手首や足を拘束するらしい機具も同じ引出しに収まっていて、しかも、全てが純金製だった。尚子は会社が金製品を扱いだしてから、純金とメッキの違いぐらいは判るようになっていた。

次の引出しは革製のアイテムが詰っていて、一番下には財布と煙草、ライターなどが転がっていた。財布には名刺類などなく、詰っているのは分厚い紙幣だけだ。

尚子はその紙幣を見た瞬間、酒に酔ったような気持になり、手が自分で動きだし、財布から全部の紙幣を抜き取って、自分のバッグの中に移していた。

これはもう、立派な犯罪行為だ。

「えい、毒食《くら》わば皿までだ」

尚子はボンデージ用の機具にも手を出した。改めて見ると、どれも時代の色を帯び、装飾の彫りは精巧で古典的なロココ風の模様だった。

「うひひ。本物の骨董品《こっとうひん》とすると値打ち物だぜ」

尚子はどきどきしながらハンカチを取り出し、本職の泥棒がするように、手に触れた家具に付いた自分の指紋を拭き消した。

八〇八号室を出た尚子はそれまでの不快感が嘘みたいにすっきりした気分になっていた。

「だが、病み付きになったら、大事《おおごと》だぜ」

その日の夕刻。

八階のエレベーターのドアが開き、一組の男女が降りて、そのまま八〇八号室の前に立った。男は四十の半ば、長身できちんとした紺の背広にネクタイを結んでいる。薄い茶のファッションサングラスを外すと、かなり貫禄のある顔立ちだった。

女性の方は三十前後、石竹色《せきちくいろ》のフェミニンスーツが身体の曲線をかなりはっきりと見せている。多少、酒が入っているらしく、色白の目元がほんのりと赤い。髪は肩のあたりに緩いウェーブのかかったウェット仕上げだった。思い切って高いパンプスをはいた足首がきゅっと締まっている。

男はファッショングラスを胸のポケットに入れた手で、内ポケットから黒い手帖を取り出し、中を開けて銀色の鍵を指先でつまみ、ドアの錠に差し込んだ。鍵を回転させると、かりっと金属の音が小さく響く。男は鍵を手帖の間に戻し、内ポケットに収め、ドアを開けて女性を先にうながした。

ドアが閉まり、再び、錠の部分が小さな音を立てた。

ほぼ、二時間後。

八〇八号室のドアがバネの外れる音をさせて開き、さきほどの男女が姿を現した。

男の髪の毛が少し乱れ、女性の方は顔に赤味が消えて足取りに疲労が現れている。

男は内ポケットから手帖を取り出し、その間から鍵を抜き取り、ドアの錠に差し込んで回転させる。金属の音がして、男は鍵を錠から抜き手帖の間に戻す。

エレベーターのドアが開いたとき、男は手帖を内ポケットに戻し、ファッショングラスを掛けたところだった。

それから十分ばかり。その間、八階のフロアに出入りした人間は一人もいなかった。

エレベーターが八階に着き、ドアが開くと一組の男女が八階のフロアに立った。

女性は十分ほど前、八〇八号室に入った女性と同じだが、相手の男は違っていた。最前の男より若く、連れ立った女性よりも若そうだった。

二人は八〇八号室の前に立った。

「見ていたかい」

と、男が女性に言った。

「ええ、ちゃんとあの人が鍵を掛けたのを見ていたわ。でも、本当に大丈夫なのかしら」

「大丈夫さ。いいかい。超能力、はじめるぜ」

男はドアの錠のあたりで、両手を怪しく動かした。だが、指は錠には触れなかった。

「アブラカダブラ、オープン　セサミ……」

「冗談は止《よ》して。早く開けて」

「判っているよ。焦れるなって」

男はそっとノブに右手を触れ、緩《ゆっく》りと回転させる。

「ほら……ご覧」

「本当。開いたわ」

二人はドアから部屋に入った。男はドアの内側にある錠のつまみを回し閂《かんぬき》を掛けた。錠はドアに内蔵されているシリンダー錠だった。

「どうだね。俺の腕は」

「美事だわ」

男が錠を掛けるのを待ち兼ねたように、女性はすがり付いて唇を重ねた。

「熱くなっている」

「……ええ」

「解《ほど》かれてしまったんだ」

女性は男から離れ、ナイトテーブルの電気スタンドを調整した。ピンク色の艶めいた光だった。

男は珍しそうに部屋を見廻した。

「こりゃあ、お金が掛かっている」

「凝り性なのよ。こんなことしか出来ないから仕方がないけど」

「ここで君は滑車に吊るされるんだ。丸裸で縛られて」

「の、ときもあるわ」

「裸でないときは?」

「そんなこと、どうでもいいでしょう。恥かしくて言えないわよ」

「言えよ」

「……ギャグとか、レザーのガードルとか」

「なるほどな」

「なに感心してるのよ」

「……ちょっと、試そうか」

「絶対に嫌。あなたはあ奴《いつ》みたいに馬鹿にならないで」

「あの人は、馬鹿?」

「ええ。わたしが嫌がるのに、あ奴はボンデージが判るようになったと独りで決め込んでいる」

「調教した、と勘違いしているんだ」

「そう。それに、あなたは完全以上じゃないの」

女性は後ろ向きでスーツを脱ぎ去っていた。服の下はガードルとストッキングだけだった。

「そっちを向いていても、鏡ですっかり見えているぜ」

「……早く」

「判っているよ」

女性の胸乳《むなち》や肩のあたりに、縄の痕が赤く残っていた。長い時間、慰《なぐさ》みものにされた結果、束縛は解かれても、解かれた情火の方は別の男でないと収まることができなくなっているのだ。男はそれをよく心得ているらしく、女性の肌に残された腫《は》れを優しく揉んでやるのだった。

「お願いよ」

「こう……だね」

「あ、いい……」

「今日はひどかったみたいだ」

「だから……捨てないで」

外は雨になっていた。


尚子が事件を知ったのは、翌翌日、水曜日の朝だった。

いつものように出社すると、同僚が尚子の出勤を社長が待っている、と言う。

社長室で中屋がいつもの装束をまとって、机の上に算木を並べていた。

「お客さんはお帰りですな」

尚子の顔を見て、中屋がそう言った。

「そんなことが言いたくてわたしを待っていたんですか」

「いや、そうじゃない。ちょっと、困っている」

「そうでしょう。リングに見切りをつけて、元の電気授乳機を作った方がいいと思います」

「業績を言っているんじゃない。君を心配しているんだ」

「……どういうことでしょう」

「一昨日《おととい》、月曜日だったが、君は品川方面へ外商に行ったね」

「ええ」

「そのとき、シャトウ　セルニースというワンルームマンションに入らなかったかね」

尚子はどきりとして口をつぐんだ。

「即答ができないところを見ると、警察の言うのは、矢張り本当だ」

「……警察が来たんですか」

「ああ、来た。市塚君、君は朝のニュースを見なかったかね」

「テレビはつけますけど、時計代わり、ほとんど内容は頭に入って来ないんです」

「そうか。君は朝がだめだったんだ。まあいい。警察の捜査は進んでいる。警察はシャトウ　セルニースに住んでいる何人かの住人に、バクジャラジー　リングのパンフレットが配られていたのを突き止めた。それを配ったのは、君だね」

そこまで、証拠をつかまれていたのでは、知らん顔を続けるわけにはいかない。尚子は仕方なくうなずいた。

中屋はほっと溜め息を吐《つ》いて、

「矢張りな。今、占っていると、どうも悪い方へ卦《け》が出る。君はどうも大変なことをしてくれた」

「……猛省しております」

「謝まりゃ済む、っていうもんじゃない」

「盗《と》ったものは全部お返しします」

「取った人の命は、返すことはできやしまい」

「……それは、どういう意味ですか」

「君はあの日、精神が普通ではなかった。それを知っていながら外に出した私にも落度がある。私に言われた通り、君は品川に行ってあのマンションに入って、外商をしていた。そして、八〇八号室も訪れた。それに、違いはないね」

「……はい」

「そしてその住人と話をしているうち、相手の態度が悪かったんだ。君はかっとし、いわゆる心神喪失状態に陥って、相手を絞め殺してしまった」

尚子はそれを聞いてびっくりし、膝《ひざ》の力が抜けてしまった。中屋は急いで尚子に椅子を与えて言った。

「まあ、やってしまったことは仕方がないが、君に殺意がなかったことは私もよく承知している」

「殺意なんか最初も最後もありませんよ。人を殺してなんかもいません」

「まあ、落着いて、月曜日のことを思い出してご覧」

「どうして社長はわたしが人を殺したなどと言うんですか」

「ちゃんと、卦に出ている」

「社長はわたしの話より卦の方を信じるんですか」

「勿論だ」

尚子は天井を仰ぎ見た。黒い蜘蛛《くも》が一匹宙ぶらりんになっている。尚子は非常に不吉な予感がした。

「警察に出頭するのは嫌かね」

「嫌です。わたしがしてもいないことをほじられるのは真平《まっぴら》だわ」

「そうだろうな。しかし、安心しなさい。大丈夫だ」

「なにが大丈夫なんですか」

「私が付いているから大船に乗った気でいなさい。どこがいいだろう。スイスか、いや、ポルトガルあたりかな」

「ポルトガルでどうするんですか」

「決まっているじゃないか。逃避行をするのだ。ほとぼりの冷めたころ、また戻って来ればいい」

「逃避行ですって？」

「そう。私は生涯に一度、君のような犯罪者と逃避行がしてみたかったのだよ」

男はどうして妙なことばかり考え付くのだろう、と尚子はがっかりした。


品川警察署から警視庁捜査課へ殺人事件の通報が入ったのは六月十八日火曜日の午後九時だった。

その少し前、品川署は不審な電話を受けた。

品川駅の近く、シャトウセルニースというマンションの八〇八号室で、女性が死んでいるという。電話の主はそれだけ言って、受話器を置いてしまった。電話に出た職員の話だと、訛《なまり》のない男の声だったという。

早速、担当の職員が問題のマンションに赴き、管理人を立ち会わせて八〇八号室を調べたが、このとき、八〇八号室のドアの錠は掛かっていなかった。

職員は部屋に入り、ワンルームの中央にあるダブルベッドの上に、女性の屍体を発見した。

女性は毛布を掛けていたが、身体には何も着けていなかった。死因は絞殺されたものらしく、頸部《けいぶ》には麻紐が固く結び付けられていた。

部屋には東向きのベランダがあったが、窓の掛け金は確《しっか》りと下ろされ、屍体が発見されたとき、部屋は明りが消されていて真暗だった。

職員はすぐ品川署に連絡を取り、署は警視庁捜査課に報告をする。捜査課からは金田《かねだ》一課長をはじめ、雨宮《あまみや》捜査主任、竹梨《たけなし》部長刑事以下数人が現場に駈け付け、品川署の捜査課と、ただちに捜査を開始した。

「死後、二十四時間は経っています。それに、どうも素人《しろうと》女らしくない」

と、屍体を見ていた鑑識課の職員が言った。

「ほう。そんなことまで判りますか」

と、竹梨が訊いた。

「ええ。ベッドの隅に、被害者のものらしい服が脱ぎ散らしてあるでしょう。その中に、下着がありません。ガードルにストッキングだけです。被害者はその上に直接スーツを着ていたんですね」

「……なるほど」

「それに、このベッドをご覧なさい。部屋に不相応な広さでしょう。それに引き替えて、この部屋には生活用品が全くない。テレビも洗濯機も食器さえほとんどない。靴は玄関に被害者のものらしいパンプスが一足だけ。そこの小箪笥はほとんど空《から》です。小さな冷蔵庫の中に入っているのは飲物だけでした。という工合にね」

「すると……この部屋は売春宿のようなもの？」

「それにしても、窓にカーテンぐらいはありますよ」

竹梨はベランダの窓にカーテンのないことにはじめて気が付いた。

そこへ、マンションの管理人から事情を聞きに行った刑事が帰って来た。

「どうも、この部屋を借りていた人物が怪しいですよ」

と、刑事は金田課長にそう報告した。

「管理人の話ですと、この八〇八号室の持主は、新宿《しんじゆく》で九星気学《きゆうせいきがく》の仕事をしている丸山《まるやま》という人なんです。その人が現在の住人にここを貸しているそうですが、中に不動産屋が入っているために、どんな人間が使っているのか、全く知らないそうです。それで、その不動産屋に電話をしたんですが、その業者も一度会っただけ。通り掛かってその場で物件を決め、現金で金を支払ったそうです」

「契約書は？」

「一応あるそうですがね。伊藤一也《いとうかずや》というんだそうですが、どうも偽名のような気がするんです」

「どうして？」

「ほら、俳優の御堂一弥《みどうかずや》の語呂とよく似ているでしょう」

「伊藤一也に御堂一弥か」

「まあ、一応は住所の方も当たってみることにしますが」

後の調査で判ったことだが、八〇八号室の家賃は毎月きちんと九星気学の丸山の口座に伊藤一也の名で振り込まれていたが、刑事の勘が当たり、契約書の住所には伊藤一也などという人物は存在しなかった。

しばらくすると、マンションの中を訊き込みに歩いていた刑事が帰って来た。

「どうも、このマンションをマネーゲームに使っている者が多いみたいですよ。矢張り世の中、本当に金がだぶついているんですね」

と、浮かない顔をして言う。

「勿論、住んでいる人もいますが、独身者が多い上に、まだ建ててから一年目だそうで、隣近所が親しいという住人も、まずいませんね」

「すると、ひどい物音とか悲鳴を耳にしたような者もいないわけか」

と、金田が言った。

「ええ。エレベーターの中で住人同士が出合うことも珍しいんだそうです。ただ、月曜日の日のことだそうです」

「昨日だ」

「ええ。その日の昼過ぎ、二十七、八ぐらいの女性がこのマンションの一軒一軒に外商をして歩いていたらしいんです」

刑事はポケットから色摺《いろず》りのパンフレットを取り出した。「奇跡の幸せを呼ぶ、バクジャラジー　リング、ね」

金田はそのパンフレットを刑事に返した。

「もしかして、その女性が何かを見ていたかも知れない。ご苦労ですがこのナカヤ　プロダクションという会社を当たってみて来てください」

事件の捜査が進むにつれて、八〇八号室の賃借者は注意深く自分の身元をひた隠していることが判った。同時に、その段階では賃借者が犯人とは断定できないが、犯人も被害者の素姓が知れないように、被害者の身元が判明しそうな所持品の全てを持ち去った形跡があった。

被害者の所持品らしいバッグは八〇八号室に置かれていたものの、その中には身分を証明する書類やカード類、ノートなども発見されなかったからだ。

だが、翌日になって、少し意外なところから捜査がほぐれはじめた。

被害者の顔を知っている者が捜査員の前に現れたのだ。

それは、警察が被害者の解剖を依頼した病院の看護婦だった。その看護婦は中小演劇の愛好家で、いろいろな劇団を見て歩いている。その一つに「模型舞台《もけいぶたい》」という劇団があって、その劇団の女優、琴村花押里《ことむらかおり》に、病院へ運び込まれた被害者が似ているというのだ。

すぐ、捜査課の刑事が模型舞台の事務所に行って問い合せると、被害者の年齢、体格、顔の特徴など、確かに琴村花押里によく似ている。そして、劇団幹部の何人かが病院に赴き、被害者を確認した。被害者は琴村花押里に違いなく、花押里は火曜日に事務所に来る約束をはたしていなかった。

模型舞台は大都市周辺の小劇場で、定期的に公演している小劇団だが、固定したファンを持っていて批評家の間でもかなり高く評価されていた。模型舞台からスターになった俳優も少なくない。花押里は劇団員としては中堅。個性的な悪女が役どころで、ときどきテレビドラマにも脇役で出演していた。

被害者の身元の確認に続き、花押里の交遊関係が洗い出される。

「花押里は男に好かれるタイプの顔で、声も男心をくすぐるらしいんです。前にはいろいろ聞かされましたけど、そのころから長続きしている友達はいないみたいです」

と、花押里とごく親しくしていたという女優が言った。

「公演の切符をよく買ってくれるような人ですか？　特に花押里がびっくりするほど切符を捌《さば》いた、というようなことはなかったですね。公演のときの花束？　そう言えば、花束は小さいけど、ご祝儀袋が付いていたときがあったわ。伊藤一也という名で。ええ、覚えています。まさか、御堂一弥の変名じゃないでしょうね、って笑った記憶があるから。その人？　いいえ、知りません。顔も見たことがありません。お仕事なら知っています。花束に添えてあったカードの字がとても上手《じょうず》だったんです。お習字の先生だと花押里が言っていました。ええと……そう。東墨会《とうぼくかい》というのがその先生の塾なんです。いいえ、場所も知りません。ただ、東墨会というだけです――」

それだけ判れば、後は捜査本部の仕事だ。

全日本書芸連盟に問い合せると、東墨会は連盟に加入していることが判った。

東墨会の会長は港区《みなと》に住む、現在九十五歳の男性。毎日、筆を持っているというが若い女性の首を絞めるほど元気だとは思えない。だが、東墨会は全国各地に支部を持っているという。早速、捜査本部の刑事が出向いて、その名簿を借り受けて来る。

各地の支部長は女性が多かったが、一人だけ疑わしい男が浮かび上がってきた。

宮路《みやじ》東一郎《とういちろう》という四十五歳。塾を開いている大田《おおた》区の馬込《まごめ》も品川とはごく近い場所にある。

東墨会の名簿には宮路の顔写真も載っていた。写真で見ると壮年実業家というような男だった。宮路と花押里の写真を持って、刑事が品川附近の商店を廻っていると、その二人を見知っているフランス料理店が見付かった。

花押里がその店の牛肉赤ブドウ酒煮ブルゴーニュ風が好きで、ここ半年ばかりときどき連れ立って食事に来た。

「男の方は健啖家《けんたんか》でしたね。もっとも、ああいう女性と付き合うんですから、しっかり食べておかないことにはね」

と、フランス料理店のシェフが言った。シェフの目にも、二人の間柄が見えていたようだった。

早速、刑事が宮路の塾へ駈け付ける。

刑事が警察から来たと名乗ると、宮地は観念したように、静かに別室に刑事を案内し、自分がシャトウ　セルニースの八〇八号室を借りていることを認めた。

「あの事件はテレビや新聞でよく知っていました。でも、このことが公《おおやけ》になるのが怖しくて、どうしても届け出る気にはなれませんでした。刑事さん、お願いします。信じてください。花押里を殺したのは絶対に私じゃありません。私の知っている限りのことは、何でも正直に話しますから、公表だけはしないでください。私には妻子がおりますし、仕事も大切です。もし、それが公表されれば私は破滅してしまいます。生きてはいかれなくなります」

宮路は涙を流してこう言った。

こうして、宮路は琴村花押里殺人事件の捜査本部に任意同行して竹梨たちの取調べを受けることになった。

取調べ室で、竹梨たち捜査員の前に坐《すわ》った宮路は顔色が悪く、事実、

「昨夜は一睡もできませんでした」

と、告白した。

シャトウ　セルニースの部屋を借りたのは去年のことで、宮路は「息抜きの場所」という言い方をしたが、名も住所も変えている点で、最初から情事が目的の隠れ家だったことは確かだ。

部屋を利用するのは月に五、六度、電話で識《し》り合った女性が相手だった。宮路は慎重な男で、女性が未成年や人妻だと判るとその場ですぐ別れることにしていた。万が一、密会が露《あらわ》れたとき重傷になるのを怖れたからだ。従って、それまでほとんどの女性との交際期間は短かったが、琴村花押里だけは別で、識り合ってから半年以上になる。

「花押里とは何か相性が良かったみたいです。付き合っていくうち、私の性格をよく判ってくれました」

と、宮路は捜査員に言った。

「それで、最後に花押里さんと会ったのはいつですか」

と、竹梨が訊いた。

「月曜日……六月十七日でした。私の方から電話をして、近くのレストランで落ち合い、マン

ションに行ったのが、七時ごろだったと思います」

「……それで？」

「いつものように……語らいまして二時間ほどで部屋を出て、マンションの裏にある駐車場で別れました」

「その日、花押里さんの態度はどうでしたか。落着かなかったり、心配そうだったり、何か相談を受けるようなことがありましたか」

「いや……特に変わったところはなかったようです。いつもと……いや、いつもより、いや、同じでした」

花押里の反応を言おうとして、これは事件には関係ないと気付いたのだろう。竹梨は意地悪く訊いた。

「花押里さんがいつもと違っていたこと。別に、不安めいた態度ではなくとも、聞かせてください」

「……それですと、花押里は少しずつ……判って来たようなんです」

「何がですか」

「つまり……身体の感覚が、です」

竹梨の横にいた金田が苦笑いするのが判った。竹梨は続けて訊いた。

「月曜日、花押里さんと駐車場で別れたのは何時でしたか」

「九時少し前か、と思います」

「あなたはそれから？」

「車で真っすぐ家へ帰りました」

「彼女を送らなかったのですね」

「ええ。花押里の住いは王子《おうじ》ですから正反対なのです。車より電車の方が早いものですから、いつもそうしていました」

「家に帰ってからは？」

「九時のニュースがはじまっていました。テレビを見たりお茶を飲んだりして、十一時には床に入りました」

「家にいらっしゃったご家族は？」

「母と、妻と、娘が二人です」

家族の話をするとき、宮路は泣きそうな顔になった。だが、自分が播《ま》いた種だから仕方がない。竹梨は質問を続けた。

「それで、花押里さんが八〇八号室で死んだのを知ったのは、いつでしたか」

「……花押里と会った翌日。火曜日の夜七時ごろでした」

「ほう……警察が花押里さんの屍体を確認したのが九時でしたよ。あなたはそれよりも二時間も早くそれを知っていたんですか」

「……実は、花押里の屍体を発見したのは私だったんです」

竹梨は金田と顔を見合せた。宮路の殺人容疑は一段階深まったとしていいだろう。

「すると、その日も八〇八号室に行ったのですね」

「ええ。それで、あれを見てしまい、びっくりして……」

「あの部屋には何が目的で行かれたんですか」

「……ただ、静かに本が読みたくて」

「他の女性と一緒だったんじゃないですか」

「いえ、独りだけでした。刑事さん、信じてください」

「そのとき、すぐ、警察に通報するべきでしたね」

「確かに……そうでした。でも、私はこの部屋の秘密が露われてしまうのが怖かったんです」

「すると、シャトウ　セルニースの八〇八号室に女性の屍体がある、と警察に匿名の電話を掛けて来たのは、あなただったんですね」

「そうです」

「屍体を発見してから、警察に電話をするまでの二時間、何をしていましたか」

「警察に報《し》らせようか報らせまいか、迷っていたのです」

「花押里の身元が判るような品物も処分しなければならなかった」

「……はあ」

「あれは誰が見ても殺人事件です。殺人の現場に手を付けてはならないことを、ご存知ですね」

「……仕方がなかったんです」

母親が厳しいのか、あるいは妻が口喧《くちやか》ましいのか、宮路が八〇八号室の秘密を守ろうとする意志が人並み外れて強い、と竹梨は思った。竹梨は質問を事件の核心へ持って行くことにした。

「あなたはその日、花押里さんが八〇八号室に来ていることを知っていたんですか」

「いや、少しも知りませんでした」

「約束をしていないのに、花押里さんが部屋で待っていたことは？」

「いえ、一度もありません。花押里は私の部屋の鍵を持っていません」

「鍵を持っていない？　本当ですか」

「はい。この部屋の賃貸を契約したとき、私は一本の鍵を預りました。部屋の鍵はそれだけです。スペアを作ったことも、一度もありません」

宮路は女性に対しても用心深いようだった。その用心深さが、逆に宮路の命取りになっているかも知れない。竹梨は鍵の周辺を固めることにした。

「八〇八号室の鍵の存在は奥さんも知らないのですね」

「勿論です」

「……たとえばですが、花押里さんがそっと鍵を手にしてスペアを作り、元に戻しておく、というようなことは考えられませんか」

「まず、不可能ですね。鍵はいつも身に着けています」

「いま、鍵はどこにありますか」

「ポケットの手帖の間です」

「それを見せて下さい」

宮路は内懐《うちふところ》に手を入れ、紙幣を畳まないで入れられる大きさの黒い手帖を取り出した。中を開くと、ファスナーのついたポケットが作られていた。宮路はファスナーを引いて、ポケットから銀色の鍵を取り出して竹梨に渡した。一般的なシリンダー錠の鍵だった。

「いつも、そうして持っていらっしゃる」

「そうです」

「でも、部屋で女性と二人のときは、服を脱ぐのでしょう」

「……それはそうですが、たとえ盗んだとしても、部屋を出るときはどうしますか。その鍵を使わなければなりませんよ」

「ですから、相手が鍵を手に入れ、ちょっと用事を思い出したとか言い、外に出てコピーを作って、いい折に戻しておく、というのは？」

「これまで、一度部屋に入った女性が外に出たことは一度もありませんでした」

「なるほど……すると、月曜日、花押里さんと会った最後の日も、部屋を出るとき、あなたの手で部屋の鍵を掛けたのですね」

「勿論です」

「そして、次の日、部屋を鍵で開けて花押里さんを発見した」

「そうです」

「部屋を出るときは？」

「鍵を掛けました」

「……それはおかしい。不審な電話であなたの部屋に駆け付けた刑事さんは、管理人に立ち会わせて部屋を開けた。そのとき、ドアには鍵が掛かっていなかった、と言っています」

「いや、鍵を掛けたのは確かです。気が動転していましたが、それだけは覚えています」

「しかし……よく考えてご覧なさい。八〇八号室の鍵は一つだけで、いつもあなたの手元にあって、誰も持ち出すことができない。とすると、花押里さんはどうやって八〇八号室に入ったんですか。ベランダの窓には内側から確りと掛け金が下りていたんですよ」

「花押里を部屋へ入れたのは、花押里を殺した犯人でしょう」

「その犯人が鍵を持っていたんですか」

「人を殺すような奴ですから、どんな手でも使いますよ」

この書家は、物事を論理的に考えるのが不得手のようだった。竹梨は緩りとした言葉で言った。

「宮路さん、いいですか。私たちは殺人というような非常識なことをする人間でも、特別な超能力を備えているとは考えないのですよ。彼も私たちと同じで、錠の掛かっている部屋へ、鍵を持たずに影のように通り抜けることはできないのです」

そう言われて、宮路は事の重大さにやっと気付いたように顔を強張らせた。

「鍵は……私がずっと持っていた」

「ですから、あなたと一緒でなければ、花押里さんは八〇八号室に入ることができないのですよ」

竹梨は宮路から渡された鍵をひらひらとさせ、宮路に返した。宮路はその鍵を掌《てのひら》に置いて、気味悪そうに見た。

「私が花押里を殺した犯人だと思っているんですか」

「今のところの状況証拠では、あなたの立場は非常に悪いと考えられます。つまり、月曜日の夜、あなたが花押里さんを殺害してから八〇八号室を出た、気が動転していて鍵を掛けるのを忘れた。こう解釈すると、鍵の矛盾もなくなるからです」

「……私には花押里を殺す理由がない」

「花押里さんに強請《ゆす》られていたとしたらどうしますか。花押里さんがあなたの隠れ家を奥さんに教える、と言って」

「違う……花押里を殺したのは私じゃない」

その声は悲鳴に近かった。

翌日、尚子が出社すると、待ち受けていた中屋が言った。

「さあ、出発だ」

「……わたしはポルトガルなどへは行きません」

「そうじゃない。警察へ行くんだ。今朝のテレビのニュースだと、品川のマンションで殺された被害者の身元と、参考人が見付かったらしい」

「それなら、わたしも見ました」

尚子の身近で起こった事件だった。いつものように寝呆《ねぼ》け眼《まなこ》でニュースを見てはいられなかったのだ。

今朝のニュースで、はじめて事件の被害者は模型舞台という小劇団に所属している琴村花押里という女優だったことが報じられ、同時に警察は事件の重要参考人から事情を聞いている、と言った。

「じゃ、話が早い。ニュースであぁ言うからには、今、事情聴取を受けているのが十中八九、犯人だろう。君が名乗って出ても、もう大丈夫だ」

「でも、警察はその人の名を発表しませんでしたよ」

「ま、いろいろな事情があるんだろう。市塚君、あれを持って来たでしょうね」

「ええ。改めて見るとおぞましくて、捨ててしまおうと思ったんですけど」

「そんな勿体《もったい》ない。いや、これは重要な事件の証拠ですよ」

尚子はバッグを開けて、シャトウ　セルニースの八〇八号室から持ち出した全てを中屋の前に並べた。中屋は現金などには見向きもしなかった。

「ほう……これね。これで白い柔肌を——とんでもない男だ」

「社長、涎《よだれ》が」

「む。君は実に素晴らしいことをした。これがなかったら、まず、犯人の動機は謎のまま残ってしまうでしょう」

「すると、犯人がプレイ中にあぁしたことになったんですか」

「そうとしか考えられない。警察は喜びます。君は表彰状ものだ」

尚子は空巣《あきす》を働いて表彰されるとは思わなかったが、中屋はいそいそと品物をまとめ、車に運び込んだ。車は中屋製作所時代のライトバンだった。

品川警察署に着いて事情を話すと、すぐ、一室に通される。担当の刑事は竹梨と宇津木《うつき》という二人だった。

刑事は最初、中屋のふしぎな服にびっくりしたようだったが、中屋の取り出した品物を見ると、更に驚きを重ねた。

中屋は刑事に言った。

「最初にも申しました通り、その日、市塚社員はお客、いや、お馬……猿猴坊《えんこうぼう》、ま、そうした折でもあり、窃盗の意志は毛頭なく、お召取らるる儀だけは平《ひら》にご容赦を」

「判りましたよ」

と、竹梨が言った。

「情状を酌《しやくりよう》量してほしいと言うのでしょう。お縄にはしませんから安心しなさい。それより」

竹梨は尚子の方を見た。

「この品はどこにあったのですか」

「部屋にあった小箪笥の引出しの中でした」

「その他には？」

「革製の下着とか」

二人の刑事は顔を見合せた。

「下手人《げしゅにん》にこれを見せ、叩いて泥を吐かせたらいかがです」

と、中屋が口を挟んだが、二人の刑事は中屋を無視した。

「とすると、そのときの部屋の様子は普通の住いとは違っていませんでしたか」

と、竹梨が尚子に訊いた。

「ええ。かなり変わっていました」

尚子は刑事に見たままを話した。

「なるほど、被害者の肌に縄の痕があり、そうだとは思っていましたが、そういう部屋を始末するのに時間が掛かったわけだ」

と、竹梨が納得した顔になった。

「私はそんな話は聞いていない」

と、中屋が尚子に言った。

「社長が変な気を起こすと困ると思ったからです」

「私がいつそんな気を起こした」

「もう忘れたんですか。昨年の秋の社員旅行のとき」

「だからあれは酔った上での心神喪失状態で……」

「お客さんだったわけですね」

「ばか、私には——」

「あなたは少し黙っていてください」

と、竹梨は中屋に言った。

「市塚尚子さんと言いましたね。静かなお子、とも聞えますね」

中屋は大反論したそうな顔になったが、何も言わなかった。

「よろしいですか。一番重要な点ですが、市塚さんがあのマンションの八〇八号室へ入ったとき、ドアに錠が掛かっていなかった、と言いましたね」

「そうです」

「それに間違いはありませんか」

「ええ。間違いはありません。それでなかったら、部屋に入れるわけはないでしょう」

「確かに八〇八号室だったんですね」

と、宇津木が念を押した。

「はい。八階のエレベーターの真ん前の部屋でした」

「……それなら間違いはない。八〇八号室です」

と、竹梨が言った。

「しかし……不思議な矛盾だ。八〇八号室に住んでいる人は部屋の出入りに鍵を掛け忘れるようなことは絶対にない。部屋の鍵も一つだけでコピーなどはないと言い張っているんですがね」

「皆の話が嘘でないとすると――」

と、宇津木が渋い顔をした。

「鍵がないのに錠を開けたり閉めたりする、奇術師みたいな人間がからんでいるとしか思えない」

それを聞くと、竹梨の顔が急に明るくなった。

「また、曾我佳城《そがかじょう》さんの智慧《ちえ》を借りに行かなければなりませんね」

中屋もそわそわしだした。

「曾我佳城というと……昔、舞台に出ていたあの佳城さんですね」

「そう。ご存知ですか」

「私、佳城さんの大ファンでした。気高い美人で奇術の名人で。ぜひ連れて行ってください。サインが欲しい」


——これは違う。

というのが、尚子が佳城を見た最初の印象だった。

いつも中屋の大風呂敷を知っている尚子は、佳城が美人だと聞かされても、また例のがはじまったぐらいに思っていた。それだけに、実際に会ったときの衝撃は強かった。

それでは、どこがどう違うと言われても困ってしまう。目鼻立ち、全身の姿、それぞれは普通の人なのだが、佳城が呼吸し脈打っているそのこと、生命そのものが美しいと思い、尚子は今までそんな印象を受けた人に出会ったことがなかった。

佳城は普通のマンションに仮住いしていた。車の中で竹梨が話してくれたのだが、現在、自宅の広い敷地に劇場を建設中だという。劇場の中には、小劇場、大小の集会室、博物館や図書館も備え、将来は奇術のメッカを構想しているという。世の中にはこんな大富豪がいるのかと、中屋の話だけならとうてい信じないだろうと思った。

竹梨は事件の一通りを話すと、佳城に訊いた。

「奇術で錠が使われることがあるんでしょうか」

佳城はうなずいた。

「ええ。無数に、ね」

「……無数に?」

「はい。有名なアメリカの脱出王フーディニは、金庫や監獄に閉じ込められても脱出しましたし、どんな種類の手錠を掛けられても外してしまいました」

「なるほど……最近では?」

「錠トリックという奇術の分野ができるほど、いろいろなトリックが作り出されています。この間はイタリアの奇術師ミステリーニの作品に感心しました。それから、例えばこれなんか――」

佳城は立って机の引出しから銀色の南京錠《なんきんじょう》を取り出して竹梨の前に置いた。

「いろいろなトリックをお見せすれば参考になると思うんですが、生憎《あいにく》道具類は倉庫に入っていてちょっと取り出せないんです。これは、この間手に入れた新作なんです。青瀬《あおせ》勝馬《かつま》という人の作品で、手に取ってご覧になってください」

見たところ、普通の変哲もない南京錠で、一本の鍵が添えられていた。竹梨は錠と鍵を手に取ってしばらくいろいろな角度から眺めていたが、特に変わったところはないようで、鍵を錠に差し込んで回転させた。

「おや……鍵が違うんじゃないですか。錠が開きませんよ」

竹梨の言う通り、鍵は錠の中で空廻《からまわ》りするだけだった。

錠は宇津木の手に廻されたが、誰が試しても同じだった。

「これが……佳城さんの手に渡ると、簡単に開いてしまうんですね」

佳城は笑って言った。

「ええ。それが、錠トリックの弱い点、と言えそうですね。お客さんが開けられない錠を奇術が開ける。そうしたタイプが多いものですから、奇術の意外性に欠ける怨《うら》みがあるんです。それでも、錠トリックのマニアは意外と多いんです」

佳城は両手を開いて見せた。何も持っていなかった。そのまま、佳城は錠と鍵とを取り上げ、鍵を錠に差し込んだ。竹梨と宇津木のやり方と同じだった。だが、すぐ錠はかなり大きくバネの外れる音を立て、輪の部分が開いた。

佳城はそのまま鍵を抜き取り、錠の輪を押して元に戻した。だが、竹梨の手に渡ると、錠は元の開かない錠に戻った。

「女性だけが開けられるのかしら」

と、尚子が言った。

「面白い発想だわ」

佳城は尚子に錠を渡してくれた。だが、尚子が試しても錠は開かなかった。

「変な錠ですね」

竹梨はしきりに首を捻《ひね》る。

「事件で頭が一杯な上に、こんな錠で頭を悩ませてはお気の毒ですわ」

佳城は竹梨にヒントを与えた。

「鍵の先の方と摘みの下、両端を指の先で持って、強く押してみてご覧なさい」

竹梨は鍵を立てて持ち、佳城に指示された通り鍵の上下を押した。

「こうですか……あっ」

鍵が少しだけ上下に縮むのが判った。それと同時に今までなかった鍵の山が一つだけ鍵の本体から姿を現し、全体の刻み目が少しだけ変わった。

竹梨は鍵を錠に差し込んだ。錠は素直に開いた。

「鍵をお客さんに改めさせるときには、逆に鍵を伸ばしておくんです。すると、刻みの山の一つが本体に埋まり、その状態では錠が開かなくなります」

と、佳城が説明した。

「それにしても、凄く精巧な細工ですね」

と、竹梨がすっかり感心してしまった。

鍵の本体と摘みは別別に作られているらしく、上下に押すと、本体が摘みの中に少しだけ沈み込むのが判る。だが、その境い目は鍵の模様の中に巧妙に隠し込まれ、恐らくルウペで見ても判らないだろう。

佳城が言った。

「奇術師って、不思議に見えることなら、どんな細工でもします。一枚のコインを動かすのに、莫大なお金を費した人など、普通の目で見るとかなり変わった人が多いですね」

「すると、事件のあった部屋の鍵にも、こんな細工が？」

「多分、そうだと思います。問題の部屋はエレベーターの前だそうですから、犯人が錠に細工をするのは人目に付き易くて危険ですね。ですから、細工は鍵の方じゃないか、と思うんですけど」

「そ、その鍵なら、今、ここに持って来ています」

竹梨は内ポケットから封筒を取り出し、中に入っていた鍵を佳城に手渡した。

「これは……まだ、今までどの奇術師も思い付かなかったトリックが仕掛けてありますね」

佳城は尚子の方を向いた。

「市塚さん、あなたは問題のマンションの部屋を訪問して歩いていたそうですけど、もしかして、金属の細工などの仕事をしている家《うち》はなかったかしら」

尚子は目を丸くした。

「あります。ルードウィッヒA石とかで、ペンダントを作っている中村という若い男の人が住んでいました」

佳城はごく普通の言葉で言った。

「この鍵を作った人なら、その中村という人に違いありません」

尚子は思わず叫んだ。

「佳城さん、素敵だわ。バクジャラジー！」

一行はシャトウ　セルニースに到着すると、すぐエレベーターで十階へ昇り、中村のドアの前に立った。

竹梨はドアのノブに手を掛け、そっと捻ったがドアは開かなかった。竹梨はポケットから、問題の鍵を取り出して錠に差し込んで回転させた。尚子にもバネの外れる音が聞こえた。竹梨は手早くドアを開けた。

「誰だ、無断で人の家のドアを――」

奥から黒のTシャツを着た男が出て来て、一行を見ると顔色を変えた。

「琴村花押里殺害事件、捜査本部の者です」

と、竹梨が言った。

それを聞くと中村はわなわなと震え出し、立っていられなくなってその場にしゃがみ込んでしまった。

中村惟彦《ただひこ》が警察で告白したところによると、四月ほど前、宮路と別れて駐車場でぼんやりしていた花押里に、たまたま駐車場に来た中村が声を掛けた。それ以来、花押里は宮路と別れてから中村の部屋を訪ねる習慣になった。宮路は花押里が拘束された姿を観賞することで快楽を満足させるだけ、中屋に言わせると八味地黄丸《はちみじおうがん》を飲ませればいいというが、解きほぐされた花押里は中村と会って情動を鎮めなければならなかった。

そうした関係が続くうち、花押里は優しく労ってくれる中村にすっかり夢中になってしまい、結婚を迫るようになった。一方、中村には貴金属商の娘とも付き合いがあって、その家の資産は花押里の比ではなかった。

花押里とは遊びだと割切っていたので、中村は遊びの心で宮路の部屋を使おうと思ったのだ。中村は自分の部屋の鍵をコピーし、それに細工を加え、花押里に渡して、宮路の鍵と掏《す》り替えるように命じた。

事件の以前に宮路と会った日、花押里は隙を見て加工した鍵と宮路が持っている鍵とを交換した。鍵は交換するだけだったから、造作はなかった。

事件の当日、花押里は宮路と別れてから中村の部屋を訪れ、二人で八〇八号室に入った。その夜、花押里は強く結婚を迫り、その約束ができないのなら、相手の貴金属商の家に今までのことを告げる、と言った。

中村はその要求に困り、咄嗟《とっさ》に、この部屋でなら、容疑は宮路の方に掛かるはずだ、と思った。縄は手の届くところにいくらでもあった——

一行は八〇八号室の前に立った。

「ドアの錠はちゃんと掛かっていますね」

と、佳城が言った。竹梨はドアのノブを捻り、

「掛かっています」

と、言った。

「じゃ、さっきの鍵で試してください」

竹梨は内ポケットから問題の鍵を取り出し、ドアの錠に差し込んだ。鍵は竹梨の手に従って回転し、かちりとバネの外れる音がした。

「開きました」

竹梨は予想はしていたようだが、実際に自分の手で試してみて、改めて驚いたようだった。

「この鍵は中村のドアも開き、宮路のドアも開く。偶然、同じ錠が使われていたんですか」

「いいえ」

と、佳城が首を振った。

「これは、中村さんが自分の家の鍵をコピーして、それを更に加工したのだと思います」

「……すると、どうやって宮路の鍵を手に入れたんでしょう。宮路は八〇八号室の鍵が盗まれるようなことはあり得ない、と言っていますが」

「中村さんは宮路さんの鍵など必要なかったんです。ですから、宮路さんの鍵を盗りはしませんでした」

「……でも、その鍵を見なければ、鍵を改造することはできませんよ」

「中村さんは鍵を加工した、と言っても鍵の刻みに手を加えたわけじゃないんです」

「……じゃ、このドアは開きませんよ」

「ええ。ですから、ドアは開いていません」

竹梨は変な顔をしてノブを捻った。佳城の言う通り、ドアはびくともしなかった。

「今……錠の外れる音がした」

「それは、音だけです」

と、佳城が言った。尚子にもその意味がよく判らなかった。竹梨も同じだったらしい。竹梨は再び鍵を錠に差し込んで何度も回転させた。ドアはその度に音を立てるのだが、ドア自体、少しも開こうとしなかった。

最後に、竹梨は錠から外した鍵をしげしげと見ていたが、両手で鍵を捻った。鍵は本体と摘みの部分が回転し、かちりと音をさせた。

尚子は思わずバクジャラジーと叫びそうになった。

佳城が言った。

「もう、お判りでしょう。この鍵は青瀬勝馬さんの鍵と同じように、本体と摘みの部分が分かれているのです。それを再び芯を入れて、回転するように加工し、更にバネを仕込んで、バネのはじける音も出るように変造したものです。ですから、この鍵ではこの部屋のドアは開きません」

「……中村のドアは開きましたが」

「中村さんの錠のバネが、この鍵に内蔵されているバネより弱かったんですね。元元《もともと》中村さんが自分の鍵をコピーしたものですから、うまく開いたんです」

「なるほど……やっと判ってきました。鍵には刻みと、もう一つ縦に溝《みぞ》が作られている。この溝に鍵穴が合わなければ鍵は錠に差し込むことができない。同じマンションのドアは同じタイプのシリンダーが組み込まれているでしょうから、どの錠の鍵も溝だけは一致しているんですね。従って、鍵にこのような細工をしたのは同じマンションに住む人間で、細かな金属を加工する腕を持っている人ということになる」

帰りの車の中で、中屋はじっと思案に耽《ふけ》っているのが判った。

尚子は言った。

「今、社長が考えていることを当ててみましょうか」

「………」

「幸福のヴィーナスの帯を作って売ろう、と思っているんですよ、ね」

真珠夫人

「指輪をお貸しください」

京子《きようこ》は指輪と聞くと、反射的に清勢《きよせ》夫人を連想した。少し前、清勢幸夫《ゆきお》と芙冴《ふさえ》の夫婦が連れ立って会場に入って来るのを見たばかりだった。その芙冴の指には評判の「ヴィーナスの真珠」が輝いていたのだ。

京子ばかりではない。会場に集まった観客の多くはヴィーナスの真珠を頭に思い泛《うか》べ、ある期待を持って清勢芙冴がいる席の方へ注意を向けたはずだった。

「お客様のお手伝いが必要なのです。どなたか私に指輪を貸してくださるお客様はいらっしゃいませんか」

と、ジャグ小沼田《こぬまた》は舞台の上から観客席を見廻し、マイクをスタンドから外して手に持った。

このとき、京子はジャグ小沼田も清勢芙冴が会場にいることを知っているのだ、と思った。ヴィーナスの真珠を借りて指輪の奇術を演じることができたら、小沼田の演技は引き立ち、観客も大満足するに違いない。

案の定、小沼田は観客席を見渡してはいるが、足は舞台の階段を降り、特定の席に向かっている。そのあたりに、清勢夫妻が舞台を見ているようだった。

六月の北海道、函館《はこだて》の啄木蟹祭《たくぼくかにまつり》。

広大な敷地と数多くのスポーツ施設を売物にするリゾートホテル、函館プリマホテルのオープンが祭の日に合せたので、これまでにない賑わいになった。

室内の競技場《アリーナ》やプールやアスレティッククラブには世界の名だたるスポーツ選手が招かれて模範演技を見せている。コートにはテントが張られてサーカス団が公演中だ。イベント広場は市場となり、蟹をはじめさまざまな海産物や野菜、名産品が積み上げられ、植木屋や古物商などども店を開いてごった返している。

広場の一部、港が見渡せる野外ステージでのマジックコンベンションもその行事の一つで、各国から有名、名人の奇術師が参加しての三日間。この日がその第一日目だった。

「これは——最高のお客様がお見えになっています」

ジャグ小沼田は観客席の中央、前から二、三列目のあたりで足を止めていた。それが、目指す人物だった。小沼田はその人物に頭を下げ、そして観客席の隅隅を見渡した。

「どなたもご存知の、ヴィーナスの真珠夫人……」

そこまで言って、小沼田は口を丸く開けたままになった。後の言葉が続けられないのだ。どうやら、清勢芙冴という本名の方を度忘れしたようだ。

その小沼田に向けて、京子の隣座席にいる社家《しゃけ》がカメラのレンズを向けてシャッターを押した。真珠夫人と聞いて観客席はざわめき立っている。

「奇術をご覧になっていただけて光栄です。恐れ入ります。皆さんにお顔を見せてくださいませんか」

小沼田の横に、すらりとした中年の女性が席から立ち上がった。スポットライトが当たる。直線的な鼻筋が顔立ちをいかつい感じに見せている。白に近いほど薄い空色のブラウス、赤い縞のスカートと芙冴の姿を見るよりも、矢張り京子はライトを受けて光り輝く指輪に気を取られてしまう。

観客の拍手が静まる間、小沼田は芙冴の名を思い出したらしい。

「改めて皆さんにご紹介する必要もないと思います。女流詩人の清勢芙冴さん。ちょっと、舞台の上で私の奇術の手伝いをしていただけませんか」

芙冴は少し困ったようだったが、観客の拍手を聞いて、笑顔でうなずいた。

「お隣にいらっしゃるのはご主人ですね」

「はい」

小沼田は清勢に言う。

「少しの間、奥様を拝借します。借用書は——書かなくてもいいですね」

「だが、利息だけは忘れないように」

清勢の言葉の方によけい観客が笑った。

「利息とは……予測しませんでした」

小沼田は負けずに駄洒落《だじゃれ》を言ったが、観客はその気負いを感じてあまり笑わなかった。

「ご主人、しっかりした方ですね」

芙冴は首を振った。

「いいえ。皆さんはわたしの方がしっかりしているとおっしゃいます」

「それでは……お手柔らかに」

小沼田はあいまいな笑い方をして、芙冴の手を取り舞台の上に案内した。

野外劇場の舞台は半円形のアーチでおおわれている。かなり舞台の間口が広く、背景は臙脂《えんじ》色《いろ》の幕だった。港からの海風が爽やかだが、シルクのような繊細なものを扱う奇術は邪魔になるかもしれない。二、三羽のカモメが上空で遊んでいる。

小沼田と芙冴は舞台の中央まで来た。小沼田はマイクをスタンドに戻し、それに口を寄せる。

「遠いところからはるばるご苦労さまです」

「でも、函館はずいぶん近くなりましたね」

「えっ……その……」

京子の隣で社家がくすりと笑うのが判った。小沼田は観客席から舞台までの道程を冗句のつもりで言ったのだ。だが、芙冴は東京からの意味で答えてしまった。これでは、ギャグにはならない。小沼田は急には考えがまとまらないようで、ごく平凡な質問をした。

「昔は東京から北海道までの旅は大変だったようですね」

「ええ。わたしが若いころ、石川《いしかわ》啄木の研究のために来ましたときは、新幹線もまだなかったでしょう」

「……清勢さん、いや、先生は啄木の研究を？」

「ええ。それがデビュー作でした。一応、その評論で新人賞もいただいておりますのよ。そのご縁でこのお祭に招待されたのです」

「……そう、そう。啄木といえば〈蟹の玩具《がんぐ》〉いや〈悲しき蟹〉でしたか」

「あなたが言いたいのは〈悲しき玩具〉のことでしょう」

「はあ……どうもここへ来ると蟹しか頭になくなります」

小沼田は本音を洩らした。芙冴は小沼田を横目で見て、

「かにかくに渋民《しぶたみ》村は恋しかり——これは四角な蟹の歌だと思いますか」

「はあ、四角いのは沢蟹でしょう。すると、われ泣きぬれて蟹とたわむるの蟹はどんな種類でしょう」

「親蟹ね。親蟹の上に子蟹乗せて——」

「……情感豊かな詩ですね。まず、蟹のお話は後でお聞きするとして、これは奇術のショウです」

「はい」

やっと話を本題に戻して小沼田はほっとしたようだった。

「最初に、私はお客さんから指輪をお借りしたい、と言いました」

「覚えています」

「先生の指にあるのは、有名なヴィーナスの真珠ですね」

「はい」

「先生はよくテレビに出演なさるので、指輪の形はよく知っていますが、こうして目の前で実物を拝見するのははじめてです」

そう言われても、芙冴はことさら手を見せるわけでもなかった。自然な形で両手を前で組んでいる。それだけでも宝石の光は強い。芙冴はその指輪を見られることに馴れている態度だった。

「私はこれから、ヴィーナスの真珠を使って奇術を演じてみようという、大それたことを考えているのです」

観客席から拍手が起こった。誰もその宝石は知っていても、実物を見たことはないのだ。

「皆さんも賛成していらっしゃいます」

小沼田はこれでこの奇術が成功した、というような笑顔で芙冴に言った。

「ただし、私はまだ駈け出しなので利息は払えませんけれど」

「いいわ」

芙冴は気さくに言って左の薬指から指輪を外して小沼田に手渡した。

「これが、正真正銘のヴィーナスの真珠なんですね」

「はい」

「持っている指が震えてきます」

「落とさないで。利息はないけどリスクはあるのね」

「大丈夫。指を落としても指輪は落としません」

小沼田は指輪を高く差し上げて観客に見せた。観客席から溜め息に似た声がざわざわと起こる。

「前からふしぎに思っていることがあるんですが」

「なんでしょう」

「この宝石にはヴィーナスの真珠という名が付けられていますけど、本当は本物のダイヤモンドだ、と聞きました」

「ええ。この石はダイヤです」

「なぜ、ダイヤが真珠なんでしょう」

「変ですね」

「……変だから質問しているんです」

「さあ……」

答を渋っているのを見て、芙冴があまり機嫌がよくないのかな、と京子は思った。前に芙冴がテレビで同じ質問を受けて素直に説明していたことがある。それによると、昔エリオット王朝でヴィーナスにたとえられたほど美しいマオリッツ女王の指にあったときには確かに真珠だった、というのだ。その真珠は女王の美しさに感化されて、いつの間にかダイヤモンドに変化していた。これは女王の美しさと神秘を強調する意味の伝説らしいが、ヴィーナスの真珠は確かに真珠に似た形をしていた。

質問をはぐらかされて、小沼田が困ったような顔をしていると、芙冴が助けるように言った。

「真珠がダイヤになってもいいでしょう。あなたはそのダイヤをまたなにかに変えるんですね」

「そ、そうです」

小沼田は左手で指輪を持ち、右手を内ポケットに入れて小ぶりの封筒を取り出した。型通りに封筒を改めてから、

「この指輪は大切ですから、一時、この封筒に入れておきます」

と、説明して封筒をふくらませ、中に指輪を入れてから蓋《ふた》を唇でしめしてきちんと封をした。

「怪しいところはどこにもありません。ただ、封の糊《のり》がまだしめっています。そう、このままでは口が開き易いですから、早く乾かしましょう」

小沼田は空《から》の右手をポケットに入れ、ライターを取り出して火をつけ、その上に封筒をかざした。

「さあ、だんだんと乾いてきます。もう、いいでしょう」

最後、ライターの火が封筒に触れたか触れないかぐらいだった。その瞬間、封筒は大きな火の塊《かたまり》になり、あっという間に煙も出さずに小沼田の指先から消えてしまった。

「ご覧になりましたか」

と、小沼田は芙冴に言い、

「封筒は燃えてしまいました。指輪もろともに」

空になった左手を改めた。指輪は手の裏に隠されているわけでもなかった。

「ヴィーナスの真珠は燃えてなくなるものだとは思いませんでした」

芙冴は目の前で起こった出来事をびっくりしたような顔で見ていた。小沼田は続けて喋《しゃべ》った。

「昔、ダイヤモンドは炭素だと学校で習いました。炭素は燃える物質なので、ダイヤは燃えてなくなってしまったのでしょう」

「………」

「あまり、驚きませんね」

「いえ……とてもびっくりしているわ」

「あのダイヤはかなり大きかったですね」

「ええ。一〇・八カラットあります」

小沼田はぎゃっというような声をして、大袈裟《おおげさ》によろめいて見せた。

「一〇・八カラットのダイヤが消えてしまったんですから、このくらい驚かないといけません。因《ちな》みに、一カラットでは、わっ……とこのくらい。一〇・八カラットではぎゃっ……」

あまり上品とはいえないくすぐりだった。観客も大して反応しない。小沼田の師匠に当たる艮《うしとら》三郎《さぶろう》は品のいい舞台だったから、小沼田は他の芸人に悪影響されたのだろう。

「さて、あまりばかなことばかりしてはいられません。さて、次の奇術に移りたいと思います」

小沼田が舞台の上手《かみて》に合図すると、若い女性の助手が小ぶりのワゴンを押して舞台に現れた。ワゴンの上には一斤の食パンが載っている。

「あら〈パン時計〉ね」

と、京子が社家に言った。

京子は奇術マニアではないのだが、社家が経営している奇術材料店「機巧堂《きこうどう》」で働いているので、いつの間にか奇術に精《くわ》しくなっていた。

パン時計というのは古くからある有名な奇術の一つである。奇術師はいつもの通り、観客から時計を借り受ける。明治大正時代は、時計といえば懐中時計、大きくて舞台でも見栄えがするし、普通の人は持ち歩くことができないほど高価だった。奇術師は借りた時計を舞台の上で消してしまう。

消し方にもいろいろな工夫がある。特製の箱に収め、観客にしっかりと持たせたまま消してしまうのが一般的だが、ハンカチーフにくるんで、呪文を掛けて消失させる方法もある。ジャグ小沼田が使った封筒は、勿論《もちろん》、特殊な薬品で処理された紙で作られていて、この紙をフラッシュペーパーといい、機巧堂でも売っている奇術材料の一つだ。

フラッシュペーパーに火を付けると、一瞬にして燃え尽きてしまう。火は輝く赤色で煙を出さない。その派手な現象と煙をださないという利点が珍重されて、多くの奇術師が愛用している。

ところで、消えてしまった観客の時計はどうなったか。これが、奇術の後半で、意外にも食パンの中から出現するのである。

パン時計が古典とされているのは、パンの中から時計を取り出すという奇抜な発想、この一点に尽きる。

パンはよく改められて、懐中時計が入るような穴など開いていないことが確められていて、奇術師がパンをほじっていくと、その中から時計が現れるのだ。

パンの製造工程を正確に言えなくても、パンの生地を作って焼くぐらいなことは誰でも知っている。その途中で時計を押し込むことは絶対に不可能だと思う。まして火を使う。火に遇った時計は使い物にならなくなってしまうだろう。

パンのように毎日見ている物、あるいは日常使い馴れてその特徴をよく知っている品物を使うと、奇術はより不思議に感じられるものだ。日常生活にない特殊な品物を奇術師が持ち出すと、観客は最初からその物に仕掛けがあるのではないかと疑念を持ってしまう。

アメリカの超能力者ユリ・ゲラーはこの道理をよく知っていて、どの家庭にもあるスプーンを念力で曲げはじめて一躍有名になった。ゲラーが五寸釘などを持ち出したとしたら、たとえ釘がスプーンより太くとも、そう世間には認められなかったはずだ。

それほど優れたパン時計が、矢張り時代の流れで現在舞台に掛ける奇術師があまりいなくなった。という理由は、懐中時計がすたってしまい、ほとんどの人が腕時計を持ち歩くようになったこと。その腕時計も使い捨ての時代、時計に対して高価だという印象が薄くなってしまったからだ。

観客から借りるのが立派な懐中時計だから舞台も引き立つ。値打ちのある品だからその扱いにスリルが生じる。この二つを失ったのは痛手で、勿論、パンの中から取り出して見せる物は懐中時計ほどの大きさなら、コインでも指輪でもいいはずだが、昔のように壊れ易く動いている懐中時計に較《くら》べると、かなり魅力に欠けるはずだ。

そのパン時計を小沼田は思い出したらしい。

パンの中から取り出す品が、誰でもが知っているヴィーナスの真珠となれば話は別だ。現に小沼田がフラッシュペーパーを使って指輪を消してしまうと、観客席は呆《あ》っ気《け》に取られたように静まり返った。それからは舞台から目が離せなくなったのだ。指輪を消した奇術師がこの始末をどうつけるか、小沼田をじっと見守っている。

小沼田は指輪の奇術は一段落、次の演技に移るという態度で、助手が舞台に運んで来たワゴンの上から食パンを取り上げた。

「おいしそうなパンでしょう。これはここのプロムナードに開店しているフードショップから買って来た出来たてでまだ温い。ご覧の通り包装もきちんとしています。怪しい切れ目などないか、手に取って改めてください」

芙冴はあまり乗り気でなさそうに、お座なりにパンを持って包装を見廻した。消えた指輪にまだ気が残っているのだ。この中から指輪が現れるとは夢にも思っていない。

「包装にも異状はありませんね」

小沼田はパンを受け取った。ワゴンの上には銀の盆が載っている。小沼田はその銀盆も改めてワゴンに戻し、その上に紙ナプキンを敷き包装を取り去ってからパンを載せた。そして、ワゴンの上から銀のナイフを取り上げる。

「このパンを二つに切ります。一つは先生の分、もう一つは私の分です」

小沼田はナイフで銀盆の上のパンを切り分けて両手に持った。

「どちらのパンがお好きでしょうか。右側か左側か、好きな方をおっしゃってください」

芙冴は左側がいいと言った。小沼田は指定されたパンを銀盆の上に立てて置き、その中央にナイフを刺し通す。残ったパンは手に持ったままで、

「これは私に残されたパンですね。実はこのパンは奇妙なことに音を出すんです。ポルターガイストの一種で、パンの中の霊が騒ぐのです。いいですか、幽霊の音をお聞きになってくださ い」

小沼田は芙冴の耳にパンを近付けた。芙冴は気味悪そうに首を傾げる。

「どうですか、聞えましたか」

「……いいえ」

「じゃ、これでは？」

小沼田はパンを裏返して別の面を芙冴に近付ける。

「聞えません」

「……なにか、神経が集中できないみたいですね。ポルターガイストには興味はございませんか」

「……ちょっと」

「判りました。きっと先生は消えた指輪のことを心配していらっしゃる」

「はい」

「判りました。では、予定を変更しましょう。パンの中から音が聞えるといっても、別に変な仕掛けがあるわけではないのです」

小沼田は持っていたパンを手で千切り、中に何もないことを示してワゴンの下段に入れ、改めてナイフの刺さったパンを指差した。

「では、先生が指定されたパンの中から、さっき消えてしまったヴィーナスの真珠を現します。こんなこと、信じられますか」

「……だって、パンは買って来たばかり」

「そうです。包装も調べてもらいました」

「その中に指輪があるなんて――」

「そうでしょう。不可能を可能にするのが私の奇術なのです。いいですか、よくご覧なさい」

小沼田は内ポケットからピストルを取り出すや、パンに向かって引金を引いた。鋭い音とともにピストルから火薬の煙が吹き出した。

小沼田はピストルを内ポケットに戻し、ワゴンの上のパンを手に取り、ナイフを引き抜いて盆に置いた。

「パンには指輪が入るような穴などは開いていませんね」

小沼田は芙蓉の目の前でパンを回転させ、あちこちの面を見せた。

「穴なんかないわ」

「では、取り出します」

小沼田はパンの両耳の部分を持ち、右手に何も持っていないことを見せてから、指先でパンの中央をむしりはじめた。最初は消しゴム大ほどのパンで、次にもう少し大き目にむしりかけて、小沼田はパンから手を放した。

むしりかけたパンの奥に、きらりと光る物が埋まっていた。

「いかがです？」

「……わたしの、指輪だわ」

小沼田は再びパンに指を当て、半分ほど見えている指輪ごとパンをむしり取った。指輪はパンの中央に埋められていたとしか見えなかった。

小沼田はパンの付いたままの指輪を頭の上に挙げて観客に示す。笑いだす観客がいる。意外なことに出遭うと人は反射的に笑いだすことがあるのだ。会場には拍手が大きくなっていく。

奇術が成功したので、拍手を待ちすぎた、と後になって小沼田は後悔したのである。

観客席の拍手が収まろうとしたとき、その事件が持ち上がった。小沼田と芙冴には事故である。二千人が集まった会場で、この二人だけが被害者だった。

上空から紙玉のような白い物が舞い降りてきたかと思うと、それは指輪を持っている小沼田の指先をかすめ、上空に飛び去って行った。

あっという間の出来事だった。

一秒後、京子は海の方向に飛び去って行くものの後ろ姿をはっきりと認めた。

「カモメだわ」

社家もほとんど同時に言った。

「カモメがパンをさらって行ったんだ」

そのパンの断片には指輪がくるまれているのだ。

京子が小沼田の指先に目を戻すと、そこには何もなかった。小沼田にはまだ今の出来事が理解できないようで、そのまま、トンビに油揚げをさらわれた姿になっている。

社家がつぶやいた。

「これも、演出？」

「……だとしたら、凄い」

「まてよ……ジャグはそんな凄い男じゃない」

「突発事故だったら？」

「ジャグは取返しのつかない奇術をしてしまったんだ」

社家は改めて舞台にカメラを向けた。

「ジャグはベッドの中で毛布をすっぽり被ったきり。話し掛けても返事もしないよ」

と、艮三郎が言った。小沼田は艮の付人から助手になり、何年かして一人立ちになった奇術師だった。

「可哀相に。ジャグさんの落度じゃなかったのに」

と、京子が言った。

「まあ、そうだが、舞台の上では信じられないような事故が起きる。充分に気を付けているつもりでもね」

「でも、こんなのってないでしょう」

「まず、聞いたこともないね。天魔に魅入られたとしか言い様がないね」

「ジャグさんがヴィーナスの真珠に目を付けたことが?」

「そう。悪いときにはいろいろな因果が重なって、災難になだれ込むんだ」

「指輪をさらったカモメは、パンが欲しかったわけでしょう」

「うん。ダイヤを欲しがるカモメがいるとは思えないよね。パンを食べれば指輪なんか捨ててしまう。海の中にね」

「……ヴィーナスの指輪はどのくらいの値段が付けられるのかしら」

「まあ、我我の想像を絶するだろうね」

「宝石には保険がかけられているのかしら」

「さあ……」

艮は唸《うな》った。

イベント広場に近いレストラン。

野外ステージでの奇術ショウが終り、夜の大劇場でのガラショウの間まで時間があった。機巧堂の社家と京子がレストランにいると、艮三郎と猿江《さるえ》永代《ながよ》が連れ立って入って来て、同じ席に着いたのだ。

永代は舞台で艮の助手をしている。囲碁では有段者という永代が艮に碁を教え、艮が永代に奇術を教えているうち、それまで艮の助手だった小沼田が独立した。その当座永代が小沼田の代わりに艮の助手として仕事を手伝っているうち、気が合ったらしくそのまま続けている。そのうち二人は結婚するという噂である。

「指輪を返してもらえなくなった真珠夫人は何と言っているのかね」

と、社家が艮に訊いた。

「まあ、仕方がない、災難だった、と」

「そりゃまたおおらかすぎる」

「勿論、そう言われてジャグは仕方がない、そうですかじゃ済まないがね」

「物が物だ」

「いずれ、僕も中に入って話し合おうと思う。今、ジャグはショックでだめなんだが、幸い、永代さんが囲碁の関係で清勢さんと顔見識《かおみし》りでいつでも連絡をとってくれる」

永代がそれに補足した。

「わたしというより、父なんです。父が清勢さんと碁を打った時代があって、あるところでわたしの猿江という名を聞くと、清勢さんは父のことを思い出してくれたんです」

形のいい面輪《おもわ》で得をしている顔だと京子は思う。永代は目に馴れるとどこにでもいそうな女性で、説明されなければ碁の才能を持っているようには見えない。

「宝石の価格はおくとして、あの指輪は有名になりすぎていたね」

と、社家が言った。艮もうなずいて、

「そう。誰でもその形まで知っている、というような指輪はざらにはない」

とにかく数多くのエピソードに囲まれている宝石である。

最初この石は真珠だったが持主の美しさに感化されていつの間にかダイヤモンドに変化したという。そのエリオット王朝のマオリッツ女王についてはよく判らないが、その後さまざまな女王や貴族の手を渡り歩き、この宝石のために生じた刃傷沙汰、争奪、詐欺などを算《かぞ》えればきりがないと言う人がいる。

一九三〇年代の一時期、ヴィーナスの真珠はハリウッドの大女優、バベット　マラートのしなやかな指に輝いていたが、それ以来の話題はなかった。宝石が再び世の中に現れたのはマラートの死後で、遺言によってヴィーナスの真珠の相続者が清勢芙冴と公表されてからである。

同時にマラートの若かったころ、極秘の恋人がいて、その日本人の子供を産んでいたことも明らかになった。その女の子が芙冴だったという。遺産相続が発表されると、たちまちマスコミは芙冴に飛び付いていった。それが二年ほど前のことで、今でも折に触れて芙冴はヴィーナスの真珠と一緒にテレビの画面に映し出されることが多い。

つまり、他の宝石を失くしたのなら代償はできるが、ヴィーナスの真珠だけはそれは不可能なのである。

「うまく解決ができるといいわね」

と、京子が言うと艮は割に気楽な顔で答えた。

「まあ、被害者の清勢さんも激怒したわけじゃない。ジャグもひどい縮尻《しくじり》で命を縮めたろうが命まで落としたわけでもない」

「そうね。弾丸受止めの術に失敗して大変なことになった奇術師が何人もいたわね」

そのとき、社家がレストランの入口に向けて手を振った。識り合いの顔を見付けたらしい。

レストランは満席の状態だった。奇術ショウを見終った観客が一度に詰め掛けたのと、開店初日のことで従業員たちも不馴れに違いなく、京子たちも席には着いたものの、まだ料理の注文を取りに来る者がいない。

京子たちのテーブルに近付いて来たのは串目匡一《くしめきょういち》だった。若い奇術研究家で、東京から来た一人だ。京子は不思議な暗合だと思った。弾丸受止めに失敗した奇術師のことを話していたときで、昔、匡一は実際にそうした奇術師の舞台に立ち合い、事件の参考人になったことがあった。

「よかったら一緒にどうかね。少し窮屈だけど」

と、社家が言った。

匡一は会う度に逞《たくま》しさが身に着いている。見る見る成長していく線香花火の火玉のようで、確実な期待感はある不安を抱かされるほどだった。

匡一は礼を言って社家の隣の椅子に腰を下ろした。

「ジャグ小沼田の、観ていたかい」

と、社家が訊いた。

「ええ。佳城《かじよう》先生と」

「そう言えば——佳城さんの姿が見えないな」

「串目君、いいんですか。先生と一緒じゃなくて淋しくないいんですか」

京子は皮肉を言ってやった。匡一の頰に赤味の差すのが判った。京子が追い討ちをかける前に社家が言った。

「柿本《かきもと》君も一人前の口を利くようになったね」

それじゃ、京子も匡一と同じぐらいに見られているわけだ。京子はそれ以上匡一を苛《いじ》めることができなくなって口を尖《とが》らせた。匡一は、師の佳城だけを崇拝している。それが少し不満なのだ。

「先生はサーカスに行きました」

と、匡一は真面目《まじめ》な顔で言った。

「ここのコートにテントを張っているサーカスかね」

と、社家が訊く。

「ええ、大園《おおぞの》イリュージョンです」

「……サーカスに奇術師も出演しているのかな」

「いいえ。なんでも、その団長さんを識っているので、調教について教えてもらいたいことがあるのだと言っていました」

「……調教？」

「ええ。動物の調教です」

「すると……佳城さんは、ジャグさんの手から指輪を盗《と》って行ったカモメは調教されていた、と思っているんだ」

京子はそれを聞いてあっと言った。

「じゃ、これは事故じゃなくて、計画的な盗みじゃありませんか」

社家が変な顔をして艮の顔を見た。

「それならサーカスでなくとも、いつも鳥を扱っている人がここにもいる」

艮は迷惑そうに言った。

「僕は違いますよ。僕が仕事で持ち歩いているのは銀鳩ですよ。銀鳩はカモメみたいに上手《じょうず》な飛び方はできませんよ」


祭の二日目。

この日の第一の話題はシンクロナイズド　スイミングの女王、黒壁鳳子《くろかべほうこ》とそのチーム一行が来て、室内プールで模範演技を見せる、という。

京子は永代と相談して、早目に起きて室内プールに行き、一番前の席に陣取ったのだが予定の時刻になっても黒壁鳳子が現れない。場内の役員や係が右往左往している様子がよく判る。昨日のレストランと同じようにここでも不手際が目立つ。

開演の十時を大分過ぎてからマイクでアナウンサーが事情を説明した。鳳子の一行は空港で手違いがあり、開演を午後三時に変更することになったという。鳳子たちはストックホルムから帰国しているのだが、成田《なりた》空港でパスポートの一部に不備が見付かり、税関で足止めされているらしい。

「世界の黒壁鳳子じゃないの。誰でも顔を知っているわ。身元は確かでしょう」

京子は通り掛かった役員らしい男に食って掛かった。三十前後のダークスーツを着た男で、顔は真赤にのぼせ、目は半分空《うつ》ろだった。

「お役所の仕事というのは、とかく書類がものを言います」

「でも、鳳子は誰が見ても鳳子よ」

「……精しいことは私にはどうも……」

「この席はどうなるの」

「一応は外へ出ていただきませんと」

「この席を取るのに何時間も前から並んでいたのよ。開演を変更するなら、この席の指定券を発行してください」

「……指定券というのはここのプールにはございません」

「なければ作るべきだわ」

誰かが赤い顔の男を呼んだようで、男は京子の傍を離れて駈け去って行った。

他の係に当たっても一向に埒《らち》が明かない。室内プールは広く水は青青としてどこも清潔で、それが逆に白白しい。

京子と永代は仕方なく席を立ったが、プールの出入口でも係員と揉めている二人連れがいた。

「俺を誰だと思う。ハワイのスキパビーチでワールドカップに出てサーフィンのグランドチャンピオンになった宍戸《ししど》という者だ。黒壁さんの兄さんも識っている」

サーフィンのチャンピオンだという言葉が耳に入ったので、京子はふとその二人連れに興味を持った。言葉にたがわず、二十代後半らしいその二人は見事に陽焼けして筋肉質の腕を半袖のジーンズから出していた。

「いくら黒壁様とお識り合いでも、入場券がなければ入場できません」

と、係員が繰り返す。

「じゃ、その入場券はどこで売っているんだ」

「……ええと。少少お待ちください。問い合せて来ます」

多分、宍戸という男はそのまま待ち呆《まぼう》けを食わされることになるだろう。入場券の売場を知らなければ、その券の使い方も判らないはずだ。

「ホテルのフロントで訊いた方が早いですよ」

と、京子が宍戸に言った。宍戸は真っ白な歯を見せてにっこりした。

「プールでは売っていないんですか」

「ええ。券は全館共通なんです。一枚あれば三日間の祭にどの会場へでも入場できるんですよ」

「……じゃ、高そうだな」

「ええ。ちょっと映画でも見るというわけにはいかないわね」

「僕は黒壁鳳子だけが見たいんだがな。明日は用事があるし」

「だったら、それもフロントで訊いた方がいい。もしかして単独の券が出ているかもしれない」

宍戸は連れに言った。

「宮下《みやした》、どうする」

「俺は高いのはごめんだね。仕事がうまくいけば別だが」

「そりゃそうだな。うまくいってもすぐ金にゃなるまい」

「ここに来ていないとすると、どこにいるのかな」

宍戸は京子に訊いた。

「この時間、スイミングの他に催し物がありますか」

京子はプログラムを見て答えた。

「コートでサーカスの昼の部が見られます。あと、午前中だとイベント広場で大道芸人のパフォーマンスがあるくらいね。広場の催しは只《ただ》ですよ」

「ありがとう。またどこかでお目に掛かりましょう」

二人は連れ立って京子の傍を離れた。

「しかし、目立つ場所には出たがらないと思うんだ」

宮下は後ろ向きだったが、その言葉が耳に入って来た。

「今の、聞いた？」

と、永代が京子にそっと言った。

「目立つ場所、と聞えたわ」

「でしょう。それ、昨日、指輪を失くしてしまった清勢芙冴さんの心境だとは思わない？」

「とすると……あの二人は芙冴さんを訪ねてホテルへやって来たんだ」

「そう。盗んだ指輪を持って。いや、指輪はどこかへ隠しておいて、身代金を取ろうとしているのよ」

京子は永代ほど頭脳を飛躍することができなかったが、言われてみると二人の会話と昨日の事件はプラグとコンセントみたいにぴったりと合致する。

「まだ二人は芙冴さんに会っていない。宍戸と宮下という男に注意するよう知らせた方がいいわね。陽焼けした二人組と言えばすぐに判る」

永代はそう言って、プールの出入口の傍にある公衆電話に駈け寄った。だが、芙冴の部屋の電話に出る者は誰もいないと言う。

「あの二人も部屋では連絡が付かず、人の集まるところに来てみたんだわ」

「そして、宮下が気付く。昨日の今日で、芙冴さんはあまり人に目立ちたくない気持なのだろう、って」

「そうね。ここの局はニュースでジャグさんの舞台のビデオを映していたものね。ホテルにいる人は芙冴さんが今日どんな顔をしているか、誰でも気にしているもの」

「……部屋でもなく、集会場でもないとすると？」

永代はプログラムを拡げ、ホテルの見取図を見た。

「わたしの勘だけれど、植物園のパビリオンの中で、花など見ている、というのはどう?」

「うん、賛成。芙冴さんもきっとそんな気持だと思う」

温室はプールを出て、広場を横切った向こう側だった。広場では顔を白く塗った道化師《クラウン》たちが、一輪車に乗って、追っ掛けごっこをしていた。

ガラス張りの温室は外とは湿度が違い、植物と土の匂いで、いきなり南国へ来てしまった感じだった。永代が予想した通り、建物の中はあまり人が多くない。歩道を歩いていると、色とりどりの照明に包まれている一角がある。よく見るとその光は電気の光ではなく、花の反照で、自然と足がその方向に向かう。

大輪の洋蘭に埋まっているような印象で、中年の女性が花を見ていた。

曾我《そが》佳城は二人に気付くと、花の色を受けた顔を上げて、にこっと笑った。

「芙冴さんなら、少し前までこの温室の中にいましたよ」

と、佳城が言った。

栗色一色、何の飾りもないシルクウールのセーターで、焦げ茶のゆったりとしたハイウエストのパンツ。裾《すそ》から覗いている黒のパンプスの細さに気付いたとき、その艶《なま》めかしさにどきりとしたほどだった。

永代は好奇心の方に囚《とら》われている。芙冴が温室にいたと聞くと、すぐにでも駈け出せそうな

姿勢になって、

「芙蓉さんはここで何をしていたんですか」

と、佳城に訊いた。

「胡蝶蘭の変種を観賞していました。ほら、ここにあるバンダとかパフィオペディラムとか――」

佳城の答は太平そのものだ。

「佳城さんは芙蓉さんとお識り合いですか」

「いいえ、お顔だけ。でも、昨日のことがあったでしょう。わたし見て見ない振りをしていました」

「……それで？」

「少し前に温室に入って来て、芙蓉さんの姿を見て話し掛けて来た人がいました。誘われたんでしょう。芙蓉さんはその人と一緒に温室を出て行きましたよ」

「それは……二人連れの陽焼けした若い男だったんじゃないですか」

「ええ。よく判りましたね」

「柿本さん、佳城さんにわけを話していて。わたし、三人を見付けに行く」

永代はそう言い残すと、温室の出入口の方へ駈け出して行ってしまった。

佳城は呆っ気に取られたように永代の後ろ姿を見送った。

「昨日、ショウで起きた指輪事件。猿江さんはあれを計画的な盗難事件だと考えているんです」

京子はプールで耳にした宍戸と宮下の話を佳城に伝えた。

「佳城さんも昨日、事件のあった後でサーカス団を訪ねたそうですね」

「……あなたたち、本当に耳が早いわね。ええ、サーカスの団長さんとは前から識り合いで、そこで働いている調教師さんのところへ行って話を聞いて来ました」

「じゃ、佳城さんも誰かが調教したカモメを使って指輪を盗ませたと考えたんですね」

「いえ、少し違うの。一度小さな物を咥《くわ》えて飛んで行ったカモメが、空を一廻《ひとまわ》りして帰って来て、元の場所に咥えている物を返すことができないだろうか、と」

「……カモメが返しに戻って来る？」

「ええ。実際に起こった事件が、創作のヒントに連なる場合がちょいちょいあるでしょう。それね。昨日、ジャグさんの舞台で起こった事があまり珍しかったので、もし、あのカモメが戻って来たら、楽しいショウになるに違いない、と思ったわけ」

「本当……それは面白いわ」

「それで、調教師の人にその話をしたのよ。そうしたら、調教師さんが言うには、それはできないことはないが、大変な労力と時間が必要だ。もし、佳城さんがその芸を完成させたら、いつでも内のサーカス団で使います、と」

「……その手で盗みを考えた人がいても、あの野外ステージで何度も練習しなきゃならないわけね。そうすればきっと誰かの目に留まって疑われてしまう」

「そう。でも、同じ舞台を別の場所でセットして、そこで練習を繰り返せば、できないことはないかも」

京子は芙牙たちを追って行った永代が気になりはじめた。もし、犯行がそこまで計画的だとすると、永代が迂闊《うかつ》なことを言えばどうなるか判らない。

「あの人たち、きっと人気《ひとけ》のないところに芙牙さんを連れて行ったんだわ」

佳城はわずかに首を横に振った。

「わたし、今、反対のことを考えています。あの二人、一番人が集まるところにいるはずだ、と。今日、人気のある催しは何でしょう」

「矢張りプールのスイミングショウですね。黒壁鳳子が三時に出演することになっています」

佳城はあたりを見廻し、茂みの向こうに声を掛けた。

「串目君、行きますよ」

串目が果樹の向こうから姿を現した。矢張り一緒だったのだ。京子の姿を見て、またからかわれるのではないかと思って佳城の傍を離れたに違いない。

しかし、佳城は花を背景にして立たせてもよく似合うし、若い男が傍にいても実に映りがいい。

温室を出てイベント広場を横切っていると、駈けて来る永代に出会った。永代は後ろから一輪車に乗った道化師に追い掛けられていた。

「三人はどこにも見えないわ」

永代は盛大に息を弾ませながら京子に言った。

「温室を出たばかりだというから、そう遠くへは行っていないと思うのに」

「真珠夫人がいるか遊歩道を一廻りして来ましょうか。仕事の範囲外ですが」

と、道化師が言った。とすると、永代は追っ掛けられていたわけではなく、道化師にも人捜しを頼んだのだ。

京子はこれからプールへ行くのだと永代に話した。

「場違いじゃないの。あすこは今にわんさと人が押し掛けるわ」

「わたしにもよく判らないんだけど、一応、佳城さんと一緒に行ってみる」

「じゃ、わたしも」

永代が有難うと言うと、道化師は、

「バクジャラジー」

と言って一輪車を飛ばして去って行く。

四人が室内プールに着くと、出入口にはロープが渡されていて「スイミングショウは三時開演となりました」と書かれた貼紙が出ている。

佳城は心得ているように、プールを廻り裏手の通用口から中に入った。

廊下の両側には更衣室、シャワー室、控室などが並んでいる。どこからか電話が鳴り続け、係員が飛び歩いているが佳城たちを咎《とが》める者はいない。

ガラス戸の向こうがプールだった。

佳城は中に入るとドアの傍で立ち止まり、そっと様子を窺《うかが》った。

二階席にだけ人の姿が見えた。その人は長い竿のようなものを天井に伸ばして照明器具のあたりを突いていた。もう一人が少し離れたところで細かい仕事の最中だ。

「なるほどね。照明係になりすましているのね」

と、佳城がつぶやいた。

「じゃ、あの二人は照明係じゃないんですか」

と、京子がそっと訊く。

「ええ。目の良い人なら、あの竿が器具を動かすためのものじゃなくて、普通の釣竿だと判るでしょう。それから、竿の先に下っているものも」

京子は目を凝らした。竿は確かに釣竿に見えたが、竿の先のものはきらりと光るものとだけしか判らない。

「先生、僕には見えます。あれは指輪の形をしています」

と、匡一が言った。

「えっ……真逆《まさか》あれがヴィーナスの真珠？」

佳城はうなずいた。

「多分、ね」

「そう言えば、あの二人は宍戸に宮下よ」

と、永代が言った。

「あの二人、あんな場所に指輪を隠しておいて、それを取り戻しに来たのね」

「いいえ、取りに来たのじゃないでしょう」

佳城は確信のある調子で言った。

「芙冴さんに、指輪を返しに来ているところなのです」


清勢芙冴はとうにホテルの自分の部屋に帰っていたのである。

永代が仲に入り、改めて芙冴を説得し宍戸と宮下と談合させることに同意させた。

京子がロビーのラウンジで佳城と匡一と一緒に待っていると、話がまとまったようで永代がほっとした顔で芙冴の部屋から帰って来た。

「ほとんど奇跡みたいね。あの指輪が返って来たのは」

と、永代が三人に報告した。

「昨日、宍戸と宮下は大森海岸《おおもりかいがん》の沖合いをヨットでクルージングしていたんですって。宍戸がサーフィンのチャンピオンだったのは本当みたい。宍戸は定職はなくて夏場サーフィンを教えたりして、お金ができると気ままに方方《ほうぼう》の海で遊んでいる。宮下はその友達、実家は漁師だというから、家業を手伝って海に出ればいいのに、家で働くと小遣が少ししかもらえないんですって」

夕方近く、二人がヨットハーバーに帰る支度をしていると、一羽のカモメがふらふらと飛んで来て船の船首《バウ》に降りて来た。見ると、かなり弱っているようで、宍戸が近寄っても逃げる元気もない有様だ。そのはずで、カモメの嘴《くちばし》には一個の指輪がきっちり嵌《は》まり込んでいて、カモメは口を開けることができないでいるのである。

宍戸がカモメを捕えて指輪を取ってやり、餌や水など与えているうち、カモメは元気を取り戻したようでヨットがハーバーに着くころには見えなくなってしまった。

「そのカモメの嘴に嵌まっていたのが、ヴィーナスの真珠だったのね」

と、京子が言った。永代はうなずいて、

「ええ。二人は最初、玩具《おもちゃ》の指輪ぐらいにしか思わなかったんです。悪い遊びをする奴がいるぐらいに考えて。ところが、宿に帰ってテレビの夜のニュースを見ると、奇術ショウの舞台の上で奇術師の手から指輪を盗んで行ったカモメのことで持ち切り。改めてカモメが置いていった指輪の石を調べると形も大きさもヴィーナスの真珠と同じだったから、びっくりしてしまった」

「それを警察へ届ける気はなかったのかしら」

「直接手渡せば、それより多くの礼金を貰《もら》える、と思ったのよ。警察が中に入れば、礼金の額は決められているでしょう。あの二人、いくらでも遊ぶお金が欲しいの。それで、今日になって、二人はこのホテルへやって来たんです」

「ところが、芙冴さんは部屋にいなくて、プールでは有名な黒壁鳳子が来るらしい。二人がプールへ立ち寄ったとき、わたしたちと会ったわけね」

「ええ。その後で、二人は温室の中にいる芙冴さんを見付けたんですけど、芙冴さんは意外な応対をしました」

「高価な宝石が戻って来て、お礼を言わなかったんですか」

最初、芙冴はひどく迷惑そうだった。宍戸が指輪を見せると、似てはいるけどわたしの品ではない。受取るわけにはいかない、と言い張った。じゃ、どうすればいいんですかと宍戸が言うと、あなたが人に遣《や》るなり売るなり勝手にしなさい。あなたたちとはこれ以上話をする必要はない、と突っぱねたのである。

指輪を勝手に処分していいと言われても、宝石商なら誰でも知っている宝石だ。うっかりそんな店に持ち込んだらたちまち疑われてしまう。警察沙汰にでもなったら虎の子を取られかねない。宍戸たちは指輪などどうでもいい。礼金が欲しいのだ。芙冴が本物とは違うと言い張っても、カモメが運んで来た事情を考え合せると、これは間違いなくヴィーナスの真珠だ。その受取りを拒否する芙冴の気持が判らない。

「わたしには判るような気がします」

と、佳城が言った。

「芙冴さんは宝石が自分の持物になってから、ヴィーナスの真珠夫人と呼ばれるようになって、その名が嫌で、どうにも我慢ならなくなっていたのでしょう」

「……芙冴さんは有名になるのが嫌いな人なんですか」

と、京子が訊いた。

「芙冴さんは詩人ですから、その仕事で名が出るのなら嫌がるはずはありません。でも、真珠夫人なんて名誉でもなんでもない。ただ、宝石を持っているだけ。それなのに変に話題になってテレビなどにも引っ張り出される。まるで芙冴さんは宝石のお供ね。指輪を持っているのではなく、指輪に持たれている。そうなると、どんなパーティに行くにもその指輪をしていないと相手の人たちが納得しなくなります」

「それじゃ、パスポートだわ」

と、永代が言った。

「税関の人たちって、その人がどんなに有名でも、パスポートがきちんとしていない限り、その本人と認めるわけにはいかないみたいね」

佳城は淋しそうに笑って、

「そう、宝石の身分証明。極端な場合、芙冴さんがパーティに宝石を持って行かないと、あなたは宝石がないから真珠夫人ではないと受付で追い返されてしまうかもね」

「……そんなの、悲しいわね」

「真珠夫人の名はどんどん大きくなっていくのに、本人の方はさっぱり。昨日も真珠夫人として舞台に上げられたのに、奇術師のジャグさんは芙冴さんの本名をなかなか思い出さなかったし、評論で新人賞を受賞していることも全く知りませんでした」

「それは……ほとんど侮辱《ぶじょく》よ、ね」

京子もだんだんと芙冴の気持が見えはじめてきた。

「多分、昨日みたいなことに何度も合って来て、芙冴さんは内心ではその指輪に激しい厭悪《えんお》感を持っていたんですよ」

「それじゃ、昨日は最高の日だったんですね」

と、永代が言った。

「その指輪を、カモメがさらって行ったんですから。しかも、大勢の人が見ている前で、その瞬間はビデオにまで収められていて。これで、誰も芙冴さんが指輪を持って歩かなくとも文句を言う人はいない。何たる解放感……」

だが、それも一晩だけだった。今日になると、見識らぬ二人連れの若い男が芙冴を探して来て、ヴィーナスの真珠を返しに来たのである。

この、奇跡的な指輪との再会は、しかし芙冴には迷惑この上もなかった。芙冴は咄嗟《とっさ》にこれはわたしのではないと受取りを拒絶したのだが、そう言われた相手の二人はその意味が全く判らなかった。

その理由は何にせよ、宍戸たちが宝石を持っていても全く無意味だ。芙冴が受取らないのなら無理矢理にでも受取らせ、礼金は折を見て請求しようというのが、プールでの企みだった。

宍戸と宮下は釣竿と釣糸の用意をして、プールに入った。仕掛けは簡単だった。指輪を釣糸に結んで天井に吊り、黒壁鳳子のショウが最高潮になったとき、端の糸を緩めて満員の観客の目の前に、指輪を天井からぶら下げようという方法である。

その計画は佳城に見破られ、永代の仲立ちで再び三人は話し合ったのである。

話を聞かされて芙冴は顔色を変えた。

衆人環視の中でカモメにさらわれた指輪が、また衆人環視の前に姿を現すのだ。しかも、今度はシンクロナイズド　スイミングの女王黒壁鳳子の目の前である。真珠夫人は以前よりも有名になってしまうに違いない。

「芙冴さんは取引きに賛成したわ。相当な礼金の代わりに、二人がこのことを絶対秘密の約束で、ね」

と、永代は言った。そして、ちょっといたずらっぽい調子で、

「でも、満員のプールで、鳳子の目の前にヴィーナスの真珠が下がって来るなんて、ちょっと魅力的な光景だと思わない？」

と、匡一に言った。匡一はこういう女性の相手が苦手だというように少し笑っただけだった。

そのとき、ロビーが賑やかになった。京子が見ると、黒壁鳳子たちの一行が、ホテルに到着したところだった。

とらんぷの歌

「六《ろく》さんなら秘密を知っているでしょう」

「……ここのか」

六原《ろくはら》は波妙《はたえ》の腰に手を伸ばした。

「ばかね。違うわ。それでなくとも後悔してるんだから」

「ほう……はじめて聞く。自慢だったんじゃないか」

「昔はね、向こう見ずだったから。だって、ここのプールでも泳げないもの」

「泳ぎゃいいじゃないか。客なんだ」

「本当にいいの？　わたしが会場で六さんと呼ぶのを嫌がっているくせに」

「それはな……ここには昔からの識《し》り合いが多勢いる」

「奥さんのことも識っているんでしょう。口惜しいわ」

今度は波妙が六原の股に手を伸ばした。

「痛《いて》え……そうむきになるなよ」

「だって、六さんが変なことを言うから」

「だから、何の秘密だというんだ」

「さっきの、これよ」

波妙はドレッサーの上に置いてあった黒革のバッグを引き寄せ、中から真新しいトランプの箱を取り出した。ミンク印のカードだった。

「何だ、ハート夢城《むじょう》のカード奇術のことか」

「そう」

「君は奇術があまり好きじゃなかった」

「下手《へた》な人の奇術は、ね」

「それは俺のことか」

「自分でも、そう思っているのね」

「……そりゃ、自分でも腕のほどは弁《わきま》えているがね。これは趣味だからどうでもいいだろう」

「そう。夢城という奇術師は本職だし、はじめて見るけれど、ちょっと渋い二枚目じゃない」

「おい、妙な色目を遣うなよ。夢城にゃ、ちゃんといい人がいる。夏目紅美子《なつめくみこ》という、清純なお嬢様だ」

「ああ、いつも一緒にいる子ね。あの子も奇術をするの?」

「いや、奇術の知識はないそうだ。だから、夢城が神秘的に見えるんだろう。それに、今日のクロースアップマジックの会場で、夢城が出演しているとき、君が呼び出されてカード奇術の手伝いをした。あれは夢城が君のことを気に入ったからじゃない。あの会場で奇術を知らなそうな女というと、君ぐらいしかいなかったからだ」

「……手伝う人が奇術を知っていると、演技がしにくいの？」

「そりゃ、何かと不都合なときがある。第一、大抵のことじゃびっくりしてくれない」

「男でもだめなのね」

「だめってことはないが、まあ、多少薹《とう》は立っているが、君のような女の方が派手やかでいい」

奇術材料店「機巧堂《きこうどう》」が主催する三日間の「箱根《はこね》奇術天国」の二日目。総勢二百人ほどの団体で、奇術大会の規模としては決して大きくはないが、奇術マニアが寄り集まり、ゆっくり温泉に入りながら奇術三昧に耽《ふけ》ろうという、ごく肩の凝らない集会だった。

北海道の釧路《くしろ》でスナックを経営している六原浩介《こうすけ》が空の便でこの会に参加したのは、機巧堂の主人、社家宏《しゃけひろし》をはじめ会員に識り合いがいて、その人達とも会いたかったからだが、それは二の次として、六原の店で働いている須原《すはら》波妙と密《ひそ》かに旅行を楽しみたいというのが大きな理由だった。

六原も奇術が好きで、店に来る客にちょっとした奇術を見せるときがある。いつも、それにはあまり関心を示さない波妙だったが、この日演じたハート夢城の奇術にはひどく興味を持ったようだ。六原は波妙の変化を悪くないと思った。

「六さんだったら、一組の中からお客さんに自由に一枚のカードを選ばせて覚えてもらい、それを一組の中に戻す。六さんがそのカードを当てるのは、そのとき変なことをするからでしょう。お客さんが自分のカードを一組の中に戻す瞬間、砂糖壺のステンレスの蓋《ふた》を鏡代わりにしてお客さんのカードを裏から盗み見したり、そうかと思うと一組を切り混ぜながらお客さんのカードを一番上に移してしまったり――」

「まあ、そういうのが一般的だな」

「でも、夢城さんはわたしに一度もカードを触らせなかったわ。わたしは自由に一枚のカードを心の中で思うだけ。それなのに、夢城さんはそのカードが一組の何枚目にあるか言い当てたでしょう」

「そうだったな」

「わたしが心に決めたのはスペードのジャック」

「皮肉なカードを選んだね。普通のお客なら、ハートのエースとか七なんかを思う」

「夢城さんはそのスペードのジャックを当てたばかりじゃない。あとのハート、クラブ、ダイヤ、四枚のジャックをたちどころに一組の中から抜き出して見せた」

「……そういう早業ができるのは、矢張りプロだ」

「でも、どうしてなの。仕掛けのカードを使ったわけじゃないわ」

ハート夢城はカード奇術が終ると、今使ったカードをケースへ戻し、傍で相手になっていた波妙に礼を言って、そのカードを進呈したのである。もし、夢城がトリックカードを使っていたら、客に渡せば秘密が判ってしまう。夢城がそうしたカードを使っていない証拠だ。演技を終えた後ではカードの順序が乱れてしまっているから、観客は最初にセットされてあったことも判らない。

波妙は考えあぐねて、

「まるで、夢城さんは一組のカードの順序をすっかり覚えているみたい」

と、言った。六原はうなずいて、

「その通り、それが正解さ」

「……それは、大変なことね」

「ちっとも大変じゃない。教えれば君にもすぐできるさ」

「嘘……」

「嘘なもんか」

六原はいろいろな奇術材料店が店を出している会場で、買ったばかりの新刊の雑誌を思い出した。

機巧堂の奇術専門誌『秘術戯術《ひじゅつぎじゅつ》』で、その中にたまたま、一組のカードの順序を覚える方法が書いてあった。

六原は『秘術戯術』を開いて波妙に見せた。その、奇術をエッセイ風に解説した小文の題は「とらんぷの歌」著者は小説家の青瀬《あおせ》勝馬《かつま》。

奇術を覚えたばかりのころ、ある天才奇術師の話を聞いたことがあります。

その奇術家の名前も判らない。国籍も不明。ただ、どこかの外国人だということで、不思議な伝説というのは往往にしてあいまいなのが世の倣《なら》いなのでご容赦ください。

さて、その奇術師の特技とは、一組のカードの順序を完全に覚えてしまう、という凄い記憶力だそうです。勿論、種仕掛けのあるカードを使うわけではない。一組をそっくり観客に手渡し、それを充分に切り混《シャッフル》ぜて戻してもらいます。奇術師はこのカードを扇形《ファン》に拡げ、そのインデックスをずうっと見渡すだけ。それだけで奇術師の頭脳には、一枚たがわずカードの順序が刻み込まれてしまうという。

そういう技術があると、どのカードは何枚目にあるか、全部判っているので、その先、どんな不思議なカード当てでも楽にこなせるわけです。

それは少少眉唾《まゆつば》ものだ、人間にそんな芸ができるわけはない、と一概には言えないのは、戦時中、スパイは同じような訓練を重ねて実際にその技術を使っていたからです。スパイが複雑な機密書類を一目見てその全部を記憶してしまうという特技です。秘密の場所でぐずぐずはしていられない。カメラなど持っていればたちまち怪しまれてしまう。そうした場合、この特技が生かされるわけです。

この記憶法は、常識的な脳の使い方ではないので、端から覚え込もうとしたのではだめ。写真のフィルムと同じように、その瞬間をそのまま頭の中に焼き付けてしまうのだそうです。

確かに、一目でカードの順序を覚えてしまう技術を身に付けていれば、こんないいことはない。本物の魔法使いのような不思議な奇術が次次と演じられるでしょう。ところが、世の中にはそういう才能はない、そんなややこしい訓練も嫌い、という人が多い。

そこで、奇術師は大昔から、他の方法を使い、トランプの順序を覚えることを考え出しました。

奇術師は、あらかじめ一組のカードをある順序に並べておき、この順序を覚えているだけ。このセットしてあるカードを使い、嘘の切り混ぜ《フォールスシャッフル》と併用すると、一応、あの天才奇術師と同じ奇術ができるわけです。

しかも、このセットされたカードは、客の前に拡げて見せても、ただ、漫然とカードが入れ混っているだけに見える、という用意もされています。一見、複雑な順序で並んでいるカードを、そのまま覚え込むのは矢張り大変です。ところが、言葉を持つ国なら、どこにも語呂合せという遊びがあります。

とうの昔、学校を卒業した人でも、まだ覚えているはずです。ほら、こんな難しいのを。

$\sqrt{2} = 1.41421356$……

これは「一夜一夜に人見ごろ」と覚えるのでしたね。そうそう、

$\pi = 3.14159265$……

「産医師異国に向かう」でした。

この素晴らしい語呂合せをカード奇術に応用するのです。

とりあえず、カードはA《エース》からK《キング》までの十三枚でセットを作るといいでしょう。同じ十三枚のセットを四組作り、これを重ねるとわずかな語呂合せで一組五十二枚の順序をそっくり知ることができます。このセットしたカードを観客の前に拡げて見せても、十三枚置きに同じ数のカードがあるなどと見破る人はまずありません。

その上、十三枚置きに同じカードがあるわけですから、観客が指定したカードと、同じ三枚もすぐ取り出して見せることもできるわけです。

カードの得意な奇術家なら、誰でも自分用のセットを作っていると思います。これは、秘密兵器のようなものですから、そのほとんどは残されていません。奇術師が亡くなると、セットも消えてしまいます。

その残されている数少ないセットの中で、今でも忘れられないのは石田天海《いしだてんかい》（一八八九－一九七二）の作です。

あらかじめカードをセットしておくという奇術は、どちらかというと初心者向きの奇術に多く、マニアはとかく敬遠したがるものですが、天海はときどきこうした手を使い、私たちに新鮮な驚きを見せてくれることがありました。名人、筆を選ばずの譬《たとえ》でしょう。

では、天海のセットというのを紹介しましょう。

10K　65　3　2874QA9J

東京の　婿　さんに　花　嫁　いくぞ

ほとんどの舞台生活をアメリカで送り、戦争のときハワイにいて、そのまま長いこと帰国できなかった天海の望郷の心境が滲み出ている語呂合わせです。

ついでに、Kは王様ですから「おう」、Q《クイーン》は「女王」で「女」とか「め」、Aは「あ」「いち」「ひと」「はじめ」など、多少応用範囲を拡げてやることができます。それにしても、限られた語でまとまった意味のある文を作るのはなかなか難かしいものです。以下は私の作を紹介しましょう。

3K2A5967Q104J8
酒　に酔い苦労な人と四畳半

一応句になっていて、それだけ読み下すと、これがAからKまでの一セットだと思えないところが味噌です。となると、下の句を足したくなります。

73K2A104J856Q9
なさけにひと夜情はいろめく

そこで、もう一句。

10Q　3　7J　K294　8　65A
止めさんなあなたきつくよはずむ　声
A382K497J6　Q　5
10

朝　はずかしく馴染《なじ》む秘め　事

カード奇術に使いたければ、一句だけでよい。また、五七五になっていなくともいいのですが、これが作りはじめると面白くなって止まらなくなります、いつもの悪い癖で。では続けましょう。

３４２Ｋ10　Ａ　７９ＱＪ８　５６
さよ更けて独り泣く人除夜のころ

３Ｋ８10６　Ｑ　７９４２５ＡＪ
酒　果てむ女房なくしぶい　味

７２４　Ｋ　10５９　ＡＪ３８６Ｑ
名にしおう東　国　の　味　山谷《さんや》　梅

７２８９Ｑ５６　３　Ａ４Ｋ10Ｊ
何に妬《や》く嫁御寮さん　足　をとじ

次は、春日屋《かすがや》時次郎《ときじろう》が山名屋《やまなや》浦里《うらざと》の店へ忍びに行く情景。

　10KJ683425A7Q　9

　時 次郎 闇 夜に 声 なく行く

これまた、十六夜《いざよい》清心《せいしん》の心中の場。

　K9584Q1076A3J2

　覚 悟はよくと南無阿弥陀仏

例によって、いつまでも下らないことで遊んでいないで、早く小説を書け、という編集者の声が聞えてきそうなので、最後に一つだけ作を紹介してお仕舞いにします。

　795A2 3 10Q　46K8J

　泣く 声 に見ると女の 白 き 肌

　K4239875 10A6J Q

　腰 に咲く 花 いとエロチック

これを機会に私が家元の「とらんぷ誹諧《はいかい》」なるものの愛好者がどんどん培《ふ》え、数多くの名句が誕生すると楽しいと思います。（多分、だめかな）

熱心に「とらんぷの歌」を読み終った波妙が六原に言った。

「というわけだったのね。これだったら、わたしにも出来るかもしれない」

「そう、すぐ出来るね。嘘じゃなかったろう」

「問題はカードの手捌《てさば》きね」

「うん。カードの扱いは馴れだけだ」

「……もう一度、夢城さんの演技が見たいな」

「それなら、明日のクロースアップマジックを見に行けばいい。夢城は明日も同じことをやるはずだよ」

大会の第一日目は、前夜祭のパーティがあるだけで、各地から集まった参加者たちは、思い思い温泉に入ったり、奇術材料店で買物をしたりして過ごす。

第二日目の午前中は特別講師によるレクチュアがあり、午後はクロースアップマジックショウに、夕食後は劇場でのステージマジックショウという日程だった。

この二つのショウのどれもに、夢城は出場していて、波妙が感心してしまったのは夢城のクロースアップマジックの方だった。

クロースアップマジックというのは、コインとかカード、ロープといった身近にある小さな品物を使って演じられ、近代になってから飛躍的に発展した奇術の分野である。

クロースアップマジックは扱う品物が小さいので、一度に多勢の観客に見せることができない。五十人ぐらいがちょうどいい観客の数だ。

箱根奇術天国の主催者は、ゆったりと奇術を楽しむのが好きな性格だから、クロースアップでも狭い部屋に多勢の観客を押し込むようなことはしない。観客の五十人ほどを一組とし、シ

腰に咲く花いとエロチック

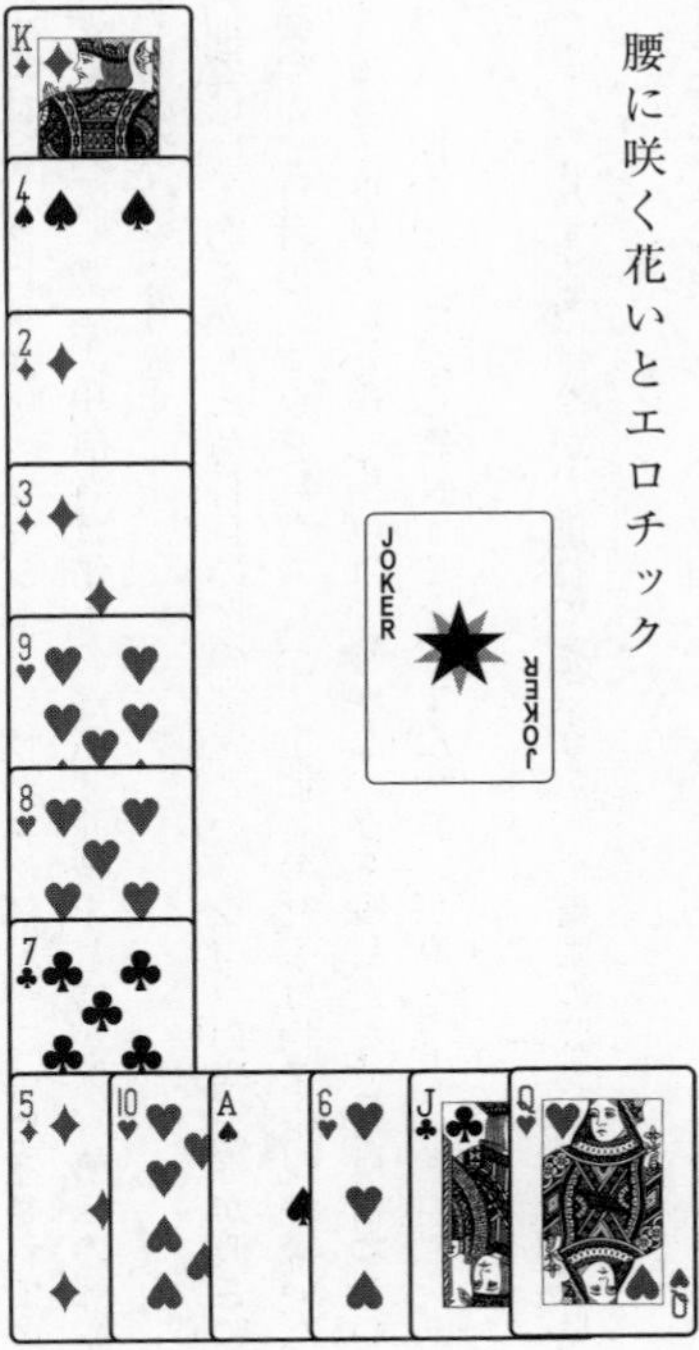

ョウは四回に分けて演じられる。大会二日目の午後に二回、三日目の午後に二回、計四回だ。

会場のホテルには、クロースアップマジックに使われる部屋が二つ用意されている。各部屋は五十人ほどが定員で、数名の出演者は第一の部屋で演技をしてから、第二の部屋に廻って違う観客の前で同じ演技を繰り返す。

大会の参加者には、あらかじめ何日目のどの部屋というショウの指定券が渡され、六原たちはその券に従って二日目のショウを見たのだが、主催者の社家は杓子定規《しやくしじようぎ》が嫌いだから、三日目のショウをもう一度見たいと申し出れば、券がないから駄目だなどとは言わないはずだ。

「同じ奇術でも、種を知ってから鑑賞すると、また味わいが違う」

と、六原が言った。

「最初はただびっくりするだけだが、重ねて見るうち、奇術師の芸の上手下手《じようず》が見えてくるようになる」

「……夢城さんはどうなの」

「うん、いい腕をしている。ステージの奇術も抜群だった。あの芸を持っていて、どうして今迄奇術から離れていたか、ふしぎなほどだ」

「司会者も言っていたわね。夢城は十年も奇術をさぼっていたが、これからは心を入れ替えるそうだ、って」

「うん、働き盛りだし、恋人もできたようだし、ここいらで本気にならないとな」

波妙は『秘術戯術』に目を移した。

「この、青瀬勝馬という作家を知っているの」

「ああ、青瀬さんね。あの人もさぼり癖のある人だな」

「この人も奇術が好きみたいね」

「そう。奇術で遊んでいるときは子供みたいだ。今日は来ていないけれど」

「……わたしのことを話した？」

「君のこと？」

「ほら、とらんぷの歌の最後の句」

「いや、これは偶然だ。俺もちょっとびっくりしたがね」

六原は急に波妙の腰から股にかけて彫られている緋牡丹《ひぼたん》を見たくなった。

「鑑賞を重ねると味わいが深くなる」

「今、聞いたわ」

「今度は違う意味」

「……趣味の多い人ね」

「ゆっくり見たい」

波妙は表情を変えず立ち上がり、ベッドの方へ歩み寄ろうとした。

「ちょっと待ってくれ」

「………」

「せっかくだから、岩風呂で見たい」

遅い時間だった。個人の岩風呂は空《す》いているはずだ。

クロースアップマジックの会場は、五、六十席の椅子が楽に並べられるほどの広さで、正面は胡桃色《くるみいろ》のカーテン、その中央に赤いビロードを張った半円形のテーブルが観客席に向かって置かれ、この上で出演者の奇術が行なわれる。テーブルが置かれている舞台の左右に室外へのドアがあり、そこから出演者が部屋に出入りする。

左手のドアの傍にはマイクスタンドが立てられ、司会者がその場所にいて出演者を紹介する。反対側、右手のドアを遮るようにして朱色の屛風《びょうぶ》が立てられている。中央のテーブルで演技を終えた出演者が退場する場所だ。出演者はその屛風の後ろに入り、今、使った道具をそこで整え、再び奇術が演じられるように準備して、第二の会場へ廻る段取りになっている。

部屋のドアはもう一つ、観客席後ろにあり、このドアは開かれたままで、観客が出入りをする。

大会の三日目、六原と波妙がクロースアップマジックショウの会場に行くと、入口には受付のようなものもない。出入りは自由なようだが、二度同じショウを見るという、規則違反を犯しているような遠慮もあって、一番後ろに席を取った。

ショウはもうはじまっていた。

今、引田重臣《ひきたしげおみ》という若手の奇術家が、テーブルの上の何枚かのコインをアクロバットのように扱っていた。右手に握ったコインが、目に見えない空中飛行をして、一枚ずつ左手に移っていくという奇術である。

観客席の前の方には、ジャグ小沼田《こぬまた》やキティ&ステラといったプロの奇術師、マイクの傍には司会者の時田《ときた》道定《みちさだ》、その横に主催者の社家が引田の演技を見物している。

大会も三日目で、引田は会の雰囲気に馴れたようだった。難しいコイン技法も安定して、安心して見ていられる。奇術は競技ではないので、いくら高等技術を使っても、見ている方がはらはらしてはなんにもならないのだ。

六原は昨日のショウではじめて引田の奇術を見たとき、往く先の楽しみな若手が育っている、と感心したのだった。どの芸能でも、若手が思うように実力を発揮できる場がないと衰退してしまう。社家はそのことをよく知っているので、こうした大会に若手を起用することが多い。

引田の演技が大拍手のうちに終り、その後、ベテランの奇術家、二人ほどが演技を続け、その次がハート夢城の出番だった。

「ハート夢城、こう紹介しても、そんな名ははじめて聞くという方が多いんじゃないでしょうか」

と、司会の時田が言った。

「まあ、松旭斎天勝《しょうきょくさいてんかつ》の舞台を実際に見たことのある時代の人でしたら、覚えているかも知れません」

観客が笑った。天勝は戦前の芸能界を風靡《ふうび》した女流奇術師。天勝と同時代の人なら、かなりの年寄りだ。

「まあ、当人はいささかヒッピーの趣味があり、カードを一組ポケットに入れ、世界各国を転々としていたらしいんですが、若いときならそれでよろしい。でも、この年以上になると呼び名がヒッピーからホームレスと変わる。俄然、それに気付いたようで、これからは皆さんとお付き合いしたいという心境になりまして、長年、鉄火場で鍛えたカードの腕をお見せするといいます」

時田が夢城の名を呼ぶと、左手のドアが開いて夢城が現れ、中央のテーブルに立って一礼した。

六原は夢城のダークスーツに赤の蝶タイを少し野暮《やぼ》くさく思う。精一杯愛敬《あいきよう》をふりまいている顔だが、その笑顔にも自然さが必要である。

夢城は観客を見渡し、若い女性に声を掛けて、席を立ってテーブルの横の椅子に来てくださ い、と言った。昨日のショウと同じで、夢城はこの女性に奇術の進行を手伝ってもらうのだ。

「お名前を聞かせてください」

「真幸治子《しんこうはるこ》といいます」

「今日お集まりの方は皆さんマニアの方ですけれど、治子さんは奇術をなさいますか」

「いいえ。父が大好きなので——」

「無理に付き合わされた？」

「ええ……まあ」

「それはよかった。私はそのような方が好きなんです。マニアが相手だと、見せたくないところに視線を感じるときがあるんです」

夢城はポケットからカードのケースを取り出した。昨日と同じミンク印のトランプだった。

夢城はケースの中からカードを取り出すと、テーブルの上に表を向けてリボンの形に拡げた。

一枚一枚のカードの間隔は定規で揃えたように一定していた。

「治子さん、皆さんの代表として、このカードをよく見てください。あるところにエースがかたまっているとか、同じ札が何枚も入っている、というようなことはありませんね」

治子はゆっくりとカードの表を見渡していった。

勘のいいマニアなら、その一組が十三枚置きに同じ数のカードがセットされている、と見抜くことができるだろう。勿論《もちろん》、奇術家なら、同じ仲間が困るようなことは絶対口にはしない。だが、それでも演者はなにか嫌な気がするのだ。治子は何度かカードのインデックスを見渡すと、

「全部ばらばらです。怪しいところはありません」

と、言った。

「それじゃ、治子さん。この中から、一枚だけ、自由に好きなカードを選んで、心の中で覚えてください。そのカードの名は口に出さないように」

全て昨日と同じ手順だった。昨日は波妙がスペードのジャックを心に決めたのだった。

治子はもう一度カードに目を戻し、

「はい、覚えました」

と、言った。

夢城はそれを聞くと、全てのカードを揃えて、シャッフルをはじめた。惚れ惚れとするほど上手な手捌きだった。夢城はシャッフルを止め、一組を手に持ったまま、

「それでは治子さん。あなたが覚えたカードを呼んでみてください。あなたが呼ぶと、そのカードは喜んで一組の中から、すぐ飛び出しますよ」

治子はそんなことはとても信じられない、というような顔をした。夢城はにこっとして、

「治子さんが選んだカードを知っているのはあなただけ。心で思っているだけですから、他人には誰も判りません。ただし、私のカードは言うことをよく聞き分けるのです」

夢城は両手で一組を構え、号令を掛けた。治子はそれに従い、

「ハートの八」

と、呼んだ。

その瞬間、夢城の手の中から、一枚のカードが裏向きでテーブルの上に飛び出した。

夢城はそのカードをゆっくり表向きにした。カードはハートの八だった。

治子がびっくりしている暇はない。夢城の手の中から次次と三枚のカードが同じように飛び出した。夢城の両手はほとんど動かなかった。テーブルにはハート、クラブ、ダイヤ、スペードの、それぞれの八が四枚揃った。

この後、夢城の演技はますます冴え、四枚の八がいきなりエースに変化したり、そのエース

がテーブルの上で一枚ずつ消えていき、一組のカードの中に戻ったりする奇術を続けた。

こうなると、六原もトリックの解説は不可能で、ただ、あれよあれよと現象を追うしかない。何度見せられても同じだろう。

六原はふと、反対側の後ろの席に夏目紅美子がいるのに気付いた。夢城はホテルに着いたときから紅美子と一緒で、誰の目にも睦《むつま》じそうに見えた。紅美子は衿《えり》に白の縁取りがしてある濃紺のスーツを着ている。

夢城の演技が終ると、盛んな拍手が起こった。華麗な技術が次次と出て来る夢城の奇術は、マニアが喜ぶのは当然だった。中でも、はじめて夢城を見る若い人達は、相当の衝撃を受けたらしい。

波妙も夢から覚めたようにほっと息を吐《つ》き、六原の方を見て、唇に指を当て、煙草《たばこ》を吸うしぐさをして座を立って行った。

司会の時田は立って拍手をする観客が多いのに気付いて、一度、屏風の陰に退場した夢城を呼び出した。

「夢城さんです。昔を覚えておいでの方は、夢城さんが一皮剝《む》けたことがお判りでしょう」

「ホームレスが温泉に入って、一皮剝けました」

と、夢城が言った。

夢城が退場したとき、六原は腕を突《つつ》かれた。見ると、よく機巧堂に出入りをしている北村《きたむら》が隣の座席にいた。北村は意味ありげに笑い、

「六原さん、相変わらず元気だね」

と、小声で言った。

「まあ、なんとか」

「なんとかはないでしょう。連れの方、なかなか美人だ」

「妙な言い方だね。そんなんじゃありませんよ」

「いいでしょう。隠さなくったって。奥さんにはなにも言いませんから」

「須原君は家《うち》の店の従業員。それだけ」

「彼女、どう見ても育ちは東京だ」

「北村さん、奇術を見に来たんじゃないんですか」

「奇術も見ますけどね、ああいう子は嫌でも目に付く」

「……困った人だな」

「だから、元は東京のクラブかなにかにいた子でしょう」

「まあ……」

「それが、失礼だが北海道の釧路くんだりの六原さんの小さな店に流れて行った」

「…………」

「面白い筋がありそうだ。後で聞かせてください」

「僕だってそんな事情は知りゃしませんよ」

「じゃ、紹介ぐらいはさせてくださいよ」

そのとき、司会の時田が片淵幸三《かたぶちこうぞう》という名を呼んだ。時田が言った。

「片淵君はまだ学生ですが、不思議な頭脳の持ち主で、型破りの発想をもって、次次とオリジナルを作り出している奇術家です。その作品はどれもこれまでにある奇術にちょっと手を加えたといった、改良改案の類《たぐ》いではありません。ここにいる口喧《くちやか》ましい社家さんもあっと言うほどの作品揃いで、世界に紹介されればたちまち大評判になるに違いない。などと、私が言葉で説明するより、実際にその作品を原作者の手でご覧ください。では、片淵幸三君です」

時田は片淵の頭脳を型破りだと紹介したが、容姿の方も並みとはいえなかった。瘦《や》せた長身で、眉と目と口がきちんと水平に並んでいるから、顔に三の字が描かれているように見える。ものを話すとその切れの長い口がぱくりと開き、それだけで見ている方がおかしくなる。

片淵は簡単な挨拶《あいさつ》をすると、観客を見渡し、

「そこにいらっしゃるお嬢さん、お手伝いをお願いしていいでしょうか」

と、言った。

「ええ。その素敵な赤いスーツを着ていらっしゃる、あなたです」

波妙は目立つのである。外から戻って来たばかりで、まだ立っていたからよけい片淵の目に付いたのだろう。波妙は場馴れがしていて、昨日のようにためらわず、すぐ前に出てテーブルの横の椅子に着いた。

「お名前は？」

「須原波妙です」

「奇術はなさいますか」

「いいえ」

最初は型通りだったが、片淵が取り出したのはコインでもカードでもなく小さな電卓だった。

「波妙さん、この電卓はどんな仕掛けがあるかお判りですか」

「……いいえ」

「難しく考えなくてもいいんです」

片淵は電卓を一撫《な》でするると、それは算盤《そろばん》に変わった。片淵は算盤はこうしても遊べますと言い、玉を下に向けてテーブルに置き、軽く指で押した。

「これが、電車ごっこです」

片淵は算盤を持ち直し静かにテーブルに置いた。今度は手も触れないのにひとりでに算盤が動きはじめた。

「波妙さん、この動力はなんだと思いますか」

「……さあ」

片淵が算盤を持ち上げると、下に玩具《おもちゃ》の電車が現れ、それが動いていた。

「この電車の動力は？」

「………」

電車を持ち上げると、下にカブト虫が現れ、それが這いはじめる。

「カブト虫の動力は？」

片淵はカブト虫の腹を開き、一本の乾電池を取り出した。この乾電池は蓋があり、それを開くとロウソクが転がり出した。片淵がロウソクに手をかざすと、それだけでロウソクに火がついた。片淵はそのロウソクを口に入れて食べてしまった。

今までに見たことのないような、妙な不思議さだった。だが、大抵のことには驚かなくなっている観客には大受けだった。

そのとき、六原の横を会場のスタッフの一人が前の席の方へそっと歩いて行った。その若いスタッフは社家の耳に顔を寄せて何かささやいた。社家は怪訝《けげん》な顔で立ち上り、そっと場内を見廻す。

それだけでは用が足らないらしい。社家は後ろの席にいる紅美子に目配せをして後ろの出入口の方へ歩きはじめる。六原の耳に二人の会話が届いた。

「おかしいな。夢城君なら、とうに演技を終えている」

「それが、まだ会場へ来ないんです」

スタッフの言う会場とは、クロースアップマジックショウの二番目の部屋のことだ。三人はそのまま部屋を出て行った。

片淵の演技はまだ続いていたが、六原は気になって仕方がない。

そのうち、片淵が演技を終了し、助手を務めた波妙に礼を言って退場しようとした。そのとき、いきなり屏風の陰から社家が出て来た。部屋を出た社家は廊下を廻って、会場の右のドアから屏風の後ろに廻ったらしい。

「ちょっと、待った」

社家は片淵が屏風の陰に入るのをさえぎるように立っていた。社家の顔色が変わり、ただごとではない様子だ。

そして、屏風の後ろから、会場を引き裂くばかりの悲鳴が走り抜けた。同時に屏風が手前に倒れかかる。社家が手を伸ばしたが届かない。屏風が倒れ、その向こうに、今にも崩れそうに、テーブルに片手をつき、辛《かろ》うじて立っている紅美子の姿が見えた。

六原は思わず立ち上がった。

紅美子の足元に、夢城がひっくり返っている。

「病気か――」

そうではない。夢城の胸に、無気味に光る刃物が突き立てられている。

救急車が引き返していくのがラウンジの窓から見えた。

疲れ切ったような顔で社家がラウンジに入って来てカウンターに腰を下ろし、珈琲《コーヒー》を注文した。

「夢城君は完全に死んでいるという。救急車の職員は警察へ通報して、そのまま帰って行った」

社家は隣にいる時田にそう言った。時田も渋い顔をして、

「これからどうなるね」

と、言った。

「まあ、こんな事件が起こった以上、会も続けられないな。警察が来て許可が出たら解散ということになるだろうな」

「……ピジョーニさんのレクチュアをまだ受けていない人はどうなるのかね」

「まあ、その人たちは後日、日を改めて集まってもらうよりない」

「北海道から来ている人もいる」

社家は少し離れたテーブルにいた六原を見て、ピジョーニのレクチュアに出たか、と訊いた。

六原はまだだったが、それより紅美子さんはどうしている、と尋ねた。

恋はくせもの無邪気にさせて

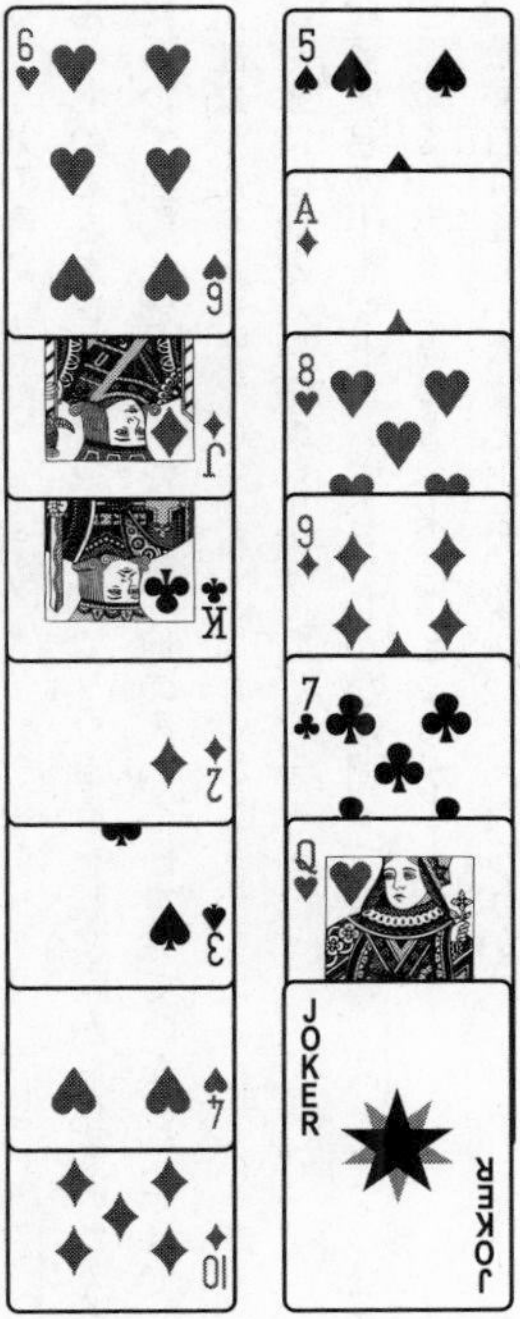

「今、医務室で薬を飲んで休んでいる。ひどく取り乱していてね」

「そうだろうな、気の毒に」

「紅美子さんはあのときクロースアップマジックショウを観客席から見ていたんだ。昨日はずっと夢城君について会場を廻っていたから、他の人の奇術を見ていない。それで、今日は夢城君と離れる気になったらしい」

「なるほど、たまには他の人の奇術も見たくなるさ」

「ところが、夢城君の出番が近付いていても、なかなか廻って来ない。スタッフの松井《まつい》君がどうしたんだろうと思って、第一会場の方へ来た。ところが――」

「そのとき、松井君は怪しい人物と出会わなかったんだろうか」

「いや、第二会場はすぐ隣、松井君はそこを出て僕たちのいる第一会場まで来る間、誰にも会わなかったという」

「……全員がどこかの会場で、奇術を見ていたわけだ」

時田が口を挟んだ。

「あのとき、奇術の会員は三組に分れていた。ショウの第一会場と第二会場で、残りは別室のピジョーニさんのレクチュアの会場にいた。それぞれ、皆、奇術に没頭していたと思う」

「まあ、そうだな」

「だから、これは外部の者の仕業だと思うね。ここに来たとき玄関のパネルにいくつもの団体の名が並んでいた。その中に、暴力団の組があるんじゃないかな」

「……暴力団」

「そう。夢城君のカード奇術を見ていたら、ギャンブラーの手を上手に使っている。夢城君は賭博場のディーラーをしていたことがあるんじゃないかな」

「……確かにそういう話を本人から聞いたことがある」

「それさ。前に夢城君がディーラーをしている賭博場で酷い目に遭わされた男がたまたまこのホテルに来ていて、夢城君が奇術師の仲間と一緒にいるので、自分がいかさまで負けたのを知り、昔の意趣返しをしたんだ」

「…………」

「夢城君はただ胸を一突き。声も立てられなかったんだろう」

「……そう」

「そんなことが出来るのは、暴力団以外考えにくい」

「まあ、それはそうだが、今はあまり滅多なことは言わない方がいい」

そのとき、別のテーブルで波妙と話していた北村が近付いて来て、

「曾我《そが》佳城《かじょう》さんはどうしたんでしょう。今日は一度も見掛けませんね」

と、言った。

誰も佳城のことを忘れていたわけではない。逆に誰もが気にしているのだ。

これまで、何度か佳城は不思議な事件に立ち会い、その度に奇術的な発想でたちまち不思議

を解き明かしたことは世上でも有名になっている。だが、佳城を敬愛している奇術家の誰も、佳城に血腥《ちなまぐさ》い事件に関わってもらいたくない。殺伐なものを見せて佳城の美しい眉を曇らせたくはない、と考えている。佳城はただ観客席にいて、楽しそうに舞台に見入っている姿が一番望ましいのである。

「私は会いましたよ」

と、時田が言った。

「昼少し前、返見《へんみ》さんが車で佳城さんを拉致《らち》しているのを見ました。佳城さんのところで奇術を研究している串目《くしめ》君も一緒です」

「……返見さんはどこへ連れて行こうとしていたんだね」

と、社家が訊いた。

「箱根仙石原《せんごくはら》の金時《きんとき》神社の近くで、箱根細工の新作を作っている若い作家がいるんだそうです」

「ああ、野月彩《のづきさい》さんだ。新作パズル作家で、最近売り出した人だ。パズルマニアなら誰でも知っている」

「返見さんはその人の仕事場を見学に行く、と言っていましたよ」

「……変だな。野月さんは有名な人嫌いだから、仕事場を見た人はいないはずだがな」

「そこで佳城さんを連れ出したんですよ。野月さんは子供のころ、佳城さんの舞台を見て、憧れの人になっているんです。返見さんはそれをどこからか聞いて、佳城さんを餌にしたんです」

「野月さんはそれに飛び付いて来たのかね」

「勿論です。あの野月さんが、佳城さんになら、仕事場でも寝室でも見せていい、と」

「誰が寝室など見たがるものか」

「でも、返見さんはそう言っていました」

北村が傍で言った。

「でも、返見さんと串目君なら、あすこにいますよ」

「……じゃ、帰って来たのかな」

ラウンジの奥のテーブルに、返見と串目が何か話している。返見と串目は祖父と孫ほど年齢の差があるが、友達同士に見えるのが、この趣味の特徴だ。

北村は二人に近付いて、串目を連れて戻って来た。

「佳城さんはどこへ行ったか判らないそうですよ」

六原は最初、串目の顔を思い出せなかった。二年ほど会っていないだけで、串目匡一《きょういち》には童顔がすっかり消え、爽やかな青年に成長していたからだ。

「君が傍に付いていなけりゃだめじゃないか」

と、社家が串目に言った。

「佳城さんはどうしたんだね」

「返見さんの車で、野月さんの工房を見学に行きました」

「それから?」

「野月さんは歓迎してくれて、いろいろな物を見せてくれました。その工房を出て、返見さんの車で元箱根《もとはこね》に出、三人で食事をしたんです。そこまでは一緒でした」

「どうして二人だけ帰って来たんだね」

「佳城先生が、独りで少し歩きたいから、と言って」

「……ふうん」

「先生は僕に、ショウの時間までに帰りなさい。今日のショウはいい人が多勢出演するから見逃さないように、と」

「そこで、別れたんだね」

「はい」

社家と時田は顔を見合せた。

「なぜ、佳城さんは独りきりになりたかったんだろう」

「いつもは忙しい人だからね。魔術城の完成が近付いている。あれやこれや大変だと思う」

「そうだな。佳城さんが湖畔で独りもの想いに耽っているなどは絵になる」

「どんなもの想いだろう」

「……亡くしたご主人のことか」

「それだと少し現実的だな。そう、初恋の人がいい。幼いとき別れた、憧れの人だ」

そのとき、ホテルの玄関に警察の車が到着した。

「ショウがはじまったのは午後二時ちょうどです。一番目の演者は引田君、出演順はそのプログラムにある通りです」

と、テーブルの向こうに立った社家が説明した。

屛風の前に立っている中年の刑事が二人、プログラムになにか書き込んだ。

「出演者の持ち時間は十分。夢城さんは四人目ですから、二時四十分にここで演技をはじめ、二時五十分に退場しました」

社家の話は整然としている。

「夢城さんは演技の前に、お客さんの一人に助手を頼みました。真幸治子さんでした。治子さんは観客席から立って、この椅子に移りました」

社家はテーブルの左側にある椅子を指差した。

「じゃ、真幸さんでしたか。恐れ入りますが、そのときと同じようにこの椅子に掛けていただきましょう」

と、刑事の一人が言った。

二時からはじまったショウと同じ現場が再現されている。マイクの傍に司会の時田がいる。その他、観客も以前と同じ席に着いた。前と違うのは、会場に少しも和やかさがないことだった。

刑事に言われて治子は恐る恐る前に出て来てテーブルの横に腰を下ろした。社家が言った。

「これから、夢城さんの奇術がはじまります。使うのは一組のカードだけでした。でも、僕にはその奇術は再現できません。とても難しい手を使いますから」

「いいでしょう。では、被害者の演技が終ったところから詳しくお願いします」

と、刑事が言った。

「夢城さんは演技を終えると、カードをケースに戻し、治子さんに渡しました」

「ちょっと、待ってくださいよ。さしあげてしまったんですか」

「ええ。夢城さんはいつもそうします。そうすると、仕掛けのあるカードを使っていたのではない意味になるからです」

「すると、このトランプは？　被害者のポケットに入っていたんです」

もう一人の刑事がハンカチに包まれた物をテーブルの上に置いた。中はミンク印のカードだった。

「夢城さんは別の部屋でもう一度ショウに出演することになっていました。そのときに使うためのカードでしょう」

「なるほど」

ハンカチには丸められたセロハン紙がケースと一緒に入っていた。

「これはカードの包装ですね」

と、社家が言った。

「被害者が倒れていた場所に落ちていたんです。これがカードの包装紙なんですか」

「ええ。新品のカードはケースの蓋に封があって、更に全体がセロハンで包装されているんです。その包装は煙草と同じ型のものですよ」

「……すると、被害者は演技が終ると、この屏風の裏に入り、今度使うための新しいトランプをポケットから取り出して、封を切ったことになる」

「それだけじゃなさそうですね。夢城さんはカードをセットしたかも知れない」

「……セット？」

社家が刑事にセットを説明するためには、本物のカードが必要だった。

スタッフの松井が奇術材料店に行き、新しいカードを持って部屋に戻って来た。

社家はそのケースの封を切った。

「なるほど、これと同じ包装ですな」

と、刑事は丸められたセロハンと見較《みくら》べて言った。

「新しいカードは、きちんとした順序に揃えられています」

社家はケースから取り出したカードをテーブルの上に表向きに拡げた。カードは表からスペードのエースからスペードのキングまで十三枚がきちんと揃い、次がダイヤのエースからキング、続いてクラブ、ハートの順だった。

「まあ、製造会社によって、並べ方は多少の相違はありますが、大体、このようにきちんとした順序になっているのが普通です。それでは、夢城さんが持っていたカードを調べてください」

刑事は顔を見合せて難しい顔をした。一組のカードにこう複雑な意味が秘められているとは思わなかったようだ。

カードを持っていた刑事が、慎重に手袋をつけ、ケースからカードを取り出した。うっかり床に落としでもしたらカードの順序が入り混ってしまい取返しがつかない。刑事は気の毒なほどぎこちない手付きでカードをテーブルの上に拡げていった。

「このトランプの順序はごちゃごちゃですよ」

と、刑事が言った。

「いや——」

社家はカードのインデックスを見渡して、

「このカードの配列は、ある順序に従っているんですよ。ほら、最初から3K2A5967Q104J8となっていて、これが四度繰り返されているでしょう。この順序は〈酒に酔い苦労な人と四畳半〉と覚えるんでしたね」

と、一番前の席にいる観客に念を押した。その、若い会員はうなずいて、

「ええ。それは最新号の『秘術戯術』に載っている青瀬勝馬さんのセットの一つでしたね」

と、答えた。

二人の刑事はあからさまに不快な顔になった。ここは事件の現場、洒落《しやれ》や冗談を言う場所ではない。しかし、カードを使う奇妙な語呂合せに付き合っていないと、事件がほぐれないようだ。刑事は全く違う世界のものを一つに考え合せることが大仕事なのである。

従って、社家は一組のカードをセットして奇術に使う意味を説明するのにかなり時間が必要だった。社家が実際にカードをセットして、奇術を演じて見せる。それを繰り返すうち、刑事はどうにかセットの意味が判りはじめた。

「つまり、被害者が演技を終えてこの屛風の陰に入り、次の出演の準備に新しいケースの封を切ってトランプをセットした、ということは、被害者は屛風に入ってすぐ刺されたのではないのだ」

と、刑事が言った。社家はうなずいて、

「ええ、犯人が最初から屛風の陰に待ち受けていたのではない。夢城さんが新しいカードをセットし終え、次の会場に行こうとしたとき、犯人が現れたのです」

「……五十二枚のトランプをセットするのには、どのくらい時間がかかりますか」

「そうですね。カードを扱い馴れていれば、二、三分もあれば充分でしょう。でも実際には演技を終えた直後ですから、退場してただちにセットに取り掛かりはしないでしょう。演技の後は興奮しているものですからね。少し呼吸を整え、それからゆっくりと新しいカードの封を切る。とすると、セットを終えるには五分ぐらいかかるでしょう」

「なるほど。では、被害者が退場して五分後、この会場はどうなっていましたか」

「次の出演者、片淵君の演技がはじまっていました」

片淵は会場に来ていて、社家の隣に並んだ。

「治子さんは夢城さんの演技が終ったので元の席に戻っていました」

と、社家が説明した。

「では、ありがとう。席に戻ってください」

と、刑事が言った。治子はほっとしたように椅子から立ち上がる。

「片淵君の手伝いをしたのは須原さんでした」

と、社家が言った。

刑事は会場を見廻した。波妙が恐る恐る立ち上がる。

「ここに来てもらいましょうか」

と、社家が言った。刑事は波妙をちょっと見て、

「いいでしょう。そこにいてください」

と指示し、改めて会場を見廻し、全員に向かって言った。

「皆さん、そのときのことを思い出してください。被害者が退場し、次の演技がはじまって五分ぐらいたったときです。そのとき、部屋にいなくなっていた人に気付きませんでしたか。被害者の演技を見ていたのに、片淵さんが演技をはじめたときにはいなかった人は。皆さん、お互いに隣を確認してください」

もし、そういう人がいたとすると、その人は屛風の陰にいたかもしれないのだ。

会場はしんと静まり返った。身動きをする人もいない。

「どうですか。皆さん全員が片淵さんの演技を見ていましたか」

と、刑事が念押しをした。

「誰も部屋から出て行かなかったようですよ」

と、社家が言った。

「とすると、ここにいる人たちは全員、容疑から外されます。そうでしょう、佳城さん」

社家は部屋の後ろの方を見て言った。六原が振り返ると、出入口の近くに曾我佳城が立っていた。

佳城は柴色のプルオーバーのセーターに、鳶色《とびいろ》のハイウエストのゆったりしたパンツ。アクセサリーもない男っぽい装いで、ややもの淋しそうな顔をしていた。

佳城の名を聞いて、刑事は緊張したようだった。

「佳城さんの意見を聞いてみようと思うのですが」

と、社家が刑事に言った。刑事は無言でうなずく。社家に呼ばれて、佳城は困ったような顔をしたが、社家に重ねて声を掛けられ、正面に立った。

「意見と言われても述べようがありません。わたし、今、戻って来たばかりですから」

「でも、事件のことはご存知でしょう」

と、社家が言った。

「ええ、フロントで聞きました」

「夢城さんのカードのセットのこともここで聞いていらっしゃった」

「ええ」

「では、夢城さんを刺した犯人は、この会場にいなかった人、つまり外部の人だと判断してもいいですね」

佳城は黙ってしまった。

「なにか、違う意見でも?」

佳城は当惑したようにテーブルの上のカードに目を落とした。社家が言った。

「佳城さんはそれに不満みたいですね。じゃ、なぜ犯人は外部の者じゃいけないんですか」

「……いけないとは言いません。でも――」

佳城は不規則に拡げられたままになっている夢城のカードを指差した。

「わたし、このセットはちょっと変だと思うんです」

「……どこか、セットが狂っていますか」

「そうじゃなくて、このセットは青瀬勝馬さんが作ったものでしょう」

「〈とらんぷの歌〉をお読みになりましたね」

「ええ。でも、なぜ夢城さんは他人の句を使ったんでしょう」

「それは……この句が好きだったからじゃないですか。それに覚え易い」

「自分では作らなかったんでしょうかね」

「作っても、気に入ったのができなかったと思いますよ。実際に作ってみると判りますが、これで結構難しいもんです」

「でも、たとえば、こういうのはどうかしら」

佳城は社家が説明のため使っていたカードのうちから、十三枚を取り出した。

「8A106J4K72Q935」

と、佳城がそのインデックスを読み上げる。社家が訊いた。

「どういう語呂になりますか」

「8A10 6J4K　72Q935
ハート夢城　夏目紅美子」

「あっ――」

叫んだのは社家だけではなかった。会場の全員の嘆声が入り混り、ふしぎな響きになった。

偶然にしろ、二人の名を並べるだけでカード十三枚のセットの語呂になる。セットしたカードによる奇術を得意にしている夢城なら、それを見逃すわけはない。特別な句を記憶する必要

ハート夢城　夏目紅美子

もなく、なにより自分と愛人との名が組み込まれている。夢城にとってこれ以上理想的なセットはないはずだった。にもかかわらず他人が作った句を使用するのは、まず考えられないのではないか。

社家はしばらく絶句していたが、かすれた声で言った。

「佳城さんの言う通りですよ。夢城さんはそんな素晴らしいセットをどうして使わなかったんでしょう」

「それは、夢城さんが自分でセットしたカードではないからでしょう」

佳城は夢城のセットについて、もっと深くまで考えているようだった。

「じゃ〈酒に酔い〉の句でカードをセットした人は？」

「その人が夢城さんを刺した犯人でしょう」

「……混乱してきました。順序を立てて話してくれませんか」

佳城は手にしたカードを一組に戻し、ケースに戻し、そのケースを社家に示した。

「犯人はあらかじめどこかでセットしたカードを持っていたのです。そして、夢城さんがここでの演技を終え、退場するときこの会場から出て屏風の陰に行き、そこにいた夢城さんを刺し、夢城さんが持っていた新しいカードと自分がセットしておいたカードとを取り替えたのです。新しいカードの封を切ったのは夢城さんか犯人か、そこまでは判りませんけれど」

「……何の目的で犯人はそんなことをしたのでしょう」

「夢城さんが新しいカードをセットする時間を稼ぐため。ショウの次の出演者、片淵さんが紹介されるときには、犯人は元の席に戻っていたでしょう」

社家は上体をぐらりとさせた。さっき、自分が立てた仮説が根元からゆるぎはじめたからだ。

「つ、つまり、夢城さんが自分でカードをセットしていたと私たちが思い込んでいると、その分だけ犯行の時間がずれ込み、犯人のアリバイが成立してしまうんですね」

「ええ」

「では伺います。犯人はさっきのショウのときこの会場の中にいた人ですね」

「夢城さんが自分でセットしたのでなければそうです」

「その、犯人の名は？」

「……それはわたしにも判りません。ただ、犯人に該当する条件なら言えます。第一に、夢城さんがセットしたカードを使うのを知っている人。第二に、その内容までは知らなかった。第三に、最近、青瀬勝馬さんの文章を読んだ人。第四に、犯人がセットしたカードが警察の手に渡れば、当然、カードの指紋が調べられる。それを想定して、夢城さんの指紋だけがついたカードを現場に残す必要があります。ですから、そのカードを手に入れることができる立場にいる人」

六原は顔色を変えた。

波妙は昨日、夢城が使ったカードをもらって持っている。青瀬の文章も読んだばかりだ。その他、佳城の言う条件とどれもぴったりと重なる。

六原は横を見た。いつの間にか波妙はいなくなっていた。

「彼女、容疑者として警察に連行されたそうですよ」

と、北村が六原のテーブルに来て言った。

「まさか、あの彼女がね」

六原は溜息を吐いた。同じテーブルでビールを飲んでいる波妙がくすりと笑った。

「六――いえ、社長はわたしのことを疑っていたんでしょう」

「……いや」

「そうよ。わたしが煙草を吸いに部屋を出たら、凄い顔で追っ掛けて来たじゃないの」

「……よく考えると、須原君があんな凶器を持っていたら、空港で見付かっていたはずだ」

北村が言った。

「彼女はなにか謎めいているからな」

「あら、わたしは紅美子さんみたいに人は殺さないわ」

「いや……あの紅美子さんが、だ。女は恐いよ」

六原が言った。

「なぜ、紅美子さんは夢城を殺してしまったんだろう」

「判らない。恐らく本人も言葉では説明がつかないんじゃないかな」

「そう。女は言葉じゃだめだ」

波妙は二人を見較べながら、グラスのビールを一気に飲み乾した。

百魔術

社家《しやけ》が店に早出するとすぐキティから電話が掛かってきた。

「あら、社家さんですか。珍しく早いんですね。昨夜寝られなかったんですか」

「僕は病気じゃないぞ。仕事だ。今日は雑誌を発送する日だ」

「そうだったんですか。ママいらっしゃる?」

「……僕には言えないことか」

「いいえ、そうじゃないんですけど、はじめはママの耳に入れておいた方がいいと思って」

「いや、構わない。言ってごらん」

「じゃ、言いますけど、わたしの親戚に古美術商をしている人がいるんです。その人が江戸時代の手品の本を十数冊手に入れたので、欲しい人がいたら紹介してくれないか、って頼まれたんです」

「キティの考えていることが判ったぞ。僕がその本を仕入れても店へは並べず、自分のコレクションにしてしまう。そう思っているんだな」

「わたしにだって社家さんの顔が見えるようだわ。ほら、ほら、涎《よだれ》を流して本に飛び掛かろうとしている」

「よけいなことを言わずに、その古美術商はどこにあるのかね」

「新宿《しんじゅく》の百人町《ひゃくにんちょう》。高雅堂《こうがどう》という店です。でも、店に行ったら、あまりもの欲しそうな顔をしてはいけないわ。あの人、人の足元を見るのが上手《じょうず》だから」

「ありがとう。よく僕のことを思い出してくれた」

社家は高雅堂の場所と、電話番号をメモした。

社家が電話を切ると、社員の柿本京子《かきもときょうこ》と新刊の『秘術戯術《ひじゅつぎじゅつ》』の荷作りをしていた悦子《えつこ》が言った。

「キティはなんと言ってきたんですか」

「奇術関係の古書が市場に出たそうだ」

「古書のコレクションでしたら、玉置《たまおき》先生ですね」

「……うん」

「玉置先生、大喜びするでしょう」

「いや……まだどんな本だか判らない。先生が持っているものと重複しているかもしれない」

「そんなことを言って、自分のものにする気じゃないんでしょうね」

「う、う……」

「それじゃなくとも、機巧堂《きこうどう》の社家さんはあまり品物を売りたがらない、と言われているんですよ。来月、わたしが中国旅行するのをお忘れなく。それまで、しっかり稼いでくれなくっちや困ります」

念を押されるまでもない。そうした店の内情はキティにまで筒抜けになっている。

社家は奇術道具に取り囲まれて暮したい一心でサラリーマンを辞め、人形町《にんぎょうちょう》のビルの二階に奇術の店、機巧堂を開いてから二十年にもなる。商売は半分道楽のようなものだから、旅行好きの悦子がしょっちゅう海外旅行に出掛けても嫌な顔は見せられない。

キティから古書が出たと聞くと、社家は腰が落着かなくなり、そのままジャンパーを引っ掛けて外に出た。会社員では味わえない自由である。その上、金儲けと考えては罰《ばち》が当たりそうな気がする。

高雅堂は仕舞屋《しもたや》の間に挟まれている小さな店だった。店の中はどこか機巧堂に似ていて、普通の人が見たら全く価値の判らないような品がごたごたと積み重ねられている。

高雅堂の主人は禿《は》げた頭が尖《とが》った赤ら顔で、社家がキティから話を聞いてきたと言うと、

「あの子も芸能界に入って、どうなるかと心配していましたが、奇術趣味の方は立派な方が大勢いらっしゃいます」

と、丸い手でしきりに揉み手をする。

古書は高雅堂のいる後ろの棚に重ねられていて、取り出された十数冊の和書はどれも保存状態がよかった。

江戸時代の奇術伝授本は古書専門店が発行する目録にも、あまり見掛けることがない。それが十数冊、目の前に並べられている。社家は少なからず興奮したが、キティの言葉を思い出し

て、勉《つと》めてつまらなそうな顔をする。

「なるほど『秘事百撰《ひじひゃくせん》』ですか。これは割に見掛ける本です。『万世秘事枕《ばんせいひじまくら》』これですと、このごろ復刻されましたから、好きな人は皆持っていますね」

「しかし……ぜひ本物を、という方もいらっしゃるでしょう」

「確かにおりますが、そう数は多くありません。奇術家でしたら、誰がどんな本を持っているかぐらい判ります。そんな程度でしてね」

「なるほど」

「しかし、こういう伝授本を誰が手放したんでしょう。最近、伝授本のコレクターが亡くなった、という話はあまり聞きませんが」

「そうでしょう。この本を持っていた人は、奇術のことをなにも知らない方だったんですよ」

高雅堂は大きな算盤《そろばん》を膝の上に置いて、

「なんでも社会学を専攻する元大学教授のコレクションで、先ごろその先生が亡くなられたので、その遺品が売りに出されたのですよ」

「じゃ、矢張りその先生は奇術に関心があったのでしょう」

「いいえ、違います。先生が蒐《あつ》めていたのは偃息図《おそくず》の類《たぐ》いでした」

「……おそくず?」

「はい。いわゆる春本《しゅんぽん》。今で言うとポルノグラフィ」

社家はどう考えても、奇術とポルノが結びつかなかった。高雅堂は面白そうに本を見ながら、

「先生は古今東西、数千冊という枕絵《まくらえ》や春本を蒐めていたんです。先生の奥さんという人はそうした先生の趣味を毛嫌いしていたので、先生が亡くなるとすぐにコレクションを処分してしまったんです」

「なるほど……そういう膨大な本だったら、中に違う本が紛れ込んでいてもおかしくはない。しかし、先生はどうして奇術の本などを買う気になったのかな」

「それはね」

高雅堂は前に並べてある本の題簽《だいせん》を指差して、

「先生は実物の本を見ずに、古書店の目録だけで本を注文することがあったので、中にはこうした本も送られて来たんです。ほら、この『御伽秘事枕《おとぎひじまくら》』は好きな人が題だけ読めば、どうしても春本でしょう」

「なるほど……」

社家は感心した。その気で見れば『秘事百撰』も『万世秘事枕』も春本の題として読める。他にも『妙術珍宝記《みょうじゅつちんぽうき》』『花の露』いずれも、れっきとした奇術伝授本である。

「しかし……『座敷芸比翼品玉《ざしきげいひよくのしなだま》』これなどは誰が読んでも奇術書だがね。大学の教授が品玉は手品のことだと知らなかったはずがないでしょう」

「そうそう、これは目録の誤植ですね。誰かが〈品〉の字を〈船〉とでも読んだのでしょう。すると『座敷芸比翼船玉』となります」

　そうした題名のために、何冊もの奇術本が、春本の間に挟まって、長い間大切に保管されていた、と考えるだけでおかしい。

社家が本の値を訊くと、高雅堂は奇術のことに明るくないので、一冊ずつどの本がいくらと値をつけることができない。一括して売却したいと言い、算盤の玉を動かした。旧式な算盤には桟の上に単位の字が彫り込まれている。社家はその算盤を見てびっくりした。

「これは……一体どういう根拠から出た値段なんですか」

「他の和書とのバランスでございますよ。たとえば、これと同じ半紙本ですと、哥麿《うたまろ》、北斎《ほくさい》クラスですと百万や二百万というのがこの世界の常識で」

「しかし……これは哥麿や北斎じゃないし、春本でもない。奇術の仲間ではそんな値段で古書を買う人はいませんね」

「それは困りました。私どもは全部が春本のつもりで買い込んでしまったのです。その中にこんな継《まま》っ子《こ》が混っているとは思わなかったんですよ」

とは言うものの、話をしているうち、最初の値が十分の一ほどになった。全くどういう商売をしているのか、と思う。

それにしても、自分の趣味として気軽に支払える値ではない。社家は高雅堂の電話を借り、玉置に電話をして、今、これこれの本がこれこれの値段で古美術商の店に出ていると告げると、玉置は二つ返事で全部買いたい、と言った。

「玉置さんというのはどんなお方なんですか」

と、高雅堂が訊いた。

「産婦人科のお医者さんで、学生のころから奇術が好きだった人です」

「そうですか。いや、お医者さん相手なら、こんなに負けることはなかった」

高雅堂は本を揃えて包装紙に包みながら、

「それにしても、お客さんに元値を言うなんて。機巧堂さん、あなたは一体どういう商売をしているんでしょうね」

と言って、代金を更に値引きしてくれた。


自宅から直行した竹梨《たけなし》警部が、殺人現場に到着したとき、被害者よりまず、その部屋の異状さに驚いたのである。広い座敷には真っ白な蠟燭《ろうそく》を立てた銀色の燭台《しょくだい》が無数に並べられていて、ついさきほどまでその全てに火がともされていたらしく、どの蠟燭の芯も黒く焼け焦げていた。

玉置正久《まさひさ》の家は、文京区の高台の中腹に建てられ、そのあたりには広い敷地を持つ家が集まっている閑静な屋敷町だった。竹梨が門を入ると、そう広くはない庭は手入れがよく行き届いていて、少しだけ欠けはじめた月が中天にある。初秋の爽やかな夜は、しかし今、殺気に乱されている。

竹梨が職員に案内されて家の中に入ると、現場には事件の通報を受けた所轄署の署長をはじめ、捜査課の職員、警視庁からは捜査一課長、現場係長、鑑識課の職員たちがそれぞれ手分けをして仕事を続けていた。

竹梨が座敷に入るのを見て、金田《かねだ》一課長が傍に近付いて来た。

「竹梨さん、休みのところご苦労さん」

「課長も休みだったんでしょう」

「ああ。今日は野球をしていてね。打ち上げのとき呼び出された。だが、検屍される側だったらかなわねえ」

座敷は庭に面した広い部屋で、中央には丸いテーブルが二つほど置かれ、飲物の瓶やグラスがそのままになっている。その一つのテーブルの上のいくつかのグラスが倒れ、テーブルクロスに黒っぽい浸《し》みが見える。

金田が言った。

「被害者は温金華《おんきんか》。本名は温井勉《ぬくいつとむ》という」

「温金華と言うと……」

「うん、芸名だそうだ。割に芸歴の長い、奇術師だ」

「すると……この部屋は特別な奇術の趣向だったんですか」

竹梨は改めて座敷を見廻した。夥《おびただ》しい燭台のほかに、床の間を背にして黒い布をかけたテーブルも置いてある。その上で奇術が演じられていたのだろう。

「なんでもここで、百魔術という会が開かれていたらしい」

「百魔術ですか。なんのことでしょう」

「昔流行した百物語のようなものだ、とこの家の玉置さんが言っていたがね。竹梨さんにはそっちの方面を調べてもらいましょう。まだ、会員は別室にいるんだ。会員のゲストとして、あんたの好きな曾我佳城《そがかじよう》さんも来ている」

竹梨は曾我佳城という名を懐しい思いで聞いた。佳城とはここしばらく会っていない。佳城に会えるなら、夜中に叩き起こされても悪い気はしない。すぐその部屋に行きたいのを少しは堪《こら》えなければならない。竹梨は金田に言った。

「その前に、もう少し精《くわ》しい事情を聞かせてください」

「そう。はじめに、この家の主人、玉置正久さんだが、現在、この近くで産婦人科の病院を開業している人で、病院には玉置さんと通いの医師が一人、患者を診ている。奥さんは事務の仕事で看護婦が二人。息子さんが二人いるが、今、それぞれ医大に通っている。玉置さんは学生のころから奇術が趣味で、日本アマチュア　マジシャンズ　クラブ、略してNAMCと呼ぶそうだが、その幹事になっていて、奇術家の付き合いが多い」

その玉置は親しい奇術の仲間を集めて、百魔術というパーティを開いていた。はじめられたのは八時からだったが、会の最中に参加者の一人が急に苦しみだした。玉置は患者を別室に移して応急処置を試みたのだが、すぐ、手に負えないことが判り、消防署に連絡、救急車の出動を求めた。

救急隊員が玉置の家に到着したときには、すでに患者は呼吸を停止していた。その症状は尋常ではなく、毒死の疑いも考えられる。これは玉置と会員が同じ意見だったので、ただちに所轄署の警察へ電話で事情を報告した。同時に、死亡した温金華の家にも事態を告げた。

「少し前に温さんの奥さんが駈けつけて来た。奥さんは温さんは普通の仕事だとばかり思っていたので、この家に来るまでだいぶまごついたらしい。まだ取り乱しているので、それ以上訊いていない。今、玉置さんの奥さんが一緒にいてくれている」

玉置が金田に話したところによると、温金華は四十代の働き盛りだという。

福島の生れで、子供のころ町の劇場に出演していた奇術に憧れたり、中学ではクラスに小さな奇術が流行したことがあったが、それ以上深みにははまらなかった。つまり奇術に関する限り、一般の子供たちの反応と変わらなかった。

温はグラフィックデザイナーを志し、東京の美術大学に入学した。そのころ、アルバイトでテレビ局に出入りして、たまたま、中国奇術の周金亭《しゅうきんてい》の仕事を手伝うようになる。それが、奇術界に入るきっかけとなった。

周金亭は中国風の衣装や奇術道具を使い、たどたどしい言葉で舞台に立っていたが、実際は下町生れの東京人で、舞台を降りると早口のべらんめえになる。

周の父親は広東《カントン》生れの中国奇術師。周はその父親に、小さいころから奇術や曲芸を教え込まれた。父親譲りの珍しい中国奇術にも温は興味を持ったが、それ以上に周の洒脱《しゃだつ》で磊落《らいらく》な人格に魅せられたようである。

周には男の子がいたが、父とは違って大人しい性格で、人の前に立つのが苦手。自分から広東料理を修業して、今では都心のあちこちに中国料理店を持つようになっている。

中国奇術の後継者のいない周は、温の弟子入りを喜び、舞台の助手として使いながら、大小の奇術を温に教え込んだ。

それが二十年ほど前のことで、五年ほどして師が亡くなると、温は独り立ちして、一人前の奇術師になった。

現在の温を中国奇術の継承者として、専門家は評価するが、一般的な人気の点では、まだ師の周を超えていない。人柄を含めて、周をひとまわり小さくしたのが温という感じである。

そうした、あまり激しさのない性質だから、人の恨みを買ったり、敵を持っていたりということはまず考えられない。

温金華というのは以上のような奇術師で、玉置が付け加えた話では、温の妻ゆり子《こ》は二度目の結婚で、先妻は五年ほど前に死亡している。死因は冠動脈硬化である。

二人目の妻ゆり子は助手として温の舞台に立っていたが、一年ほど前に交通事故に遭い、片足が不自由になってから、家にいてリハビリテーションを続けている。

竹梨が金田に訊いた。

「温金華の死因は毒と考えてよろしいのですか」

「うん、被害者を診た医者の話では、十中八九間違いない、と言う」

金田はテーブルの上に残された飲物の瓶やグラスを見渡して、

「それにしても飲物に毒が混入されている気配がないんだ。もっとも、これはもっと厳重な検査が必要で、軽々しくは言えないがね」

「……なにか、複雑なことになりそうですか」

「そう思った方がいい。なにしろ、二十人もの奇術家のいる目の前で、殺人が起きたのだからな」

竹梨と雨宮《あまみや》捜査主任が応接室に通されると、二十人ほどの会員が緊張した顔で待っていた。

佳城は銀鼠《ぎんねず》の細かな縞小紋《しまこもん》で、渋い臙脂《えんじ》の麻の葉模様の染帯を締めていた。前に会ったときより、いくぶん頬がそげて見えるのは気のせいだろうか。

佳城の隣には、いつものように教え子の串目匡一《くしめきょういち》が付き添っている。

その他にも顔見《かおみ》識《し》りがいる。竹梨はこれまでに、いくつか奇術がからまる事件に立ち会い、そのたびになにかと協力してくれた人たちだった。はじめて会う玉置は、そうした事情を知らないようで、会員の一人一人を竹梨に紹介した。

奇術材料店、機巧堂の社家と悦子、社員の柿本京子。

奇術師の艮三郎《うしとらさぶろう》に助手の猿江《さるえ》永代《ながよ》。

若い女性奇術師のキティにステラ。

奇術道具のコレクターとして有名だという真幸均《しんこうひとし》。

奇術歴が一番古い、返見《へんみ》重次郎《しげじろう》。

若手で将来を期待されている、コイン奇術の名手、引田《ひきた》重臣《しげおみ》。次々と創作奇術を発表している片淵幸三《かたぶちこうぞう》などである。

ひととおり紹介が済むと、竹梨は全員を前にして言った。

「すでに、玉置先生からお聞きしたと思いますが、温金華さんの突然の死は、専門の医師が見ても徒事《ただごと》ではありません。勿論《もちろん》、正式な解剖結果を待たなければ、妙な憶測は禁物なのですが、念のために温さんが倒れるに至った前後のことをお訊きしたい。記憶というものは刻刻として薄くなるもので、この日の報告が、後日なにかと役に立つに違いないと思うからです」

そして、玉置に向かい、

「はじめに、この会の名称、百魔術とはどういう意味なのでしょう」

と、訊いた。

玉置は六十代、眉の濃い四角でがっしりした顔立ちだが、声は細く優しい調子だった。

「江戸時代に、百物語という会が流行したことがありました。夜、何人かが集まって、百本の蠟燭をともした部屋で、一人ずつ怪談を披露するのです。一つの話が終ると一本の蠟燭を消していき、最後に百の怪談が終って、百本目の蠟燭が消えたとき、その部屋に怪異が起こる、といいます」

「……それなら、どこかで聞いたことがあります」

「百魔術は百物語の奇術版です。怪談のかわりに、一人一人が百の奇術を演じようというものです」

「そして……百の奇術が終ったとき、本物の怪異現象が現れるのですか」

「まあ……ですが、昔の人と違い、誰も本気になっていたわけじゃありません。愛好者が集まって、奇術を見せ合う会はしょっちゅうありますが、ただそれだけではもの足らなくなりましてね。この会を百魔術にしようという趣向を立てたのです」

「それを、思いつかれたのはどなたですか」

「いえ、私たちの発想ではありません。江戸時代に、実際、百魔術が行なわれていた。最近、そのことを書いている古書に出会ったのです」

竹梨はこれまで、いろいろ奇術のことを覚えてきたが、奇術の古書という世界はあまりよく知らなかった。その実物を見たいと言うと、玉置はすぐ応接室を出ると、十数冊の和綴《わと》じの本を抱えて戻って来た。

「この本は機巧堂の社家さんが古美術店で見付けて知らせてくれたんです」

と、玉置が言った。社家は手を振って、

「いや、本当はキティの叔父さんが古美術商をしていて、その関係で情報が流れたわけです」

「なるほど……あなたたちの連絡は実によく働いているんですね」

「それだけ、世界が狭いということでしょう」

古書のうち、十冊ほどは半紙を二つ折りにした大きさで、これを半紙本と呼ぶらしい。その本の題簽を見ると、上中下、あるいは上下に分冊されていて、上の部は目録、これから解説させる奇術が絵で描かれている。

目録を見ると、手水鉢《ちょうずばち》の中から龍が立ち登ったり、障子を開けて天狗が座敷に現れたりする絵があった。目録の絵は客の購買心を唆《そそ》るように誇張して描かれているのだという。

奇術文献の歴史では、伝授本がはじめて現れた元禄《げんろく》期から寛政《かんせい》期までを黄金時代。造本内容ともに勝《すぐ》れたものが多い。

次の文化文政期《ぶんかぶんせい》から幕末にかけての第二期は、中本《ちゅうぼん》という半紙本の半分の大きさが中心で、体裁も一冊本にまとめられている。内容は豊富だが、そのかわり解説は簡単になり、ほとんど第一期の焼き直しの奇術が多く、新鮮味はないが、その推移を見ると、はじめは裕福な人たちの間で行なわれていた奇術が、しだいに大勢の町人に広く浸透していったことがよく判る。

玉置は十数冊の中から、二冊の本を選《よ》り出した。『座敷芸比翼品玉』上下二冊本である。

「この中に百魔術の法が解説されているんですよ」

玉置は下巻のページを繰った。くねくねした変体仮名は取りつきにくいが、玉置の説明でどうにか「百魔術をなして怪異を現す法」という字が読めた。

「この本は非常に珍しいんです。多賀谷環中仙《たがやかんちゅうせん》という人の著作で、享保《きょうほう》期にも伝授本の名著を書いていまして、その時期の本と思われます。かなり前に、一度、地方のマニアが発見して、話題になったことがあるんですが、私も現物を見るのはこれがはじめてです」

と、玉置が言った。

「社家さんが本を手に入れたという連絡を受けて、私は仕事が終るのを待ちかねて、すぐ機巧堂へ駈けつけて、本と対面をしたわけです。そのとき、百魔術の記述を読み、社家さんと話をしているうち、その会を実際に開いてみようという相談がまとまりました」

二人の熱っぽいやりとりが見えるようだった。竹梨が訊いた。

「それで、百魔術の会にどういう人が誘われたのですか」

「私と社家さんの共通のお友達。それから、ゲストとして、和妻《わづま》のできるプロの奇術師たちです」

「和妻というと、日本の奇術ですか」

「ええ。せっかくの趣向ですから、江戸時代の奇術に拘《こだ》わりたかったのです」

「……それでご婦人方は着物を召していらっしゃるのですね」

艮三郎の助手の永代、キティとステラは芸能人らしく着馴れた感じで、機巧堂の悦子と京子は上品だった。だが、一見地味に見える佳城に、竹梨はどうしても心を奪われてしまう。

「しかし、温金華さんは中国奇術を専門にしているのでしょう」

と、竹梨が言うと、社家が答えた。

「そうですね。日本では古来から呪術師や修験道の行者などが奇術のようなことをしていましたが、芸能としての奇術は、奈良《なら》時代に仏教文化と一緒に渡って来た散楽雑戯《さんがくざつぎ》がはじまりなのです。だから、日本と中国とでは、共通する奇術が多く残されています」

「なるほど」

「中でも人類の文化遺産とも言える、優秀な奇術、金輪《きんりん》の曲やお椀と玉などは、そのころすでに世界中に伝播《でんぱ》されていました」

奇術が文化遺産とは少し大仰な言い方に思えるが、愛好者には高《たか》が奇術などではないのだろう。

「では、その温さんが百魔術で演じた奇術――いや、皆さんが演じた百の奇術を、ここで観たい。もう一度ここで」

竹梨は言い掛けて言葉を切った。本来ならそうしたいのである。竹梨は納得しにくいことがあると、実際に試してみたくなる質《たち》で、竹梨の実験好きは部内でも有名だが、百の奇術となると時間がかかりそうで、佳城の迷惑も考えると一歩譲らざるを得ない。

「その、百の奇術がどんなものだったか、そのレパートリイを教えてくれませんか」

社家が頭を傾げた。それを見て、佳城が言った。

「そういうことなら若い人がいいでしょう。串目君、覚えているわね」

串目はうなずいた。玉置が電話台にあるメモを渡すと、串目は少しのためらいもなく文字を書いていった。

竹梨に渡されたメモには、演者と演題がきちんと並んでいた。二十名の会員が五つずつの奇術を演じていた。計、百である。竹梨はその文字を見渡した。

佳城の名は後半に書かれていた。

〈袋玉子《ふくろたまご》〉これは竹梨でも知っている。空《から》の袋から玉子が現れたり、消えたりする奇術だ。〈玉子煙となる〉はその玉子を煙にして消失させる奇術らしい。そして〈胡蝶《こちょう》の舞《まい》〉。

「佳城さん、この〈胡蝶の舞〉というのはどんな奇術ですか」

と、竹梨が訊いた。佳城の答は短くて、判り易かった。

「小さな白紙で蝶の形を作ります。それに扇の風を送りますと、生きもののように宙に舞うのです」

「それなら、見たことがあります。しかし、〈胡蝶の舞〉とは優雅な題ですな」

しかし、佳城のことばかり気にしてはいられない。問題は温金華の芸である。

温は会の中ほどに出演していて、演じた奇術は五つ。ただし、演題が難しい。

まず〈七色彩帯《なないろさいたい》〉。これは、七色に染めた紙テープを細かく寸断して、元通りに復元させる奇術だという。

〈七星聚会《しちせいしゅうかい》〉。七枚の中国硬貨が、右手から左手へ一枚ずつ移る奇術。

〈大変金銭《たいへんきんせん》〉。普通の二十枚の硬貨が、全て金の硬貨に早変わりし、最後に色とりどりの硬貨に変化する。

そして〈天狗《てんぐ》の豆隠《まめかく》し〉。これは日本奇術のようだが、内容はよく判らない。

「それも、中国から渡って来た奇術なんです」

と、社家が説明した。

「温さんは小さな巾着《きんちゃく》から、いくつかの小豆《あずき》を取り出しました。使うのはそのうちの三つの小豆だけです。これを一つずつ口で湿して掌《て》の上に置くと、掌の中に吸い込まれるようにして消えてしまいます」

「……本当に掌の中に入るのじゃないんでしょうね」

「勿論、それは見せかけでちょっとした手練が必要な奇術なんです。この奇術はあまり演じる人がいなくなりましてね。僕はぜひ残しておきたいと思い、温さんにその技法を原稿に書いてもらい、最近内の『秘術戯術』に掲載したばかりでした」

「すると……その演じ方はその雑誌を読めば判るのですね」

「ええ、ここにいる皆さん、読んでいますが、実際に演技をみるのははじめてという人もいます」

「なるほど、奇術は種を知って、それで終りではないんですね」

「ええ、人によって、それぞれ工夫が違いますから、種を知っていてもつまらないということはありません」

温が最後に演じた奇術が〈紅豆相思《こうとうそうし》〉。

「これも、豆の奇術なんですか」

社家は首を横に振って、

「いえ、それが有名なカップエンドボウルです。日本に渡ってお椀と玉。温さんが見せてくれた、周金亭直伝《じきでん》の紅豆相思は、少し変わっていました。普通、西洋のカップエンドボウルや日本のお椀と玉は、三つのカップに三つのボウルを使うんですが、紅豆相思では二つのお椀と三つのボウルで演じられます」

「紅豆相思——この題もなにか艶っぽいですねえ」

「そうですね。どういうわけか奇術には思わせぶりな題が多いですね。日本で言う〈比翼《ひよく》の竹《たけ》〉は中国で〈玉女穿梭《ぎよくじよせんさ》〉と呼ばれていますよ」

と、社家が言うと、玉置も一冊の伝授本を取り上げて、

「この『御伽秘事枕』これを艶なる本と間違えた人がいたそうです」

竹梨は感心したが、すぐ真顔になった。ともすると奇術の話題が面白く、事件を忘れそうに

なる。

「それで、温さんがその奇術を演じたのは何時ごろでしたか」

社家が時計を見ながら、

「会は八時にはじまって、一時間ほどで半分の蠟燭が消えました。十人の演技が終ったとき休憩。飲物が出まして、三十分後に演技が再開。温さんはその一番目でしたから、九時半ごろだったでしょう」

と、言って全員を見渡した。異議を唱える人はいなかった。

「温さんの演技はどうでしたか。なにか、いつもと違うとか、異様に感じたとか、そういうことがありませんでしたか」

「いいえ。温さんの演技は明快でした。途中でつまずくようなこともなかったですね」

それも全員が肯定した。

「その後の演技も順調でしたか」

「ええ。残りの十人も滞《とどこお》りなくそれぞれの奇術を演じました」

「そして……百本目の蠟燭が消えたとき、本物の怪異が座敷に現れたのですか」

社家と玉置は顔を見合せた。

「ええ……座敷が暗くなったとき、人の唸《うな》り声が聞え、続けて倒れる音がしました。電灯をつけて見ると、それが、温さんだったのです」

温の妻、ゆり子は別室で人形のように無表情だった。目鼻立ちが控え目な、浮世絵の美人を連想させる人で、報《し》らせを受けてそのまま家を出て来たらしく、素顔のままで黒っぽいカーディガンを羽織っていた。

竹梨はゆり子の傍の壁に立て掛けられている松葉杖を見て、二重に痛々しい気分になった。客用の部屋らしく、ベッドとドレッサーと丸テーブル。清潔だがどこか素っ気ない感じだ。質問をはじめた金田一課長は、まずゆり子の怪我《けが》の調子を訊いた。

ゆり子は順調に回復していると言い、

「もう少しで温の助手として、舞台に復帰できると思っていたところでした」

と、沈痛な顔をした。

「お嫌でなかったら、その事故の様子を聞かせてもらえませんか」

と、金田が言った。ゆり子は少し考えてから、

「関越《かんえつ》自動車道で玉突き事故に巻き込まれたのです。仕事で新潟に行く途中、前橋《まえばし》を過ぎたあたりでした」

「仕事というと、その車には温さんも乗っていたのですか」

「ええ。主人が運転をしていたのです。幸い、主人に怪我はありませんでしたが、助手席にいたわたしが潰された車体に右脚を挟まれてしまい――」

「そうでしたか。それは大変な災難でしたね」

「でも、わたしでよかったんです。奇術師は一本の指に小さな傷ができても、仕事に差し障り

ますから」

　ゆり子の指に、マリッジリングが光っている。細目の金色の指輪だった。

　金田が質問を続ける。

「あなたは温さんの前の奥さんをご存知でしたか」

「……舞台では観たことがありますけど、実際に会って話したことは一度もありませんでした」

「温さんとは、どうして識り合ったのですか」

「わたし、学生のとき奇術クラブに入っていました。三年生の秋、クラブの発表会へ、主人が見に来てくれました。その打ち上げのときから親しくなったのです」

「……あなたもその発表会に出演していたわけですね」

「ええ、仲間の批評は厳しかったんですけど、主人はとてもわたしに好意的でした」

「そのころ、温さんの奥さんは？」

「三年ほど前に亡くなっていました。そのとき、男のお弟子さんが舞台の助手をしていたんですけど、近いうち独立させたい、という話を聞いて、主人にわたしの方から仕事を手伝いたい、と申し出ました」

「それは、学校を卒業してからですか」

「いいえ。在学中に、わたしが四年生になった春からです」

「すると……失礼ですが、温さんとはだいぶ年が違う」

「主人は二十歳年上です」

竹梨は意外に思った。話の様子だとはじめに熱を上げてしまったのは、ゆり子の方らしい。

捜査課の宇津木《うつき》が小ぶりのアタッシェケースを持って部屋に入って来た。宇津木は温が持っていたケースだと説明し、中を改めた上、引き取ってください、とゆり子に言った。

黒革を貼ったケースで、ゆり子が銀色の留め金を外して蓋《ふた》を開けると、中にはお椀と玉に使うらしい黒塗りの椀や、色とりどりのシルクをはじめ、ロープやボウルなどが入っていた。

ゆり子はその一つ一つに目を通していたが、ケースの隅にある二つの小銭入れを取り出した。

その一つは焦げ茶色の印伝革《いんでんがわ》の蟇口《がまぐち》で、中には十枚足らずの同じ種類の孔方銭が入っていた。〈七星聚会〉の奇術に用いられるコインなのだろう。

もう一つの小銭入れはやや大きく、黒革製の筒形で、ファスナーがついていた。ゆり子が中から取り出したのは、二十枚ほどの孔方銭で、細い紐できちんと束ねられていた。このコインを使って〈大変金銭〉が演じられるのだろう。

ゆり子はコインを小銭入れに戻すと、なおアタッシェケースの中を捜していた。

「なにか、足らないものでもありますか」

と、宇津木が訊いた。ゆり子はうなずいて、

「ええ、もう一つ小銭入れがあるはずなんです」

と言い、ケースの中のものを全部外に取り出した。それでも、目的の品はないようだった。

「赤い小さな巾着なんです」

と、ゆり子が言った。確かにそれらしいものはどこにもない。宇津木が訊いた。

「その巾着の中には、なにが入っていたんですか」

「いくつかの小豆です」

「……小豆？」

金田が不思議そうな顔をした。普通、小豆など後生大事に巾着などに入れて持って歩く人はいない。

「今、奇術の人たちから聞いたんですけど、温さんは今夜の会で、天狗の豆隠しという、小豆の奇術を演じていたそうですよ」

と、竹梨が言った。ゆり子はうなずいて、

「ええ、主人は周先生譲りの小豆の奇術を得意にしていました」

「その小豆は特別なからくりが仕掛けられている豆なんですか」

と、金田が訊いたが、竹梨はそれには答えられなかった。ゆり子が言った。

「いいえ。種も仕掛けもない、普通の小豆です」

「とすると、いくつかの小豆では盗みの対象になるとは思えませんね」

「でも……小豆の他に、その巾着の中にはちょっと珍しいものも入っていたんです」

「………」

「三枚の古い中国の穴開き銭です」

「……それも、奇術に使うのですか」

「いいえ。先生の遺品で、主人がお守りのように、いつも持ち歩いていた品でした」

「古い硬貨というと——中国の銭には必ず年号が入っていますね」

「それが……篆書《てんしょ》というのでしょうか、読めないような文字で。主人が言うには、古代中国、周《しゅう》の国の景王《けいおう》が作ったという、四角な穴の開いた銭では最も古い三枚だということです」

「……そういう銭なら、高価なのでしょうね」

「さあ……あれはお守りですから、主人は手放す気はなかったので、値段には全く無関心でした」

竹梨は聞くほどに背筋に寒さを感じた。日本で最初に銅銭が鋳造されたのが七世紀の末ごろ。その最も古い銅銭の一つである和同開珎《わどうかいちん》は古銭蒐《しゅうしゅうか》集家の垂涎《すいぜん》の的で、市場に出れば一千万を下るまいという話を聞いたことがある。

周の景王というと、正確な年は判らないが、紀元前、和銅開珎より少なくとも千年は古いはずだ。そうした古銭が、和銅開珎より安いとは思えない。しかも、それが三枚、温のケースからなくなってしまったという。

「もしかして、奇術の硬貨に混っているんじゃないでしょうね」

と、竹梨が言ったが、そうではなかった。

〈七星聚会〉の硬貨はどれも同じ楷書《かいしょ》で道光通宝の文字があり、〈大変金銭〉の方は一目瞭然、精巧な仕掛けが施されているトリックコインで、一般に通用する硬貨ではない。

「温さんのケースは、どこにあったのですか」

と、金田が宇津木に訊いた。

「温さんが倒れて別室に運ばれたとき、社家さんがその部屋に持って行った、と言っていました」

「温さんの持物はそのケースだけだったのかね」

「ええ。そのケース一つだったそうです」

「私たちが到着したときには、あの部屋にはいろいろな人が出入りをしていたな」

会員のうち誰かが、そっとケースを開けて問題の巾着を取り去ることもできた、という意味だ。

「もう一度、調べてみましょう」

宇津木がそう言って部屋を出て行き、しばらくして小さなものを手にして戻って来た。

「これが、その巾着と違いますか」

ゆり子はそれですと言った。臙脂《えんじ》色《いろ》の小袋で、口に同じ色の紐が結ばれていた。

「ドレッサーの傍にあるごみ箱の底にありました」

だが、巾着の中にはなにも入ってはいなかった。

捜査が進み、事実が判明するのと反比例して謎が深まっていく。

最初に予想されたとおりの解剖結果が病院から報告された。それによると、被害者は経口毒物による死で、体内からアルカロイド系毒物A-キニンが検出された。

A-キニンは致死量が〇・一グラムと青酸ソーダ並みで無味無臭。これが体内に入ると、延髄《えんずい》と脊髄《せきずい》に異常が起こり、呼吸麻痺《まひ》で窒息死する。従って、温金華は百魔術で自分の芸を演じた後、毒物を飲んだと考えなければならない。

ところが、百魔術が行なわれた座敷にあった飲物の瓶やグラスの全てを、警察が押収して科学捜査研究所へ運んだ結果、そのどれからも毒物を検出することができなかった。

温はいつどんな方法で毒を飲んだ、あるいは飲まされたのか、謎は深まるばかりである。

一方、温の持物の中から消えてしまった三枚の古銭だが、警察が事情を説明して了解してもらい、百魔術に加わった参加者の全員の持物及び衣服を改めたのだが、ついに一枚の古銭も発見されなかった。

竹梨が古美術商高雅堂に問い合せると、古銭は専門でないので大体のことしか判らないと言いながらも、問題の三枚はそれぞれ「宝貨」「宝六貨」「宝四貨」と呼ばれている中国で最古の孔方銭らしい、と教えてくれた。その価格は見当もつかないが、競《せ》り市《いち》に出してもそれぞれ一千万円は下るまい、という。

また、温とゆり子が巻き込まれた交通事故だが、これは交通部に記録が残っていて、ゆり子の話とよく一致していた。

竹梨が前橋の警察に電話をすると、その事故に立ち会ったという職員がいて、温のことをよく覚えていた。

「あの奥さんは気丈な人ですね。びっくりしましたよ。奥さんは自分が車体に挟まれても、ご主人の助けを拒んで、救急隊が到着するまで苦痛を堪《こら》えて待ち続けていたんですから」

「……ご主人の助けを拒んだ？」

「ええ。ご主人がそのために怪我でもしてはいけない、と言っていました。奇術師は指に少し怪我をしても、仕事に差し支えるから、と」

竹梨は感心した。自分の場合だったらどうだろう、とつい余計なことを考えてしまう。そして、ゆり子の怪我の状態だが、ゆり子が運び込まれた病院の医師は、生涯、杖なしでは歩行が不可能だ、と言ったという。竹梨が思っていた以上の重態で、近いうち舞台に復帰できそうだと言ったゆり子の言葉とだいぶ違う。

「私は百魔術の主催者に注意しなければならないと思う」

と、金田一課長が言った。

「つまり、会の準備と同時に犯行の計画もたてることができるからですか」

と、竹梨が訊いた。

「その上、玉置氏は医師だから、全くの素人《しろうと》よりも毒の入手も易しいはずだ」

「確かに、奇術の古書になると、目の色が変わるらしいですね。しかし……古銭の方はどうでしょう」

「前に、女性の下着泥棒が捕まったことがあるが、その男は昆虫の蒐集家でもあった」

「機巧堂の社家さんも、百魔術を考えた一人です」

「どうも、あの連中、誰かを庇《かば》い合っているような気がしてならないんだがね」

金田は上目遣いに竹梨の顔を見て、

「竹梨さんの腰がもじもじしていますよ。そろそろ曾我佳城さんの智慧《ちえ》を借りたくなっているんじゃありませんか」

と、言った。

竹梨が佳城のマンションを訪れたのは二度目だった。

佳城は狐色のしなやかなシルクウールのセーターに、焦げ茶色のワイドレッグパンツをゆったりと着けていた。

「まだ、奇術の劇場は完成しないのですか」

と、竹梨は訊いた。佳城が持つ広大な土地に劇場が着工されてから何年たったのだろう。

「わたしに会うと、皆さんまだかまだかと催促されます。困りましたね」

佳城は人事《ひとごと》のように言って笑い、

「建築の方たちが大変熱心でしてね。それはいいのですが、せっかくの劇場だからああもしたい、こうもしたいと、つい手間のかかることばかりで工事が長引いているんですよ。でも、もう少しです。近いうちに落成いたします」

「そうでしたか。いや、待ちに待った劇場が完成されれば、皆さん大喜びでしょう」

竹梨は事件に関係する、新しく判ったことを佳城に話した。

温金華の死因は毒物であること。ただし、温がいつどのようにして毒を飲んだのかは判らない。

次に、温のケースから消えた三枚の古銭は、中国で最古の孔方銭と言われ、珍品として骨董《こっとう》的な価値は相当なものらしい、ということ。

佳城は竹梨の話を静かに聞いていたが、

「温さんがどのようにして毒を飲んだのか、それだけなら判るような気がします」

と、言い、更に意外なことを付け加えた。

「それを知っているのはわたしだけじゃありません。百魔術に集まった全員の方は見当がついていたはずです」

竹梨は身体を乗り出した。

「矢張り、皆さんは誰かを庇っていたんですね」

「いいえ、そうじゃありません。あのとき、温さんは毒死と断定されなかったでしょう。皆さん、慎重なだけだったんです」

「しかし……全員がそれを知っていたとは信じられませんね」

佳城はデスクの上の電話機を手に取って、スイッチを押した。別室の誰かを呼び出しているらしい。

「先月号の『秘術戯術』を持って来てください。それから、小豆もね」

佳城は電話機をデスクに置くと、

「ちょうど、串目君が図書目録を作っているんです」

と、言った。すぐ、串目が薄手の雑誌を持って部屋に入って来た。

佳城は雑誌を受取ると、すぐ中央のページを開いた。

『和妻の世界』連載の奇術解説記事で、この月が第七回〈天狗の豆隠し〉。筆者は温金華。

「百魔術で温さんが演じた一つに、この奇術がありましたね」

と、竹梨が言った。

「ええ、そうなんです。記事を読んでいただくといいんですが、それより、実際にご覧になる方が早いでしょう。ちょうど、この解説で、串目君が〈天狗の豆隠し〉を稽古していました」

串目はポケットを探って、三つの小豆を取り出すと、竹梨の前のテーブルの上に並べ、服の両袖をたぐりあげて肘《ひじ》までを露《あら》わにした。小豆のような小さなものは、そっと袖口に出し入れすることもできる。そうした疑いを抱かせないためだ。

串目は一つの小豆を右指先で取り上げ、口で湿してから左掌に置き、右指で静かに押していくと、掌の中に吸い込まれるようにして消えてしまった。

同じことを三度。

三つの小豆は跡形もなく完全に消失した。

「不思議ですね。確かにこの目で見た小豆がなくなってしまった」

竹梨は驚嘆した。

これが舞台の上でだったら、仕掛けは判らぬにしても、大道具のどこかにからくりが隠されているだろうと思い、推測の余地は残される。

ところが、この場合、最後に残ってたのは串目の二つの手だけである。演技の間、串目は一度も手をポケットに近付けたりもしなかった。推測の余地のないだけ、舞台奇術よりも不思議だった。

「竹梨さん、串目君はどこに小豆を隠したと思いますか」

と、佳城が訊いた。竹梨は頭を振って、

「いや……そうなんでしょうねえ。小豆は天狗が隠したのではなく、実際的な方法で隠されているに違いないのですが、私には全く見えません」

「そうでしょうね。この奇術には素晴らしいミスディレクションが使われていますから。それでは串目君、竹梨さんに小豆を見せてあげなさい」

佳城に言われて、串目は右掌を開いた。だが、その中から小豆が姿を現すわけではなかった。串目は掌を上向きにして顎《あご》の下に当てた。すると、青年の赤い唇の間から一つの小豆が顔を出した。小豆は串目の掌に落ちた。続けてもう一つ――

「あ……」

竹梨が小さく驚きの声をあげると、佳城が言った。

「小豆の隠し場所は、口の中だったんです」

「しかし……あ、そうだったのか」

串目は小豆を口で湿すふりをして、実際には小豆を口の中に入れてしまったのだ。小豆のような小さなものだから、頬の裏に廻しておけば喋《しゃべ》るのに差し支えはない。

「演技が終ったとき、人に見られないよう、小豆をはき出すわけですか」

と、竹梨が言うと、佳城は首を振った。

「いいえ。伝授本では、それを飲んでしまうのだ、と教えています。飲み込んでしまえば、あとに証拠は一切残りませんからね」

「すると……温さんも同じやり方をしていたんですね」

竹梨にはある光景が見えてきた。人が寝静まった夜中、独り机に向かいライトの下で、小豆を二つに割り、中を刳《く》り抜いて毒物を詰め、接着剤で元通りの小豆に仕上げている——

「百魔術に集まった人たちなら、この〈天狗の豆隠し〉の方法は誰でも知っているでしょう。社家さんの『秘術戯術』にも温さんの解説が掲載されたばかりですしね」

と、佳城が言った。

「それで、やっと佳城さんが言った意味が判りました。温さんがどのようにして毒を飲んだのか、百魔術に集まった全員の方は見当がついている、ということが」

「それじゃ、どうでしょう。もし、犯人が竹梨さんだとして、百魔術で温さんの小豆と、毒の小豆とを掏《す》り替えますか」

「しませんね。温さんに毒を与える方法がすぐ見破られるような場所では絶対にしません。その方法が判れば、自ら犯人は限定されることになりますからね」

「そうでしょう。少なくとも、百魔術の会員はそんな場所で犯行はしません」

「……会員の全員が加害者ではあり得ないとすると——」

「百魔術ではなく、一般のお客さんが相手の場所でしたら、話は別です」

「……そして、加害者は温さんが〈天狗の豆隠し〉を演じると、小豆を飲み込んでしまうことを知っている人物」

竹梨はそこまで言って口をつぐんだ。

事件の当日、温が百魔術という奇術愛好者の会でなく、普通の仕事に行くとばかり思っていた人物がいるのを思い出したからだ。そのため、玉置家に行くのをまごついたという、温の妻ゆり子である。

「わたしは、三枚の古銭が消えてしまったとき、全てが判ったような気がしました」

と、佳城が言った。

「加害者は温さんが百魔術で急死したのを知って慌てたのです。奇術愛好者の集まりですから、温さんが毒死と判れば、まず、飲み込んだ小豆が疑われるでしょう。温さんが小豆を入れていた巾着の中には、まだ余分な小豆が残っていた。それも、加害者が細工をした毒入りの小豆がです」

「……加害者はそれを処分しなければならなかったのですね。小さな小豆なら、流し台で流してしまうこともできる。でも、小豆だけがなくなったのではおかしい。それで、骨董的価値の高い古銭もなくなった、と言いだしたのですね」

「わたしの考えでは、三枚の古銭は元元巾着の中には入っていなかった、と思うのですけど」

「そう……きっとそうでしょう。あれだけ捜してもついに見付からなかったのですから。捜査の目を小豆から逸らすための――そう、これもミスディレクションだったわけですね」

それにしても、ゆり子が交通事故に遭ったとき、温の身体を気遣うあまり、手出しを拒んで救急車の来るまで苦痛を堪えていたというほど、夫を思っていたゆり子が、どうしてそんな非情なことをしたのか判らない。

竹梨がそう言うと、佳城はその心情は判るような気がする、と言った。

「その事故での怪我はかなりひどくて、ゆり子さんは二度と温さんの舞台の助手を務めることができない。それを知っていたんじゃないでしょうか。世の中には愛が極めて強いあまり、相手を独占してしまいたくなる人がいます。ゆり子さんが温さんと一緒に仕事をするのを、無上の喜びと感じていたとすると、それができなくなった今、温さんを独占する方法は一つしか残されていませんでした」

警察が温の家に行くと、ゆり子はベッドの中ですでに事切れて発見された。死後、丸一日が経過していた。

解剖の結果、死因は毒物死で、温が飲んだ毒と同じものを服用していた。

ゆり子の遺書も発見され、それによると、佳城が竹梨に説明したとおりの心情が書き連ねられ、温に毒を与えた手口は、温が〈天狗の豆隠し〉に使っている小豆の中に仕掛けたものであった。

遺書には周の景王の時代に作られたという、三枚の古銭も添えられていた。古銭は温が持ち歩いていたのではなく、小引出しに大切に蔵《しま》われていたという。

竹梨はゆり子の遺体が発見されると、すぐ、佳城に電話をした。

「もしかして、私がうかがう前に、ゆり子さんに連絡したんじゃないですか」

竹梨には佳城がゆり子に自白を勧めたに違いないと思ったのである。佳城はそれには答えず、ゆり子の心情を推察することができたのは、

「わたし自身、特別な立場にいたら、ゆり子さんと同じ情動が起こることも、あり得ると思ったのです」

と、答えた。

おしゃべり鏡

鏡之助《きょうのすけ》は壁に貼った紙の前に腰を下ろした。両足の指にそれぞれフェルトペンを挟み、両手にもフェルトペンを持つ。その四本のフェルトペンを同時に動かして、紙の上に文字を書くのである。右手は「富士山《ふじさん》」左手は「ふじさん」右足は「フジサン」左足は「Ｍｔ．Ｆｕｊｉ」だ。

鏡之助がほぼ同時に四種類の字を書き終えたとき、後ろの方で拍手が聞えた。稽古場《けいこば》には剣之助《のすけ》と玉之助《たまのすけ》しかいないはずだった。二人は鏡之助の曲書きを見馴《みな》れているから拍手したりはしない。鏡之助が振り返ると、いつの間にか荒井七八《あらいななはち》が立っていた。

「ふしぎな芸ができるね」

荒井は薄い唇を動かして言った。甲高い調子だった。

「誰かに習ったの？」

「いいえ。誰からも習いません」

「すると、君の独創か。ますます偉い」

鏡之助は誉められても少しも嬉しくはなかった。もっとも、相手が女性なら話は別だ。

「母さんには言わないでください」

と、鏡之助は釘を刺すように言った。

「どうしてだい。いいじゃないか。先生が知ればびっくりするよ」

「いいえ、だめです。叱られます。そんなことをしている暇があったら、勉強をしなさいと言われます」

「なるほどな」

荒井は少し吊り上がった目であたりを見廻した。剣之助は剣玉に夢中になっているし、玉之助は三つのボウルを乱取りしている。

「ここはサーカスのスタジオみたいだ」

実際、三人共、子供の遊びの域ではなかった。剣之助は両手の二つの剣玉ではもの足らず、もう一本を口にくわえていたし、玉之助はボウルを増やして四つの乱取りに挑戦しはじめていた。

「君たち、サーカスの芸人になるつもりかい」

と、荒井が鏡之助に訊いた。

「いいえ、サーカスに入る気はありません」

「じゃ、ただ、好きでこんな難しいことをしているんだ」

「そうです。人に見せるために稽古しているわけじゃないんです」

「それなら、芸術家だな」

「……僕たち、芸術家なんですか」

「うん。勝《すぐ》れた技芸を持っているにかかわらず、その技芸は実用にならない。そういうのを芸術家という」

荒井は鏡之助が書いた四種類の字を見ながら、

「そう言えば、昔、サーカスで〈葛《くず》の葉《は》〉という芸を見たことがあったなあ」

「……クズノハ?」

「そう、信太《しのだ》の森の白狐《しろぎつね》。知らないかい」

「ええ、知りません」

「昔、和泉国《いずみのくに》の信太の森に住んでいる白狐が娘に化けて里に下りて来て、ある男と契りを結び男の子を生んだ。けれども、狐の正体が判ってしまい、狐は子を残して森に帰る。そのとき狐は障子に歌を書き残していった。その歌は〈恋しくばたづね来てみよ和泉なる信太の森のうらみ葛の葉〉という」

その男の子は成長し、有名な陰陽師《おんみょうじ》、安倍晴明《あべのせいめい》になった、という。

サーカスの葛の葉は、その伝説によったもので、まず台の上に芸人があおのけに乗って、両足で大きな障子を差し上げる。葛の葉に扮した女性が障子の腰板に乗り、筆を持って恋しくばの歌を書いていく。はじめは右手で、次に筆を口にくわえて書き、最後は左手に持ち替え、裏文字である。

「裏文字というのは、そのままだとよく読めない。だが、書いてある紙を裏返して見ると、ちやんとした字になっているんだよ」

　と、荒井は説明した。

「北斎《ほくさい》という江戸の町絵師を知っているかい」

「ええ。富士山とか、荒浪を描いた人でしょう」

「うん。その北斎という先生は面白い人でね。西洋風の風景画を描いて、平仮名の裏文字を添えているんだ。横に書いた裏文字はオランダの字みたいに見えるという趣向さ」

「……面白そうですね」

「君だったらちょっと稽古すれば、すぐ書けると思う」

「僕、元元、左利きなんです」

「なるほど。それを長所にしているんだ」

「サーカスはその裏文字を書いて終りなんですか」

「いや、まだ続きがあった」

　歌を書き終えた葛の葉は障子の裏に隠れる、と思うと障子の上部を突き破って現れるのだが、すでに白狐の姿に変わっている。白狐は障子の上に駈け登り、そのまま空中に飛び去って行く。宙乗りである。

「なんだか、古臭いサーカスだなあ」

　と、剣之助が遠慮ない感想を言った。いつの間にか剣之助と玉之助は稽古を止めて、荒井の話を聞いていた。

「こういうのを古典的と言う。今のサーカスみたいにあくせくしていない。風格があってゆったりしている。確か大園《おおぞの》イリュージョンと言ったなあ」

「どこで観たんですか」

と、剣之助が訊いた。

「北海道。函館《はこだて》の啄木蟹祭《たくぼくかにまつり》でそのサーカスが来たんだ。サーカスのジンタ、懐しいなあ」

鏡之助たち三人は、世界的に有名な大サーカスを見て来たばかりだった。美しく華麗な大小の道具はもとより、次次と畳み込むようなテンポのいい演技に、時のたつのを忘れるほどだった。音楽もジンタなどではなく、最新の電子音楽が使われていた。それに較《くら》べたら荒井が啄木蟹祭で見たというサーカスは古めかしいに違いない。

だが、大人しい性格の玉之助は古めかしいなどとは言わなかった。

「その、裏文字というの面白そうじゃないか。鏡之助、やってみろよ」

「……君が、鏡之助？」

荒井は鏡之助の本名を知っていたから、ちょっと首を傾げた。

「そうか。鏡之助というのは、君の芸名なんだ」

「そうです」

「じゃ、剣玉の上手《じょうず》な子は？」

「剣之助」

「ボウルを稽古している子は？」

「玉之助です」

「なるほど……」

鏡之助が書いた字を見ながら、剣之助が言った。

「でも、富士山じゃだめだ。富士山という字は裏返しても元と変わらない」

「なるほど、そうだ」

鏡之助が考えていると、荒井が口を挟んだ。

「矢張り、歌がいいな。筑波嶺《つくばね》の、などはどうだい」

「……なんですか、それは」

「百人一首だよ。〈筑波嶺の峰より落つるみなの川恋ぞつもりて淵となりぬる〉」

「いいですけど、その歌、英語に訳してくれませんか」

「それは、困った」

「荒井さん、英語ができないんですか」

と、剣之助が訊いた。

「できない、ことはない。恋はラブだ。淵は――なんと言ったかな。そう」

荒井はぽんと手を叩いたが、英語を思い出したわけではなかった。

「僕の友達に、片淵《かたぶち》という男がいるんだ。この男は今、奇術に凝っている。君たちのことだから奇術も好きだろう」

「奇術には種がある」

と剣之助が興味なさそうに言うと、荒井は首を振って、そうではないと否定した。

「そりゃ、奇術に種はつきものだが、中には種などに頼らない奇術も多くあるんだ。たとえば、奇術師が空中から数限りなくトランプを取り出す奇術を見たことがあるだろう」

「ええ、あれは種があるんじゃないんですか」

「ないね。あの奇術は純粋に技術だけの芸なんだ」

「……信じられないなあ」

「まあ、種を使わないだけ、大変に難しい芸だそうだ」

それなら話は別だ。奇術も曲芸と同じで、技で不可能に挑戦している芸なら、鏡之助も好奇心を持った。

「その片淵君というのは学生でね、僕の店でアルバイトをしているんだ。手が空《あ》くと店のお客さんに奇術を見せている。これが、なかなか好評でね」

と、荒井は言った。

「前から片淵君の奇術を君たちに見せてあげたかったんだけれど、内は酒を飲ませる店だから、未成年者は呼べない」

「僕、酒を飲んだことがある」

と、剣之助が言った。

「僕、煙草《たばこ》を吸ったことがある」

と、玉之助が言った。

「僕、銃を撃ったことがある」

と、鏡之助が言った。荒井は目をぱちぱちさせて、

「それ、本当？」

「うん。ゲームで」

「……今、凄いゲームが流行《はや》っているらしいね。矢張り、君たちを店に連れて行くことはできないが、いい方法がある」

「店を改築するんですか。ファミリーレストランとかに」

「とんでもないことを言うなよ。そうじゃない。片淵君には奇術の仲間がいてね。そのうちの三人が集まって発表会をやることになっているんだ。来週の土曜日。二時開場なんだが、行って見ないかい」

「僕、塾があるけれど、奇術の方へ行く」

と、剣之助が言った。

「僕、バイオリンの日だけど、奇術の方へ行く」

と、玉之助が言った。

「僕、ゾンビを殺さなきゃならないんだけれど、奇術の方へ行く」

と、鏡之助が言った。

鏡之助が筆や墨汁をまとめて二階の部屋に行くと、敏子《としこ》がレオタードになっていた。

「お友達は帰ったの」

と、敏子が訊いた。

「うん、皆、忙しいから」

「そう。重《しげ》ちゃんは塾へ通っているのね」

重太《しげた》というのが剣之助の本名だ。

「猛《たけ》ちゃんはバイオリンを習っている」

猛《たけし》というのが玉之助の本名だ。

「夏《なつ》、お前は？」

夏雄《なつお》というのが鏡之助の本名だ。

「僕、これから勉強だよ」

と、鏡之助が言った。

「なんの勉強？」

「国語。筑波嶺の峰より落つるみなの川恋ぞつもりて淵となりぬる」

「それ、百人一首ね」

「うん」

「他には？」

「……恋しくばたづね来てみよ和泉なる信太の森のうらみ葛の葉」

「それ、百人一首だったかしら」

「まあ、ね」

敏子は疑わしそうな目で鏡之助の顔を見た。

「ちゃんと勉強しないと、父さんみたいな半端人間になってしまうよ」

「はい、大丈夫です」

と、鏡之助は神妙に答えたが、本当は父親の和彦《かずひこ》を尊敬していた。

もとはと言えば、両手で字を書いている鏡之助を見て、両足も使ったら面白い、と提案したのが和彦だった。和彦は遊びに来た剣之助に剣玉を教え、玉之助にボウルの乱取りを伝授した。

「一芸に秀でる者は諸芸にも通じる。だから、嫌嫌《いやいや》勉強するよりは、こうした芸で脳を刺戟《しげき》する方がいいのだ」

と、和彦は言った。和彦の論によれば芸をしていれば英語や数学なども学ばずして上達するわけで、皆、大喜びしたのだった。

和彦は多芸な人で、作曲をするし絵も描く。町内の草野球ではピッチャーを務め、スキーやサーフィンも得意、囲碁将棋の段位も持っている。ただし、敏子に言わせると、その全てが中途半端で、収入につながらないのである。

その和彦は部屋の隅の机に向かって書きものをしていたが、敏子が階下の稽古場に降りていくと、すぐ机を離れてテレビのそばに行き、ゲーム機をセットした。

和彦が今夢中になっているのが『シャトウ　セルニース』というゲームだった。

このゲームは古城セルニースに閉じ込められている姫を、王子が助けに行くというコンピューターゲームだ。古城に行くには深い森や川を渡らなければならない。森にはさまざまな猛獣が待ち受けていて王子の行手を阻もうとし、川には毒蛇や電気ウナギがいる。更に古城の中にはゾンビや吸血鬼がうようよいる。

鏡之助が見ていると、和彦はコントローラーのボタンを操作して、テレビの画面に、森の中を行く王子を映し出した。

すると、ふいに王子の後ろから巨大なオオカミ男が現れ、王子に襲いかかってきた。和彦は慌ててボタンを押し、王子にショットガンを発砲させる。だが、オオカミ男に弾は当たらず、空を撃つばかりだ。王子はたちまちオオカミ男に頭を食い千切られ、首からどっと血が吹き出した。首のない王子の上に、YOU DEADの文字が重なり、画面が少しずつ消えていった。あっと言う間の出来事であった。

「悪い――」

和彦が呆然として言った。

「このゲームは、実に、子供の教育に悪い」

和彦は再び挑戦したが、オオカミ男を倒すことはできなかった。

「ううむ――」

和彦は王子の首なし屍体を見ていたが、振り返って鏡之助に言った。

「ちょっと、手伝ってくれ。このオオカミ男をぶっ殺してくれ」

「でも、まだゲームははじまったばかりじゃないか」

「だが、こいつとはどうも性が合わないんだ」

鏡之助は仕方なくコントローラーを手にした。

仕事は早かった。王子の後ろから襲いかかるオオカミ男の脳天にショットガンを一発。オオカミ男はぎゃっと言うと、頭は粉々に飛び散り、首から血が吹き出した。

「やった……だが、教育に悪い。夏、実際に銃を持つな」

と、和彦はコントローラーを受け取った。

しばらくは森の中のくねくねした細い道が続く。

「父さん、今度の土曜日、ゲームを使っていいよ」

と、鏡之助は言った。ゲームは元元、鏡之助の小遣で買ったのだ。

「そりゃ、ありがたい。お前、どこかへ行くのか」

「うん。奇術を観に行く」

「……奇術ね。面白そうだな。いつもの連中とか」

「うん。荒井さんに誘われたんだ」

「荒井……〈バクシ〉の荒井か」

「うん」

「おかしいな……あの知ったかぶりは路子《みちこ》さんとべったりだったろう」

「なんだか知らないけど、連れて行ってくれると言った」

「とすると、矢張り振られたのかな」

和彦は荒井のことをよく思っていない。バレエを習う動機が不純だ、と言う。荒井は若い女の子と友達になりたくて、四条《しじょう》バレエスクールに入門したのだ。実際、入門すると間もなく生徒の路子につきまとい、このごろは休日になると連れ立って遊び歩いているのだった。

「路子さんは悧口《りこう》な子だからな。荒井のことを詰らない男だと見抜いたんだろう」

和彦の集中力が散漫になったためだろう。木の上から大きな蛭《ひる》が落ちて来たが、和彦は避けることができなかった。王子はみるみる蛭に血を吸い取られて、皺《しわ》だらけになって死んでしまった。

「実に、教育に悪い」

と、和彦が言った。

四条バレエスクールの近くにある、サニーIは席が四百足らずの小劇場で、アングラ劇団やアマチュアバンドに利用されている。

鏡之助と玉之助と剣之助は一番前の席に陣取ったが、荒井は「舞台に近いとアラが見えて面白くない」と言って、後ろの方に行ってしまった。

実際、演技がはじまると、鏡之助の隣にいる二十歳《はたち》ぐらいの男女は、身を乗り出すようにしてアラを見付けようとしているようだった。

劇場の入口には「三人会」とだけ書かれたパネルが出ているだけで、ロビーには花輪もなく、受付でプログラムを渡されるわけでもなかった。鏡之助はそのことが爽やかに感じられた。

観客は老若男女とりどりだが、矢張り若い男女が多く、開演間際になると、いつの間にか満席になっていた。

ブザーが鳴り、それまで静かに流れていた音楽が変わると開幕だった。幕が上ると、背景の黒幕にスポットライトが当たっているだけだった。音楽がはじまると「引田重臣《ひきたしげおみ》」と書かれたプラカードを持った若い女性が舞台を横切っていった。司会者が出て来て、下手《へた》な冗談を言い、演者を紹介するより気が利いている、と鏡之助は思った。

スポットライトの中央に登場した引田重臣は、筋肉質の身体にぴったりした黒のタートルネックセーターにパンツだった。その簡潔な衣装に感心している暇はなかった。引田が観客席に向かって一礼し、空《から》の手を空中に伸ばすと、もうそこには一枚のコインがつかみ出されていた。

それがきっかけのようで、下手《しもて》から助手の女性が登場する。助手は黒のオフショルダーのセーターにミニスカートで、手に銀色のアイスペールを持っていた。

引田がそのペールの中にコインを落とす。冴えた音が響いたと思うと、空になった手にはもう一枚のコインが光っていた。

よく見ると、コインは大きさが缶ジュースの蓋《ふた》ほどもあった。そのコインをペールの中に落としても落としても引田の指先に現れるのだった。

「袖《そで》から出しているんだ」

と、隣の男が相手の女性に教えている。それは見事なまでに見当違いの推理だった。引田の袖口は大量のコインを隠しておくほど脹《ふく》らんではいないし、がっしりした掌《て》は観客の方へ向けたままで、指先は一度も袖口に近付いたりはしなかった。

コインの出現をひとしきり終えると、引田は助手の腰に巻かれていた黒のスカーフを取って、その中から銀色のボウルを取り出した。ボウルは小玉西瓜《すいか》ほどの大きさだった。

そのボウルはふいに空中に舞い上った。

「ボウルは糸で天井から吊っている」

と、隣の男が言った。

それも的外れだった。引田はボウルにスカーフを掛けたが、ボウルは依然として宙に浮いているのだ。ボウルはスカーフの裏で消えたり、引田の肩のあたりに現れたりした。そして、最後にボウルは銀の滝となって床の上に流れ落ちた。

「薬で銀を水銀に変えた」

と、隣の男はまた知ったかぶりをした。

次は荒井のバクシで働いているという、片淵幸三《こうぞう》だった。

片淵は引田の舞台とは違い、筒や箱といった道具を使う奇術だった。その一つ一つの奇術に少なからぬ拍手が送られた。あとで聞くと、その奇術は片淵の創作で、奇術の専門家が感心していたのだという。

鏡之助はその中でも、鏡を使う奇術が気に入った。それは、新聞紙を二つ折りにした大きさの額に入った鏡で、片淵が空の手を鏡の中央に当てると、色鮮やかなシルクが、鏡の中から溢れ出るのであった。片淵はそのシルクを改めたあと、鏡に当てると、シルクは鏡に吸い込まれるように消えてしまい、鏡にはその痕跡も残っていなかった。

「これは、錯覚だ」

と、隣の男はわけのわからぬことを言った。

そのあと、片淵はマイクの前に立った。

「易しい奇術をお教えしましょうか」

拍手が起こった。片淵はポケットからトランプの箱を取り出しながら、

「それでは、どなたかにお手伝いしてもらいましょう」

と、観客席を見廻し、玉之助のいる場所に視線を止めた。

「君、このトランプを調べてくれますか。怪しいところがないか、どうか」

と、片淵は身を屈《かが》めて玉之助に箱から出したトランプを渡した。玉之助は渡されたカードにざっと目を通した。

「普通のトランプですよ、ね」

「はい」

「じゃ、そのトランプを持って、舞台の上に来てください」

玉之助はちょっとどぎまぎしたようだったが、拍手に押し出されるように、舞台に上がった。

片淵は玉之助を観客の方に向かせた。

「お名前を教えてください」

「玉之助です」

「玉之助……いい名だね。お父さんが付けたの？」

「いいえ、自分で付けました」

「ほう……玉之助と付けた理由は？」

「僕、ボウルが好きだから」

「……ボウルの奇術？」

「いえ、曲芸のボウルです」

「なるほど、ポケットが脹らんでいる。ボウルを持っているんだ」

「はい」

「じゃ、ここでちょっとそれを見せてくれないかな」

大きな拍手が起こった。玉之助はちょっとはにかむような顔をしてトランプを片淵に返し、ポケットから三つのボウルを取り出した。ボウルを手にすると、玉之助は人が変わったように落着き払い、ボウルの乱取りをはじめた。思い掛けない芸に、観客は大喜びだ。

玉之助はしばらくボウルの乱取りを続け、最初のボウルを上着の右ポケットの中に落とし、二つ目のボウルを左ポケットに、最後のボウルを上着の内ポケットに落とし込んで芸を終った。

片淵が拍手をすると、観客も拍手を止めなかった。

「それじゃ約束どおり、トランプ奇術を教えます」

と、片淵は言った。

「玉之助君、この中にジョーカーが一枚入っているから抜き出してくれないか」

片淵はカードを玉之助に渡した。玉之助はすぐジョーカーを抜き出して、片淵に渡した。

「次に残りのトランプをよく切り混ぜてください」

玉之助は言われたとおり、かなり上手な手捌《てさば》きでカードを切った。

「そうしたら、その一組の中から、どれでもいい、好きなトランプを裏向きに抜き出してください。残りのトランプは使いません。僕のポケットに入れてください」

玉之助は指示に従って一枚のカードを抜き取り、残りを片淵のポケットに入れた。

「僕と玉之助君は一枚ずつトランプを持っています。僕のはジョーカーですが、玉之助君のトランプはまだなにか判りません」

片淵は持っているジョーカーを観客に示した。

「これからのことは、大体見当が付きますね。そう、僕が玉之助君のトランプを見ないで、トランプの名を当てようという奇術です。でも、ただ当てるのでは面白くない。そこで、このジョーカーに手伝ってもらう。ジョーカーが玉之助君のトランプを見て、僕に告げ口をするわけ。これは〈お喋《しゃべ》りジョーカー〉という奇術です」

片淵はジョーカーを玉之助に渡した。

「これから僕は後ろ向きになります。その間、玉之助君は自分が選んだトランプをお客様に見せてください」

片淵は舞台の奥の方で後ろ向きになった。それを見て、玉之助はトランプの表を観客に向けた。ダイヤの6だった。

「玉之助君、トランプを皆さんにお見せしましたか」

と、片淵は後ろ向きのまま言った。

「はい。見せました」

「そうしたら、君のトランプとジョーカーを、表が向かい合うように、きちんと重ねてください」

「……はい、重ねました」

「すると、ジョーカーは君のカードに向き合い、君のカードが見える。だが、外からは裏だけになっているので、ジョーカーも君のカードも見えない」

「ええ、そうです」

「よろしい。じゃ、はじめにジョーカーを表向きにして僕の手の上に載せてください」

片淵が両手を後ろに廻した。玉之助はその手にジョーカーを載せた。

「今度は玉之助君のトランプを下向きにして、ジョーカーの上に重ねてください」

「はい」

そこで、片淵は手を後ろに廻したまま、静かに向き直り、観客席の方に近付いた。

「これから、ジョーカーに玉之助君のトランプを訊き出そうというのです」

そこで、片淵は人懐っこい顔をしてにこっとした。観客が訝《いぶか》しそうにするのが楽しいらしい。

片淵は右手を前に出した。手にジョーカーを持っている。そのまま片淵はジョーカーを耳に近付ける。

「玉之助君が選んだトランプを見て来たね」

「………」

「じゃ、そのカードの名を言ってごらんなさい」

「………」

「判った」

片淵はジョーカーを耳から離し、玉之助の方を見た。

「ジョーカーは、玉之助君のカードは——ダイヤの9——いや、ダイヤの6だと言っています。当たりましたか」

「そのとおりです」

観客も拍手を送った。片淵はまだ後ろに廻していた左手を前に出した。その手にダイヤの6が持たれていた。ほとんどの観客は首を傾げるばかりだったが、鏡之助の隣の席の男が、

「鏡で見たんだ」

と、言った。声は小さかったが、片淵の耳に届いたらしい。片淵はその声の方を見てから、玉之助に言った。

「鏡を使った、と思っている人がいます。玉之助君もそう考えますか」

「いいえ。小父《おじ》さんは鏡より奥の方で後ろ向きになっていました。鏡を見ることはできません」

「そう、玉之助君の言うとおり、僕は鏡を見たのではない。とすると?」

「………」

「ミステリーにたとえると、ダイヤの6が被害者で僕が犯人。にもかかわらず、僕はダイヤの6を見ることができませんでした。つまり、完全なアリバイを持っている、と考えていいでしょう」

そのとおりなのだ。片淵はダイヤの6を見ていないにかかわらず、実際は見ていたのだ。でなければダイヤの6を言い当てることはできない。

「実はこれ、偽のアリバイなのですよね。そのアリバイを作ったのが、これ。このジョーカーだったのです」

片淵はジョーカーを観客に見せた。

「このジョーカー、トランプですから、勿論《もちろん》、何も言うわけはない。にもかかわらず、なぜ僕が耳に近付けたのか。ジョーカーに訊くというのは口実です。こういう口実のことを奇術ではレッドヘリングなどと言います。もし、僕がジョーカーを持たずに、ただこう手を顔に近付けた、としたら――」

片淵はジョーカーを左手に渡し、手だけを耳に近付けた。

「どう見えます？　そう、どうしても僕が手の中にあるものを見ているとしか思えないでしょう」

片淵はそっと右手を開いて見せた。手の中に小さなものが見えた。小さく千切られたトランプの隅、インデックスの部分であった。次に片淵は左手で持っていたダイヤの6を右手に移した。すると左手の指で隠されていたダイヤの6の隅が千切れてなくなっているのが見えた。

堅実で破綻のない引田重臣の芸、ユーモアのある片淵幸三の味、そして最後に登場した串目《くしめ》匡一《きょういち》は華麗と言いたい熟練技の持主であった。

串目は濃紺のビロードのスーツに水色の蝶タイ。白く長い指先に扇形のトランプの花が咲いていた。

舞台にはマガジンラックが置いてある。串目はその中にトランプを落とし込む。扇形の花は一弁一弁に散りながら指先を離れる。惜しい、と思う間もない。串目の指先にはもうトランプの花が咲いている。トランプは際限なく串目の指先に咲き続ける。

荒井の言うとおり、これが技術だけの芸なら素晴らしい、と鏡之助は思った。

「磁石を使っているんだ」

と、隣の男が連れの女性にとんちんかんなことをささやいた。

串目はトランプを飛ばしはじめる。

あるいは遠く、あるいは近く。高く、低く、自由自在である。ときには手元を離れたカードが、ブーメランのように手に戻って来る。あるときは飛んでいたカードが空中に留まり、きりきり舞いをしてから、再び前方へ飛んで行く。

扇形のトランプが一瞬にして白いシルクに変化する。白いシルクは色とりどりの鮮やかなシルクを生み出す。そのシルクの中から、真っ白な銀鳩がはばたきだす。

鏡之助が夢見心地でいるうち幕が降りた。すぐ幕が上がると出演者全員が舞台に並んでいた。

串目が前に出てマイクの前に立ち、短く礼を言った。それでショウは終りだった。

再び幕が降りると、鏡之助の隣にいた男の連れがさっと立ち上がった。男も急いで立とうとすると、

「あなたほど無責任にものを言う人はいないわ」

女性はぴしゃりと言い、一人でさっさと出口の方へ行ってしまった。

男はどうやら女性の歓心を得ようとして、いろいろなことを言っていたのだが、それが裏目に出たようだった。

鏡之助たちが場内を出ると、荒井が煙草を吸いながら待っていた。

「面白かったかい」

「面白かった」

と、三人は口を揃えて言った。

「何が面白かったかね」

「僕は荒井さんのところで働いている片淵さんという人の奇術」

と、玉之助が言った。舞台に立たされたので、印象が強かったのだ。

「僕はトランプを飛ばす奇術」

と、鏡之助が言った。

「うん、あれね。あれなら稽古すれば君にも出来るようになる」

と、荒井は太鼓判を押した。

「僕は違う人。コインが次から次へと出る奇術」

と、剣之助が言った。

「なるほど、それぞれに好みがあるんだな。僕はこれから楽屋へ行って、片淵君に挨拶《あいさつ》をするんだが、一緒に行かないかい」

「行きます」

と、三人は口を揃えて言った。

楽屋は舞台の後ろだった。比較的ゆったりとした二間続きの部屋で、ドアは開け放しにされていた。部屋に入ると出演者を囲んでいろいろな人たちが話し合っていた。奥の部屋のドアも開けられていて、奇術道具類が置かれているようだった。

荒井が片淵に向かって手を挙げると、片淵が近付いて来た。

「君たちに新しいファンができたよ」

と、荒井が言った。

「ふしぎな子供たちで、皆、ジャグラーに夢中なんだ」

「そりゃ、嬉しいな。玉之助君だけじゃなかったのかい。ジャグラーは奇術と兄弟分だ」

と、片淵が言った。その言葉で、部屋の人たちが三人に注目した。荒井は三人を皆の前に並ばせた。

「トランプ投げを習いたくなった、鏡之助です」

と、鏡之助が言った。

「片淵さんの舞台でお手伝いをした、玉之助です」

と、玉之助が言った。

「コイン奇術が好きになった、欲張りの、剣之助です」

と、剣之助が言った。

「あら、三種の神器ですね」

歌でも歌っているような、美しい声が聞えた。鏡之助が声のした方を見ると、等身大の美人画があった。しかもその絵は光り輝き、呼吸をしていた。鏡之助はこの人が三人の名の由来を言い当てたことに感動した。

「サンシュノジンギって、なんだ」

と、荒井が言った。

「八《や》咫《た》鏡《のかがみ》、天《あまの》叢雲《むらくもの》剣《つるぎ》、八《や》尺《さか》瓊《に》曲玉《のまがたま》」

と、剣之助が答えた。

「君は剣玉が好きだから剣之助と言うんじゃなかったのか」

「まあ、それでもいいんですけど」

鏡之助は、それじゃコインを袖から取って来る、と考えるようなものです、と言おうとしたが止めた。その女性を意識してから、なんとなくどきどきし、気軽に口が利けなくなっているのだ。だが、剣之助は図図しく女性を見て、

「あなたも奇術が好きなんですか」

と、訊いた。女性はにこっとして、

「ええ、わたし奇術がとても好きよ」

と、言うと、片淵が抑えるように言った。

「これこれ、この方をどなたと心得る」

「……黄門《こうもん》様ですか」

「偉い方という意味では同じだ。この方は今では引退なさっているが、元は有名な奇術師でいらっしゃった。名を曾我佳城《そがかじよう》。よく覚えていなさい」

鏡之助は改めて佳城を見た。なるほど舞台に出ていた人は違うと思う。優しい美しさの中にどこか凛としたところがある。

荒井は曾我佳城という名を聞くと、急にそわそわしはじめ、ポケットからカメラを取り出した。

「僕、この子たちの友達で、荒井と言います。昔、先生の舞台を拝見して感動したことがあります。この子たちと一緒に写真を撮らせてください」

荒井は三人を佳城の前に並べて、何度かカメラのシャッターを切ってから、カメラを片淵に渡して自分は佳城の横に並んだ。

「先生は奇術を引退してから、なにをなさっているんですか」

と、剣之助が佳城に訊いた。佳城が答える前に片淵が言った。

「安心しなさい。先生はね、なんにもなさらなくても食べていけるの」

「いえ、なにかしているわ」

佳城はちょっと考えて、

「今、家を新築したところなの。全部が完成したわけじゃないんですけど、整理に忙しいのよ」

「家具とかの整理ですか」

「いいえ。わたしの住いはほんの一部。あとは劇場とか、図書館とか、陳列室とかあって」

「それ、全部、奇術関係の、ですか」

「ええ。奇術のほか、サーカスやジャグラーの本や道具やビデオも、自然と集まりました」

「じゃ、先生は大富豪なんだ」

「そんなでもないけど、まあ幸せな方でしょう。ですから、そういう施設を作って、皆さんに利用してもらいたいと思っているのよ」

「今、ジャグラーのものもある、とおっしゃいましたね」

「ええ、有名な芸人が着ていた衣装とか、使っていた道具……そう。毎年、世界のジャグラー大会が催されているのを知っていますか」

「……いいえ」

「ショウやコンテストが盛り沢山《だくさん》で、ずいぶん楽しいお祭らしいの。そのビデオがあるんですけど、何年前だったかしら——片腕をなくした男の子が四つのボウルに挑戦していました。とても、感動したわ」

「そのビデオ、観たい」

「いつでもいらっしゃい。見せてあげましょう」

「じゃ、明日の日曜日は？」

「いいわ。待っています」

荒井は楽屋にいる今日の出演者たちにカメラを向けていたが、剣之助の素早い決断を聞くと、

「僕は、明日、用事がある」

と、残念そうな顔をした。荒井は翌日写真をプリントして、三人に持たせると約束した。その写真が重要な意味を持つようになるとは、誰もが予想できなかった。

建物は自然の森の中のような庭園の中に建てられていた。石を積んだだけの素っ気ないような建築だったが、驚いたことには、一歩近付くにつれ、建物がにょきにょき成長するように大きくなっていくのだった。

「さすが、奇術の館だ」

と、玉之助が言った。

「いや、館よりお城だな」

と、剣之助が言った。

「それなら魔術城だ」

と、鏡之助が言った。

三人が恐る恐る玄関に入ると、すぐ広いロビーだった。ゲームの『シャトウ　セルニース』

だと、ここに嫌らしいゾンビがうようよいて、片端から撃ち殺さなければならない。と思っていると、正面の壁のモザイク模様がじわじわ動き出し、ぼんやりとした人の形になっていった。

「ゾンビ――」

だが、鏡之助はショットガンもマグナム弾も持っていない。そのうち、人の形は鮮明になった。

「なにをぼんやりしているんだい。僕だよ」

と、片淵が言った。片淵は元通りになったモザイク模様の壁をちょっと振り返って見て、

「光のトリックなんだ。ミステリーニという人のアイデアを改案している」

片淵は先に立って歩きだした。エレベーターで五階。

エレベーターを降りると、前が視聴室だった。廊下は左右に続いていて、どれほど長いのか見当もつかない。

三人はガラスの自動ドアから中に入った。

中は学校の図書館よりもっと広かった。右側に移動式の棚があり、ビデオテープやディスクが整然と並んでいる。左の方は映写シアターで、スクリーンに向かって、百ほどの椅子が置かれていた。座席の後ろにはいくつものモニターテレビを置いた机があった。

串目と引田が棚の後ろから出て来た。

「やあ、約束どおり来たね」

と、串目が言った。引田はビデオテープを持っていた。

「お茶でも飲むかね。それとも――」

「すぐ観たいです」

と、剣之助が言った。引田はうなずいて、ビデオを持って映写室に入った。

三人が席に着くと、間もなくスクリーンに映像が映りはじめた。

場所はイタリアの都市フィレンツェだった。カメラは市内の主だった観光地を案内しながら、大会の会場に向かう。劇場はルネッサンス様式で、中には体育館のような稽古場がある。カメラは稽古をしている芸人たちを追い、いよいよ大会の幕開きとなる。

一巻のビデオを見終ると、いつの間にか三人の後ろに佳城が席に着いていた。


「どう、面白かった？」

と、佳城が訊いた。

「僕、元気が出て来ました」

と、剣之助が言った。

「僕、頭の中に唐辛子を入れられたみたいです」

と、玉之助が言った。

「僕、マグナム弾を撃ち込まれたみたいです」

と、鏡之助が言った。

「元気が出た剣之助君は、この大会のコンテストに出たくなったでしょう」

「ええ。きっと入賞してみせます」

「頭の中に唐辛子を入れられた玉之助君は、世の中が変わって見えるようになったかしら」

「ええ。今までよりもっと遠いところが見えるような気がします」

「マグナム弾を撃ち込まれた鏡之助君は――ちょっと大変ね」

「でも、ハーブを食べれば、すぐ回復します」

「トランプを扇形にしたり、飛ばしたりするのも種はないんでしょう」

と、剣之助は串目に訊いた。

「そう、技術だけがものを言う。けれども、奇術の方ではジャグラーとは呼ばない。フラリッシュとかマニピュレーションなどと言うんだ」

「昨日のお客さんの中に、ピントが外れたことを言っていた人がいたね」

鏡之助はピントという言葉で、荒井から預ってきた写真のことを思い出した。鏡之助は紙袋から四つの封筒を取り出した。四つの封筒にはそれぞれ四人の名が書かれている。荒井が写真を確認しながら名を書いたのだった。鏡之助は名を見ながら一人一人に封筒を渡した。

四人は封筒の中から写真を取り出して見ていたが、ふと、串目が変な顔をした。

「これ、違っているんじゃないかな」

串目は何枚かの写真のうち、二枚を選《よ》り分けていた。鏡之助が見ると、その二枚とも串目ではなく引田一人が写されている。あとの写真は鏡之助や佳城もいる楽屋のスナップだった。

「そう言えば――」

と、引田が言い、持っていた中から三枚を取り出した。その三枚とも串目一人の写真だった。

「きっと、荒井さん、間違えたのだ」

と、鏡之助が言った。

「佳城先生や、片淵さんは？　自分が入っていない写真がありますか」

佳城は一枚一枚を確認した。

「わたしのは大丈夫。余分な写真は入っていません」

と、佳城が言った。

「僕のもちゃんとしている」

と、片淵が言った。

「じゃ、串目さんと引田さんのを交換してください」

と、鏡之助が言った。二人が取り替えようとすると、

「ちょっと待ってください。気になることがあるの」

と、佳城が言った。二人は手を止めた。佳城は自分が手にした一枚をじっと見ながら、

「片淵君は荒井さんの店で働いているんでしたね」

「そうです」

「荒井さんはわたしの昔の舞台を見た、と言いました。ですから、片淵君とわたしに限って写真を間違えるようなことはない」

鏡之助は佳城がなにを言い出そうとしているのか、よく判らなかった。

「あとの二人、串目君と引田君は、前に荒井さんと会ったことがありますか」

二人はない、と答えた。

「すると、昨日が初対面ですね。初対面だから、記憶違いをする、と考えられますか」

「一度会っただけにしても……僕と串目とはずいぶん印象が違いますよ」

と、引田が言った。

二人が持っている写真にも、その特徴がよく出ていた。引田は骨太で逞《たくま》しい身体をしているが、串目は色白な優男だった。

佳城はうなずいて、

「そうでしょうね。もし、荒井さんの記憶が不確かで自信がなかったら、鏡之助君に確認してもらうはずですね。鏡之助君」

と、鏡之助の方に顔を向けた。

「いいえ、荒井さんは僕に相談なんかしませんでした。僕の家に封筒を持って来て、そのまま僕が受取ったんです」

と、鏡之助が言った。

「鏡之助君たちの分は？」

「同じように封筒に名が書いてありました」

「その中には今みたいな間違いはなかったんですね」

「ええ」

「わたしは荒井さんが串目君と引田君を取り違えているような気がしてならないんですよ」

串目は首を傾げた。

「しかし……荒井さんははじめからショウを見ていたのでしょう。出演者が登場する前には名前の書いたプラカードが出ます。それでも荒井さんは僕たちの名を取り違えて覚えたんですか」

佳城は鏡之助たちに訊いた。

「あなたたちは荒井さんと一緒に、サニーⅠへ来たのですね」

「ええ。二時の開場より早くでしたから、一番前の席が取れました」

と、鏡之助が答えた。

「それで、荒井さんとは最後まで一緒でしたか」

「いいえ……荒井さんは前の席では奇術のアラが見えるから嫌だと言って、後ろの席へ行ってしまいました」

「……ショウが終ったときは?」

「荒井さんはロビーで待っていました」

「……こう考えられませんか。荒井さんがずっとショウを見ていれば、プラカードで串目君と引田君の顔と名を正確に覚えるはずでしょう。とすると、荒井さんはショウを見てはいなかった。ショウを見たのは、串目君のプラカードが舞台から退場して以後だった」

佳城の話には飛躍があるようだった。鏡之助はそれでなぜ荒井が、串目と引田を間違えて覚えてしまったのかが判らない。

佳城は自分の手元から一枚の写真を取り出した。それには佳城の前に鏡之助たち三人が並んで写っていた。

「この隅をよくご覧なさい」

と、佳城は写真を指差した。鏡之助たちのいた楽屋の、奥の部屋が見えた。奇術道具などが置かれていた部屋である。その部屋の突き当たりの壁に、文字があった。

それは、額に入った紙にフェルトペンのような太い筆記用具で書かれた四角な字で、

と、読めた。

「これは、なんでしょう」

「僕が書いたんです」

と、引田が言った。

「出演者の順番です。照明や音楽の係の人がいる部屋に貼ってあったものです。舞台裏は暗い

ものですから、大きな字で四角く書きました」

「それが、どうしてこの部屋にあるのでしょう」

「ショウが終ったので、舞台裏から持って来たのです」

「でも、これだと出演順があべこべになっていますね」

「さっきから僕も変に思っているんです。それにあの紙を額に入れたりした覚えはないんです」

「あれは額じゃありませんね。舞台で皆さんが見ていたもの——」

「片淵が使った、シルクが現れたり消えたりする、鏡だ」

と、串目が叫んだ。佳城はにこっとして、

「ええ。これは鏡。出演者の順番を書いた紙は机の上に置かれていて、ここからは見えません。でも、鏡に映されていて、それが写真に撮られたのです。写真ですから、実際に見たときと違って、奥行きが判らないでしょう。壁に貼られた紙のように見えます。それに、あなたたち三人の名前は、偶然でしょうが、鏡に映して見ても読めるような字画になっています」

佳城はそう言って、机の前に立ち、メモとサインペンで三人の名前を写真と同じ、逆の順番で書いて、モニターテレビの前に置いた。ブラウン管のガラスが鏡の役目をした。

佳城の言うとおり、紙が手前に置かれている場合はガラスに映った字は、左右があべこべにはならないのであった。更に驚いたことに、上下の順序が変わっていたのである。

「もう、判ったでしょう。荒井さんははじめから舞台を見ていなかったんです。舞台を見たのはさっきも言ったように、串目君のプラカードが退場してから。荒井さんは串目君が三人のうちの最後の出演者だと知りましたが、名前は判りません。名前が判ったのは、現像した写真を見てから。ただし、その出演順の表は鏡に映ったもので、上下があべこべになっているのに気付かなかったんですよ」

鏡之助は片淵が演じたお喋りジョーカーを思い出していた。

片淵は玉之助が選んだトランプを当てるとき、はじめダイヤの9と告げ、すぐダイヤの6と言いなおした。片淵の掌の中でインデックスはひっくり返っていたに違いない。◇9と6◇は回転対称だからだ。だがトランプを見馴れている片淵は、◇9はすぐあべこべだと気付いたのだ。鏡之助の隣の男が、鏡を見たと言ったのは、ふしぎな暗合だった。

「舞台を見ないで、荒井さんはどこに行っていたんでしょう」

と、串目は訊いた。

「荒井さんは開演三十分前には劇場にいました。開演してからの引田君、片淵君の舞台は見ていませんから、少なくとも一時間の間ですね。その間、荒井さんがどこでなにをしていたかは、わたしには判りませんね」


屍体はベッドの上にうつぶせに倒れていた。

首にスカーフが巻き付けられ、後頭部で固く結ばれている。スカーフは女物で、被害者のものらしい。

被害者は錦田路子《にしきだみちこ》、二十九歳。保険の会社に勤めていたという。

警視庁捜査課の竹梨《たけなし》警部は、被害者の状態を確かめると、部屋を見廻した。部屋は2DKで、特に荒らされたり、物色された形跡はない。被害者は綺麗好きらしく、きちんと片付いて埃《ほこり》一つない。

部屋では鑑識係官たちが着々と仕事を進めている。指紋採取が一段落したころ、聞き込みに出ていた所轄署の刑事が帰って来た。警察が部屋に入ったとき、キッチンに食料品を入れた買物袋がそのまま置かれていて、その中にスーパーストアのレシートが入っていた。刑事はレシートを発行したストアに行ったのだ。

「店員は被害者を覚えていました」

と、刑事が雨宮《あまみや》捜査主任に報告した。

「今日の二時ごろ、被害者は買物をしたそうです。レシートはそのときのものでした」

「二時ごろ……すると、殺害時刻は二時から五時の間だな。検視によって、その時間はもっと縮まると思う」

と、雨宮は言った。

錦田路子には婚約者がいた。一月《ひとつき》ほど前、見合をした青年で、その男が屍体発見者であった。婚約者は路子と会うことになっていたが、約束の時間を過ぎても路子が来ないので、直接住いを訪ねることにした。そして、部屋に倒れている路子を発見したのだった。部屋のドアは鍵がかけられていなかったという。その時刻が五時だった。

「被害者はバレエに興味があるようですね」

と、本棚を見て、竹梨が言った。棚に収められている本やビデオの大半がバレエ関係のものだった。

翌日、法医から検視結果の報告があった。それによると、被害者の死亡推定時刻は、午後二時から四時の間だという。

路子は実際にバレエを習っていたことも判った。近くの四条バレエスクールという稽古場だった。

竹梨と雨宮がバレエスクールに行くと、聞き逃せない証言を得た。

同じバレエスクールの生徒で、荒井七八という男がいる。近くでバクシというバーを経営している三十五歳の男で、路子と付き合っていた。路子の方はさほどでもないようだったが、荒井の方が熱を上げて追い廻していた、という。

バレエスクールを出て、竹梨は雨宮に言った。

「それですな。荒井は夢中だった路子さんが他の男と婚約してしまったため、思い余って——」

「だとすると、今度は竹梨さんの好きな佳城さんの出番がなくなります」

「まあ、いろいろ事件も起きますから、仕方ないでしょう」

バクシに行くと、荒井は留守だった。

夕方近くになって、荒井は自分から警察署に出頭してきた。

捜査本部に詰めていた竹梨が荒井と会い、単刀直入に訊いた。

「昨日の二時から四時までの間、あなたはどこにいました？」

荒井は変に落着いた態度で答えた。

「近くのサニーIで、奇術のショウを見ていましたよ。四条先生のお子さんたちと一緒でした。終演後には楽屋に行って写真を撮りました。お見せしましょうか？」

魔術城落成

「こうして見ると意外に地味ですね」

「しかし贅沢《ぜいたく》だ。庭は広い、緑も多い」

「全て、佳城《かじょう》好みなんでしょう」

はじめて佳城苑に集まったのは、この日を待ち兼ねた奇術の愛好者たちで、期待にわくわくしながら口々に感想を言い合う。

匡一《きょういち》はその中の一人が言った「佳城好み」という言葉を聞いて、嬉しくなった。

佳城はけばけばしいことが嫌いだった。佳城が広大な自宅を整理して、その跡地に劇場や博物館などを併設した公会堂の建築を計画したときから、奇術関係者は完成した奇術の大殿堂を想像し、佳城の魔術館とか魔術城という名で呼び合っていたが、竣成《しゅんせい》を目の前にしたとき佳城が名付けたのは「佳城苑」という地味なものだった。

「しかし、ずいぶん長い工事だった」

と、庭園や建物にカメラを向けていた機巧堂《きこうどう》の社家《しゃけ》が言った。社家は機巧堂で発行している奇術専門誌『秘術戯術《ひじゅつぎじゅつ》』で近く佳城苑の特集を組むという。

「着工してから十年、いやもっとかな」

「正確には十二年です」

と、匡一が言った。

「たとえば、植え替えた木が弱ったのに気付くと、その木が回復するまで工事を中断したりしました。万事がこんな風でした」

「なるほど、佳城さんの心なんだ。それで、建物の方は庭の一隅を借りたような感じなんだね。あの中に本当に大小の劇場や博物館が収まっているのかね」

「ええ。劇場のロビーは運動場みたいに広いですよ。図書館やビデオ室にもびっくりすると思います。二千人が入場できるレストランもあります」

「ちょっと信じられないな」

と、世話好きの時田《ときた》が言った。今日の佳城苑見学の集まりも、時田が企画して佳城に頼み込んだのだ。

「建物は四角い石を積んだだけというように素っ気なく見える。この中にそんないくつもの施設が作られているとはね」

「この佳城苑自体が大魔術なのでしょう」

と、艮三郎《うしとらさぶろう》は奇術師らしい見方をした。

「さっきから見ていると、何か視覚を狂わされている感じなんだ。そうじゃないか、串目《くしめ》君」

串目匡一はうなずいて、

「その通りです。僕もいつも不思議になるんです。前もって説明するより、実際に見た方がいいと思います」

と、先に立って歩きはじめる。

見学者の一行は機巧堂の社家、世話役の時田、奇術師の艮、若い女性奇術師のキティ。それに、作家の青瀬《あおせ》勝馬《かつま》、大の佳城ファン、北村健吉《きたむらけんきち》。全部で六人だった。その六人が建物に近付くと、誰からともなく嘆声があがった。

一歩近付くごとに、建物は地面から成長するような感じでみるみる大きくなり、その下に立つと先端は天にも届くかと思うよう。振り返ると、今まで広かった庭園が掌《てのひら》ほどに小さく見える。

「これは、多分、錯覚のトリックなんだろうな」

と、社家が言った。

「しかし、騙し絵などと違い、この現実的な存在感が凄い」

「それより、この彫像が素晴らしいわ」

キティは社家や時田と違い、玄関の両側に立つ大きな石像の方に感動したようだった。

「右側は伎芸天《ぎげいてん》、左側は吉祥天《きちじょうてん》です」

と、匡一が説明した。

伎芸の天女、福徳の天女は流麗な天衣をまとい、それぞれ花を盛った皿、宝珠《ほうしゅ》を手にささげている。

二体の天女像を見較《みくら》べていた時田が、皆の前に立って言った。

「きっと皆さん同じ感想を持ったと思います。声を揃えて言ってみましょう。はい、この天女は誰に似ていますか」

「曾我《そが》佳城さん……」

その合唱に応えるように、玄関の奥から響きのいい声がして、

「皆さんよくいらっしゃいました」

ロビーの中央、水晶の花火を思わせるようなシャンデリアの下に、佳城は一人で立っていた。ウエストをリボンに結んだ黒のスーツ、ブラウスの胸元がまぶしいほど白い。

佳城は静かに右手を上に挙げ、天井を指差した。

「このシャンデリア、青瀬さんのアイデアをいただきました」

見学者たちは広いロビーに入り、天井を見上げた。大きな球形のシャンデリアは不思議なことにどこにも支えがなかった。独りで空中に浮揚しているようにしか見えない。

「これはほんの一例ですけど、数多くの人がいろいろな助言をくださって、どうにかここまで漕《こ》ぎつけることができました。皆さんのお陰です」

佳城の言葉を聞いて、青瀬が感心したように言う。

「いや、私の場合、机の上の空想だけでしてね。それが、実現してこんな見事なオブジェになるとは思いませんでした」

「好きな方がいらっしゃったんですよ。職人さんの中に。あれやこれや凝り出してもう大変。

完成する期日を定めていなかったのでできたようなものね」

「そうでしょうなあ。こういうのを見せられると、佳城苑は一体何をしているんだろうと、いらいらしていたのが恥《はず》かしい」

「最初に、舞台からご覧に入れましょう」

佳城と匡一が先に立ってロビーを横切ると中にいた二人の警備員たちが頭を下げる。匡一が劇場のドアを開けた。

整然と並ぶ胡桃色《くるみいろ》の座席、タッパの高い舞台。丸天井に囲まれた空間はとても居心地がよさそうだった。

「今、ちょうど夜明けのような光の中にいますね。でも、これは天井の照明の操作で、昼にもなれば、夜空にもなります。四季それぞれの空も表現できます。雨、嵐、森林の中、水の底、宮殿から魔窟まで、どのようにも自由に変化します」

匡一は説明を続ける。

「なお、天井の近くには秘密のドアが作られています。これは空中を宙乗りになる演者が空間に姿を消したり、突然、上空に現れた演者が舞台までフライングするときに使います。今、観客席には見えませんが、花道の設備も作られていて、機械室からの操作で一部の座席が奈落に沈み、代わりに花道が出現するんです。舞台には廻り舞台、大小のセリがあって、大ゼリは大道具の上げ下げ、小ゼリは演者の消失や出現に使えます」

「……なんだかぞくぞくするね」

と、艮三郎が言った。

「これだけ揃っている劇場は前代未聞でしょう。ここでなら、今までになかった不思議なイリュージョンが作れるんじゃないですか」

「そう。ただし、この機構を上手《じょうず》に使いこなせるだけの人がいるか、どうかだね」

と、社家が言った。艮はうなずいて、

「それを完成させるのが、これから僕達の責任ですね。これだけの劇場を作ってくれた佳城さんのためにも」

「そう言ってくれると、わたしも嬉しいわ」

と、佳城が言った。

「あれもできそうだ、これもできる……今夜は寝られなくなりそうです。いや、今すぐにでも舞台に立ってみたい。青瀬さん、こういう気持、何と言いましたか。ほら、難しい言葉で」

「……技癢《ぎよう》ですかね」

青瀬が艮に答えたとき、舞台のオペラカーテンが動きはじめた。スポットライトが当たり、音楽が聞えてくる。

光沢のある銀鼠色《ぎんねずいろ》の幕が中央で割れ、左右に絞られていくと、舞台の上に一組の男女の立姿が現れた。

「ほう……あすこにも技癢を持った人がいます」

と、青瀬が言った。

「あれは、イサノとジョセフィーヌじゃないか」

匡一はびっくりして舞台から目を離せなくなった。

「あの人たちが？」

「青瀬さん、社家さん……時田さんも。ご無沙汰しています」

と、舞台のイサノが言った。

「ご無沙汰もいいところだ」

社家が態《わざ》と怒ったように言う。

「一体、何年になるね」

「二十年。いや、もうちょっとかな」

イサノは舞台の上で一礼した。隣のジョセフィーヌも片膝《かたひざ》を折った。イサノは紺のブレザー、ジョセフィーヌも普通のベージュのスーツだったが、礼をする二人の姿はきちんと絵になっていた。

「いつ帰って来たんだ」

と、社家が訊いた。

「今です。空港から直接来ました」

「佳城苑の落成式に、かね」

「残念ですけど、それまで日本にいられない身体なんですよ。ちょうど今の仕事が終って、次の契約更新まで少しの間、閑《ひま》ができましたので、東京にいられるのは二、三日です」

「そうか。忙しいのは結構だが、有名になると大変だな」

イサノはジョセフィーヌの手を取って舞台から降りて来た。

近寄ったイサノは上背《うわぜい》があり、とうに四十を超したはずだが、顔は艶のいい薔薇色《ばらいろ》で、長くスターの座にいた人らしい貫禄と優しい甘さを同時に見ることができる。ジョセフィーヌは量の多い金髪で、細い顔の割に目鼻立ちが大きく、皺《しわ》も深くきざまれていた。

匡一が知っているのは『秘術戯術』にときどき掲載されるイサノの写真と、ブロードウェイで公演したビデオだけだった。

「君が留守の間に、この国でも有望な若い才能が成長している」

と、時田が言った。

「今、佳城苑を案内してくれている串目匡一君。佳城さんについて勉強していてまだプロではないが、僕たちが見るとすでにトップクラスの奇術師だ」

イサノは身構える表情になった。本能的なライバル意識のようだった。匡一はイサノのビデオを観たとは言えなくなり、よろしくとだけ言って頭を下げた。

「イサノが外国へ行ってしまった後のプロといえば、艮三郎君だな。鳩使いの名手、独自の新手を持っている」

艮は如才なくイサノさんは僕の憧れですと言って手を伸ばした。

「次がキティにステラのコンビ。今日来ているのはキティなんだが、モデルの経験があるんだ。

素晴らしいプロポーションをしているだろう」

キティはイサノに会えて嬉しいと言い、ジョセフィーヌには英語で同じ挨拶《あいさつ》をした。

「それから、奇術研究家の北村健吉さん。本や道具の有数のコレクターだ。あとは昔からの識《し》り合いだね」

時田が若い人たちを紹介し終えると、社家が言った。

「ご覧の通り、二十年も君がいなかったものだから、君の本当の芸を見たことのない人が多くなってしまったよ。勿論《もちろん》、その後の芸を僕たちも見たい。今度はその希望が叶えられるんだろうね」

「……それが、ちょっと難しいんですよね」

「なんだ。まだ芸惜しみをするのかい」

「いや、僕だって東京の舞台に立って故郷へ錦をと思っています」

「そうだろう。今もこの舞台の上でいろいろ考えていたんじゃないかな」

「ええ。でも考えてください。今、僕のラスベガスのホテルでのショウは、スタッフとキャストが六十人以上働いているんです。動物も大小合せると二十頭あまり」

「なるほど、大世帯だ」

「テレビ局からもいろいろ話はあるんですけど、契約の桁が違いすぎます。結局、向こうでビデオを撮って、それを持って帰った方が安上がりだ、と」

「……なんだか淋《さび》しい話だね。テレビ局も無芸のアイドルには大金を積んでいるのに」

「もう、昔の芸はできないのかね」

と、青瀬が言った。

「あのころは一人だけの芸だった。今思えば豪華ではなかったけど、センスのいい舞台だったじゃないか」

「あれは、もう駄目ですよ。僕はこれでもいつも前進を考えています。元に後退することはできません」

イサノは少し唇を歪《ゆが》めた。だから素人《しろうと》は困ると言いたそうだった。

「それに、あのくらいの芸でしたら、今の若い人達とそう変わらないんじゃないですか。マニアは喜びませんよ」

「そうは思えないがね。バラエティホールで佳城さんたちと共演した素晴らしい舞台をまだ覚えている」

「いえ、はっきり言うと、あのときはまだアマチュアでした。世界へ出てそれが判ったんです。特にラスベガスのショウビジネスの世界は厳しいものです」

「……それはそうだろうな」

「第一、お客が違う。ラスベガスは世界中からいろいろな人が集まって来る賭博の町で全てが娯楽の別世界ですから、ただ芸が上手だけというのでは駄目なんです。どんな人でも満足してもらえるインパクトがなければならない。それに、夏は四十度以上の日が続きます。その暑さの中で毎日二回、二十四日ぶっ通し働いて、やっと二、三日休める。契約は普通一年間で、ロングランショウに入ると、まずいつもの生活や考え方を切り換えないと身体が保《も》ちません」

数多いラスベガスのショウの中で、ロングランに出演できるのは超一流の芸能人といえるだろう。だが、匡一がビデオを見るかぎり、これでもかこれでもかといった灰汁《あく》の強い芸を好きにはなれなかった。それが、今の話で理解することができた。イサノが目標にしているのは磨かれた芸ではなく、客に与えるインパクトの強さだったのだ。

「すると、この劇場の舞台に君が立つことはないのかね」

と、社家がイサノに訊いた。

「しばらくの間は無理だと思うんです。次の契約が決まると、今度いつ帰って来られるか判らない。勿論、社家さんが言った通り、今、この素晴らしい舞台に立ってみて、急にここで芸をしたくなりました。皆さんには長い間、僕の芸を見てもらえなかったので、いつかは必ずこの舞台に立ちますよ」

「あまり期待しないように」

と、佳城が言った。

「イサノさんは完璧主義者ですから、ラスベガスでのショウをそのまま演じないと満足しないんです」

「それも成功の一つだと思えば仕方がありませんね」

と、青瀬が言った。

「イサノさんもまだ他を見ていないんです。皆さんと一緒にこれから中を案内しましょう」

佳城は劇場を出た。

舞台では幕が降りはじめていた。さっきのオペラカーテンとは違う、孔雀《くじやく》が一杯に羽を拡げた、豪華な刺繡《ししゆう》の緞帳《どんちょう》だった。


「これは、うっかりするとこの部屋から出られなくなりそうだ」

博物館の展示品はまだ完全に整理されてはいない。佳城の蒐集《しゆうしゆう》が膨大なことと、整理に当たっている研究家がマニアなので一つ一つの品につい心を奪われてしまうからだ。

それでも、紀元前のものと推定されるからくり「エジプトのパンこね人形」をはじめ、テーベやメンフィスの古代マリオネット、宋代のパズル陶器やチャイニーズリング、象牙製の精巧な彫りで飾られたタングラム、常陸《ひたち》の飯塚伊賀《いいづかいが》七《しち》の茶運び人形など、これまで写真でしか見ることができなかった品が目の前に次次と現れると、全員はしばらく言葉もなくなってしまう。

しばらくして、社家がやっと口を開いて、

「いや、こうまで凄いとは思いませんでした。さすが佳城さんだ」

と言うのを聞いて佳城は首を振って、

「わたしができたのは、ただ、品物を保管していたことぐらい。古い物は主人の蒐集だったし、その他はこの佳城苑ができるのを知ったいろいろな人が寄贈してくれた品なんです」

「なるほど。大岡《おおおか》さんは知る人ぞ知るコレクターだった。とにかく、持主がいなくなったコレクションほど始末におえないものはないね。とりわけ奇術の道具というと変てこな品ばかりだから、遺族は手の付けようがない」

「札幌《さっぽろ》の嵐《あらし》さんの場合がちょうどそれでした。お陰で居ながらにして収蔵品がどんどん培《ふ》えていきます」

「だから安心しているんですよ」

と、北村が言った。

「嵐さんほどじゃないにしても、僕も多少の宝物を持っています。その落着き先はもう決まったようなものです」

「北村さん、屑《くず》はいけないよ。ここはごみ箱じゃないんだから」

と、社家が言う。北村は真面目《まじめ》な顔になって、

「屑はひどいですよ。勿論、屑の方も多いんですがね。ミステリーニの作品がいくつかあります」

「そうだった。あれは逸品だ。すると、後は北村さんのご他界を待つばかりか」

「縁起でもないことを言わないでください」

いつの間にか見学者たちはばらばらになっていた。

時田は嵐コレクションの中に「消える髑髏《どくろ》」を発見して大騒ぎしているし、艮は剝製《はくせい》にされた五本足のヒツジの前を動こうとはしない。そのコーナーには、昔、羅生門坂《らしょうもんざか》にいたという河童《かっぱ》や、蚤《のみ》のサーカスで名優だった何匹かの蚤のミイラとかが集められている。こうした珍獣には別に一室が当てられる計画だった。

「ほう、これは懐しい」

　社家は吉田一城《よしだいちじょう》の遺品を展示したガラスケースの前に立っていた。

「この、ごつい感じのマジックテーブル。黒と白のテーブル掛け。全部、昔のままなんですね」

　佳城は嬉しそうに言った。

「社家さんは一城先生の舞台を見たことがあるんですね」

「ええ、たった一度でしたけど、どうにか間にあえて幸せでした。まだ、中学生でしたよ。そのころの記憶力は我ながら凄い。その舞台を最初から最後までちゃんと覚えているんですから」

「一城先生は退《ひ》き際《ぎわ》のいい方でしたから」

「欲を言えば限りがないが、もう一度見ておきたかったな。あのころが芸を極めていたように思う」

「わたしもそう思います。でも自分ではわずかな衰えを感付いた、と言っていました」

「それからしばらくして、佳城さん、あなたが登場して奇術史に花を添えることになる」

「わたしなど舞台生活が短かすぎて記録にも残りませんよ」

「いや、これは長ければいいというもんじゃない。華麗な打上げ花火。当時は佳城さんの引退が残念だったけれど、今考えるとそういう人もいていいと思う」

　吉田一城の遺品は必ずしも多くない。一城が得意にしていた芸は、ボウルとかトランプという、手練《スライハンド》奇術が多かったからだ。だが、注意して見ると、観客には見えない、秘密の吊り具などは最も使い易いように細心の注意で自作していたことが判る。匡一はその実物を見て得難い学習をしたのだった。

「あれは？　もしかして一城さんが書いたものなんじゃないですか」

と、社家は古い革のトランクの横に置かれている紙袋を指差して言った。それは反故《ほご》を無造作に詰めた袋に見えたが、古いためか袋が大きく裂けて、中に文字を書いた紙が顔を覗かせている。

「さすが社家さんね。目が早いわ。これだけがわたしの宝物」

と、佳城が言う。

「おっしゃる通り、一城先生が書いたものも沢山《たくさん》あります」

「一城さんはどんなことを書いていたんですか」

「いろいろね。見たこと聞いたこと、不思議に思ったこと。実際に舞台で経験して体得したこと。時々の流行している演目、他の奇術師が誰にも教えなかったトップシークレットなど」

「……素晴らしいじゃないですか。それ、公開はできないんですか」

「この書類を入れたトランクには門外不出と書いてありました。個人的な私信とか、他人のかなり手酷《てきび》しい批評なども混っているからでしょう」

「……一城さんが亡くなってからずいぶん経ちますね」

「ええ。早いものですね。十五年にもなります」

「じゃ、もういいんじゃないですか」

「プログラムとか新聞雑誌の切り抜き、日常的な日記のようなものでしたらね。でも、整理が大変ですよ。先生はあまり几帳面《きちょうめん》な人じゃなかったから、ほとんど書きっ放しで、何も彼《か》も一所に突っ込んであるんです」

「そこに見えているのは？」

「バラエティ時代のもの。先生の晩年の舞台のころ」

「……というと、佳城さんがデビューした当時ですね」

「ええ。もっと古いのは紙の傷《いた》みがひどくて、うっかり触れられないんです」

「なるほど。こういう貴重な文書が残っているとは思いませんでした」

「わたしも。今度そのトランクをはじめて開けて見たんです」

それまで、黙って傍に立っていた青瀬が言った。

「それだけ資料が揃っていたら、吉田一城の伝記が書けそうですね」

「書けますよ」

と、社家が断言する。

「青瀬さん、ぜひ書いてください。吉田一城という不世出の名奇術家の伝記がないくらい淋しいことはない」

「ところが……僕は整理というのが苦手でしてね」

「その方は引受けます。僕に任せてください。大丈夫です」

そのとき、博物館の入口の方で、ジョージと呼ぶ声が聞えた。ジョセフィーヌは英語だったが声に険を含んでいた。

佳城たちと一城の品を見ていたイサノも振り返る。

「ジョージ、遅かったじゃないか。どこへ行っていたんだ」

と、イサノが言った。

ジョージは背が高くジョセフィーヌに似て目鼻立ちの大きな青年だった。ジョージが歩くと、その後ろにすらりとした感じの女性が現れた。

「ステラじゃないの」

キティがびっくりしたように言った。

「本当の話、どうなの。ステラとジョージは？」

「ステラに恋人ができた、ぐらいのことは判っていたんだけれど、わたし、ジョージとは今日はじめて会ったのよ」

「じゃ、ステラの恋人がイサノさんの息子だったことも知らなかったんだ」

「そう。驚いちゃった」

「しかし、イサノさんはステラのことをあまり良く思っていないみたいだね」

「……心配ね」

図書館の閲覧室は匡一とキティの二人だけだった。

イサノは博物館に現れたジョージを皆に紹介したのだが、なにか不機嫌だった。その原因はジョージが連れて来たステラだということは誰にも判った。しばらく重い空気が流れたが、いつとはなく一人一人がイサノたちの傍を離れ、思い思いの観賞に戻っていった。匡一はステラが気掛かりで、コンビのキティをそっと図書館の閲覧室に呼んだのだ。匡一は蔵書の整理を手伝っていたので、どの部屋もよく知っていた。

「わたしたち、いつも一緒に舞台に出ているけど、仕事が終るとすぐ別別になってしまうのよ」

と、キティが言った。

「お互い、私生活には立ち入らないことにしているんだ」

「ええ。その方がいい、って先輩に教えられたわ」

「でも、ステラの気持は判るだろう」

「勿論。今、とても幸せそうよ。輝いているわ。芸も美しくなったわ」

「ステラがそうなったのは、いつごろだった?」

「そうね。ここ、一年ぐらいだったかしら」

「……割に長い付き合いなんだ」

「そう。ステラは本気よ」

イサノの紹介だと、ジョージは陶芸を習いに日本へ来ているという。

「ジョージは舞台生活を選ばなかった。だが、ステラはマジシャンだ」

匡一はそのことが心に引っ掛かっている。

「ジョージはもう奇術家にはならないんだろう」

「そりゃ、そうね。その気ならずっとイサノさんと一緒にいればいいわけだから」

「すると、二人が一緒になるとすると、ステラは引退しなければならなくなるよ」

「……うん」

「困らないのかい。君は」

「そう言われると困る。わたしたち、やっと人に覚えてもらえるようになったばかりだから」

「一人だけじゃ、自信がない?」

「ううん……難しいな」

「イサノさんがステラを良く思わないのは、そこいらあたりかな。ジョージは親に反抗して家を出たんだと思う。ところが、日本へ来て女性の奇術師と親しくなっている。考え方が支離滅裂だと言われても仕方がないだろう」

「それに、もう一つ理由があるわ」

「………」

「いつか社家さんの雑誌に紹介されていたけれど、イサノさんはラスベガスに豪華なお邸《やしき》を持っているでしょう」

「うん。部屋は算《かぞ》え切れない。プールもついている。なにしろ、ラスベガスの一流ホテルのスペクタクルショウにロングランで出演している人だ。そのくらいの家を持っていて当然だね」

「だから、ステラと較べてご覧なさい。わたしたちの暮しは決して豊かではないわ。今、自分ではまあまあと思っているけど、イサノさんと並べられたら、それは惨めよ。月とスッポンよ」

「しかし……ステラはイサノさんと結婚するわけじゃない」

「それはそうだけれど、もし両親が亡くなればその遺産は当然ジョージが相続するわけよ」

「ステラは他人の遺産を目当てにするような人なのかね」

「いいえ。わたしは長い付き合いだからステラの性格はよく知っている。二人がどこで会ったか判らないけど、ジョージは修業中の陶工よ。そんな親がいるとは知らないで付き合いはじめたに決まっている。でも、親は違うわ。自分の財産を狙って、どこの馬の骨か知れない女がジョージに手を出した、と思っているに違いないわ」

「……そうだろうか」

「そうよ。お金持ちって、そんな考えをするものよ」

「……それじゃ、ステラが気の毒だ」

「よく話し合えばいいと思う。お互いによく知り合えば、ステラがそんなこすからい性格じゃないことが判るわ」

「それだといいが……すると話は戻って君が残されてしまう」

キティはしばらく考えているようだったが、匡一の顔を見るといたずらっぽく笑って、

「わたしはいいわ。ステラが幸せになれるのなら」

「キティも諦めのいい方だね」

「ねえ。串目さんもそのうちプロになるんでしょう」

「うん……」

「そのとき、わたしを助手に使ってもらおうかしら」

「……」

「串目さんの奥さんになれればもっといいけど。でも、駄目ね。詰らない」

「……僕と一緒になっても食べられませんよ」

「そんなんじゃないでしょう。ほら、顔に書いてある。あなたの永遠の恋人は佳城さんですものね」

「そんな……」

「弁解しなくたっていいわ。あら、赤くなっている」

世の中で奇術の解説書ほど、奇妙な扱いを受けてきた本はあるまい、といつも匡一は考える。世界で最初に書かれたといわれる『妖術の開示《ようじゅつのかいじ》』（一五八四年）の著者レジナルド　スコットは、魔女裁判の非合理を見て黙っていられなかったのだ。この書物は奇術家のために著述されたものでなく、当時の魔術師《マジシャン》の手口を曝《あば》くことで、世の中に魔法などはひとつもないのだと主張するのが目的だった。しかし、この本は英国のジェームズ一世の怒りを受け焚書《ふんしょ》にされてしまった。

その後、登場するのが『ホーカスポーカス　ジュニア』（一六三四年）で、やっと解説書としての奇術の書物が世に出たのだが、どうしたことか著者は匿名《とくめい》でいまだに誰か判らない。魔女裁判時代の記憶がまだ薄れていなかったのだろうか。

日本では『神仙戯術《しんせんげじゅつ》』（一七一五年）が最古の奇術書とされている。この本は中国の翻訳らしいのだが、この頃の解説書には実用にはできないような呪術も堂々と同居させていたりする。

　その後、奇術書の出版も数多くなっていく。ただし、専門的な書物は数少ない。これは、プロ奇術師が極度に種の公開を嫌ったからだ。その秘密や技術を知るには、然るべきクラブに入り、会員のみに頒布《はんぷ》される書物によらなければならないという、性書と同じような特殊な手段でなければ手に入れることができなかった。

　そうした傾向はかなり長い間続いてきた。現在でも種明しもの以外に一般の書店に専門の奇術書が並ぶことは珍しい。勝《すぐ》れた奇術書の出版が盛んになったのは戦後で、アマチュアの増加が大いに関係している。アマチュアの研究家たちは次々と独自のアイデアを発表、あるいは歴史や奇術師の伝記をまとめ、それが現在に続いている。

　佳城の図書館には、そうした内外の奇術書や、奇術に関連するパズル、心霊学、舞台機構やからくりの研究書までが揃えられ、匡一はその膨大な蒐集を前にするとき、その量に圧倒されるとともに、ファンタジーを愛し、数々の夢を実現させてきた人々に勇気付けられるのだった。

　社家や青瀬の質問に対して、匡一は説明に熱心だった。勿論、匡一には先輩に当たる人たちだが、趣味の話に没頭すれば自然に先輩後輩の別も消えてしまう。

　最近、アメリカの若手奇術家が「瓶の中に飛び込むコイン」で種《ギミック》のコインを使わない面白い方法を発表した雑誌を読んだ、と匡一が言うと、

「そりゃまた、昔に戻ったのかね」

と、青瀬が言った。

普通、口の狭い瓶の中にコインを打ち込むには、精巧に作られたギミックコインを使う。そんなコインが作られない以前は仕掛けのないコインで演じていたのだろう、と青瀬は言うのだ。

「僕が話に聞くだけで、その幻のコインを手にしたのはいつごろだったかな。ついこの間のように思える。アメリカのハーフダラーでね」

「青瀬さんがついこの間のようだと言うと、十年も前かな」

と、社家が言った。青瀬は笑って、

「そう、よく考えると十年以上前だ。そのころ、種のコインが珍しくてね。値段も高かった。最新の輸入品で、仲間に見せびらかしたものさ」

「それがね、そう最新じゃないんだな。このコインが」

「でも……戦後でしょう。そんな凝ったコインを作るようになったのは」

「いや、もっと前。十九世紀の終りにそのコインを解説した本がある」

「百年も前……ちょっと信じられないな」

「嘘だと思うならエディ　ランナースという人が書いた本をご覧なさい。確か、この図書館にもあるはずだ」

匡一も確かにその本を知っているが、内容は初心者向きのトリックが主だったから、つい読み過ごしたのだろう、と言った。

「だからね、初心者向けの奇術書に載るくらいだから、当時は奇術家の間では常識的な種だったんだね。本当はもう百年も前に作り出されていたかも知れない」

「そう言われると、なんだか有難味が薄くなるような気がする」

と、青瀬が言った。

「奇術のトリックはまるで男女の間だね。有名なトリックほど、いつ、誰が、どこでそのトリックを演じはじめたのか判らないものがほとんどだ。歴史的な人物でも、いつ、誰とどこで愛が芽生えたか、当人しか知らない場合が多い。恋愛は人の重要な部分を占めるから、伝記作家はそれに苦労するんだ」

そうした話をしているとき、ふらりとジョセフィーヌが図書館に入って来た。そして、なにか心配そうな顔で部屋を見廻していたが、匡一がいるのを見ると、イサノの姿を見なかったか、と英語で訊いた。

イサノは一度も図書館へは来なかった。そう匡一が言うと、ジョセフィーヌは足早に立ち去ろうとする。匡一が声を掛けた。

「なにか心配事でもあるんですか」

ジョセフィーヌは振り返り、頰に両手を当てた。

「博物館に皆さんがいなくなると、イサノとジョージが衝突してしまったんです。ステラのことで――」

「イサノさんは二人の仲を反対しているんですか」

「ええ。あの子は小さいときから親に逆らってばかりいる。でも、わたしたちにも責任があります。ジョージの育ち盛り、わたしたちは仕事で世界中を渡り歩き、定まった土地に落着いてあの子の面倒を見ることができなかったから」

「あなたはどうなんですか。ジョージとステラの仲を」

「……愛があれば、それでいいと思っています」

「イサノさんは特に反対する理由でもあるんですか」

「あの人は淋しいんですよ。今、望み通りに奇術で成功して華やかな生活をしているように見えるでしょうが、いつもイサノの囲《まわ》りにいるのは外国人ばかり。イサノの本心は淋しいんです。ですから、ジョージを自分の傍にいさせたいんです」

「すると、ジョージはアメリカに帰る気はないんですか」

「ええ。日本人の女性を奥さんにしたいというのもその現れね」

「ステラは奇術師ですよ。その気ならイサノさんと同じ舞台に立つことができる」

「とんでもない。ジョージはマジシャンが大嫌いです」

言っている間もジョセフィーヌは落着かない。匡一はジョセフィーヌと一緒にイサノを探すことにした。

図書館を出ると佳城たちがいた。匡一がわけを話したが誰もイサノとジョージを見ていない。

「手分けをして探すにも、僕たちはこの建物の中をよく知らない」

と、時田が言った。

「最後にイサノさんを見た人は？」

あたりを見廻していたステラが、時田と目が合うと、

「多分、わたしでしょう」

と、言った。

「皆さんが博物館から出て行くと、イサノさんがジョージを呼び止めたんです。イサノさんはしきりに何か言っていたけど、英語なのでわたしにはよく判らなかったわ。しばらくするとジョージが二人だけで話をしたいと言うんです。それで、ジョセフィーヌとわたしは博物館から出ることになりました」

「それで?」

「キティがいたので、一緒に劇場のロビーに行って話し込んでいました。そのうち串目さんが来てビデオ室を案内しようと言われたんですけれど、少し疲れていたのでわたしだけが元の場所に残りました」

「劇場のロビーにはイサノとジョージは来なかったんだね」

「ええ。しばらくそこにいたんですけど退屈してきたので、今、ここに登って佳城さんたちと会ったところなんです」

時田は匡一と一応博物館に行ってみるから、佳城さんたちは劇場の方にいてくださいと言った。

博物館の中は矢張り人の気配はなかった。匡一が時田を案内し、収蔵庫の中まで見て廻ったが誰にも会わない。

展示場に戻ると、

「おや?」

時田は足を止めた。一つのガラスケースが開けられていたからだ。匡一はそれがどんな場所かすぐ判った。

「吉田一城の遺品です」

「そうだ。おかしいな。さっき見たときとは違う」

「誰かが書類に手を付けたようです」

一城が使っていたというトランクの蓋《ふた》が開けられ、中の物が外にまで散乱しているのだ。乱暴な仕事は人目に付かないうちにという、その者の焦りを物語っている。

「佳城さんはこれだけがわたしの宝物だ、と言っていた」

と、時田が言った。

「恩師の遺品という佳城先生の個人的な思い入れ以上に、貴重なトップシークレットも沢山あるようだね」

「ええ。でも、僕も今日これを見るのがはじめてなんです」

「おや? 君も知らなかったのかい」

「ええ」

「……じゃ、何かが持ち出されたとしても、それがどんな物だったかは判らないんだ」

「そうです。佳城先生以外は」

「しかし、このケースを荒した者もその重要さをよく知っている。勿論、佳城さんがそれを手放さないのを承知して、非常の手段に出たんだ」

そのとき、紺の制服を着た警備員が博物館の入口から声を掛けた。

「皆さん、すぐ劇場の方に来てくださいと言っています。イサノさんという方が屍体で見付かったそうです」


博物館や図書館と違い、匡一がはじめて見る場所だった。

むき出しのコンクリートと地下独特の臭いと湿気の多い空気の感触。舞台裏から地下に通じる階段には華やかな幕も照明もない。舞台を美しく飾るための機械、そのうちには人の汗や泥絵の具の臭いも入り混じるはずだ。

奈落の底に降り着くと、すぐ、佳城たちの姿が見えた。むき出しの蛍光灯が全員の顔を青白くさせている。

イサノは四肢を伸ばし、頭は血溜りの中にあった。横を向いた目はびっくりしたような形のまま動かなくなっている。イサノの鼻孔からはまだ血が流れ続けているのが判った。匡一はそれを正視できなくなった。

「一体、どうしたんです、これは」

と、時田が叫んだ。その言葉が現実を確認させたようだった。ジョセフィーヌが声を出して倒れかかった。傍にいた艮が抱き止める。

「奥さんはここにいない方がいい」

北村がそう言い、艮に手を貸してジョセフィーヌを支えながら階段の方に向かう。三人の姿が見えなくなると、時田が再び、

「絶命しているんですか」

と、誰にともなく訊いた。

「完全に」

と、社家が言葉少なく答えた。

「転んで？」

時田はそれ以上のことは思い浮ばないようだった。

「いや」

社家は天井を指差した。暗闇の中にスクリーンのような長方形の光が見えた。

「あれは？」

「舞台の切り穴。大ゼリです」

匡一は無気味に口を開けた大ゼリの穴にびっくりした。それほど高い。

「今、聞いたんだが、ここが奈落の一番深いところで、ほぼ十メートルはある。この劇場は普通の劇場に較べてタッパが高いから、奈落もそれに準じて深くしてあるんだそうだ。ここでだと、二階建てのセットがそのまませり上がる」

「すると……イサノは大ゼリが開いているのに気付かず、舞台の上からここに転落したというのかね」

「それしか考えられない」

「誰が大ゼリを開けたんだろう」

匡一たちが劇場に入ったとき、イサノはジョセフィーヌと舞台に立っていた。大ゼリは開いていなかったはずだ。

「機械室で大ゼリを操作できるのは？」

「私が機械室にいました」

と、カーキ色のジャンパーを着た男が言った。がっしりとした体格の、年は四十前後、劇場の総監督だという。機械室は舞台下手《しもて》にあり、音響効果や舞台照明もコンピューターで制御されているから、以前のように広い場所が必要ではない。全て機械室の中にまとめられていて、舞台の進行を見ながらキーを押すだけでさまざまな舞台効果を操作することができる。監督はその機械室にいて、幕の上げ下げ、廻り舞台、セリを動かして調子を見ていた。機械室には照明係や音響係も一緒だった。

「皆さんが集まる少し前ですよ。イサノさんが機械室を覗いて、興味深そうに私達の仕事を見ていました。外国にもこんなに設備のいい劇場はないんですってね。話をしているうち、皆さんが劇場に入って来ましたので、どうです、舞台の上に立ってごらんなさい、効果を入れて幕を開けますから、と言うと、舞台人ですね。その気になって、ええ、奥さんと一緒に」

と、監督が言った。

イサノはそういういきさつがあって舞台から現れたのだ。監督は続ける。

「それからしばらくして、私たちは休憩したんです。機械室を出て煙草《たばこ》を吸ったり庭を歩いたり。ええ、機械室は精密機械が多いですから禁煙でね。幕を上げ、照明を落とし……そして、これが変なんですが、大ゼリは確かに元に戻した。ええ、絶対に間違いはありません」

「すると、あなたたちが休憩している間、機械室に入ってセリを動かした人間がいることになる」

と、社家が言った。監督はうなずいて、

「多分、そうだと思います。でも断言はできません。機械はまだ入ったばかりで、そのために調子を見ているところですから。何かの加減でセリが開いてしまったかも知れないんです」

佳城が監督に訊いた。

「あなたたちが休憩している間、劇場の関係者以外に、楽屋に入って行った人がいますか」

「ええ。わたしは楽屋の出入口のところで一服やっていましたからその人が判りました。この、イサノさんです」

「どんなふうに？」

「ごく自然に、です。普通の足取りでしたよ」

「他には？」

「他にはいません」

社家が口を挟んだ。

「劇場の入口から中に入り、観客席から舞台に登って機械室に入る、という方法があるんじゃないですか」

それは、警備員が否定した。

この日は二人の警備員が玄関のロビーにいて人の出入りを見ていたが、見学者が劇場を出た後、観客席の出入口に入って行った者は一人もいなかった、という。

「ジョージはどこへ行ってしまったのかしら」

と、ステラが心配そうな顔をした。


佳城苑に到着した救急車の隊員はイサノの死を確認して、これは事故死に違いないから警察の検屍を受けなければならない、と言った。

見学者たちは全員奈落から出て劇場前のロビーで待機しているうち、警察官たちが到着し、それぞれが事情を話すことになった。

「奇術の皆さんがここに着いたのは何時ごろでしたか」

「二時、少し過ぎだったと思います」

「前から見学の日が決まっていたのですね」

「ええ。二週間ぐらい前です」

「その、提案者は?」

「時田さんです」

「この見学会にはイサノさんの出席も予定されていたんですか」

匡一に質問を続けている警察官は細い顔に黒縁の眼鏡《めがね》を掛けた神経質そうな三十代ぐらいの男だった。特殊な事故と判断しているためか、質問は細かい。

「イサノさんは飛び入りだったんです。誰も、今日ここにイサノさんが来ているとは思っていませんでした」

「なるほど。イサノさんはいつごろ着いたのでしょう」

「……はっきりした時刻は知りませんが、僕たちの少し前に空港から直接来た、と言っていたのを聞きました」

「あなたはイサノさんと識り合いですか」

「いいえ。奇術では有名な方ですから、名はよく知っていましたが、直接会ったのは今日がはじめてです」

「見学者の中でイサノさんと前から付き合いのあった人は？」

「世話役の時田さん、機巧堂の社家さん、それから青瀬さん」

ステラもジョージに引き合わされているはずだと思ったが、匡一は口にはしなかった。無意識にジョージとステラのことは表沙汰にしたくないという気持が働いていた。

「イサノさんの外国生活は長かったようですね」

「ええ。二十年ぶり、と聞きました」

「その間、日本で公演は？　ほら、向こうで成功した人がよくやるでしょう。帰朝記念ショウとかいうのを」

「……僕が知る限り、イサノさんは一度も日本の舞台で奇術をしていません。テレビにも出演したことがないといいます」

匡一は話しながら、そのイサノの考えも不自然だな、と思った。誰しも余所《よそ》で成功すれば故郷へ錦という気持になるはずだ。これまでも時田たちが発案して、イサノに話を持ち掛けたことが一度ならずあったが、その都度、頑なに日本での公演を拒み続けて来たのには一座の移動が大変なばかりではなく別の理由があるに違いない。

「そのイサノさんも加わって、この佳城苑を見学したのですね」

と、警察官が質問を続ける。

「そうです」

「イサノさんが落ちた例の大ゼリ、それも見学したんですね」

「いいえ。僕たちは佳城先生から舞台機構の説明を聞いただけで、実際に動くところを見たわけじゃないんです」

「つまり、舞台の下にあれだけの深い奈落があるとは知らなかった」

「ええ。後で聞いたんですが、舞台は調整中で、いろいろな係の人が働いていましたから、邪魔をするわけにはいかなかったんでしょう」

「劇場を出てからは?」

「僕が博物館と図書館に案内しました」

「イサノさんも一緒でしたか」

「ええ。でも、奇術家にもいろいろあって、古い道具に興味を持つ人、本が好きな人、人によって違いますから、すぐばらばらになって、誰がどこにいたかは正確には判らないんです」

「なるほど。それで、イサノさんがいなくなったのはいつごろです」

「舞台係が休憩していましたから、三時ごろでしょう」

「イサノさんがいないと言い出したのは?」

「奥さん、ジョセフィーヌさんです」

「奥さんはただイサノさんがいなくなった、と言ったのですか。それとも、切羽詰《せっぱつま》った調子で?」

「さあ……僕はあまり英語が得意じゃないので」

「そうですか。それで、イサノさんを発見したのは?」

「舞台監督さんだと思います。監督さんたちが外に出て休憩していたとき、イサノさんが楽屋に入って行ったのを見ていたそうですから」

「イサノさん一人で?」

「ええ」

匡一は監督に聞いた通りを話した。イサノが舞台機構に興味を持っていたこと。機械は調整中でなにかの加減でセリが開いてしまう可能性もあること。そのとき照明を落としていたので舞台は暗かったこと。

警察官は一つ一つうなずいていたが、ふと、声の調子を落として、

「イサノさんの一家は、イサノさん、奥さん、それと息子さんのジョージの三人でしたね」

と、念を押すように言った。

「ええ」

「あなたが見た三人の印象はどんなでしたか聞かせてください」

「印象？」

「ええ。非常にしっくりいっている一家か、あるいはどこかぎすぎすしていた、とか」

「……最初見たとき、イサノさん夫婦は腕を組んでいました。とても、仲が良さそうでした」

「息子さんのジョージは？」

「ジョージ――」

匡一が答える前にジョージを呼ぶ声が聞えた。振り返ると、ロビーの階段を降りて来たジョージに、ステラが駆け寄っていた。

「ジョージ、今までどこにいたの」

「屋上だよ」

ジョージは天真爛漫《てんしんらんまん》に答えた。

「親父の顔は見たくもないから、屋上に出て空を見ていた」

「……ジョージ」

後で聞いたのだが、イサノはステラと別れなければ、これまで続けていた仕送りを止める、とジョージに宣言した、という。

「先生、見てもらいたいものがあるんです」

匡一は佳城にそっと言った。

「博物館の一城先生のケースの前、僕、先に行って待っています」

ジョージとステラはロビーの隅の方で警察官に囲まれている。ジョージがイサノに対して不穏当な言葉を口走ったからだ。もし、屋上に誰もいなかったら、面倒なことになっていたかも知れない。

「今日、屋上庭園には植木屋さんが入っています」

と、佳城が傍にいる人たちに言った。

「ジョージさんが嘘をつくようなことはないでしょうけれど、屋上に出たのなら、きっとその人たちの目に留まっていると思います」

佳城の言う通りだった。そのすぐ後で、警察官の一人がジョージの傍を離れ、エレベーターの方に向かうのが見えた。その警察官が戻って来たときには、紺のジャンパーを着て、陽焼けした顔の男と一緒だった。屋上で仕事をしていた庭師なのだろう。

まさかとは思うが、事情が特別なだけ、匡一はそれを見てほっとし、佳城に一城の遺品が荒されていることを報《し》らせようと思ったのだ。

博物館で待っていると、すぐ、佳城が博物館に入って来た。

佳城は半開きにされたガラスケースの中を見て顔を曇らせた。

「確かに誰かが手を付けたわね」

「何かなくなっているものがありますか」

「……それは急には判らない」

佳城は愛しいものでも触るように、散り散りになった書類をまとめ、ガラスケースを閉めた。

時田が声を掛けた人たちは、皆、長年の付き合いで信用のある人ばかりだ。それを裏切って、佳城の宝物に手を出した者がいると考えるのは困難だ。匡一は佳城に、

「この博物館に最後までいたのはイサノさん夫妻とジョージさんでした」

と言って顔色を窺《うかが》った。

イサノなら社家と同じように一城の舞台を見ているはずだ。その中に素晴らしいトリックがあり、しかもまだその秘密を誰も知らない。イサノがラスベガスの出演契約を更新したとき、新しいレパートリイを加えたいと考え、その一城のトリックを思い出したとして、佳城苑の博物館に計らずもそのトリックの秘密を記録したと思われる書類を見たとき、つい手が出てしまったとするのは筋違いだろうか。

佳城は淋しそうに言った。

「奇術に関して、ここには秘密はありません。一城先生のものも、いずれ奇術家に公開されます。奇術も文化的な継承が必要でしょう」

「そうですか。でも先生の気持を知らない人がいれば」

「そう。もし盗まれた物があったとして、それが見付かったら、全てが終りになるでしょうね」

「先生の言われたトップシークレットが……」

　そこまで言い掛けたとき、匡一はふとあることに気付き、その考えをまとめようとして言葉が続けられなくなった。

「どうしたんですか。急に黙り込んでしまって」

「……他の秘密を思い出したんです。先生、劇場の天井近くには秘密のドアが作られていますね。空中を宙乗りになる演者が空中に姿を消したり、突然、上空に現れた演者が舞台までフライングするときのための秘密のドアが」

「ええ。まだ誰にも見せていないけれど」

「そのドアは当然、舞台に通じているんでしょうね」

「そう。舞台の奈落には観客席の下を通る通路ができています。ちょうど、花道の真下ね。花道の突き当たりが能でいう鏡の間。この劇場にもその場所に広くはないけど楽屋があって、奈落からの通路はちょうどその楽屋の真下に通じています。勿論、奈落から楽屋にも出られるけれど、そこには別のリフトがあって、天井の秘密のドアまで一気に登ることができます」

「その花道の下の奈落から、観客席の外に出られませんか」

「ええ、ロビーに出る階段があります。ちょうど、二階席に行く階段の裏側に出入口があります」

「すると、その通路を使えば、舞台裏からでもなく、劇場の出入口からでもなく、外から観客席に出ることができるんですね」

佳城はその意味が判ったようで、無言で歩きだした。

博物館を出て劇場に戻る。二階席への階段はロビーの両側だった。その左側の階段の裏側に目立たないドアがあった。その場所は、広いロビーにいる警備員の目にとまらず出入りができそうだった。実際、佳城と亘一は並の歩き方で、ロビーには見学者と警察官もいたが、二人に気付く人はいなかった。

暗い階段を降りていくと、そこも奈落だった。階段とは直角の方向に、トンネルのような通路が見える。

「それが花道の下の通路ね。簡単なモノレールみたいな乗り物が通るのよ。舞台にいた人がその車を使い、ここまで走って来られるわけ」

佳城は通路の突き当たりにあるリフトに指先を向ける。

「そして、このリフトに乗り換えれば、ほとんど数秒もしないで、天井の秘密のドアに到着してしまう」

リフトは工事現場に仮拵《かりごしら》えされているような、ドアもなく三人も乗れば満員になりそうなものだった。リフトの囲りには螺旋《らせん》階段が上に伸びている。

亘一は佳城の説明に感心している閑はなかった。そうした建物の配置をきちんと頭の中に入れておかなければならない。

「リフトは工事中でまだ動いていないわ。階段を登りますよ」

と、佳城が言った。鉄の階段にはセメントの粉や、細かい木屑が積もっている。

一階分の階段を登ると、花道の突き当たりの楽屋だった。

「観客席の一部を取り外して花道を作る。そのときだけ、この楽屋が使われるのよ。ですから今はこの楽屋からは観客席に出ることができなくなっている」

佳城の言う通り、楽屋は花道を作るための建材が一杯に積まれていて、どこに花道の出入口があるのかさえ判らない。

「さあ、二階に登りますよ」

佳城は螺旋階段に戻った。二階は三階ほどの登りに感じられる。佳城は二階の踊り場に出て足を止め、「機械室」のパネルが貼ってあるドアを開いた。正面がガラス張りで、客席と舞台が見渡せる。

「足元に注意して」

と、佳城が言って、部屋の明りをつけた。

部屋には映写機や照明機具の他、太いコードや工作機具が床に置いてあった。佳城は機械室をざっと見廻してから、

「いよいよ秘密のドアね」

今度の登りは長くはなく、ちょうど一階分ほどだった。

最上階は花道の楽屋より少し広めの部屋で、天井にはまだリフトの穴が続き、何本もの太いワイヤーが階下に下がっている。

「ここよ」

佳城は最上階に一つだけあるドアを内側に開いた。

ほとんど真下という感じで舞台が小さく見えた。ドアの端に立つと下に吸い込まれそうな感じになる。ここからワイヤーによる宙乗り、フライングをするのだと思うだけで、観客席のどよめきが聞えそうだ。

「気を付けてね」

と、佳城が後ろで言った。

「先生、高すぎてここからでは二階席まで飛び降りられませんね」

匡一は秘密のドアを閉めた。

二人は階段を降り、元の機械室に戻った。佳城は通路とは反対の右側にあるドアを指差した。

「この外はすぐ二階席よ。二階席の前列まで行き、仕切りを越して一階席に飛び降りれば舞台まで行けそうね」

匡一は首を横に振った。

「その必要はなさそうです」

「すると……納得がいったようね」

「ええ。奈落から階段を登ったとき。階段には工事のときの細かな塵《ちり》が薄く積もっていました。ここを利用した人なら当然床の上に足跡を残すはずですが、それがどこにもない。つまり、そんな人はいなかった、と納得しました」

「それでも上に登ったのは、秘密の部屋が見たかったからなのね」

「ええ。あそこからの眺めは素晴らしい。感動してしまいました」

「あなたもこの機構を使う日が来ると思うわ」

「きっと……上手に使います」

そのとき劇場にジョージが入って来る姿が見えた。ジョージは立ったまま、いつまでも緞帳の下りている舞台を見続けていた。


ロビーに戻ると、警察の訊問は終ったようだった。

「警察はジョージが怪しいと思っていたようだったけれど、結局、疑いは明《は》れたみたいよ」

と、キティが匡一の傍に来て言った。

「屋上に出て空を見ていた、という話かね」

「ええ。ジョージは屋上で働いている植木屋さんの仕事に興味を持って、長いこと話し込んでいたんですって」

「陶芸に、植木か」

「そう。面白い人でしょう」

「でも、そんなの、容疑が明れてよかった」

「ジョージの態度を見れば一目で判ることだわ。イサノさんが急死したと聞くと、ジョージは大声で泣いていたわ。今までお父さんに反抗してばかりいて、一つも孝行らしいことをしなかったのが残念だと言って」

「それじゃ、イサノさんは矢張り事故死ということになるんだ」

「そうね。あのとき、劇場に入って行ったのはイサノさんしかいなかったんだから。もっとも、イサノさんの解剖の結果が出ないと正式な発表がされないそうよ」

「……今、それどころじゃないんだろうけれど、ジョージとステラとの仲はどうなるのかな」

「それが気になっているの。ジョージが改めてお父さんの言い付けに従おうなどと思ったりすると、ステラが気の毒だわ」

時田が傍に来て、沈痛な顔で匡一に言った。

「まだ、見たいところも沢山残っているんだが、今日はこれで帰ることにするよ。こういうとき、何を見ても身に入らないからね」

「それじゃ、落成式にお待ちしています」

「うん。落成式は来月だ」

「四月一日の予定です」

「いい季節だ。運がいいと花見の落成式になる」

時田、社家、青瀬、北村、艮、それにキティとステラを加えた七人を佳城と匡一が玄関まで送った。

そのうち、警察の仕事も終ってそれぞれ車で帰っていく。

ジョセフィーヌとジョージが最後になった。やっと気を取り直した二人は車で佳城苑を出たが、門のところで急に車を止め、ジョージがガラス窓を開けた。

匡一が駈け寄ると、ジョージが手に持っている物を匡一に差し出した。

「母はすっかり取り乱して、返すのを忘れていました」

見ると古びた一通の封筒だった。

「さっき、博物館にいたとき、父が陳列ケースを開けて、これを取り出して母に持っていろ、と命じたらしいんです。母はよくないいんじゃないかと思いながらも言われるとおりそれをバッグに入れ、そのまま忘れていたようです」

ジョージの隣にいるジョセフィーヌが言った。

「そのイサノは亡くなりましたし、私たち二人とも漢字が読めません。そのまま、佳城さんに返してください」

「……判りました。確かにお預りします」

匡一は英語で言い、封筒を受取った。車はそのまま発車した。

封筒の宛名は「大岡佳子《よしこ》様」とある。佳城の本名だった。何気なく裏を返した匡一はその名を見て封筒を取り落しそうになった。指が震えだし止まらないのだ。

「どうしたの？　怖い顔をして」

玄関で待っていた佳城が言った。匡一は黙ったまま持っていた封筒を佳城に渡した。佳城は受取った封筒の文字をじっと見詰めていたが、目を細めるようにして、

「懐しいわ。荒岩勇之《あらいわいさゆき》——イサノの本名なのよ」

と、言った。

「それ、イサノさんが博物館で抜き取り、奥さんのバッグに蔵《しま》わせたらしいんです」

「……そうだったの。それで判らなかったんだわ」

「奥さんもジョージも漢字は読めないんだそうです」

「……よかった」

「一体、どんな手紙なんですか」

「恋文——昔、イサノがわたしに宛てた恋文。イサノはこれを取り戻して焼き捨てようとしたんでしょう。そんな人ですから、わたしに殺されても仕方がなかったわよね」

匡一は息が止まりそうだった。

「そんな……嘘ですね、先生。そんな話は」

「いえ、本当。イサノはわたしが殺したの。あなただけには話してあげる。わたしの部屋にいらっしゃい」

佳城は封筒を持ったまま、ロビーを歩きはじめた。


佳城の部屋は建物の最上階だった。

決して広くもない、決して贅沢でもない。だが、ふしぎと心の休まる空間だった。佳城は庭の見える部屋に入ると、両手を伸ばして床の上に爪先で立ち、くるくる廻りながら、

「どう？　いい部屋でしょう。彼と二人、ここで幸せになろうと思って設計士さんに頼んだ部屋なの」

などと言っていたが、そのうち疲れ切ったような顔で革張りのソファにどっと凭《もた》れかかった。

そして、抑揚のない調子で誰にともなく話しはじめる。

「奇術師、荒岩イサノ、本名、荒岩勇之。〈お江戸日本橋《えどにほんばし》〉という俗謡があってその囃子《はやし》言葉が〈あれわいさのさ〉。それをもじったというから、そのころのイサノはただ人前で珍しいことをするのが好きな青年で、芸も灰汁が強くてわたしは好きにはなれなかった。でも、一般の人気は悪くなくて、バラエティホールに出演してそのときわたしと識り合ったの。毎日同じ舞台でわたしの奇術を見ているうち、イサノは奇術の奥深いことを知って、年齢はあまり違わないのだけれどわたしを先輩と言っていろいろなことを訊きに来るようになった。芸の方もいいセンスが身に着いて、ちょうどそのころの舞台を青瀬さんが見て覚えていたのね。そのうち、イサノのわたしへの好意が恋に成長していった」

「先生も、ですか」

「いいえ。当時、わたしは舞台以外のことは頭になかったわ。デビューしてまだ二年も経っていなかったけれど、一城先生の指導ですものね、マニアの皆さんに好評でそれだけが嬉しく毎日が充実していた。恋愛や結婚を考えないわけではなかったけれど、そういうのはまだずっと先の話だと思っていました」

「それなのに、先生は突然結婚して舞台を退いてしまったんですね」

「ええ。わたしを見初めた大岡が敏腕だったから。わたしは若く、世間知らず。大岡をただの奇術好きのファンの一人だと甘く考えていたのね。わたしの知らないうちに大濠《おおぼり》が埋められ、表門裏門に手が廻り、あっという間に落城してしまった。大岡への恋もあったけれど、今考えるとおかしくなるほど幼い思いだったわ。大岡の家は手広く建設業をしていましたから、結婚をすれば舞台に立つわけにはいかなかった。でも、大岡も奇術が好きでしたから、皆さんとの付き合いだけは絶えずに今までできました」

「それで判るような気がします。イサノさんはあなたが結婚してしまった国を捨てたのですね。二度と帰って来るまいと覚悟を決めて」

「ええ。でも、その手紙を貰《もら》うまで、イサノの本心が判らなかった。わたしはその手紙を繰り返し読んだ。全文、記憶してしまうほど読み返した。そして、それほどまでにわたしを思ってくれていた人が可愛相《かわいそう》でならなかった」

「それは……恋とは違うんですか」

「……今、思うと、そのときわたしの心に小さな火が付けられたんですね。それが、わたしの知らないところで焔《ほのお》を大きくしていき、二十年も経ってイサノと再会したとき、手の付けられないほど燃え盛ってしまった……こんな話、嫌でしょう。もう、とっくに恋などなくてもいい年なのに、清くつつましくしていられない女の話など」

「いいえ、先生。続けてください」

佳城はソファから立って窓際に立った。逆光を受けた横顔が美しかった。

「イサノはジョセフィーヌとの仲がうまくいっていない。近く離婚する気だと告白しました。イサノがわたしの気を引くために作った話だとは思えません。当時は本気で思い詰めていたんです。今となってはそう信じるしかないけれど、わたしはその言葉で、イサノを受け入れる気持になった……」

二年前、雪の降る丸《まる》の湯《ゆ》温泉だった。人里離れたサオト荘《そう》という小さな宿で、佳城はイサノに抱かれた。

一夜限りの出会いだったが、二十年もの互いの思いを埋めつくしてなお余りあるほどだった。佳城は焼けるような匂《におい》のうち、何度も自然の生命と死を感受しながら、イサノと離れることができなくなっていた。佳城は狂熱の恋に身を焼く女になった。

「喉が渇いたわ。串目君、ジュースでいいかしら」

「いや……僕は結構です」

匡一はそれどころではなかった。だが、佳城は別室に行き二つのグラスにジュースを入れて戻って来た。

「それからの二年ほど、歳月を長く感じたことはありませんでした。離婚の支障になる怖れもあるので、電話を掛けてイサノの声を聞くこともできず、手紙で思いを伝えることもならない。そして待ち兼ねた再会の日。今日、わたしの前に現れたイサノは、意外なことにジョセフィーヌを連れ、息子のジョージもここに来ることになっている、と言いました」

佳城はジュースで唇を湿してから話を続ける。

「イサノからラスベガスの一流のホテルのショウに出演していて、その契約更新をしてきたと聞いたとき、わたしには全てが判って目の前が真っ暗になってしまいました。イサノは妻と別れられなかったの。ジョセフィーヌと別れることは妻だけではない、六十人以上いるというイサノのメンバー、二十頭あまりの動物、そして今まで苦労して築き上げた地位、名声、そうしたものを全部捨て去るという重大事件。よく考えれば当然ですね。碌《ろく》に言葉も喋《しゃべ》れない外国に行って、ジョセフィーヌと一緒になり、どれほど妻の助けが大きかったか計り知れない。そのこと一つ考えただけでも。でも、愚かなわたしはそれでもイサノを信じてじっと待っていた。わたしはイサノを宥《ゆる》せなかった」

「……もし、立場が逆だったら?」

「わたしには全てを捨て切ることができます」

佳城は毅然《きぜん》として言った。

「手足をくれと要求されればさしあげましょう。地獄に堕ちろと言われれば堕ちましょう」

イサノは見学者が博物館や図書館で散り散りになったとき、そっとジョセフィーヌの傍を離れて佳城に近寄り、

「話があるから、人のいないところを教えてくれ」

と、言った。

「あなたの話など判っている。聞きたくない」

「いや、どうしても話さなければならないことがある」

佳城は仕方なく、舞台に人がいなくなるころだから、そこで待っている、と答えた。

匡一が訊いた。

「それで、イサノさんは楽屋に入って行ったんですね。でも、舞台監督さんは楽屋に入ったのはイサノさんだけだ、と言っていましたけれど」

「よく思い出しなさい。監督はわたしが〈劇場の関係者以外に、楽屋へ入って行った人がいますか〉という質問に答えたのですよ。わたしは劇場の関係者の一人です」

「そ、そうでした」

佳城は特別の策を弄《ろう》したわけではなかった。監督の見ている前で堂々と楽屋に入って行ったのだ。

佳城は指定の場所でイサノを待っていたが、考えるほどイサノの口から決別の話を聞きたくなかった。勿論、言訳《いいわけ》めいた言葉もだった。方法は一つしかなかった。

佳城は良し悪しの判断もできなくなっていた。ただ、イサノの話を聞きたくないの一念で、佳城は機械室に入り、大ゼリが開くスイッチを押した。舞台は暗く黒いセリの穴は見え難かった。佳城は大ゼリの奥に立ち、じっと目を閉じた。

イサノの足音が聞えた。イサノは別れの言葉を佳城に言うことができなかった。

「これで、全部です。最後までよく聞いてくれたわね」

と、佳城が言った。

「先生、僕の話も聞いてください」

「……なんでしょう」

「これから僕と一緒に弁護士の潮見《しおみ》さんのところへ行って事情を話してください」

「それはできないわ」

「なぜ？」

「さっき、ジュースを取りに行ったとき、薬を飲んでしまったから」

「先生、それはだめです」

匡一は立ち上がった。

「すぐ、医者を呼ばなければ」

「いいえ、自分の罪は自分で償わなければ」

「先生、それはひどい」

「…………」

「先生はそれでいいと思っているけれど、僕はどうなるんですか。僕はこれからどうすればいいんですか。僕だって長い間先生のことを……」

「知っているわ。あなたの心は」

「それなのに、なぜ僕を独りにしてしまうんですか」

「……薬が効いてくるまで、少しだけれど時間があります。それをあげましょう。あなたにはそれで宥してもらうしかないわね」

匡一は佳城の胸に顔を埋《うず》めて泣き崩れた。

匡一の目には満開の花も灰色に見えた。佳城苑へ次々に集まってくる参列者のきらびやかな衣装も、葬列の喪服だった。

佳城苑の落成式に集まったのは、奇術関係者は勿論、芸能関係、佳城苑の設計、施工に加わった佳城の友人たちが広いロビーを埋めていった。

受付にいる匡一のところへ社家が来て言った。

「佳城さんは佳城苑を法人にして消えてしまった、というのは本当かね」

「さあ……僕もあれ以来、先生の姿を見ませんが、そんな話があるんですか」

「うん、それが本当だとすると、佳城さんは一体、何者だったんだろう」

「矢張り、天女の仮の姿だったんじゃないですか。伎芸天の」

その佳城なら、佳城苑の劇場の奈落に作られた、秘密の小部屋に永眠しているのだった。その扉は匡一が厚いセメントで固めてしまったから、誰にも発見されることはない。

いつか、佳城が、

「名を付けてもらったとき、字引を見たんです。そうしたら、佳城というのは墓場の意味だった。一城先生はそんなことに無頓着《むとんちゃく》な方でしたからいちいち字引なんか引かなかったんでしょう。でも、わたしは佳城という名がとても気に入っている」

と、言ったことがあった。

今、文字通り、佳城苑は佳城の墓場になった。

ジョージとステラが連れ立って受付に姿を見せた。二人の仲はどんなことにも固く揺るがなかったらしい。

あとがき

「魔術城」の建造を思い立ち、着工したのは一九八〇年のことであった。世に美術館、文学館、博物館は数え切れないほどあるが、奇術専門の施設はハリウッドのマジックキャッスルぐらいしかなく、日本では皆無だからだ。

一九八〇年というと、年のせいかそう昔のこととは思えない。しかし、この本を担当してくれる編集者は、その年にはまだ小学校にも入学していなかった、と聞かされて愕然《がくぜん》とした。

そういえば、この二十年間にはいろいろなことがあった。

弗国《フツ》皇太子が王位を継承した。妖盗《ようとう》S79号が活動を終え、稀代の殺人鬼、切岡孝保《きりおかたかやす》が逮捕された。惟霊講会《いれいこうかい》が「しあわせの書」を刊行した。昭和はすでに昔になり、平成が十二を過ぎた。地価狂乱のあと、バブルが崩壊した。もっとも、バブル崩壊については、直接魔術城の工事の進行と関係はなかった。完成が遅れに遅れたのは、ただ作者の非才と怠慢《たいまん》によるものであった。

思い返すと二十年は矢張り長く、最後になると、はじめ設計しておいた伏線などを忘却してしまい、改めて旧作を読み直す始末だった。

とにかく、曲りなりに魔術城は完成した。あとは一人でも多くの人に楽しんでもらえるのを祈るばかりである。
作者は人生の短かさを痛感する年齢に至った。中途のままになっている仕事も少なくはない。ほんとうは魔術城竣工式の祝い酒にいつまでも酔っていたいところだが、そうもいかないのである。

二〇〇〇年　五月　泡坂妻夫

解説

米澤穂信

泡坂妻夫に似ている作家はいない。

少なくとも日本のミステリ作家には見当たらない。泡坂ミステリの影響下にある作家は思い当たるし、恥ずかしながら私自身も泡坂妻夫に憧れてものを書いたことはあるけれど、小説の根本的なたたずまいが似ない。海外に目を向けるなら、泡坂妻夫が「日本のチェスタトン」と綽名《あだな》されたことをもって、やはりチェスタトンと比べてみたくなる。綽名の由来は両者がともに逆説ミステリを得意としていたからであり、泡坂妻夫が雑誌「幻影城」に投じた短編「DL2号機事件」を都築道夫が「ブラウン神父が出てきて、解決しそうな事件」と評したからでもあろう（「幻影城」NO.15）。確かにブラウン神父ものと亜愛一郎《ああいいちろう》ものを並べればミステリの組み立ては似通っているが、小説の向いている方向は正反対と言っていいほど違っている。すなわち、チェスタトンの逆説には教訓があり、泡坂の逆説は教訓から最も遠いところにある。

いま、泡坂妻夫のミステリのたたずまいをわずかに連想させる作家が、ひとりだけ思い浮かぶ。アメリカの作家、アルバート・H・ゾラトコフ・カーだ。『誰でもない男の裁判』を書いた作家にして政治経済学者、コンサルタントである。世界を飛び回り海千山千の猛者《もさ》と渡り合う張り詰めた日々の中で、彼は忙中《ぼうちゅう》に閑《かん》を見つけて小説を書いた。その小説はどことなく浮世離れしてユーモアが漂い、それでいてたしかに人間心理の深奥をつくところがある。泡坂妻夫もまた、もともと、作家が本業ではない。かれは職人――紋服に紋を描き入れる職人、紋章上《もんしょううわ》絵師《えし》――であった。両者の小説のすじ立てに似ているところはないが、しかし、小説の底流に流れているものは同じであるような気がしてならない。その類似を敢えて言葉にするなら、「おとなの知的なあそびとしてミステリを書くことを楽しんでいる」ということになる。

泡坂妻夫は、軽妙洒脱《けいみょうしゃだつ》な作風からは想像のつかない苦労をしてきた人間である。一九三三年に神田の職人の息子として生まれ、「何事もなければ、私も苦労せずに腕のいい若旦那となり、自然に弟子も集まり、若旦那はちょいちょいと要所だけで腕の冴えを見せて後は弟子にまかせ、浄瑠璃の師匠からは、あら若旦那、この節喉《のど》が渋くなったわ、などと言われ」ただろうというのが本人の談である（「上絵師修行」『ミステリーでも奇術でも』文春文庫）が、戦争が激化して紋服を誂《あつら》える者がいなくなった。客は戦後も戻らず、泡坂は中学を卒業すると夜学に通いつつ職に就いたが、勤めた会社はあやしげな商売で手を広げた挙句に倒産し、二十歳で求職者となる。そのころ世間はようやく戦争から立ち直りつつあり、紋服の需要が一時的に回復していたため家業に戻ったが、洋服の普及とともに職人としての仕事は減る一方であった。趣味は手品（御本人は一貫して奇術という言葉をお使いになっていた）。酸いも甘いも嚙みわけた四十二歳の時分に「幻影城」に小説を投稿して佳作を受賞、世に出ることになった。

つまり泡坂の小説は最初から、練れたおとなの知的なあそびであったのだ。地に足をつけて世間を渡ってきた人間があえて現実を離れてミステリを書いたというのが、A・H・Z・カーと泡坂の共通点である。そうして書かれた泡坂の小説にはどこか鷹揚《おうよう》さがあり、余裕があり、そして我がない。戦争がなければそうなっていただろうと御本人がおっしゃっていたような、若旦那がどうだいちょっとしたもんだろうと笑って見せる、そんなおおらかな豊かさがある。あれは、超人的な技巧と努力の末に成った『しあわせの書』や『生者と死者』が好例であろう。あれは、いいミステリを書いてやろうとして書けるものではない。仕事であれは書けない――あそびだからこそ、書けたのである。

小説を書くというのは楽しいことばかりではないから、泡坂妻夫にも苦しんだ夜はあったはずだ。それなのに、泡坂ミステリにそうした苦心を感じたことはない。ここは力瘤《ちからこぶ》をつくって書いているなと思うことも、勢いに酔って筆が滑っているなと思うこともない一方で、このへんはにこにこしながら書いただろうなというところは多い。私は本書の中に、泡坂ミステリそのものを表現したような文章を見つけた。

――佳城が奇術を演じるのではなく、カード自身が勝手に変化したり、消えたりしていると しか見えない。それには大変な技術を使っているのだと想像されるが、もう一つの佳城の芸は、その技術を完全に消し去っているのだ。従って、佳城の奇術にはいささかの嫌味もなく、ただ見ていて不思議で楽しい限りだ。(「シンブルの味」)

まさに、そうなのだ。この一文が泡坂ミステリの魅力を過不足なく説明しているのは、偶然ではない。ここで描かれている芸の在り方は、泡坂妻夫にとって一つの理想だったのだろう。そして泡坂は練磨し自らの小説を理想に近づけて、「技術を完全に消し去って」、「ただ見ていて不思議で楽しい限り」の小説を書いていったのだ。なんときれいなことだろうか。私は泡坂妻夫を敬愛している。こんな作家はほかにいないと思う。何を読んでも嬉しいばかりだ。

そして本書『奇術探偵 曾我佳城全集』は、そんな泡坂妻夫が二十年にわたって書き続けた、泡坂ミステリの集大成である。

書き続けられた年月の長さ以上に、その内容の驚異的な多彩さこそが、本書をミステリ作家泡坂妻夫の「集大成」たらしめる。まさにあの手この手で、これまで世界中でどのようなミステリが書かれてきたかを一望するかのようだ。奇術探偵という触れ込みから想像する手法あて《ハウダニット》はもちろん、「掘出された童話」ばりの暗号ミステリあり、手の込んだアリバイ崩しあり、犯人あても大どんでん返しのサプライズストーリーも、そしてもちろん、デビュー作を彷彿《ほうふつ》とさせる逆説ミステリもある。もし、「泡坂といえば逆説」とのみ思っている向きが本書を読めば、泡坂妻夫とはこれほどあらゆるミステリを書くひとであったのかと驚嘆することだろう。

泡坂妻夫は本書収録の逆説もの「白いハンカチーフ」について、「指先の技術《スライハンドマジック》を意識して書いた」と語っている（「曾我佳城の誕生」前掲書）。スライハンドマジックとは道具による仕掛けを用いず、ただ技術のみで不思議を顕現させる奇術のことを言う。たしかにふつう逆説ミステリに物理的なトリックは用いないが、チェスタトン的逆説をスライハンドマジックに喩《たと》える作家は空前にして絶後であろう。泡坂妻夫の中では、ミステリと奇術の手法が同一の地平にあったのだ。そして、ミステリと奇術とを結びつけたこの発言を踏まえて本書の掉尾《ちょうび》を飾る一篇「魔術城落成」の題を見るとき、なぜ本書がこれほどまでに多様なミステリから成り立っているのか、その理由が忽然《こつぜん》として浮かび上がってくる。

「魔術城」とはつまり、本書のことではなかったか。泡坂妻夫はこの『奇術探偵 曾我佳城全集』にあらゆるミステリを詰め込み、この本を開けばミステリのありようが見渡せる殿堂を築こうとしたのではないか。であればそれは、いわば江戸川乱歩の『類別トリック集成』を実際の作例で編み直すような、畢生《ひっせい》の大事業である。

そうして二十年の歳月を経て魔術城が落成し、『奇術探偵 曾我佳城全集』としてまとめられた時、世のミステリファンは歓呼をもってこれを迎えた。けだし当然であろう。

曾我佳城は興味深い探偵だ。目の前に出された謎をちょっと考えてみたくなるのは人間誰しもが持つ知的好奇心のなせる業《わざ》だが、それを常に解いてしまうとなれば、これは常人の行いではない。そのため古来、探偵にはあらゆるエキセントリックな性格が付与されてきた。泡坂ミステリにも、亜愛一郎しかりヨギ ガンジーしかり海方惣稔《うみかたふさなり》しかり、強烈な個性を備えた探偵役は数多くいる。ところが曾我佳城の性格や言動は、特に目立つものではない。佳城はあたかも水鏡のようだ。静かで、常に揺らがず、しかし覗き込めば真実の姿がたちどころに映し出される。事件に遭って何を思ったか、ひとに先んじて謎を解き得たことをどう感じているのか、描かれることはほとんどない。では、彼女は性格を持たず、機械的に謎を解くという小説上の役割に特化した、無味乾燥の存在なのだろうか。もちろん、そうではない。

佳城自身がくせのある挙動をしなくとも、曾我佳城の存在感は読む者の胸に深く残る。本書に登場するひとびと、なかんずく奇術関係の面々が佳城に会えたことを心からよろこんでいるさま、佳城に敬愛と信頼を捧げている様子は、読むうちにこちらの胸もほんのりとあたたかくなるほどだ。そうして読者は知らず知らずのうちに、これほどひとびとに愛される曾我佳城とはどんな人間なのかを悟っていくことになる。泡坂妻夫は、あたかも没線画のように、佳城の輪郭《りんかく》線を引くのではなく周囲との関係を描くことで、佳城という存在を浮かび上がらせたのだ。伎芸天《ぎげいてん》とまで呼ばれた人物を描くため、意識的に選んだ技法であろう。

しかし泡坂妻夫は、ひとに曾我佳城を伎芸天と言わせることはあっても、血肉の通った人間を自身で天女に祀《まつ》り上げることはしなかった。佳城が自らの思いを語る場面は少ないが、それゆえに深い印象を残す。芸の心得違いに対して柔らかく、しかし断固としてこれを咎《とが》める言葉は、奇術のみならず生きることすべてに通じるだろう。「剣の舞」にある、亡夫の死を「わたしには悲劇でした」と語るたった一行のせりふは、闇夜の稲妻にも似て、ほんの一瞬だけ曾我佳城のすべてを照らし出した。

佳城が現役だったころのステージは、どのようなものだったのだろうか。私の想像の中で曾我佳城はいつも、舞台のフィナーレで万雷の拍手を浴び、逆光の闇に沈んだ客席に向かって、優雅に頭を下げている。

『奇術探偵　曾我佳城全集　下』初出一覧

「虚像実像」「小説現代」一九八五年七月号
「花火と銃声」「小説現代」一九八六年一月号
「ジグザグ」「小説現代」一九八六年十二月号
「だるまさんがころした」「小説現代」一九八八年七月号
「ミダス王の奇跡」「小説現代」一九九〇年十一月号
「浮気な鍵」「小説現代」一九九一年七月号
「真珠夫人」「小説現代」一九九二年六月号
「とらんぷの歌」「小説現代」一九九三年三月号
「百魔術」「小説現代」二〇〇〇年一月増刊号「メフィスト」
「おしゃべり鏡」「小説現代」二〇〇〇年一月増刊号「メフィスト」
「魔術城落成」「小説現代」二〇〇〇年一月増刊号「メフィスト」

本書は二〇〇三年刊の講談社文庫版『奇術探偵　曾我佳城全集《秘の巻》』『同《戯の巻》』を底本にしました。なお、収録順を二〇〇〇年に講談社より刊行された単行本版に揃えて、発表順に再編集しました。

著者紹介　1933年東京神田に生まれる。創作奇術の業績で69年に石田天海賞受賞。75年「DL2号機事件」で幻影城新人賞佳作入選。78年『乱れからくり』で第31回日本推理作家協会賞、88年『折鶴』で泉鏡花賞、90年『蔭桔梗』で直木賞を受賞。2009年没。

検印
廃止

奇術探偵 曾我佳城全集 下

2020年1月24日　初版

著者　泡《あわ》　坂《さか》　妻《つま》　夫《お》

発行所（株）東京創元社
代表者　渋谷健太郎

162-0814/東京都新宿区新小川町1-5
電話　03・3268・8231-営業部
　　　03・3268・8204-編集部
URL　http://www.tsogen.co.jp
暁印刷・本間製本

乱丁・落丁本は、ご面倒ですが小社までご送付ください。送料小社負担にてお取替えいたします。

ISBN978-4-488-40225-9　C0193

泡坂ミステリの出発点となった第1長編

THE ELEVEN PLAYING-CARDS◆Tsumao Awasaka

11枚のとらんぷ

泡坂妻夫

創元推理文庫

◆

奇術ショウの仕掛けから出てくるはずの女性が姿を消し、
マンションの自室で撲殺死体となって発見される。
しかも死体の周囲には、
奇術仲間が書いた奇術小説集
『11枚のとらんぷ』に出てくる小道具が、
儀式めかして死体の周囲を取りまいていた。
著者の鹿川舜平は、
自著を手掛かりにして事件を追うが……。
彼がたどり着いた真相とは？
石田天海賞受賞のマジシャン泡坂妻夫が、
マジックとミステリを結合させた第１長編で
観客＝読者を魅了する。

〈亜智一郎〉シリーズを含む、傑作17編

Farewell Performance by Tsumao Awasaka

泡坂妻夫 引退公演 絡繰篇

泡坂妻夫／新保博久 編

創元推理文庫

◆

緻密な伏線と論理展開の妙、愛すべきキャラクターなどで読者を魅了する、ミステリ界の魔術師・泡坂妻夫。著者の生前、単行本に収録されなかった短編小説などを収めた作品集を、二分冊に文庫化してお届けする。『絡繰篇』には、大胆不敵な盗賊・隼小僧《はやぶさこぞう》の正体を追う「大奥の七不思議」ほか、江戸の雲見番番頭《くもみばんばんがしら》・亜智一郎《あともいちろう》が活躍する時代ミステリシリーズなど、傑作17編を収めた。

収録作品＝【亜智一郎】大奥の七不思議，文銭《もんせん》の大蛇《だいじや》，妖刀時代，吉備津《きびつ》の釜，逆鉾《しやつちよこ》の金兵衛《きんべえ》，喧嘩飛脚《けんかびきやく》，敷島の道　【幕間】兄貴の腕　【紋】五節句，三国一《さんごくいち》，匂い梅，逆祝《さかいわ》い，隠し紋，丸に三つ扇，撥鏤《ばちる》
【幕間】母神像，荼吉尼天《だきにてん》

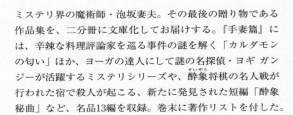

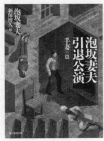